周板娘 著

上　册

青岛出版集团 | 青岛出版社

图书在版编目（CIP）数据

忘南风/周板娘著.—青岛：青岛出版社，2024.6
ISBN 978-7-5736-1548-0

Ⅰ.①忘… Ⅱ.周… Ⅲ.①长篇小说－中国－当代 Ⅳ.①I247.5

中国国家版本馆CIP数据核字（2024）第089600号

WANG NANFENG

书　　名	忘南风
作　　者	周板娘
出版发行	青岛出版社（青岛市崂山区海尔路182号）
本社网址	http://www.qdpub.com
邮购电话	18613853563
责任编辑	郭红霞
特约编辑	崔　悦
校　　对	李玮然
装帧设计	蒋　晴
照　　排	梁　霞
印　　刷	三河市良远印务有限公司
出版日期	2024年6月第1版　2024年6月第1次印刷
开　　本	32开（880mm×1230mm）
印　　张	18.5
字　　数	530千
书　　号	ISBN 978-7-5736-1548-0
定　　价	65.00元（全2册）

编校印装质量、盗版监督服务电话 4006532017　0532-68068050

姜南风，我喜欢你，
月亮知道，星星知道，海风知道，浪花知道。
可唯独你，我不想你知道。

目录 　　　　　　　　上册

第一章	好运楼	1
第二章	水仙花	30
第三章	打台风	58
第四章	开学日	88

第五章	丢钱包	125
第六章	初长成	158
第七章	细细粒	196
第八章	出花园	240
第九章	别哭了	284

下册 ……………… 目录

第 十 章	没有风	321
第十一章	十九岁	364
第十二章	喜欢你	399
第十三章	那故事	458
第十四章	起风了	522

番 外 一	白月光	568
番 外 二	小孩子	573
番 外 三	陆嘉颖	578
番 外 四	朱莎莉	584

忽南风

他脚尖刚转了方向,就猛地扎在原地,一声"姜南风"也像鱼骨头一样卡在喉咙处。

第一章
好运楼

姜南风有一年没来好运楼了。

她最后一次来,是去年替母亲朱莎莉料理身后事的时候。

当时她伤心欲绝,着实不愿在这间承载了她整个青春的房子里触景生情,只匆匆地从旧相册里选了一张母亲的单人照,用来作为灵堂的照片。

照片其实是母亲五十六岁那年为了重办港澳通行证拍的。她笑得眉眼微弯,眼角上有淡淡的皱纹,酒窝浅浅地陷下去。姜南风也有和母亲一样的酒窝。

母亲觉得照片好看,便让照相馆的工作人员帮她单独洗了一张出来,收进相册里。

好运楼的楼下有一扇大铁门,以前只有有钥匙的住户能进出,现在那扇锈迹斑斑的大铁门敞开着,人一眼就能望到尽头。

"这铁门现在都不关了?治安有这么好了?"姜南风自言自语道。

手被晃了晃,姜南风低头看快及她胸口高的小男孩儿。

游烨眨了眨一双黑色的眼睛,问:"妈咪,你在说什么?"

姜南风提提嘴角,边领着他往里走,边问:"弟弟①还记得这个地

---

① 本地称呼儿子为"弟弟",女儿为"妹妹"。

方吗？妈咪和外婆以前带你来过的。"

游烨小脑袋晃了晃："是什么时候的事啊？"

姜南风手在小腹前比画了一下，说："两三年前了，那时候你才这么高。"

游烨左看右看，确实没什么印象，噘着嘴说不记得了。

铁门后是一条笔直的小道，姜南风指着小道尽头一间已经被红砖封住门的平房，再一次跟游烨介绍："喏，以前这里是门房室，现在已经没有了。"

快读小学一年级的男孩儿如今就是问题王，主动地问道："门房室是什么啊，妈咪？"

"里面住着一位保安伯伯，会守在这里，看有没有陌生人进来，然后每天都会帮大家收报纸和书信。"

游烨更疑惑了，普通话讲得字正腔圆："报纸和书信又是什么？"

姜南风顿了顿。

确实，他们这一代的小孩儿出生在智能信息时代，报纸、书信都是老古董了。就连如今的快递包裹，她也极少见商家用报纸作为填充物。

姜南风还在思考着怎么回答，游烨已经被别的新鲜事物吸引了注意力。他激动地说："妈咪！有只小猫，在那里！"

以前的单车棚早就被拆了，如今的好运楼的楼下有一小片空地，住户将家里摆不下的盆栽堆放在墙边，有颗黄白相间的小脑袋从一个花盆后方探出来，它眼神里有浓浓的警戒之意。

姜南风顿住了，怎么这猫崽……长得那么像当年的"细细粒"？

游烨刚往前踏出一步，小猫立刻缩回脑袋。它反应极其敏捷，几下便跳上矮墙，然后跳到墙的另一边，不见了踪影。

"啊，小猫走了。"游烨有些失望。

"走吧，上楼。"姜南风揉了一把男孩儿柔软的黑发。

老屋是203号房，拾级而上时，姜南风难免有所感触。

这座以前人们怒其不争的小城近几年总算往前走了，小公园里的设施被修好了，万象城开起来了，过海隧道快完工了，社交媒体上关于汕头美食的视频数不胜数，要不是因为疫情，这里去年都能开亚青会了。

可这好运楼就像一只被琥珀封住的蚂蚁,生命停止了。

瞧瞧,那年被哪个叛逆少年发怒时踢破皮的白墙,现在依然破着皮,露出底下土黄色的墙体。

一层三户,二楼只剩202号房有人住,但谁在住南风就不知道了,在她的记忆中这房子已经被转手两三次了。

前几天回南天,下雨又升温,虽然家政公司定期派人上门打扫,不过没住人的老房子仍像块发霉的吐司。

姜南风打开客厅朝南的窗户。

风拂起秀发,她轻轻地顺到耳后,习惯性地朝内街的方向看了一眼。

游烨已经溜进房间里开始了他的"探险"游戏。

其中一个房间里的大书柜让他眼睛一亮。但他不敢乱碰,兴奋地呼喊:"妈咪!妈咪!你快进来!"

姜南风拍拍手上的灰尘,走进她以前的房间里:"干吗?干吗?"

游烨踮着脚,指着书柜中层的透明玻璃:"妈咪!是路飞和卓洛!"

书柜里有一套《海贼王》,是她从好多年前就开始收集的东立正版的单行本,很多连塑封都还没拆,八角尖尖,被按顺序放好,书脊上印着一个个角色。

不过这里只有半套单行本,另外半套在她广州的住处,也是被收藏起来。

"我能看吗,妈咪?"游烨眼睛眨得飞快。

姜南风拉开玻璃门,抽出第一册,快速地翻了一下:"可以啦,但不知道你看不看得明白……"

游烨这一年学会的字不少。姜南风看动画片的时候,他也会陪着看,不过字幕跳得太快,小孩儿的眼睛跟不上,就会一直问姜南风故事情节。他的小嘴像机关枪似的,后来姜南风索性找了以前粤语配音版本的动画片给他看。

虽说《海贼王》是全年龄向的作品,但始终不是幼儿类动画,姜南风本以为游烨兴趣过了就会回去看他的《汪汪队立大功》或《奥特

曼》，谁知道游烨把动画片断断续续地看完了，还能和她讨论起人物和剧情。

台版漫画是繁体字，姜南风怕游烨看不懂，没想到小孩儿捧着书，坐到靠窗的书桌旁，一页页认真地看起来。

姜南风笑了笑，也行，就让他当绘本阅读吧。

下午一点，房间内的阳光还算充足，但姜南风还是给游烨开了灯。她清楚，再过一会儿阳光就要溜走了。

她从书柜里再拿了几本已经拆了塑封的漫画，连同游烨的小熊水壶，一并放到桌上，交代道："那你在这里乖乖地看书，妈咪去外婆的房间里收拾一下东西。"

游烨乖巧地应答："好。"

钟点工把地板擦拭得干净，姜南风单膝跪地，把红木斗柜最下层的抽屉用力地拉出，里面装的东西太重，木头接缝处发出了声音。

抽屉里面装的是一本本旧相册，厚且沉，封皮上的塑胶覆膜被氧化，像蒙了尘的回忆。

母亲会按年份收纳相册，还会在每一本相册上仔细地贴好标签贴，认真地写上年份。姜南风找出了几本，将它们捧到餐厅的红木圆桌上，打算从里头挑一些照片做素材。

朱莎莉以前在公元胶卷厂工作。

二十世纪五十年代的公元厂可厉害了。它不仅突破了被欧美日垄断的感光技术，制造出中国第一张感光相纸，为中国感光行业的发展打开了一扇大门，而且之后又成功地研制了黑白胶卷、彩色胶卷、X光胶片等感光材料，产品在国内热销，还远销国外；二十世纪八十年代，公元厂相纸胶卷产量稳居全国首位，本地人更是有一句谚语：娶了公元人，等于娶了半个华侨。

姜南风是后来查资料的时候才看到这句话的。她不知道，父亲姜杰娶了母亲，是不是有这个原因。

只可惜，和许多国营厂一样，公元厂从二十世纪九十年代开始连年亏损，到1993年已经负债四十多个亿。

母亲也是这一年下了岗。

下岗后的朱莎莉成了全职主妇，每日与菜篮子和柴米油盐打交道。

· 4 ·

所以公元厂后来的沉沉浮浮,已经和她无关了。

作为"公元人",朱莎莉年轻时一直用自家的胶卷。

拍照可以算是朱莎莉为数不多的爱好之一。虽然从姜南风的专业角度出发,母亲的构图和审美都一般般,可胜在母亲什么都拍。除了人像和风景,她还会拍一些静物。

姜南风这次回来是带了任务的。

上个月她接受了潮博馆的联名合作邀请,要为其设计一组带潮汕元素的IP(知识产权)形象。潮博馆暂定秋冬时先推出一组盲盒,届时会在馆内和线上同步发售。

虽然能从网络上查到不少具有年代感的资料,但姜南风还是想要从自己的回忆里提取一些灵感。

她翻开相册,页与页之间轻微地粘在一起,撕开时会发出声响。

有些照片边角上有红色的日期,有些没有,但她翻开照片背面,有母亲仔细标上的日期和地点——这很方便她做资料搜集。

她一张张地看过去,将一些具有代表性的照片抽出来。

其中一张是母亲抱着她站在龙湖乐园门口拍的照片——乐园于1997年被拆除,后来在原地建起了南国商城,之后南国商城又被拆了,直到这两年才建起了万象城。

照片里的朱莎莉笑得开心,而脸蛋儿好圆的小南风皱眉撇嘴,一副要哭的模样。

姜南风以前问过朱莎莉,自己那时候怎么了,因为她的脑子里一点儿印象都没有。

母亲笑着回答:"那时候你的胆子好大,一直闹着要坐海盗船,结果吓得全程在哭,回家还在日汁日滴[1],连给你买雪条[2]你都不愿意笑。"

姜南风翻转照片,母亲清秀的字迹映入眼帘——"1990年儿童节摄于龙湖乐园",是她四岁那一年。

她继续往后翻。

---

[1] 啜泣、哭泣。
[2] 方言,冰棍儿。

有姜南风在读幼儿园时参加舞蹈表演《皇帝的新装》的照片。

许是胃口太好加上家人溺爱,姜南风从小就比同龄人胖一些。也是巧了,她正好能当"皇帝"这个角色。

可也有一个问题,这"皇帝"到演出最后是要脱去衣服的,身上就剩一条短裤,还要半裸着在舞台上走。朱莎莉听到这事就不同意了,说年龄再小也是个姿娘仔①,怎么可以当着那么多人的面赤身裸体?

据说为了这事,朱莎莉差点儿大闹园长办公室。嗯,这些都是姜杰说的。

后来朱莎莉想了个办法,去布市挑了一匹肉色的布,亲自踩缝纫机,给"皇帝"量身定做了一套肉色的打底衣裤。

这场表演竟然打进了市儿童舞蹈比赛的总决赛,也就是说,姜南风要在大剧场里表演。

姜杰是搞音像生意的,那时候家里刚买摄像机,可以录制录像带的那种——长大后,姜南风才知道在二十世纪九十年代初,能买得起摄像机的家庭还是极少数②。

她惊诧姜杰那时候就如此富贵,朱莎莉有些赧然,说那几年姜杰是赚了点儿钱,接着就用"哎呀,你不懂"这句话搪塞了过去。

总之,除了照片,小南风"裸"着身子、在舞台上大摇大摆地绕着圈走的"黑历史",还以视频的形式被记录了下来。她身后还跟着俩侍女,弯腰替她拎着那"聪明人才能看得见"的斗篷。

家用摄像机的成像效果有限,姜杰当时离得又远,虽然小南风穿了打底衣,可在录像视频里,看上去就和没穿衣服没什么区别。

那段表演竟让姜南风得到了人生中的第一个"一等奖"。

后来逢年过节,一有亲戚来家里做客,姜杰肯定要拿录像带出来臭显摆。亲戚们猛夸小南风演得真好,而小南风只想找条地缝钻。

姜南风赶紧往后翻,不想再想起这大型社死现场。

儿时的毛绒玩具熊、会打鼓的电动猴子、很有复古感的发条旋转

---

① 小女孩儿。

② 1991年的售价约7000元一台。

音乐玩具、早逝奶奶留下来的手风琴、拜神用的红白粿、少先队队徽和小队长臂章、笨重的老式彩电和倒腾录像机的姜杰、"出花园"时的红木屐……

突然之间，姜南风停下动作。

愣怔片刻，她把那张照片从相册袋里取出。

那是一群少年人的合照，大家站在老楼前，大部分人的脸上带着笑。

他们面容稚嫩，眼里多多少少都带着孩子气。

这时恰好游烨小跑着出来，嚷嚷着："妈咪妈咪，肚子痛，要拉臭臭！"

姜南风赶紧放下照片，领着小孩儿去厕所。

"妈咪，你要关门，不能偷看……"

"知道，知道，你要好好擦屁股，教过你很多次的，不要弄得到处都是。"

姜南风把纸巾递给他，转身走出并把门带上。

这个年纪的小孩儿开始对某些事情有着莫名其妙的坚持，也开始有性别意识，这是好事，就是大便后擦屁股这件事游烨还不是特别熟练。姜南风想：这段时间得多让他练练，免得他之后上小学时拉在裤子上了。

她想起读小学时班里有一个男孩儿就发生过这种糗事。

果然，没过一会儿，游烨就在里头叫唤："妈咪，我不会擦。"

姜南风呵笑一声，故意捏着鼻子走进厕所里："哎哟，是哪只猪仔拉的臭这么臭？"

游烨笑得肩膀一颤一颤，仿佛恶作剧成功，还踊跃地回答："是我。是我这只 piggy（猪猪）。"

姜南风替他擦干净屁股，在他的屁股上拍了一下："把裤子穿好，然后洗手。"

"好！"

有些年岁的马桶冲水力度很弱，在姜南风还没去上大学前就已经这样了。她得按好几次，纸团才能被卷走。

她洗完手走出厕所，发现游烨站在餐桌边，手里举着刚才被她取

出来的那张旧照片。他一双眼盯着照片，神情好认真。

姜南风的心微微一沉，她走到游烨的旁边，笑着揉了揉他的脑袋："在看什么？"

游烨用手指在照片上点了点，抬头问："妈咪，他们都是谁呀？"

姜南风沉默了几秒，接着轻声道："他们啊……是妈咪的朋友。"

游烨一双黑眼睛滴溜溜地转，又问："那这里面有没有我爸爸呀？"

姜南风这次的停顿长了几秒。很快她反应过来，屈起指节敲了一下小孩儿的额头，睁大眼否认道："没有没有，这里面没有！"

游烨撇撇嘴，"哦"了一声，放下照片转身走回卧室里。

姜南风轻叹一声，游烨会不会擦屁股都是小事了，眼前这个问题才是件大事。

她重新拿起那张照片，就算照片过了胶，那层塑料薄膜依然让时间染得泛黄模糊，连带着那些笑脸都快要看不清了。

一阵风从窗户外吹进来，把她的发尾轻轻托起。

短发挠得下颌发痒，姜南风又把发丝掖到耳后，心想：那一天起风了吗？

1998年，南方盛夏。

十二岁的姜南风脚踩木头凳，双手趴在客厅的窗台上，脚趾不老实地动来动去。

旁边父母卧室的窗式空调"轰隆隆"地响，热风拂面，姜南风胡乱地拨开嘴角上的乌黑发丝，咬着嘴唇，踮起脚，倾身探头，往楼下内街街口的方向望去。

忽然，远处传来"锵锵锵"的清脆敲碗声。

本来昏昏欲睡的姜南风猛地睁大双眼，跳下老木头凳子，趿拉上拖鞋。

不用等到"豆花——草粿——冻草粿——"的吆喝声传来，她已经捧起搁在茶几上好久的瓷碗和瓷勺，还有压在碗下的五角钱。

推开防盗门，再反手轻轻关上，拖鞋在水泥楼梯上敲出"啪嗒啪嗒"的声音，她跑出好运楼，跑出铁门，时间刚刚好，豆花阿伯的三

· 8 ·

轮车正好来到面前。

姜南风还没喊出声,阿伯已经刹车停下,两个人像是好有默契的老友。

"阿伯阿伯,瓦今日爱①冻草粿!"姜南风开心地递上瓷碗和钱。

阿伯提了提草帽帽檐,笑道:"今日你最快,给你多放点儿糖。"

姜南风眼睛亮起来,露出酒窝,说:"哇!多谢阿伯!"

三轮车车斗上放着两口瓦瓮,一瓮是热豆花,另一瓮是冻草粿。

阿伯刚掀开用白布裹住的盖子,两个男孩儿从铁门内匆匆地跑出。

高个子的男孩儿是住在602房的巫时迁,稍矮一点儿的男孩儿是住在401房的陈熙。他们两个人都比姜南风大一岁,暑假过后就要读初一了。

"南风,你怎么那么快?"

巫时迁走到姜南风的身旁,直接上手捏了把她的圆脸蛋儿,调侃道:"真是好食妹②。"

姜南风兵来将挡,用力地鼓了鼓腮帮子,就能把巫时迁的手指赶跑,说:"你们住得那么高,没比我慢多少,才是好食弟。"

陈熙也故意逗她:"你看看,好运楼里有哪个姿娘仔跟你一样?一讲到吃,就能跑第一名。"

闻言,姜南风突然想起什么,扬起头,朝五楼的方向看。

果然,她瞧见在防盗网里探出了小半个脑袋的杨樱。但下一秒,杨樱把头缩回去,不见人影了。

在他们斗嘴的时候,阿伯已经麻利地装好了一碗草粿。

他用铜铲在平整光滑的乌黑草粿里横竖切了几下,再撒上三大勺白糖粉,很快,糖粉化在了草粿冻里。

南方的孩子没见过雪,姜南风想:雪化的样子,可能就是这样吧?

巫时迁大喊:"阿伯,你好偏心啊,给她多加了一勺糖!"

---

① 我今天要。
② 嘴馋的女孩儿。

  姜南风抬肘撞了他一下，接过阿伯递来的碗，道了声"多谢"。
  对面楼和隔壁楼也有小孩儿跑下来了，把豆花阿伯团团围住，"叽叽喳喳"好似待哺鸟崽，姜南风赶紧捧着碗退出混战区。
  阿伯给她装得满，她怕路上撒了，索性直接坐到楼下中药铺门口。
  中药铺中午没有病人，安在柱子上的小彩电正在播着上周周五TVB（香港电视广播有限公司）的《陀枪师姐》，第五集，娥姐（朱素娥）的丈夫要同她分开。
  姜南风想：这应该是用录像机录下来的，因为TVB中午重播的是一些粤语残片。
  她记得住《陀枪师姐》的剧情，因为这是她的"暑假作业"之一，等暑假后返校，是要跟同学们讨论剧情和人物的。记不住的话，她就没话题可聊了。
  但对于角色之间的感情纠葛，姜南风感到一知半解。
  她吃着勺里的清凉草粿，听中药铺罗奶奶的孙女张佳对娥姐的丈夫破口大骂。
  张佳看见蹲在门口的南风，竟苦口婆心地说："南风，你以后找老公，千万不能找这样的臭男人。"
  罗奶奶骂她："你是疯了！南风才几岁，就跟她讲这种事？！"
  张佳也提高音量："要不然呢？等到事情发生就太晚了！"
  姜南风没机会插上话，这两个人一吵起架来谁都拦不住，也算是内街一景了。
  巫时迁和陈熙端着碗过来，小声地问姜南风："她们这次吵什么？"
  姜南风摇头耸肩，其实也听不明白。张佳姐姐比她大七八岁，现在在省城打工，偶尔才会回来，有时候讲的话题离她好像很遥远。
  小半碗草粿下肚，姜南风觉得喉咙清凉畅快，舒服地打了个嗝儿。
  豆花阿伯骑车离去后，小孩儿多围在中药铺旁边。这时铁门开了，姜南风看过去，走出来的是陆爷爷。
  姜南风捧着碗，走过去打声招呼："陆爷爷。"
  "唉，南风啊……"陆程朝小女孩儿点点头，又转过头，望向内街街口，嘴里自言自语地念叨："怎么还没来……？"

姜南风循着他的视线也望过去,好奇地问道:"你等客人吗,陆爷爷?"

陆爷爷住在她家对门,201房,以前还有陆奶奶——几年前陆奶奶过世了,现在就剩下陆爷爷一个人。

陆爷爷有两个女儿,都在省城做生意。其中一个阿姨过年时会回来两三天,还给姜南风包过红包,而另一个阿姨姜南风从来没见过。

不过,陆爷爷家里总是很热闹。姜南风听妈妈说,陆爷爷以前是餐厅里的大厨,做潮菜的,收了很多徒弟。

那些叔叔伯伯经常来探望陆爷爷,每次来都提着很多食材,像虾、鱼、蟹之类的。陆爷爷一个人没法吃完,就会分给邻居,或者做上一大桌子菜,邀请邻居们去他家里吃。

所以姜南风……馋了。

陆程摇摇头:"不是客人,是……啊,来喽!"

内街街口驶进来一辆人力三轮车,车夫和刚才的豆花阿伯一样,戴草帽,边骑边用毛巾擦汗。

很快三轮车来到好运楼前,陆程快步迎上去,摸出几张钞票,问车夫多少钱。

"六个银。"车夫回身将遮阳车篷往后推。

车上坐着姜南风见过的那位陆阿姨,她的身上穿着时髦的牛仔喇叭裤和色彩鲜艳的短款T恤衫。陆阿姨又染头发了,过年时的棕长直发,现在已经变成酒红色的大波浪鬈发。

而陆阿姨身旁,坐着一个小孩儿。

小孩儿的头发比姜南风的还长,几乎及肩,"她"一直低着头,微长而乌黑的刘海儿在额前微晃。

姜南风看不清"她"的五官,只觉得对方穿得好洋气。背带牛仔裤搭配粉色的T恤衫,"她"脚上穿一双白波鞋,怀里抱着一个牛仔双肩包。

陆嘉颖先下了三轮车,把行李箱拎下来,用粤语提醒还在车上的小孩儿跟阿公打招呼。

小孩儿这才抬起头,跳下车,不大情愿地喊了声"阿公"。

不知是不是因为阳光过分强烈,这小孩儿的皮肤亮得发光,衬得

"她"一双眼睛好黑,好似闪着光芒的黑玛瑙。

姜南风看得发愣,脑子里跳出来的第一个想法是,竟然有比杨樱长得还要好看的姿娘仔。

含在嘴里的草粿一不小心滑进喉咙里,呛得姜南风咳了好几声。

陆嘉颖这时才注意到她,惊讶地说道:"啊,南风,你也在啊。"

"陆……陆姨姨……"姜南风咳得厉害,手里的碗公也跟着晃。

有几下她晃得太厉害,碗里的冻草粿蹦了出来,越狱一样,"啪嗒"一下掉在那小孩儿的脚边。冻草粿粉身碎骨就算了,还溅了几滴糖水到小孩儿的白波鞋鞋头上!

她边咳嗽边道歉:"不……不好意思!"

姜南风咳得眼眶里蓄起了泪,模糊中瞧见面前的小孩儿皱起眉头,一脸不悦。

"没事没事,回去擦擦就行!"陆嘉颖爽朗地笑了几声,懒得来回切换方言,直接用普通话介绍道:"这是姜南风,住在阿公家对面的,是阿公看着长大的。"

接着,陆嘉颖又对姜南风说:"南风,这是我姐姐的儿子,就是阿公的外孙啦。他叫陆鲸,和你一样大,接下来读六年级了。"

姜南风总算把气喘顺,也听明白了,原来这小孩儿是男生啊。

等三轮车夫离开后,陆程才皱着眉说:"这头毛怎么这么长?这几个月没有带他去剃头吗?"

陆程只会说潮汕话,不会粤语,也不习惯讲普通话。

陆嘉颖说:"剪过啦,他头毛长得快,一下子就长了。"

陆程又对外孙的穿着有些意见,眉头拧得更紧:"怎么穿成这样?男孩子穿什么粉红色?"

陆嘉颖翻了个白眼:"这可是我厂里这季度订单最多的童装,大家都说好看时髦……哎呀,阿爸,你不懂。"

陆程更气:"我当然不懂!你看看你,肚子露在外面!头毛跟个红毛鬼一样!"

就和中药铺的婆孙俩一样,陆爷爷和陆阿姨父女俩也是经常拌嘴吵架。姜南风在好运楼住了好多年,早就习惯了他们这样的相处方式。

吵归吵,他们很快又会和好。

12

姜南风就站在原地，一勺接一勺，把剩下的草粿都吃完，还把碗里的糖水喝了个精光。

她满足地用手背擦了下嘴角，眼珠子转了一圈，然后主动和跟她差不多一样高、表情越来越不悦的男孩儿打招呼："雷……雷猴？"

陆鲸终于直视面前脸圆眼圆的蘑菇头女孩儿，开口问："你识讲粤语？"

姜南风摇摇头，诚实地回答："就只会简单的句子，好像'你食咗未''替月行道，警恶惩奸①'……"

她想了一下，又补充了一句："机会嚟啦飞云②！"

陆鲸"哦"了一声，又不说话了。

姜南风又主动地问，这次用的是普通话："你叫'陆金'？金色的金？"

陆鲸低声道："是鲸，鲸鱼的鲸。"

南方人，讲普通话时总是前后鼻音不分。

姜南风心想：金鱼的金？那不还是金色的金咯……

陆家这老青小三代人的沟通够艰难的，一个只会潮汕话，一个不会潮汕话，一个负责当两个人的翻译。

好在男孩儿极少开口，基本上都是陆爷爷和陆姨姨两人在说话。

姜南风跟在三个人的身后，走进铁门里。

陆程先走到门房室，扯起嗓门："老陈啊，给你介绍个人！"

老陈是好运楼的门房阿伯，摇着纸扇走出来："介绍谁？"

陆程朝陆鲸招招手，示意他过来："我外孙回来了，从今日开始就跟着我住了。"

陆鲸低着头走过去。

陆程教他："叫陈伯。"

陆鲸鹦鹉学舌："挡呗③。"

---

① 粤语配音版《美少女战士》里的台词。
② 粤语配音版《魔神英雄传》里的台词。
③ "陈伯"的潮汕话发音。

老陈弯着腰,看清楚小孩儿的脸,有些疑惑地问:"男孩儿还是女孩儿?"

陆程一听又生气了,瞪了陆嘉颖一眼:"男孩儿!也不知道他妈怎么带的,弄得他一点儿阳刚之气都没有!"

陆嘉颖是个硬骨头,立刻还嘴:"你瞪我干什么!我又不是他……"

好在她还有点儿理智,知道什么话当讲,什么话不当讲。

陆程继续跟老陈说:"小孩儿不会讲潮汕话,跟他沟通要说普通话,你会的吧?"

老陈连连点头:"会一点儿,就是,你知道的,不咸不淡。"

陆程突然转过头,问姜南风:"南风啊,你爸妈在家吗?"

"我妈在睡午觉,我爸在铺内,要晚上才回来。"

"那等下你跟你妈妈讲一声,麻烦她来201一趟,我想跟她商量点儿事。"

姜南风点点头:"好啊,没问题。"

陆家三个人上楼后,姜南风走进门房室里,问:"陈伯,今天有我的信吗?"

陈伯摇着扇子走向躺椅,打着哈欠说:"有呢,好几封,在桌子上,你自己找。"

近门口的桌子上摞着好多份今日的报纸,是不同报社的,住在楼里的居民会来认领自家订的报纸和杂志。

桌子上还有一沓信件。

姜南风很快把写着"小南(收)"的信封都挑出来,今天有三封信,其中一封是"莲"的来信。

姜南风有五六个笔友,一个在杭州,其他的在省内。

这些都是她在杂志和报纸征友栏里认识的朋友。大家都有相同爱好,喜欢动漫,也喜欢画画。

其中"莲"是最特殊的——他是本地的。

能遇见和自己同处一个城市又有相同话题的笔友,这机会太难得,当时姜南风立马给对方寄了信,很快就收到回信。

只不过"莲"在征友信息上没写明性别。姜南风一开始以为对方是女生，一是因为笔名，二是因为"莲"的字实在太工整漂亮了。后来"莲"说他是男生时，姜南风还吓了一跳。

而且"莲"画漫画很厉害。姜南风还在临摹阶段时，他已经有属于自己的独特画风和一定的原创能力了。

两个人来往信件不知不觉已有一年时间，从两周一封，到现在一周两封。他们之间总有说不完的话题。

有时候不想写字了，他们就试着用绘画来表达。

姜南风回到家时母亲还没醒。她走进自己的房间里，开了风扇，坐到书桌前开始拆信，先拆"莲"的。

这次他也寄来了两张手稿，其中一张画的是姜南风——他们没有交换照片，上个星期"莲"提议，不如用文字描述自己的外貌，然后让对方试着画出来，看看像不像。

画中的少女有一头俏皮短发，穿月野兔同款水手服，黑眸里有星光，开口笑得开朗。

姜南风一直很喜欢"莲"的画，但又忍不住想：他这也太过分美化她了吧？

她从抽屉里抽出一张画。

相比之下，她提前画好的这张"莲"就像个科学怪人……

姜南风打算今晚重新画一张。

先把"莲"的画和信放到一边，她拆了另外两封信。

也是巧了，两个女生不约而同地都用了趴趴熊图案的信纸——最近校门口文具店里全都是这只软乎乎好像年糕的熊猫图案的信纸，姜南风也买了两包信纸。

她刚看完信，房门就被推开了。

朱莎莉走进来，问："怎么不去妈妈的房间啊？这么热，还关门，别热晕了。"

姜南风房间里的窗式空调坏了，不仅不凉快，还发出"嗡嗡"的声响，好像开久一会儿就要爆炸，怎么修都修不好。入夏后，晚上睡觉她就去父母的房间里打地铺蹭空调。

"我刚吃了一大碗草粿，现在没那么热了，而且有风扇。"姜南风下意识地把信纸翻面拢在胸前，有些不满地说，"妈，我都说了进我的

房间前要敲门的。"

朱莎莉敷衍道："知了知了，下次敲。"

她瞥了眼桌上散落的信封纸张，嘀咕一句："交笔友可以，画画也可以，但暑假作业记得写啊，别等到最后才临时抱佛脚，每一年都是这样……"

轮到姜南风敷衍道："知啦知啦。"

姜南风不忘把陆爷爷的话转述给朱莎莉听："我都不知道陆爷爷还有个外孙，听说他之后要在陆爷爷家住下，那他爸爸妈妈呢？也要一起过来吗？"

朱莎莉摆摆手，没有解释太多："哎呀，小孩子不懂，别问那么多。"然后她离开了房间。

又是这一句……你们大人就无所不知吗？姜南风撇撇嘴。

她拿起剪刀，把两个信封右上角的邮票，连同信封，完整地剪下来。

听到防盗门关上的声音，姜南风进厨房里倒了一小碗温水，再把两张邮票泡进去。

被浸泡了一会儿，邮票和纸开始分离，而且盖在邮票上的邮戳也慢慢变淡。

姜南风小心翼翼地拿起有些发软的邮票，轻揉两下，黑色的邮戳就脱落了。

这是一个笔友教她的小办法，贴完邮票后，在邮票上再涂一层薄薄的透明胶水，这样就能除去邮戳，一张邮票能重复用一两次。

当然姜南风不是每次都能成功，有时候邮票会被泡坏，或者风干后有明显的皱痕，那就没法使用了。但她一个月的零花钱不多，总要用些方法来省点儿钱。

她将泡好的邮票拿回卧室里，贴在书桌的玻璃上，等它们自动风干。

朱莎莉回来了，还是没敲门，直接进了姜南风的房间里："南风啊……"

姜南风慌忙地捂住信纸，龇牙咧嘴像只野猫："妈！敲门！"

"哦哦，"朱莎莉象征性地敲了两下门板，继续说，"今晚去陆爷爷家吃饭。"

· 16 ·

陆鲸正在打量着自己接下来不知要住多少年的房间，就听到窗外传来一声响亮的大叫声："好呀！"

女孩儿的声音中气十足。

陆嘉颖也听到了，笑道："是隔壁屋的南风，你们的房间朝向相同，防盗网正好连着。"

她帮陆鲸把衣服叠好放进空衣柜里，打趣道："你要是想跟南风借点儿什么文具啊课本啊，直接在窗口喊她一声就行，别不好意思，这小孩儿好热情，好愿意帮人。"

陆鲸抿紧嘴，没有回答。

陆嘉颖暗叹一口气，这外甥从小性格孤僻。二人本就不亲，她姐姐离世后，陆嘉颖虽努力尝试着把他带在身边，但自己还是个单身女子呢，哪里有照顾小孩儿的经验？她又要忙童装厂的事，实在有心无力。

陆程走进来，手里拿着一个白色的遥控器，对着墙上崭新的空调指了指："嘉颖啊，你看看这个遥控器要怎么用，教教陆鲸。"

"不用教吧，阿姐家里之前装过空调了。"陆嘉颖接过遥控器，又递给陆鲸，好像一老一小两个人之间的桥梁。

陆鲸不吭声，连看都不用看，就按下了遥控器按钮，"嘀"的一声。

陆嘉颖语气羡慕地说："细路①，你真幸福，要知道你阿公好孤寒，这间房间一直都无装空调，我夏天回来要热到瓜柴②。但是你一回来住，阿公即刻同你买台空调。"

她故意讲粤语，陆程听不懂，皱着眉头嘟囔："陆嘉颖，你是不是又在讲我坏话？"

陆嘉颖还要对陆鲸做个噤声的手势，表情古怪，仿佛这是他们之间的秘密。

空调送出凉风，总算把陆鲸生理和心理上的双重不适感吹散了一些。他稍微舒服了一些，也轻轻提了一下嘴角，作为给小姨的回应。

---

① 粤语：小朋友。
② 粤语：热到死。

姜南风总算知道，陆鲸不是"金鱼的金"，而是"鲸鱼的鲸"。

"南风，你知道鲸鱼的吧？就是很大很大、会在海面上喷水的那种鱼，我们这边没有的！"

陆程明显心情大好，不仅红光满面，嗓门大，就连摔打鱼糜的力度也比平时大。经过他反复猛力地摔打，鱼肉出胶，软弹晶莹如果冻。

姜南风没跟陆爷爷讲，其实鲸鱼不是鱼，它们是哺乳动物。

她点点头，非常捧场："嗯，我知道！"

姜南风很喜欢在厨房里看陆爷爷做饭，因为陆爷爷会好多好多她没见过的烹饪手法，就像现在。

将黏稠膏状的鱼糜放在砧板上，切出适量，顺势倾斜菜刀，用刀面碾平鱼糜，下一秒，陆爷爷把菜刀反拿，用刀刃轻推，鱼糜就成了有波浪皱痕的鱼册皮。他动作行云流水，一气呵成。

陆爷爷又将香菇、红椒、芹菜通通切成黑色、红色、绿色的细丝，再加上特制的猪肉糜，一起裹进鱼册皮里，收好口子，就成了鱼册。

这种鱼糜制品，朱莎莉也会从菜市场买回来，和秋瓜一起煮汤。但从菜市场买回来的鱼册个头很小，里面没包多少肉，不像陆爷爷做的，颗颗饱满，色泽鲜艳。

见女孩儿看得双眼发光，陆程忍不住笑出声，递一块鱼册皮给她，问："南风要不要包一个试试看？"

姜南风将眼睛睁得更大："可以吗？"

"可以啊，不难的，爷爷教你。"

屋里信号不稳定，陆嘉颖要走到阳台才能打得了电话。

"那批童装，你叫师傅抓紧点儿，下个星期我回去了要见到打版……无办法啊大佬，好难得回来一次，怎么也要在家里住几天……好啦好啦，我尽快！拜！"

"啪"的一声合上翻盖，再收回天线，她才打了十来分钟，手机电池烫得像刚烧出来的砖块。

新买的手机方便是够方便，但话费也够呛，上个月她去了趟福建，一出省，打电话得算上漫游费。一个月下来，话费竟要上千元！缴钱缴得她心肝疼。

陆嘉颖这几年是赚了不少，可想起"哗啦啦"如流水的话费依然

· 18 ·

会不舍。

她从裤袋里摸出烟盒,点了一根烟,抽完后,把烟头丢进旁边装了水的八宝粥罐里。

罐子被烟油熏得发黑,里面沉着不少烟头,旁边还有陆程的红塔山,烟盒瘪了一半。

陆嘉颖把烟罐子拿去卫生间里倒干净,发现玻璃架上放了个鹅黄色的塑料漱口杯,和陆鲸房间里的空调、书桌一样,都是新购置的物件。

她看得出来,老头子很重视陆鲸搬回来住这件事。

陆嘉颖走到陆鲸的房间门口。

这次回来,大巴走的是新修好的深汕高速公路,还算好走。陆鲸不晕车,但小孩儿明显已经到了体力极限,刚才冲了个凉,回房里就睡着了。

平时再怎么像只刺猬,睡着时就成了块软年糕,陆鲸小小的一团窝在床上,惹得陆嘉颖心脏上有个地方悄悄地塌了下去。

她站在门口看了一会儿,轻轻合上门,只留一条缝,让陆鲸再睡一会儿。

墙上老壁钟的钟摆左右摇晃,厨房从刚才起就传出一老一小嘻嘻哈哈的笑声,陆嘉颖有些出神。

她已经不知有多长时间没听过老头子笑得这么开心了。以前她一个人回来的时候,父女俩讲不到五句话,一定会开始吵起来。

没办法,陆程看不惯她的地方太多——抽烟喝酒都是小事了,快三十岁的人还没结婚,在陆程眼里就是罪大恶极。

陆嘉颖走进厨房里,加入他们:"南风,你在做什么好吃的呀?"

姜南风举高手,把捏好的鱼册给陆嘉颖看:"爷爷教我包鱼册!"

女孩儿包的自然没有老头子包的卖相佳,但也看得出来是鱼册,而且少了抹青色。

陆嘉颖笑出声:"南风不吃芹菜吗?"

姜南风眨了眨眼:"对,等一下我就吃我自己包的。"

陆嘉颖问:"那能不能帮姨姨包几个不带红辣椒的?"

姜南风豪爽地应下:"没问题。"

陆程哼了一声,递了片鱼册给女儿:"你自己包,别使唤人家。"

陆嘉颖微怔。

小时候她和姐姐都会在厨房里帮忙，以前生活条件没现在这么好，猪肉还贵，但陆程变着法子让她们能吃上肉，别人看不上眼的小杂鱼，在他的手里都能变得比大肉还好吃。

陆嘉颖低声说："可我很久没包过了。"

姜南风觉得自己已经"出师"，自告奋勇地说道："不难的，姨姨，我教你！"

陆程愣了愣，大笑出声："行啊，南风能当小师傅喽！"

陆鲸睡得并不踏实，隐约听到一阵银铃般的笑声，便慢慢睁开眼。

他睡在碌架床①下层，房间昏暗，但房门没有完全合上，透进来一道光，尖刀般地割着他的眼角。

完全陌生的环境让陆鲸恍惚了一会儿，接着，那股压抑了很久的酸涩感从他的喉咙直冲脑门。

眼泪就这么淌下来了，他猛扯起被子盖住脑袋，想遮住那道刺眼的光，想隔开那吵人的笑声，想挡住那陌生的饭菜香。

陆家的炉灶是改过的，出火比普通的煤气炉来得凶猛。

火苗乱舞，陆程娴熟地颠锅，裹着油光的薄壳被抛起又落下。

陆程嘟囔着"七月初的薄壳还是不够肥"，但姜南风听不到，排气扇的声音太吵了。

姜南风知道今晚有金不换炒薄壳，小肚子已经敲起鼓。

她老妈做饭不好吃，来来回回就那几样，要么太咸，要么太淡，还总爱研究奇奇怪怪的食材搭配，例如什么酱油水煮火腿肠……

老妈平时炒出来的薄壳，一颗颗像溺死在酱油水里，和陆爷爷做出来的完全不一样。

除了这一道美味佳肴，今晚还有豆酱焗蟹、煎蚝烙、鱼丸鱼册紫菜汤和一盘剁鹅肉。

陆程边做边给姜南风介绍，豆酱是普宁的，肉蟹是牛田洋的，紫

---

① 粤语：双层床。

菜是南澳的，剁鹅肉是春梅里的。

陆嘉颖时不时在旁边插上一嘴，说："老爸，你还真把南风当徒弟了。"

电饭煲跳闸时，陆嘉颖去叫陆鲸起床。

陆鲸应了声"好"，嗓音沙哑。

房间的衣柜是三门的，中间的那一门嵌一块穿衣镜，陆鲸检查了自己的眼睛没有通红，才走出房间。

下午的那个肥妹仔在餐桌旁摆筷子，小姨和阿公在厨房里，陆鲸站在原地，不知自己该做什么，好像什么都不做就不会出错。

姜南风撩起眼皮看向面生的男孩儿，两个人对视。不，不能说是对视，男孩儿刘海儿太长，几乎遮住他的半双眼。

姜南风主动地招呼道："你坐啊，很快就能吃饭了。"

陆鲸表面没什么表情，内心嗤笑一声：这肥妹仔看上去比他更像陆家的孙儿。

他拉了椅子坐下。不知是因为哭得恍惚，还是因为环境陌生，他总有种不真切的感觉，好似还在做梦。

那女孩儿跑进跑出，偶尔陆鲸的视线会跟过去，可对方忙着端菜，没怎么搭理他。

面前的圆桌慢慢被填满，白烟袅袅，陆鲸不自觉地舔了舔唇，下一秒肚子不争气地"咕噜咕噜"叫起来。

门铃响了，像得了感冒的公鸡鸣叫。

陆鲸看着姜南风"啪嗒啪嗒"地跑过去开门，俨然已是这房子的小主人。

进来一男一女，姜南风喊他们"爸爸、妈妈"。

陆鲸中午已经见过姜妈妈，这时再看到姜爸爸，就确信，姜南风长得比较像她的妈妈。

她和他不一样——他长得不像妈妈。

估计是像爸爸，但他也不确定——他没见过爸爸。

"这么说，陆鲸也许会跟南风成为同班同学？"姜杰边问，边给陆程面前的空酒杯斟满竹叶青。

陆程两指在桌上敲两下，说："有可能，三小每年级就三个班……

南风是哪个班的?"

姜南风吮走香滑的薄壳肉,把壳吐到桌上,才答:"一班,暑假后就是六年一班了。"

陆程抿了半杯酒,说:"那我这两天提点儿烟酒去主任家,跟他提提这件事。我觉得最好是同班,这样有个照应,小孩儿人生地不熟的……"

他看向陆嘉颖:"你和陆鲸也一起去,让主任见见陆鲸,留个好印象。"

陆嘉颖刚给外甥碗里丢了个蟹钳,一听这话,皱起眉头,脱口而出:"为什么我也要去?"

陆程被她的一句反问噎住,差点儿呛到,放下酒杯,瞪大眼说:"你不去,我要怎么跟陆鲸沟通?"

陆嘉颖直截了当地说:"那你就得好好学习普通话呀!要不然等我回去了,你又要怎么跟陆鲸沟通?接下来你们爷孙俩要一起住好多年,难不成还要给你请个翻译?"

陆家小女儿就是串鞭炮,一点就燃的那种。眼见陆程的脸涨得通红,朱莎莉赶紧调停:"好了好了,小孩子们都在呢,一人少讲一句,快吃快吃。"

她侧过头,见陆鲸碗里的米饭还剩不少,便问道:"陆鲸呀,你今天坐车累了吧?多吃点儿,要不要和南风一样,给米饭淋上酱汁?"

陆鲸正努力地用筷子夹起蟹钳,手一抖,蟹钳又掉回碗里。

他睨一眼。

姜南风碗里的米饭被淋上了不少棕褐色的酱汁,已经变了颜色。她吃得好快,已经要见底了。

她的碗旁边已经摆起小山般高的壳,有青棕色的小贝壳,也有红色的螃蟹壳。

陆鲸摇头拒绝:"不用了。"

接着他继续用筷子去夹蟹钳。

陆鲸不喜欢吃鱼、虾、蟹,虾和蟹要剥壳,鱼要吐骨头,太麻烦了。以前妈妈会给他掰去壳,挑好鱼肉,他只需要负责吃就行了。

好烦,真是好烦,就快放弃时,陆鲸听见姜南风说:"直接用手掰不就可以啦?"

他抬眸,见姜南风放下筷子,双手拈起一个大蟹钳。

姜南风有"好物留到最后吃"的习惯,但为了示范给陆鲸看,只好提前把蟹钳处理了。

陆爷爷已经提前把蟹壳敲出了裂痕,姜南风的双手各拈住两根剪刀般的钳腿,往外掰了几下,蟹壳松动,簌簌脱落,最后她再前后用力掰,钳腿上的壳也松了,连那软绵绵的小肉丝都能完整地取出。

"看,就是这样。"

姜南风拿着脱壳蟹腿肉在陆鲸的面前扬了扬,有点儿炫耀的意思。

可陆鲸不乐意直接上手,准备尝试最后一次。要是再失败,他就不吃了。

蟹钳还是从筷尖上滑走了,一气之下,他把蟹钳丢到桌上。

"啪",的一声不算太响,可围坐在圆桌旁的大伙都听见了,正在斗嘴的父女俩都不约而同地收了声。

陆程酒气上头,正想开口教育这小孩儿没礼貌还浪费食物,话还没出口,就见小南风拾起桌上的蟹钳。

姜南风三两下就掰去了壳,把蟹腿肉丢进陆鲸的碗里,认真地说道:"你阿公做的菜都很好吃,不能浪费。"

姜南风今晚吃得太饱了,没办法和巫时迁他们一起踢球,只能在中药铺门口来回踱步,希望小肚子不要那么胀了。

内街没几盏路灯,靠着两侧居民楼的楼梯灯,还有街边店铺门口的白炽灯,硬是给小孩儿们圈出一块没那么黑暗的地儿。

张佳姐不在店里,中药铺只有罗奶奶一个人。她冲着工夫茶,桌上收音机往外放着潮剧,"咿咿呀呀"。

男孩儿们踢球,女孩儿们则坐在台阶上看球。手里的棒冰掰两段,小姐妹们一人一半,时不时会小声地讲一句:"巫哥哥好帅啊。"

这样的赞叹姜南风从小听到大,至今依然不解:姓巫的到底哪里帅了?他不就是比同龄的男生稍微高半个头而已吗?

要说高的话,"莲"才更高。他和巫时迁同岁,但已经一米七了,比巫时迁还高出五厘米。

姜南风一米五不到。

楼上断断续续地传出钢琴声,姜南风不用看中药铺的挂钟,就知道七点半了。

503的杨樱开始弹琴了,时间固定在每晚七点半到九点。

在这条内街,只有杨樱一家有钢琴。倒不是说别家没有乐器,姜南风家里也有,例如她奶奶留下来的手风琴,陆爷爷家有二胡,对面楼有人吹"嘀嗒"①,再往里走有人弹古筝。唯独钢琴这玩意儿,只有杨樱在学。

三年前,杨樱搬进好运楼里的那天,楼梯里一直好热闹。

楼道窄,尤其是拐角位,钢琴很难往上搬,杨妈妈叉着腰,对搬家工人们喊,说这钢琴好贵,碰坏了擦伤了都要他们赔。

和陆鲸一样,杨樱也是转校生。虽然姜南风和杨樱住在同一栋楼里,又当了三年同班同学,可她们谈不上熟稔。

平时姜南风会和其他小伙伴一起走路上下学,杨樱则是由妈妈接送;下课时姜南风和相好的同学聊动画、聊明星、聊电视剧,杨樱是班长,要么在座位上做题看书,要么就去办公室里帮老师干活;傍晚家里人喊吃饭之前,他们这群"屁股生铁钉"的小孩儿会四处串门看动画,今天去巫时迁家,明天去陈熙家,而杨樱家一直大门紧闭;晚上他们在楼下玩,杨樱在家里弹钢琴;周末他们还在楼下玩,杨樱则要去钢琴老师家,或去少年宫跳舞唱歌……

好运楼里的小女孩儿们都很羡慕杨樱,说她又白又漂亮,会跳舞、会弹钢琴,才艺多多,长大后去参选香港小姐,一定能拿冠军。

"耶!进球啦!!"

男生们的大叫声吵闹又刺耳,姜南风听到杨樱的《致爱丽丝》明显弹错了两个音。她皱起眉头对男生们说:"你们小点儿声,杨樱在练琴!"

陈熙翻了个白眼,回戗道:"姜南风,你的声音也不小!"

足球正好传到陈熙的脚下,他大喝一声"南风看球",一抬脚就把

---

① 正常来说指的是"唢呐",但南风这里指"小喇叭"。

球踢向南风!

陈熙用力过猛,球都飞起来了!巫时迁一句"你个白痴踢那么用力干什么"还没说完,就见姜南风高抬起右腿,用小腿肚子轻松地挡下了足球。

球像被驯服的猫咪,乖巧地掉在姜南风的脚边。她一只脚支地,另一只脚踩住球,微扬起下巴,食指朝陈熙的方向点了点,接着在自己的脖子前飞快地抹过,摆出一副"小子,你是不是找死"的模样。

男孩儿们开始幸灾乐祸地"哈哈"笑,巫时迁更是手叉腰在旁边看好戏。

而女孩儿们则是大声呐喊:"南风!弄他!"

陆嘉颖洗完澡出来,听见楼下嘻嘻哈哈,有人大声笑,有人大声号。

陆鲸在客厅里看TVB。

晚上七点半的这套古装剧很火,但陆鲸没有追剧,放假之前班里的男生都在讨论剧情,说有七个老婆的韦小宝好幸福[1]。

今晚陆鲸打开电视看了这部剧。因为他忽然觉得,全粤语的古装连续剧也能给他带来许多安全感。

陆嘉颖擦着头发,问:"阿公呢?"

陆鲸往天花板上瞥了一眼,答:"上楼了。"

陆嘉颖在他的身边坐下,两个人都没再开口说话。直到八点档电视剧的片尾曲响起,陆嘉颖才开口问:"好睇[2]吗?"

可等到片尾曲唱完,开始播广告了,陆嘉颖才等来一句:"我无认真睇,应该挺无聊。"

陆嘉颖被逗乐,可想明白了,顿时觉得心酸。

她伸手,用力地揉了把陆鲸的发顶,又问:"刚才南风约你去楼下踢波[3],你怎么不去?"

---

[1] 1998年TVB版《鹿鼎记》,陈小春主演,于1998年6月1日至7月31日在19:35–20:35播出。

[2] 粤语,看。

[3] 粤语,踢球。

陆鲸有些嫌弃地躲了一下,但没逃开,由着小姨揉乱他的头发。

他说:"不想去。"

陆嘉颖问:"点解①?"

半晌,陆鲸才小声答:"应该也挺无聊。"

广告播完,楼下依然喧闹,楼上则是传来和这环境格格不入的钢琴曲。

陆嘉颖继续陪他看电视,节目里说,香港上周启用的新机场经过一个星期的磨合期,运作已经基本正常。

陆嘉颖再开口:"小姨月底要去香港,鲸仔有什么想要的礼物?"

陆鲸摇摇头。

他抠着短裤裤腿,终于让不安溢出口:"礼物就不用了,小姨,你下次几时回来?"

陆嘉颖鼻子猛地一酸,咬了咬唇压抑住,才说:"小姨一得闲就回来。"

说完,她又伸手把陆鲸柔顺的头发弄得更乱。这次陆鲸终于不满了,"哎呀"了一声表示抗议。

陆嘉颖笑着说:"你要同阿公好好相处啊。阿公有时脾气是差了点儿,但不会动手的。你让他说几句,就过去了。"

她起身,走到家里的电话机旁,旁边有一本红色软皮电话簿。

陆嘉颖翻开,第一页就是她的联系方式,其中手机号码是新填上去的,墨水颜色很新。

电话簿上也有陆鲸的母亲陆嘉琳的座机电话号码,但陆嘉颖想:老头子应该没怎么打过,毕竟以前太气陆嘉琳未婚生子这件事了。

陆嘉颖怕陆鲸想起母亲触景伤情,拿笔把陆嘉琳的名字和电话号码涂掉,再拿电话簿给陆鲸看。

"第一个是小姨家里的电话号码,你应该背下来了;第二个是小姨厂里的电话号码;第三个就是小姨的手机号码。鲸仔如果想同小姨讲讲话,就打电话给我,知道吗?"

---

① 粤语,为什么。

陆鲸缓慢地点了两下脑袋:"知道了。"

《陀枪师姐》九点半播,姜南风要在这之前洗完澡,还要写完一页《暑假天地》,妈妈才会让她看电视。

她和小伙伴们告别后,风风火火地跑回家。

朱莎莉刚好从女儿的房间里走出来,手里捧着一摞衣服。

看见女儿满身大汗、头发凌乱、小腿和膝盖通红、衣服上还沾了灰,朱莎莉就莫名其妙地来气,忍不住念叨一句:"你啊!姿娘仔来的,怎么老是和那群男孩儿玩来玩去?我在楼上都能听到你的声音,大声百喉①!哦,还听见你骂陈熙!"

姜南风没力气反驳,像小狗一样吐着舌头,直接转移话题:"好渴好渴!妈妈,我能喝汽水吗?"

朱莎莉没好气地说:"这么晚了喝什么汽水,去倒杯白开水喝。"

姜南风撇撇嘴,不情不愿地道了声"哦"。

"你先去洗澡。我给你倒杯茶,凉一凉,你洗完澡出来就能喝。"姜杰把茶碗里的茶渣倒掉,抓一撮茶米放进碗中,继续说,"不过你妈这次说得没错,你已经是大姑娘了,要斯文一点儿,不能总像个小男孩儿。你要不要和503的杨樱一样,去少年宫报个舞蹈班?还是什么乐器班?你如果想要学琴,爸爸也可以给你买,电子琴、钢琴、小提琴,都行。"

姜南风拼命摇头:"不要不要!千万不要!我没兴趣!一点儿兴趣都没有!"

"舞蹈、乐器没兴趣,那画画你总有兴趣了吧?少年宫我记得也有绘画班。"

朱莎莉坐到沙发上,拿起一件的确良衬衫,摊开抖了抖:"我看画画也不错,能让你的注意力集中一点儿,不然你整天就是屁股生铁钉,坐不住。"

姜南风更没兴趣了。

---

① 嗓门很大。

　　她是喜欢画画，但只喜欢画漫画，一双眼睛占人物大半个脸蛋儿的那种，至于正儿八经的美术——素描、水彩、水墨画……她就没多少兴趣了。

　　见母亲的手里拿的是她的小学校服，她疑惑地问道："妈，你拿我的校服出来干什么？"

　　朱莎莉说："晚饭时不是说过了吗？陆爷爷的外孙要转进三小，现在是暑假，学校没开门，陆爷爷问能不能先借一套你的校服，免得到时候开学时陆鲸没有校服穿。"

　　姜南风皱眉，语气不满地说："可他是男孩子，怎么能穿我的校服？"

　　朱莎莉检查了衬衫，没污迹没脱线，再抖开长裤，睨了女儿一眼："为什么不行？你们的校服又没分男女款，你的尺码男生也能穿。而且，前段时间你还在说，这上衣变紧，要我新学期给你订两套大一码的，忘了？"

　　想起校服为什么会"变紧"，姜南风顿住，脸颊烫了烫。

　　看着母亲开始把校服认真地叠起来，姜南风做最后的挣扎，咕哝道："那陆爷爷怎么不去跟巫时迁或者陈熙借校服呢？"

　　"陈熙的校服全给他表弟了。"朱莎莉瞄了一眼大门的方向。夏天闷热，木门没关，只有上方一块花布帘挡着。她刻意压低了些声音，像怕被谁听到："巫时迁长得高，他的校服，陆鲸不合穿。"

　　姜南风鼻哼一声，想：也是，巫时迁的校服给那小矮子穿的话，裤腿得当拖把喽。

　　姜南风回房间里拿了衣服，往浴室走时，朱莎莉又叫住她："对了，陆爷爷还托我给陆鲸买几套日常一点儿的衣服，明天早上你陪我去逛逛，顺便去买菜。"

　　闻言，姜南风噘起嘴唇，声音刻意拉得九曲十八弯，撒娇道："妈咪，就只给陆鲸买吗？我呢？我可是你可爱活泼、聪明伶俐的乖女儿，给我买新衣服吗？"

　　朱莎莉被她逗乐，"扑哧"笑出声。

　　姜杰也忍俊不禁，笑得洗茶杯的手直抖。

　　姜杰替老婆拍板决定，笑道："买买买！谁叫你是我们的宝贝女儿！"

睡衣和贴身衣物都带着樟脑丸的味道，姜南风一件件地挂到门后挂钩上，以免被花洒溅湿，再脱下身上的脏衣，丢进洗手盆里。

半截式的小背心被汗打湿，粘在皮肉上不太舒服，姜南风哼哼唧唧地脱下来，发现胸部下方的皮肤被背心的皮筋勒得通红，还有些痒。

镜子里的女孩儿，真的和一年前有些不同。

姜南风侧过身子，稍微挺直了背，肩膀往后。

那变化，更突出了……就是因为这样，她才需要换校服。

而且最近她觉得那小背心勒得她不舒服，跑得稍微快一点儿，胸口都会痛。

镜前灯昏黄，姜南风抿了抿唇，举起双手，轻轻揉了两下，确实有点儿痛……

她又将肩膀塌了下去，背脊也微弯，这样，那变化就没那么明显了。

姜南风在不少漫画里看过，女主角们都穿很漂亮的内衣，有草莓印花，有蕾丝边，有蝴蝶结，比蛋糕店里的奶油蛋糕还要好看。

可女主角们基本都是高中生了，而她小学还没毕业，那么快就要穿那种类型的内衣了吗？他们班里好像还没有女同学穿那种内衣，大家都是穿小背心啊……

姜南风朝镜子皱了皱鼻子，心想：难道真的是她最近吃得太多的关系？

第二章
水仙花

出了好运楼的大铁门，左边，街口有一棵大榕树，树下有一家比姜南风年纪还大的单车修理铺。

单车修理铺斜对面有一大片空地，是几条马路的交接处。

奶奶还在的时候，姜南风听她讲，好久好久以前在这空地上有一个圆亭子，亭顶、亭柱都是朱红色的，附近民众常来这里乘凉，渐渐地，这一片区域被人称为"红亭"。

后来红亭子遭到破坏拆毁，反而是空地旁边的石头老戏台幸存了下来，一直留到这会儿。时不时会有潮剧团来这里搭台唱戏，逢年过节更是会连唱个两三天。

而好运楼的大铁门往右，内街更深处，是菜市场。

人们左转，拐出大马路，朝南边再走上十分钟，就到海傍了，沿着内海海岸线，海滨长廊绵延几千米，贯通着城市的东西两边。

除非刮台风或下暴雨，要不然海滨长廊每天早上都是热热闹闹的。多是老伯、老姆，晨运、喝茶、下棋、遛鸟、听潮剧，夏天还有不少人下海晨泳，下至小孩儿，上至老头儿老太太，人手一个游泳圈或一块浮板，有的人甚至在腰间绑了颗皮球，就能游到海中央再折返。

海滨长廊的西边有过海轮渡码头，码头外的那一片街道，每天早上五六点都会有许多流动小贩来摆摊。他们卖的东西五花八门，有小商品、花鸟鱼、中老年人的服饰，还有人卖水货、外贸货。

有的商贩不摆摊，就拎着个塑料袋，黑乎乎的，走到人跟前打开，鬼鬼祟祟地说："要不要买表啊，香港回来的。"

姜南风小时候听大人们聊天说过，那叫"老鼠货"。

见小南风不明白是什么意思，姜杰压低声音，神秘兮兮地问她："你看《黑猫警长》里，老鼠经常干什么事啊？"

今天倒是不见有拎着黑塑料袋的男人，姜南风打着哈欠，陪朱莎莉在几个卖外贸衣服的摊位前来回走。

见女儿耷拉着肩膀，一副无精打采的样子，朱莎莉"啧"了一声，抬手大力地拍了两下她的背："站直了，别驼背！"

虽是早晨，可日头已经很猛了，姜南风本来就又困又热，再被母亲大庭广众之下拍了两掌，心情更烦躁，语气不耐烦地嘀咕："可挺直背我会痛！"

朱莎莉被吓了一跳，赶紧拉她到一边，问："哪里痛？是哪里不舒服？"

姜南风不知道怎么形容那种不舒服，肩膀塌得更厉害，眼神四处飘。

贴肉的那件小背心明明是棉布做的，这时却好像成了一张粗糙的报纸，来回刮着她本来就不那么舒适的部位，而且好闷，闷得她的心口快透不过气。

她能清晰地感受到身体明显的变化，尽管这些变化是预期中的，可还是有些不知所措。她索性抱住双臂，将那片肿胀不适遮掩起来。

之后母亲倒是没再追问她，也没再拍她的背提醒她要站直。

最后朱莎莉在一个摊位上挑了两件T恤和一条五分短裤，都是简简单单的男生基础款。

姜南风站在一旁等着妈妈跟头家杀价，目光却落在旁边的摊位上。

旁边是个卖内衣的阿姨，小三轮车上竖起铁丝网，挂着许多内裤，男式女式都有。车斗则是铺上铁丝网，平铺摆放着许多胸衣，基本是纯色的，有黑色、白色，最多的还是肉色。

这些胸衣和姜南风心目中的胸衣在外观上有很大的区别。

朱莎莉终于砍完价，付完钱，回头跟姜南风说："我们去买菜，再去菜市场那边的服装店看看。"

姜南风"哦"了一声，收回视线。

母女两个人在拥挤的人群中往回走，忽然姜南风听见有人喊她妈妈的名字："莎莉！"

朱莎莉循声看过去，很快找到了熟悉的面孔，有些惊讶地问："张……张娟？你怎么在这里？"

姜南风看过去，发现跟妈妈打招呼的阿姨有些眼熟，但又记不起什么时候见过对方。

阿姨和早市里其他的小贩一样，用一辆三轮车载着货物。她卖的是花瓶，彩色玻璃的、青花陶瓷的，有大有小。

朱莎莉赶紧唤姜南风喊人："南风，张阿姨是妈妈以前工厂的同事，同一个车间的。"

姜南风唤了声"张姨姨"。

张阿姨笑得眯起眼："哇，南风都这么高了？这营养可以啊，脸圆圆的，真有惜神①！不过以前南风来厂里玩的时候也差不多长这样，没怎么变过！"

胶卷厂很大很大，小时候的南风觉得那里就是座迷宫，而且还有一大片鱼池，里面养着好肥的锦鲤。母亲抱着她站在鱼池边拍过几张照片，背景有硕大的"公元"二字，那些照片还装在她家的相册里。

朱莎莉扫了一眼张娟车上的花瓶，微微敛了些笑，低声问："你怎么在这儿摆摊了？"

"这不是政府鼓励下岗人员再就业吗？"张娟耸耸肩，语气听起来还挺轻松的，"我家老刘今年也退了，手停口停，家里的小孩儿要读高中了，花费越来越大。我在家里闲也是闲着，就找点儿小生意做做。"

刚说完，张娟就摇头轻笑："不对，我这都不算生意，你家老姜那种才叫生意，他的音像店生意应该不错吧？"

朱莎莉提起嘴角浅浅一笑："还行。"

张娟羡慕地说道："你就好了，下岗也不用愁。老公赚得了钱，你

---

① 长得让人忍不住疼爱。

在家里当富太太就好啦。"

姜南风听见母亲"哈哈"笑了两声，说："哪里的事，也就是过得去而已"。

她侧抬起脸，看见母亲逆在光里的笑容。

明明母亲在笑，但不知道为什么，姜南风觉得母亲的笑声并不像平时那样自然，有点儿像一颗没了水分的荔枝。

两个大人聊了好一会儿，姜南风被逐渐高升的太阳晒得耳朵发烫，正想去晃晃妈妈的手，就听见有人手持扩音器大喊："好收摊了啊！猛猛[①]收喽！"

张娟不大情愿地开始收摊："唉，城管来赶人了，一天比一天早……"

朱莎莉急忙说："等等……等等……让我挑两个花瓶。"

张娟一愣，连忙说道："不用不用，你别专门买。"

朱莎莉低头挑选车斗里的花瓶："说什么呢，才不是专门买，是我本来就想要买的。"

朱莎莉挑了两个有明码标价的彩色玻璃花瓶，麻烦张娟帮忙包起来。

两个花瓶刚好七十块钱，朱莎莉没有杀价，直接从钱包里掏出钱塞给张娟。

姜南风听见妈妈又补充了一句："真的，我本来就想买的，家里原来的花瓶前段时间打烂啦。"

后来姜南风帮母亲拎装着陆鲸的衣服的袋子，身侧的母亲则一手提一个花瓶。

走出喧闹的人群，姜南风才开口说："妈，我们家有花瓶打烂了吗？我怎么没印象？"

朱莎莉搪塞道："哎呀，大人的事小孩儿不要管。"

姜南风不服："明明昨晚你和老爸都说我是大姑娘了！"

朱莎莉一顿，吞吐几句，最后说："这时候这张小嘴倒是

[①] 快点儿。

伶俐……"

　　两个人原路返回，朱莎莉把花瓶和衣服袋子寄放在相熟的铺头里，说买完菜来拿。

　　她们先去朱莎莉经常光顾的外贸店，老板娘热情地招呼，说新到了一批外贸货，有适合姜南风的尺码。

　　新到的货还没挂板，老板娘把蛇皮袋里的衣服捧出来，一件件地摊开来给母女两个人挑选。外贸衣服大部分都没有吊牌，有的连包装袋都没有。朱莎莉跟老板娘讲今天她要给一个男孩儿买衣服，身高和南风的身高差不多，但比南风瘦。

　　姜南风撇撇嘴，在老板娘拿出来的新款里寻找有没有自己喜欢的款式。

　　果然都是些比较偏男生的款式，T恤、牛仔裤和风衣，黑色、灰色和藏蓝色。也有一些碎花连衣裙，可尺码太小了，是给小朋友穿的。

　　姜南风衣柜里的衣服多数来自这家外贸店。朱莎莉觉得这里的衣服便宜，质量又好，怎么洗都不会变形，但那些衣服款式都不是姜南风喜欢的。她觉得自己穿起这些衣服来就像个小男孩儿，一点儿都不漂亮时髦。

　　好像从上小学开始，姜南风就没穿过裙子了，不像杨樱。

　　姜南风只在学校里见过杨樱穿校服裤子，其他时候，杨樱几乎都穿着裙子。

　　杨樱有好多裙子，有和月野兔一样的蓝色百褶裙，有和桃子[①]变身后的婚纱很像的白色公主裙，还有背带裙、连衣裙……再搭上过膝袜和小皮鞋，杨樱就像杂志里青春靓丽的少女模特。

　　朱莎莉很快就给陆鲸选好了衣服，转过头，发现女儿傻愣愣地低头站着，手里拎着件长袖外套。

　　她问："怎么样？有挑中的款吗？"

[①] 《婚纱小天使》的女主角，和《美少女战士》类似也是少女变身的类型，变身服装是婚纱。

姜南风回神，放下手里的外套，摇摇头："没有喜欢的。"

朱莎莉走过去，把姜南风刚刚放下的藏蓝色外套拿起来，抖开看了看样式，说："这件也蛮好看的啊。"

朱莎莉让姜南风背过身，拿衣服在她的背部比画了一下："料子是不错，就是尺码大了点儿。"

老板娘在旁边帮腔："最近就流行这样的！很多初中生、高中生，都专门来这里挑这种又肥又大的款式。条裤宽得可以装下两条腿，裤脚要拖到地上，才叫时尚！"

朱莎莉看见墙上挂板的那些"肥佬裤"，皱了皱眉，问："这裤腰这么肥，小孩儿怎么穿啊？"

"阿姐，你这就不懂了，他们还要搭配这种尼龙腰带。"老板娘从旁边取了条腰带，在自己的腰间比画，"系上之后，腰带头得垂下来好长好长一段，垂到脚头坞①，他们说这样才酷！"

朱莎莉不懂什么流行趋势和韩国组合，以为女儿刚才一直盯着这件衣服，应该是很喜欢的。

她又想了想，姜南风现在的那些外套等到今年入秋估计已经太小了，是得重新买一两件。

朱莎莉问姜南风："新衣服就买这件，好不好？"

姜南风从早上开始一直莫名其妙地烦躁，脾气一冲上来拦都拦不住。她眉心紧蹙地说："都说不要咯！明明是你们说我是女孩子，要我斯文，要我淑女，但你老是买这种男孩子的衣服，要我怎么斯文？是你们没把我当女生看！"

她的声音有点儿大，在小小的服装店内竟有回声。

朱莎莉愣住，老板娘比她更快反应过来，赶紧先打圆场："哎呀！没事没事，不喜欢这件没事的。南风，你要什么样的衣服，你跟姨姨讲，姨姨下次去进货的时候给你留意，好不好啊？"

姜南风咬住下唇，一股委屈从起伏的胸口往上蹿，酸得她的牙齿发软，脑门发涨。

---

① 膝盖。

她觉得她这一次发脾气发得很有道理！妈妈怎么可以一边要求她要像个女孩子，一边又只给她买男孩子款式的衣服？嗯！这次她没有错！

反应过来的朱莎莉也来了火气，瞪了姜南风一眼，把手里的外套抛到老板娘的怀里："头家，这件外套我也要了，你一起算钱。"

姜南风难以置信地大声说："我都说了我不要！"

朱莎莉也将音量提高："你不要就不要，我又不是买给你的！我买给陆鲸！说不定他会很喜欢！"

姜南风哽住，但那股委屈很快转化成不屑。

她抱着臂，说："就他那身高穿这衣服，袖子这么长，是要去唱潮剧吗？"

这个钟点的菜市场人来人往，顾客与摊主之间都要用喊的方式才能让对方听清。

纪霭手里拿着刮鳞器，熟练利落地把一条大草鱼去鳞，接着把鱼抛到纪母面前的砧板上。纪母一边跟客人聊着家常，一边接过女儿半处理好的鱼，手起刀落，几下就娴熟地把鱼开膛破肚。

纪霭跟母亲讲了一声，脱去胶手套，洗了洗手，走出鱼档。

姜南风站在杂咸①铺旁边，手插裤袋，嘴里吹着泡泡糖，面无表情。

纪霭走过去，笑着问："莎莉阿姨还没回来啊？"

姜南风的腮帮一动一动，声音含糊，她从裤袋里掏了颗泡泡糖给纪霭："对啊。"

朱莎莉嫌弃她走得太慢，让她在这里等着别乱走。

纪霭接过泡泡糖，拆开大红色包装纸，问："你和阿姨又因为什么事吵架啦？"

姜南风吹了个很快就破的泡泡，嘟囔道："也不是吵架，我就是表达了我自己的想法……也许是这个想法惹她不高兴了。"

---

① 配粥小菜的统称。

看出姜南风不想在这个时候这个地点讲太多话，纪霭想了想，语气温柔地说："我没想到你今天会陪阿姨来买菜，就没把日记本带在身上。要不然，等我今晚吃完饭，拿日记本去好运楼找你？"

姜南风一双眼委屈巴巴地看着纪霭，但嘴角已经挂起了笑："好啊，你今晚来找我，我请你吃三色雪糕呀。"

纪霭和姜南风同校同级不同班——姜南风在一班，纪霭在三班。两个人本来没什么交集，四年级的时候姜南风陪朱莎莉来菜市场，遇见了在档口帮父母忙的纪霭。

那时候的纪霭已经能徒手捞鱼，还能十分利落地给鱼去鱼鳞了。姜南风目瞪口呆，直呼"三班班长你好帅"。

纪霭的家毗邻菜市场，每天走路上下学她都需要经过好运楼。两个人的路径一样，她们不知不觉就聊上了天，成了好姐妹。

上学期她们开始写交换日记，硬皮日记本带小锁头，钥匙一人一把，有什么平时不方便当面讲的话，或有什么想倾诉的秘密，都能写在日记本里。

两个人虽然同岁，但在姜南风心里总把纪霭当成姐姐。她觉得纪霭比自己成熟好多，每次自己不开心或者有什么事情没能想明白，跟纪霭聊上几句话，就能茅塞顿开。

"啊，阿姨来了。"纪霭看到了朱莎莉。

朱莎莉的左右手都拎着好几个塑料袋，红的白的黑的，朱莎莉见到纪霭，眼睛亮亮，说："阿霭，你在这里啊，怪不得我刚才经过你家档口时没见到你。"

纪霭乖巧地道了声"莎莉姨好"，再拉拉姜南风的手指，说："我回去帮我妈忙了，今晚见。"

姜南风点头."嗯，今晚见。"

纪霭离开后，姜南风瞄了眼朱莎莉脸上的表情，见母亲似乎不生气了。

她递出手，说："把袋子给我吧。"

朱莎莉摇头说："不用了，不用了，有些袋子油油的，你别拎了。走吧，我们回家。"

姜南风没听母亲的话，直接伸手夺过母亲左手里的几个袋子，低声道:"帮你拿啦。"

接着,她直接转身,朝她们寄放东西的店铺的方向走。

朱莎莉顿了顿,很快跟上女儿的脚步。

快到好运楼时,她们在"老七发室"门口遇见了陆爷爷。他站在旋转的白蓝绿灯柱旁边,抽着烟,手叉腰看着店里。

姜南风先唤了人:"陆爷爷。"

陆程看过来:"哦,南风啊,陪妈妈去买菜?"

姜南风点点头,走到剃头铺门口,探头往内看了一眼。

她的新邻居陆鲸正坐在老式磨盘椅上,脖子上围一块白色披布,已有一些黑发丝落在了上面。

站在椅子后方的剃头师傅叫七叔。他嘴里斜叼着根烟,手里的电推子不停地作响。

陆鲸本来几乎及肩的黑发已经被剪短了许多,清秀的侧脸便露了出来。

姜南风恍惚间觉得,这小子的皮肤好像比早上在张阿姨的摊位上摆着的那些白瓷花瓶还要光滑白皙。

这时候,陆鲸被七叔按低了脑袋。电推子从陆鲸的脖子后侧往上推,许是有些痒,陆鲸动了动。见状,七叔立刻用不咸不淡的普通话说:"不能动。"

陆鲸不动了,但姜南风从他抿得死紧的唇角上能看出他并不怎么开心。

"快好了,快好了,剃掉这些细毛,就能撒粉了。"

七叔嘴里的香烟已经烧出长长的一截烟灰,一说话,那烟灰就簌簌地落下。

可陆程还是有些不满意陆鲸这个头发长度,问南风:"你班里男同学的头毛有人留得这么长吗?是不是都是寸头?"

姜南风看了眼陆鲸,发现陆鲸也在看着她。

不,准确地说,陆鲸更像是在瞪着她。

她被瞪得莫名其妙,但还是如实回答道:"大部分是寸头啦,就是和巫时迁、陈熙他们那样的……"

陆程继续问:"那你觉得,陆鲸这个头毛还要不要再剪短一点儿?"

姜南风没想太多,单纯地觉得陆鲸之前头发太长太阴柔了,而且显得他整个人都没什么精神。

她直接说:"嗯,可能稍微再短一点点,看上去比较有精神。"

陆鲸听不懂阿公和姜南风在商量些什么,可他的直觉非常强烈。毕竟阿公昨晚就跟小姨谈过他的头发的问题了——阿公想要他理寸头,小姨替他讲话,说剪短一点儿就好,寸头不适合他。

这会儿听到阿公开始和理发师讲话,陆鲸又气又委屈,蓦地扭过头,大叫一声:"我不要理寸头!"

七叔来不及反应,电推子"刺啦"一跑,像推土机一样,在小男孩儿的后脑勺儿上铲出一条长长的道儿。

姜家中午一般吃粥粉面,今天朱莎莉煮了粿条汤,有猪肉丸和赤肉,有水生和尼仔①,一大碗公满满当当。

姜南风一边嗍着粿条,一边跟回家吃午饭的父亲讲陆鲸早上在剃头铺的经历。

她忍不住笑出声:"陆爷爷本来只是让老七叔给陆鲸的发尾再剪短一点点而已,现在倒好,得直接剃成寸头了。"

朱莎莉白她一眼,说:"你别在陆鲸面前提起这件事了。"

姜南风夹起水生,在清澈透黄的初汤②里轻点了两下,不解地问道:"为什么?"

朱莎莉说:"陆鲸那小孩儿自尊心挺强的,也挺在乎自己的外表。他从小在省城长大,生活环境跟你们的不同,在意的事情也不同。还有,你别总说人家矮,男孩儿发育慢,有些人要到高中才会开始长高。你别看巫时迁现在挺高,也有可能未来就这么高了。"

朱莎莉把自己碗里的那颗猪肉丸夹进女儿的碗里,接着说:"你想想,假如现在有人说你胖,一次两次且无心的话那就算了,可要是对

---

① 小牡蛎和鱿鱼。

② 鱼露。

方一直追着你提这件事,你也会很不开心的,对吧?"

姜南风声音含糊,有些不满地说:"我就是脸圆了点儿,没有胖。"

姜杰帮腔:"对,能吃是福啊,以前生活条件不好,小孩儿想吃块肉都要等上一年,现在条件好了,能吃得白白胖胖才是福气。"

朱莎莉说:"我当然知道你不胖,就是提醒你,不要故意拿别人的外表来开玩笑,知道吗?"

姜南风把两颗猪肉丸留到最后,用筷子穿成冰糖葫芦的样子,应道:"知道啦。"

朱莎莉又开始将水生挑拣到瓷勺里,嘴里念叨不停。

她一会儿说陆鲸这小孩儿挺不容易的,一会儿说南风你们觉得熟悉的环境对陆鲸而言是完全陌生的。

她说一开始的这两个月会比较艰难,让南风跟陆鲸好好相处,以后两家人还要当好多年的厝边①呢。

她又让南风这个暑假有空了就多去对面陪陆爷爷和陆鲸吃饭,之后等陆阿姨回广州了,还得靠南风给陆爷爷当小翻译。

姜南风腮帮子鼓鼓,前面一直"嗯嗯"地敷衍应承下来,直到听见最后这一句,眼睛才亮起光,兴奋地说道:"无问题无问题,我可以当陆爷爷的翻译!我中午和晚上都能去 201 吃饭!"

朱莎莉觑她一眼,把满满的一勺水生倒进姜南风的碗里,没好气地笑出声:"吃吃吃,满脑子都是吃,好食妹。"

姜杰中午习惯午睡一会儿,下午两点后再去音像店。

姜南风今天早起,吃饱后更加犯困,但想坚持一下,把给"莲"的信写完,下午好拿去邮筒寄走。

昨晚她按"莲"的自述,重新给他画了张画像,铅笔起稿,用黑水笔勾线,将头发、眼睛都涂上黑色,留出高光。

一米七、黑短寸头、浓眉、眼形细长……姜南风猜想:"莲"应该有些像《灌篮高手》里的樱木花道。但是是黑头发版本的,或者,他

---

① 邻居。

像流川枫剃了寸头？

因此她还在画中加上了一个篮球。

姜南风本来想从新买的信纸里挑出粉色的那两张来用，但粉色信纸右下角有两只趴趴熊凑在一起，脑袋上还有桃红爱心，因怕看起来太像情书，最终换成了天蓝色的两张。

她刚把写了一半的信纸摊开，房门又被推开了，母亲的声音同时传来："南风啊——"

姜南风翻了个白眼又叹了口气，熟练地把信纸翻面："干什么啦？"

朱莎莉进门后，先反手把门关上，说了一句"哎哟，真热，要叫你爸去给你重新挑个空调才行"。

她手里有一个黑塑料袋，姜南风认得，是早上母亲买菜回来时拎着的其中一个袋子。

朱莎莉打开袋子，从里面掏出一块布料，递给姜南风："你试试看，合不合穿。"

姜南风愣愣地接过来。

那是一件胸衣，不过和她早晨在流动摊贩那儿看到的文胸款式不同，也和少女漫画里的不同。她手中的这件，没有两个小山一样的倒碗。

它是淡粉色的，偏薄的棉布十分柔软，看上去有点儿像她正在穿的小背心，但是这件有背扣，在胸口位置会稍微厚一点点，而且有不一样的剪裁和车线，布料轻微隆起，像过年时家里会摆的水仙花的花瓣。

朱莎莉说："我问过内衣店的头家，她说这种款式比较适合你们正在发育的小孩子。因尺码不知道合不合适，我就先买了一个。你先试试，合适的话我明天再去给你买多两件替换，不合适了也能拿去换尺码。"

姜南风的声音忽然变得好细，她问："你怎么知道我想换内衣的？"

"好歹我也是你的老妈啊。"朱莎莉揉了把姜南风的乌黑头发，声音像被太阳晒得蓬松温暖的棉花，"你啊，有不舒服的地方得跟我讲的，不能总藏在心里。虽然你有时候想一出是一出,但要多跟我沟通,我会尽力跟上你的。"

朱莎莉想起什么,从袋子里又摸出几片卫生巾,放在姜南风的书桌上。

"这个你先拿着,我估计很快也要用上了。你的书包里不是有个暗格吗?你可以先放一片在里面。"

朱莎莉拿起其中一片,又去衣柜里取了条姜南风的底裤,坐到床边:"你不要觉得不好意思,这些都是很正常的事,每个女孩儿都会经历的。我先教你怎么用,你留心看啊……"

午后暖阳灌满半个小小的卧室,像颗切开一半的橙子,风扇送出的风是温热的,拂起正在一天天长大的女孩儿的发尾。

女孩儿长大后很多年,都会记得这个夏日午后,母亲的声音也被暖风吹拂着,一页接一页地翻开,上面写着一个又一个关于成长问题的解答。

陆嘉颖趴在门板上听了好久,没再听到房间里有啜泣的声音,才稍微松了口气。

"你看你看,小小的事就哭成这样,真不知道你姐之前是怎么教孩子的。"陆程坐在红木椅上抽闷烟,嘀咕道,"不知道的还以为老陆我虐待小孩儿,不就是剃了个寸头而已吗?"

他本来都要把音量提起来了,可想到小孩儿刚哭红了眼睛的模样,又生生把声音压了下去。

陆嘉颖毫不客气地瞪了她亲爹一眼,压着声音埋怨:"你这个人就是这样,当大厨师当上瘾了,总要别人服从你的安排。"

她坐到另一侧的红木椅上,拿了自己的烟盒,还顺了老爹的打火机,"咔嚓"一声点燃烟,吸了一口才继续说:"鲸仔本来就对这边不熟悉,你就不能等他适应了,再带他去剪头毛?非得今天就剪?"

陆程年纪大了,没力气也不想去多管这离经叛道的小女儿,叹了口气,说:"这不是约了主任今晚去他家吗?那就只能白天处理头毛了啊。"

陆嘉颖在白烟里翻了个白眼:"见主任就见主任,头毛长点儿有什么所谓？"

陆程满脸鄙夷："男孩子就要有男孩子的样子！以前我就是没管好你们姐妹俩。你姐不在了我也不多说了，可你呢？从小没个女孩儿样，抽烟喝酒样样齐，现在你也快三十岁了，赚那么多钱是很厉害很强，但也要赶紧谈个对象啊！结婚生奴仔[①]才重要，千万不要学你姐……"

想起意外身亡的大女儿，陆程心里依然难受。逝者为大，他也只能长叹一声"叔恶死[②]"，掐了烟，起身走进自己的卧室里。

再出来时，陆程手里拿着两张照片，放到陆嘉颖的面前。

"你三婶前段日子介绍的，两个都在广州，一个是公务员，另一个做……电子还是什么的，三婶说前途无量。照片背后有名字、年龄，你看看有没有合心意的，回省城了跟对方约出来见个面……"

陆嘉颖拿起其中一张相亲照，只看了一眼，很快就放下。

她伸长手把烟灰敲进烟灰缸里，低声说："我前几年就已经说过了，我是不会结婚的。"

陆鲸还没有睡着，也没有再哭了。

冷静下来之后，他都觉得因为理了短寸就哭鼻子的自己真是蠢到家了，不就是头发而已吗？离开学还有一个多月，说不定到时候他的头发已经长长了。

房门外的阿公和小姨不知道因为什么事又吵起来了。虽然他们刻意压着声音，可还是有只言片语从门缝里溜进来，陆鲸还发现，自己好像已经能听懂一两个词语了，比如出现频率最高的词语是什么"昏"……听上去很像"结婚"。

阿公有点儿压不住情绪了，声音越来越大。陆鲸皱紧眉头，掀开毛巾被，下了床。

他抱来自己的书包，将里面的东西一样一样地拿出来。

里面装着一本同学录、几张未拆封的电话磁卡、两本磁铁式电话

[①] 生小孩儿。
[②] 多义，这里指"好可怜"。

簿、一个CD随身听、一张未拆的CD，还有一个钱包。

同学录和磁铁电话簿都是上个学期期末，班里的同学给他的。

CD是他离开广州的前一晚，杜茹约他到学校门口送给他的。

银灰色的CD随身听是索尼最新的型号，是小姨在香港买的。电话磁卡都是百元面值，也是小姨给他的。

钱包……

钱包是去年他过生日时妈妈送的礼物，他一直用着，里面装着的学生公交月卡还没取出来。

照片卡位那层薄薄的透明塑料膜下则覆着他和妈妈的一张合照。原来的照片是正常尺寸的，他用尺子量了钱包卡位的尺寸，在照片背面用铅笔画线，再用剪刀剪下来。

那是他们母子俩在三年前的夏天在香港太平山山顶拍的照片。

那时候陆鲸的年纪小，只觉得等缆车上山等了好久，身边都是金发碧眼的外国人，他们"叽里咕噜"的话陆鲸听都听不明白，等上到山顶时太阳又大，所以照相时他的表情好似一块苦瓜干，但照片里的妈妈笑得很开心。

天空蓝得不可思议，背后的高楼大厦很壮观，墨镜架在妈妈的发顶上，风拂起她微卷的短发。

如今陆鲸对那趟旅行印象最深的事，不是在海洋公园里玩，也不是妈妈带他去玩具反斗城里买七龙珠的玩具，而是那时候的妈妈总能用流畅的英文跟外国游客们沟通，请对方帮他们母子俩照张相。

陆鲸看了一会儿，才把钱包合上。

杜茹送的CD他还没拆，是一张张学友精选专辑[1]，盗版碟。

杜茹说是饯别礼物，问陆鲸离开广州后能不能给她写信。

陆鲸没有写信的习惯，也不知道跟女孩子写信要写什么内容，但答应了杜茹会给他们这些同学挨个儿打电话的——阿公家里有电话，小姨也给他买了很多张电话卡。

陆鲸拆了CD塑封，取出光盘放进随身碟机里，开机，戴上耳机，

---

[1] 1998年张学友的《友情歌岁月精选》。

挡住了阿公和小姨的吵架声。

他躺回枕头上,很快耳机里有歌声传出。他看了一眼 CD 盒背面的歌单,第一首歌是《离开以后》。

陆鲸抓起同学录,翻开——全班四十个同学,除了他自己,每个人都写了,还写得很认真。

姓名、生日、爱好、喜欢的颜色、喜欢的歌手、讨厌的食物……每个同学都填得认真仔细,有些同学还贴上了自己的照片,像是怕陆鲸忘了他们的长相。

同学们还给他送上祝福,祝他在新的学校里要学业进步,祝他在新的城市里要生活愉快。

和他相好的那几个男生,每个人都认真地写上好长一段话,让陆鲸回广州时一定记得找他们玩。

陆鲸合上酸胀的眼皮,心里默念着:我一定很快就能回去的,你们不要忘了我。

傍晚时的好运楼格外热闹。

大人们陆陆续续落班回家了。楼下大铁门索性不关,方便自行车和摩托车驶进来,陈伯搬了藤椅坐在门房室屋檐下,收音机里正播着"洪灾无情人有情,祖国上下一条心",手中纸扇一摇一摇,陈伯的脑袋也跟着一摇一摇,唉声叹气。

姜南风刚走出家门,就听见 401 的陈叔叔和 602 的巫叔叔边上楼梯边聊着天。

"唉,这两年可真难,去年股灾,今年水灾。"

"钱财身外物,这人,能平平安安就好。"

"就是。"

姜南风跟两个人打了招呼。

巫父笑着问:"南风啊,怎么今天没去家里看动画?"

"巫时迁和同学去滑旱冰了,陈熙也跟着去了。"

"那你怎么不跟着去?"

姜南风吐了吐舌头,说:"我不会滑呀。"

陈父笑了几声:"那得让那俩小子教教你。"

两位叔叔继续往上走，姜南风准备往下走，还听见他们说起昨晚陆爷爷去他们家串门的事。

"唉，老陆也不容易，大女儿走得太突然了，孩子还这么小呢……"

"对，大家都是邻居，能帮就多帮一点儿。"

姜南风噘了噘嘴，想起母亲中午吃饭时的再三叮嘱。

好啦好啦，知道啦，既然陆鲸现在已经是好运楼的一分子，她自然会和他好好相处的。

到离家最近的邮筒要走五分钟，地面滚烫，风也湿热，姜南风刚下楼就出了汗，但心情比早上时好太多。

妈妈给她买的内衣尺寸正好，比小背心有承托力得多，又不会让皮肉磨得难受。虽然还没过水，可她已经迫不及待地穿上了它，反正很快要出汗的，等今晚再洗就好啦。

姜南风忍不住蹦跳了两下，短发飘起又落下，拖鞋在水泥地上敲出欢快的声音。

绿油油的邮筒伫立在街边，姜南风把信封投进去，只不过这个钟点已经过了下午的开箱时间，"莲"得后天或大后天才能收到信了。

"莲"的收件地址，姜南风问过朱莎莉，听妈妈说是在去年已经被拆掉的龙湖乐园那一带。

小时候父母常带她去龙湖乐园玩，门票大人十块，小孩儿五块，游乐项目很多，碰碰车、脚踏船、摩天轮、海盗船、环园小火车……应有尽有。

朱莎莉说，龙湖乐园刚开业的时候热闹得很，每天的门票都是早早就卖光，又说龙湖乐园离家远，从家踩单车过去得小半个小时，但他们还是争取一两个星期就带她去玩上一天。

去年龙湖乐园被拆了，那片地儿接下来要建一座大商场。

朱莎莉还说，接下来城市的重心应该会慢慢往那边移，西边的这一片，可能会慢慢被时间忘记。

姜南风后来又偷偷问过爸爸："要去那个地址的话要怎么去？"

爸爸说："二路车就能到。"他又反问她，"要去这个地方干什么？"

姜南风含糊其词地说只是问问而已。

· 46 ·

寄完信，她往回走。

姜南风没有直接回家，经过老戏台，再往前走一分钟，拐进一条小路，就到了她最常光顾的租书店。

租书店的老板是一对夫妇，老板娘不是本地人，身材又高又壮，每天打扮得都很漂亮，指甲涂着玫瑰花瓣的颜色，声音粗犷，性格爽朗大方，老板则和她相反，瘦瘦的好似竹竿，戴着眼镜，说话轻声细语。

姜南风刚走进店里，老板娘就喊住她："阿妹，你想要的那本书别人还回来了，在书架上，要的话赶紧去取。"

姜南风大喜："太棒了！"

店里这时候还有好多客人，基本都是青少年，有男有女。

男生们直接捧着漫画，蹲在角落里看得入神，也不知道看到什么情节，几个人指着书交头接耳，讲悄悄话讲得眉飞色舞。

女生没他们那么厚脸皮，在一排书柜前徘徊了几次，挑挑拣拣，最终取了几本言情小说，不动声色地拿去柜台给老板娘。

姜南风直奔漫画书柜，很快看到她想要的那本书，《天是红河岸》第六册。

本来她对这位作者的画风和异域题材都不太感兴趣，但在尝试看了第一册后，一发不可收拾。暑假前她租到第五册，第六册被别人租走了，迟迟未还——刚好卡到关键剧情，挠得她心痒。

她租或买的书都会跟纪霭分享。今晚纪霭来找她，她正好能先让纪霭把漫画带回去。等纪霭看完了，再轮到她看。

再挑了两本没看过的少女漫画，姜南风一起递给老板娘。

一本书的租金很便宜，一天一毛钱，押金是一本书五块钱，还书的时候退还，顾客也可以直接租借其他书，只付几角钱租金就可以了。

老板娘翻开漫画书封底，在租书卡里写上日期，再盖上小红章，租书手续就完成了。

"对了，《YES!》[①] 刚刚到了最新一期，要买吗？"

[①] 一本以青少年为对象的香港杂志，主要在港澳发行。

老板娘从柜台下方拿出一本杂志。

姜南风看了下封面,是位她不认识的女星。

这本杂志实在太贵了,姜南风没办法期期买。一般要等有自己喜欢的明星上封面或有访谈时,她才会考虑买。

她摇摇头说:"不买啦。"

姜南风多看了封面一眼。

封面里的年轻女子身材姣好,笑容灿烂,青春靓丽,性感里又透出一丝青涩。

晚上吃完饭,朱莎莉带着姜南风去了201。

客厅里只有陆程一个人,电视里的新闻主播正用字正腔圆的普通话播报着洪灾的最新情况。

陆程热情地招呼:"坐坐坐,来呷茶,602的阿巫昨晚给了我一罐新茶。"

姜南风熟门熟路地坐下:"姨姨不在吗?陆鲸呢?"

"你陆阿姨和朋友有约,出去了。"陆鲸房门紧闭,老头子有些尴尬地提了提嘴角,"小孩儿还在生闷气呢。"

朱莎莉把早上买的衣服给了陆程,还有昨晚找出来的小学校服。

"尺码应该合适,就不知陆鲸喜不喜欢,我不怎么会挑小孩儿的衫裤,南风总说我眼光太差。"朱莎莉客气地说道。

"不会不会,好看的。"陆程笑得眼角挤起皱纹,拎起袋子最上面的一件短袖,抖开看了看,很快语气肯定地说,"哦,这比陆嘉颖给他穿的那些正常多了!她带回来的衣服五颜六色的,给姿娘仔穿还像样一点儿……欸,不如看看南风合不合穿,适合的话拿去给南风穿吧!"

姜南风正在偷吃茶几上的冬瓜册①,一听陆爷爷的建议,赶紧摇头:"不用了不用了,我肯定穿不下,陆鲸比我瘦好多。"

她的校服已经给了陆鲸,要是陆鲸的衣服又给了她……她感觉也太奇怪了,他们的关系还没好到能交换衣服穿的程度吧?

---

① 一种潮汕蜜饯,冬瓜糖渍后再炒出糖霜。

她拈了条冬瓜册丢进嘴里,外脆内软,糖霜清甜。

连这种常见的小吃陆爷爷都能做得那么好吃,姜南风胡乱猜想:说不定连麦当劳的汉堡包和薯条,陆爷爷都能做得出来。

去年城中开了第一家麦当劳,一年过去了,那里还是那么热闹,不过一个套餐就要花掉她一个月的零花钱,她实在舍不得呀。

朱莎莉还跟陆程说,里面有件外贸衫,就是尺码稍微大了点儿,让陆鲸试试看,实在太大就拿回来给姜南风穿就好。

姜南风瞪大眼想抗议:怎么来来回回她就逃不开这件外套了?!

陆程笑道:"无事!大点儿就大点儿,小孩子长得快,袖子太长折一下就好。"

老头子在吃这方面格外讲究,有电热水壶不用,茶几上总坐一个小炭炉,火舌舔着铜壶底,壶嘴冒烟,壶盖时不时跳动起来,"啪嗒啪嗒"地响。

水滚了,陆程开始洗茶,对姜南风说:"南风啊,你进去问问陆鲸,他要不要呷茶。"

姜南风把指腹上的糖霜舔净,用衣服下摆擦干湿漉漉的手指,长长地拉了一声:"好——"

她走到陆鲸的房门前,正想直接推开,顿时觉得不妥,屈起指节敲了两下门板。

等了几秒没回应,她又敲了几下:"陆鲸,爷爷叫你出来喝茶。"

陆鲸还是没回应,姜南风只好直接推开门,不忘说一声"我进来了"。

房间里冷气充足,凉风从门缝里吹出来,姜南风舒服得叹了口气,心想:这家伙真会享受。

不过房间里没开灯,窗帘也紧拉着,她得把门推得再开一些,才能借助客厅里的光看清屋内。

正躺在床上听歌的陆鲸终于察觉有人闯入了他的世界里,一个鲤鱼打挺坐起来。

他本来以为是小姨或阿公,没想到走进来的是他的新邻居。

这位新邻居的脑袋圆滚滚的,像颗蘑菇。她走动时,那齐耳的短发就在脸颊边微晃。即便她的眼耳口鼻模糊在昏黄的光里,陆鲸也能想象得出来她此时脸上的表情，肯定是鬼鬼祟祟的，那双同样圆滚滚的眼睛，或许还带着些狡黠。

他摘下一边的耳机，眉心微蹙，语气明显有些不耐烦地说道："你进来干什么？"

姜南风立刻停住脚步没再继续往里走。

她自诩人缘向来极好，可也不知道这个从省城来的小少爷怎么就同她水火不容，次次相处都好似火星撞地球。

她没好气地说道："爷爷问你要不要出来喝茶。"

阿公泡的茶又浓又涩，陆鲸昨晚喝了一杯，感觉心脏瞬间跳得飞快。

"不要。"他言简意赅地拒绝，同时在CD机线控器上按下暂停。

他把另一边的耳机也取下，下床走到书桌旁，拿起桌上的乐百氏抿了一口，顺手按开了桌上的台灯。

姜南风完成任务，正想走，余光扫到躺在草席上的银色"飞碟"，眼睛瞬间放光。

"你……你……你有CD随身听？！"

陆鲸被她突然变大的声音吓了一跳，愣愣地点了点头："嗯，有。"

姜南风"哇"了好几声，走近一些，眼睛一直盯着那台"小飞碟"挪不动道。她嘴里"噼里啪啦"地接连着问："你这机子看起来很新啊，刚买的吗？是不是很贵的？你这个还有遥控器，我爸店里那台都没有的，是不是还能防震？"

陆鲸心想：她怎么有那么多问题？

前面的问题他索性一个没答，只答了最后一个："嗯，有十秒防震。"

虽然父亲是开音像店的，但姜南风目前只拥有一台磁带随身听。

她已经是班里为数不多能拥有随身听的小孩儿了。常有男同学缠着她，问她能不能把随身听带来学校。姜南风不乐意，要是他们把机子听坏了怎么办？她也就只跟纪霭或另外几个关系较好的女生，分享她的另一个耳机。

亲父女也要明算账，当姜南风有想要的磁带时，姜杰会便宜一点儿"卖"给她，对外售价十块钱，她五块钱就能拿下。

这两年 CD 和 VCD 开始流行起来，而姜家在这方面总走在别人的前面，家里先是多了两部新机器，扁扁平平的，叠着放在电视旁。后来有一天姜杰又搬来两个巨大的音响，像左右门神一样守在它们的旁边。

朱莎莉还找了几块蕾丝边的碎花布来把它们盖住，时不时拿鸡毛掸子给它们扫扫灰，这样子的特殊待遇，家里的老黑胶碟机和大收音机也曾经拥有过。

前年姜杰买了一台 CD 随身听，说是日本最新的玩意儿，放在店里自用。有时候买了盗版碟的客人会拿盘子来店里售后，说有卡顿、刮音之类的问题，姜杰也能当场测试看看是不是有对方说的问题。

每到周末或放长假，姜南风就会找机会去父亲的店里玩，拿一些已经拆过包装的 CD，躲在柜台后边听边看漫画书。

不过，虽说是便携随身听，但其实在机子运作的过程中并不能去挪动它。人稍微碰它一下，音乐就会出现卡顿。姜南风听老爸说，新出的型号才有防震功能。

陆鲸有这么一个新潮玩意儿，姜南风自然是羡慕的。

她已将陆鲸的难相处置之脑后，眨着眼主动地问："那是不是就能把它带在书包里，边走边听？然后要选歌的时候，直接在遥控器上操作就好？欸，你在听什么歌啊？"

她依然有很多问题，虽然想要尝试回答，可陆鲸也没试过边走边听。

他想了想，把桌上的盗版碟塑料壳递给她："嗯，直接在线控上操作就行。"

"哦，张学友！我有他的磁带！"姜南风接过来，把塑料盒子翻到背面看歌单，继续说，"我最近总听他的《不老的传说》……嗯，你这张 CD 上没有……你有听过他这首歌吗？"

陆鲸摇头。他其实没有那么喜欢流行音乐，只是恰好手边有这么一张专辑罢了。

"知道我为什么最近总听这首歌吗？"姜南风看向他。

陆鲸一句"我怎么会知道"含在嘴里，最终还是摇摇头。

姜南风笑着，酒窝陷下去："我的房间里的空调坏了，虽然有风扇，但晚上很吵，我就听着歌睡觉。刚好听到这一首，好神奇的，我一下子就觉得整个人变得好凉快，重复听个两三遍，就能睡着。嗯，你能明白我的感受吗？"

"……"

陆鲸不知不觉地把一瓶乐百氏都吸到底了，吸管在空瓶子里发出"咕噜咕噜"的声音。

姜南风自顾自地说："下次我去我爸店里偷张 CD 借你，你听听看，就能明白啦。"

"不用……"陆鲸还没说完就被姜南风打断了。

她问："在广州买碟，要多少钱一张啊？"

陆鲸放下空瓶，说："盗版十五块或二十块吧，正版几十块到上百块的都有。"

接着他补了一句："这张碟不是我买的，是我离开广州前，同学送的。"

"哦——"

听他这么一说，姜南风发现了蹊跷。

她垂眸，看了看歌单上的歌名，从上看到下。

再抬眸时，她直接问陆鲸："送你 CD 的是位女同学吗？"

男孩儿剪去长长的刘海儿，所以如今脸上的每个表情都非常清楚。姜南风看着他双眼一点点睁大，听他问："你怎么'鸡'道？"

陆鲸习惯了讲粤语，说普通话时有很重的口音，一不小心就会现出破绽。

姜南风"扑哧"一声，一点儿都不给面子地"哈哈"大笑起来，学着他说："我就是'鸡'道啊！"

"喂！"陆鲸浓眉猛蹙，气得牙痒，赶紧纠正过来，"你怎么知道？"

姜南风一向大大咧咧，像在巫时迁家、陈熙家那样，笑得直接坐到男孩儿的床边。

她边笑边把专辑递回去给他："你看歌名啊！看了你就'鸡'道啦！"

陆鲸恼羞地夺了过来。这歌单他今天看过，很正常啊。

他看不出问题,又追问一次:"你到底是怎么知道的啊?"

姜南风忽然觉得这小少爷是不是脑袋有些不好使,翻了个白眼后提示道:"你看歌名啊,按顺序,一直往下。"

专辑第一首歌是《离开之后》,接着是《忘记你我做不到》《情书》《无止境的心痛》……后面还有《还是觉得你最好》和《再度重遇你》。

陆鲸恍然大悟,双颊开始一点点地染上温度。怪不得杜茹那一晚反复强调,让他多听几次。

只见那不把自己当客人的肥妹仔笑得眉眼弯弯,说:"那位女同学很喜欢你。"

那一晚,姜南风在和纪霭的交换日记里写了足足三页纸,把她这几天发生的事都记录下来。

"别看这个从省城来的小少爷个头儿小小的,脾气可大了!我好心提醒他那张专辑的含义,他居然把我赶出了房间!

"哼,祝他到高中时穿那件外套都还要折袖子!

"不提他了,话说我妈给我买内衣了,长这样子的……"

她在下面画了张图。

"今天我给'莲'回信了,希望他看到我画的画之后,不要气到跟我绝交……"

最后姜南风写道:"我想改天去他家附近走走,看看有没有机会见到他。"

接下来的几天姜南风和陆鲸没讲几句话——即便她努力地想让陆鲸融进他们这群小伙伴之中。

例如她主动地问他要不要一起去踢球,要不要提前带他熟悉一下从好运楼走到学校的那段路,要不要去租书店或者图书馆,要不要去401打《魂斗罗》或去602看动画……

但陆鲸总拉着一张扑克脸拒绝她的邀请。

姜南风一边嘟囔着这家伙真难相处,一边还记挂着朱莎莉的交代和陆爷爷的请求,继续一遍遍地去主动找他说话。

陈熙会贱兮兮地对着她唱："你总是心太软，心太软[①]。"

周日下午，姜南风搭爸爸的摩托车去了音像店。

阳光毒辣，好在她可以整个人都躲进爸爸的影子里，虽然满鼻子都是樟脑丸的味道。

姜杰是整栋好运楼里身高最高的爸爸，肩膀宽厚、手长脚长。陈熙爸爸总爱跟他开玩笑，说"姜还是老的辣"。

亲戚们来串门时也总谈及姜南风的身高问题，有人语气遗憾地说："南风要是像爸爸就好了，这样能长高不少。"

"阿杰音像"开在第二中学旁边，附近还有两所高中。平时每到放学，小小的店铺里就站满了穿着不同颜色校服的学生。现在正放暑假，虽然店里没有平日热闹，但也有许多客人专程来店里买磁带和碟片。

音像店前侧的门面和姜南风家里的客厅差不多大小，两边墙壁上全是CD，中间立着几乎顶天的双面展示柜。

前两年这两个大柜子上放的都是磁带，现在磁带只剩下一个柜子，另一个柜子已经被CD占领。

柜子最上层则摆放VCD，长方形的塑料盒上印着电影海报。

不过架上摆的多数是空壳子，只有包装，没有碟片在里面。

去年有段时间，姜杰在饭桌上时不时会抱怨今天店里又被人偷走了几张CD。后来他逮住人了，是几个高中生干的事。

他们分工明确，两个人在柜台前挡着姜杰的视线，一个人挡住店外的视线，另一个人负责把CD装进书包里。

姜杰逮住的是那个负责偷CD的男孩儿，其他人一见事情败露立刻跑得比兔子还快。被同伴丢下的男孩儿长相斯文，戴眼镜，边哆嗦边哭，一直说自己错了，以后再也不敢了。

姜南风问姜杰，那是不是要报告学校和找那男孩儿的家长。

姜杰长叹一口气，说他把那孩子放了。

因为他从男孩儿的书包里翻出来的东西，除了被偷的CD，还有几张分数挺高的试卷。

[①] 1996年任贤齐的《心太软》。

姜南风有些不满,觉得姜杰这个做法不妥。

她认为做错事就是做错事,怎么可以因为对方学习成绩好就原谅他了呢?那是不是她只要考试总拿第一名,去妈妈的钱包里偷钱也是可以的呢?

朱莎莉在旁边吃着菜,突然插了一句:"要是你考试总拿全班第一,那不用等你来偷,我主动给你加零用钱。"

姜杰也被逗乐,解释说他不是单纯地因为成绩原因放过那男孩儿,偷CD这个行为固然可恶,但不到罪不可赦的地步。他只是再给男孩儿一次机会。

不过他也把男孩儿的姓名、班级甚至座位号都记下来了,还告诉对方,如果再犯,就一定会去跟学校反映。

后来姜杰在柜子上放的都是空壳子,待客人选好了,再到柜台后方的小房间里找出未拆封的CD给客人。

小房间里除了盗版碟,还有不少没能摆出来的打口盘。

打口盘以美国和日本较冷门的专辑居多,音乐种类繁多,除了流行音乐,还有古典音乐和摇滚音乐,还有什么农村民谣[①]。这些都是姜南风在店里的时候,听姜杰跟客人们聊天时才知道的事。

有些客人会拜托姜杰帮他们留意有没有某某乐队或某某歌手的打口盘,最好是口子打得比较小,只损了外壳、不损光盘的版本,要是有原盘那就再好不过了。

光盘越完整,能卖的价格就越高。姜杰把一些没卖出去的冷门盘收在小房间里,有客人来找时才拿出来,或者干脆留着自己听。

姜南风因此收获不小,多少有些得意扬扬,觉得自己得到了不少"音乐熏陶"。同学们只知道刘德华和郭富城的时候,她已经知道枪炮与玫瑰乐队了,但仅仅只是"知道"。她可听不来摇滚乐,那些音乐"轰轰轰""哐哐哐"的,听得她的脑子疼。

姜南风有一个星期没来音像店了,先像小头家一样巡视了一圈,最后才在歌手专辑的柜子前站定。

---

① 这里指的是美国乡村音乐。

她把张学友的专辑都取下来，捧在怀里一张张地查看背面歌单。

磁带和CD的版本不大一样，她听的磁带是那种盗版商把歌手最红的歌拼在一块儿的"精选集"，之后换个曲目顺序，换张包装纸，加几首新歌，就能说是歌手"新出"的磁带——这些也是姜杰告诉她的。

姜杰说，这种盗版商自己做的磁带和CD，比起歌手单张专辑好卖多了。因为有的时候歌手单张专辑里只有一两首主打歌，而这种"精选"磁带和专辑，让大家花一张盘的价格，就能得到许多首主打歌，所以销量一直很好。

还有，就像TVB每年都办的《十大劲歌金曲颁奖典礼》，电视上颁奖嘉宾正宣布着奖项花落谁家，盗版商那边已经开始同步排盘。再过几天，大家就能在店里买到"精选CD"了。

姜南风最后找到了她想要的那张CD。

"爸，我要这张。"她从口袋里摸出一张折成三折的十块钱，放到柜台上，熟门熟路地说，"找五块钱哟。"

姜杰看了眼她手里的盗版碟，有些好奇地问道："张学友不是出了更新的精选专辑吗？你怎么挑了张去年的？"

姜南风马上如实回答："我要送给陆鲸的。他有CD随身听，但没什么CD。"

姜杰一听，把十块钱还给女儿，豪爽地说道："那就不收你钱，你再去挑几张，一起给陆鲸。"

姜南风眼睛睁得又圆又大。她本来确实想让爸爸不收她钱，可没想到，爸爸竟还叫她多挑几张？！

她皱着鼻子说："你怎么对陆鲸那么好？！我连磁带都还要自己买呢！"

姜杰瞪她一眼："小没良心的，我对你不好吗？"

姜南风有些小委屈："我一直想要CD随身听的。你看，陆鲸都有了，我还在听磁带……"

"好好好，店里这台你拿去用吧。"姜杰打开柜台带锁的抽屉，拿出黑色的discman（光碟随身听）放到女儿的面前，"CD你自己去挑，但记得要跟陆鲸分享啊，知道吗？"

姜南风瞬间喜上眉梢，大叫一声"老爸万岁"。

姜杰朝她脑门上弹了一下："还有，不能带去学校，要做完作业才能听，不然你妈又要唠叨了。"

"知啦知啦！"

这时他们身后传来女人的声音："你们父女俩，聊什么聊得那么开心呢？"

姜南风转过头，见一位风姿绰约的女子从店外走进来。

她摘下鸭舌帽，柔顺的黑发及肩，身上的黑色吊带背心和牛仔高腰裤显得她一对胳膊、一双腿又细又白。旁人光看外表，丝毫看不出她的真实年龄。姜南风甚至觉得，这女子和那些喜欢滑旱冰的女孩子没什么区别。

对方走近时，姜南风发现她好像变高了，低头一看，她脚上穿着一双厚底凉鞋，黑色的，和杂志上写的"今夏最时髦的凉鞋"差不多样子。脚指甲涂着红色指甲油，鲜艳夺目。

姜南风朝对方扬起笑脸，展示自己手中最新的战利品："苏姨姨，我爸把 CD 机给我啦！"

"哇，他终于愿意放弃旧的这个了呀！"苏丽莹勾起唇角笑笑，"不过南风你可别让你爸糊弄过去了。他前两天刚订了一台新的随身听，就是还没送到而已。"

苏丽莹抬眸，朝柜台后的男人瞄了一眼，继续说："旧的不去，新的不来。"

"原来是这样！不过没事，我先用着这一部，等到老爸新的那部玩厌了，又能给我啦。"

姜南风的注意力全在随身听上，她没留意到，本就闷热的空气里有一丝凝滞，就像那层覆在邮票上慢慢变干的胶水。

第三章
打台风

苏阿姨是爸爸妈妈的老朋友。

爸爸有位朋友，姓王。两个人从小一块儿长大，说小时候一条裤子俩人穿，而苏阿姨是王叔叔以前的交往对象。

姜南风还有些五六岁时的记忆，心想：记忆跟钉子一样扎得那么牢，肯定是因为王叔叔过年时给她包的红包，里面装的是一张五百元面值的港纸①。

当时王叔叔常带着苏阿姨来姜家吃饭。她第一次见苏阿姨的时候，苏阿姨还送了她一个很漂亮的八音盒。如今那八音盒还放在她的玻璃书柜中，她一打开盖子，就有身穿芭蕾舞裙的舞者在盒子里随着音乐翩翩起舞。

王叔叔只要一喝酒，就会把他们的往事像倒豆子一样说出来。

说他们以前住在长厦村那边，两家人就是从村头到村尾的距离，当时尚未迁移到外砂的旧机场就在村子附近。

飞机"轰隆隆"地起飞，从村子上方低低飞过，还是孩童的他们会追着那钢铁巨兽一路奔跑，将手高高举起，仿佛这样就能摸到飞机

---

① 港币。

的肚子。

  他们还一起经历过1969年的"7.28"超强台风，和那场风灾相比起来，后来打城市侧边经过的其他台风就是小巫见大巫。

  王叔叔讲得绘声绘色，说那风能把大树连根拔起，把红砖房子吹得倒塌。姜南风那时候还小，多少会被他吓到，还紧张地问："那这风岂不是跟《三只小猪》里的大灰狼一样，'呼'一声就把房子吹走？"

  王叔叔"哈哈"大笑，故意吓她："对呀，房子吹走了，小南风也被吃掉喽。"

  但后来王叔叔很少再来家里了，小南风过年没再收过装港纸的红包。妈妈说，王叔叔去很远的地方做生意了。

  小南风问："那苏阿姨也跟着去吗？"

  妈妈说："没有，苏阿姨没有跟王叔叔走。"

  苏阿姨比姜南风的爸爸和王叔叔小六七岁的样子，姜南风见过她穿职业套装的样子，是斯文干练的白领丽人。

  姜南风很喜欢和苏阿姨待在一起，因为苏阿姨漂亮又时髦。每每苏阿姨买了什么新的化妆品，周末就会带来音像店和她一起用。

  就像今天，苏阿姨带来了几瓶指甲油，问姜南风喜欢哪个颜色，要帮她涂。

  姜杰理着货，有些不太赞成："这么小的孩子涂什么指甲油？"

  柜台后有两把椅子，苏丽莹和姜南风一人坐一把。苏丽莹哼了一声："南风都快读初中了，怎么还是小孩儿，已经是大姑娘啦。"

  "没错！"姜南风狠狠点头。她本来想挑苏阿姨涂的那款大红色，到底觉得太显眼了，容易惹妈妈一顿骂。

  最终她选了款浅粉色的，里面还有细细的闪粉，像美少女战士变身时那样，星星都汇聚到指头尖上，那是每个女孩儿都憧憬的事。

  苏丽莹抓起姜南风的脚丫放到自己的大腿上，继续说："而且放暑假了，涂了指甲油也不怕，因为等到她开学早就没啦。"

  姜南风又狠狠点头。

  看到女儿满脸都是期待，姜杰没再阻止。

  苏丽莹给姜南风仔细地涂好了脚指甲，问她手指甲要不要也涂上颜色。姜南风是想的，可又怕朱莎莉念叨她。

苏丽莹见姜南风有些顾虑，没有勉强，把指甲油盖子旋紧，将整瓶给了她："你带回去，如果你妈妈问起，就说你用自己的零用钱买的。"

店里来了熟客，姜杰正在前头招呼着，苏丽莹竖起食指在唇前，跟姜南风说这是她们之间的小秘密。

姜南风把指甲油收进裤袋里，笑嘻嘻地比了个"OK"的手势。

姜南风回家后先去浴室里洗澡。

她抬脚踩在马桶盖上，弯下腰看自己闪着碎光的脚指甲，心想：今晚不要跟巫时迁他们踢球了，要跟女孩儿们到老戏台那儿玩美少女战士变身游戏。

姜南风一开始还有些担心，蜷起脚趾藏在拖鞋下，后来发现朱莎莉没怎么留意她的脚，才渐渐放松一些。

饭后她捧着今天从爸爸那儿搜刮来的CD，跑去按201的门铃。陆阿姨来开门，问她吃了没，要不要再吃一点儿。

餐桌上有客人在，好像是陆爷爷的亲戚们。大人们喝了酒，各个面色红润，但陆鲸不在。

陆程唤姜南风也来喝口汤，姜南风摇摇头："不了，我今晚吃得好饱呢。"

陆程嗓门很大："那雪柜里有柑饼①，早上刚做的，你想吃就自己去取！"

"行！"

姜南风光是听到"柑饼"这两个字，嘴巴里就已经自动分泌出了唾液。

陆嘉颖明天就要回广州了，特地带姜南风进她的房间里，表情认真、语气郑重地拜托姜南风帮忙看着陆鲸。

"鲸仔那孩子脾气有些大，现在家里出了点儿事……嗯，脾气就更大了，得辛苦南风你们多多包涵。"陆嘉颖从包里取了名片和两张电话卡，递给姜南风，轻声细语地说，"这卡片上有姨姨的电话号码，有工

---

① 用整个柑做成的蜜饯。

厂的、家里的，还有手机号码。如果鲸仔出了什么事，或者鲸仔惹你生气了，你就给姨姨打电话。"

电话磁卡上的金额让姜南风看得目瞪口呆。她傻傻地问："这电话卡里的钱也太多了吧，要打多少个电话才能打完啊……"

陆嘉颖"哈哈"大笑起来："你也可以跟同学打电话的。"

老戏台旁边就有两个电话亭，姜南风没试过去那里打电话，但看过巫时迁打给女同学，陈熙也打过。

陆嘉颖牵起她的手，把东西放进她小小的手心里，再轻轻拍了两下，说："鲸仔是个好孩子。他在原来的学校成绩还算不错，老师同学们都很喜欢他。阿姨觉得，南风和鲸仔也能做好朋友的。"

"我会努力的，姨姨。"姜南风给她看手里的张学友CD，"我今天去我爸店里挑的，想送给陆鲸。我还有很多CD，可以跟他分享。"

陆嘉颖笑得欣慰："嗯，拜托你喽。"

姜南风把名片和电话卡收好，忍不住问："陆鲸的爸爸妈妈，是不是不来这边住呀？"

陆嘉颖沉默了几秒，才说："对的，只有鲸仔一个人回来。"

陆鲸今天的房门没有全部关上，留着一条门缝。姜南风敲了两下门，才大声说："陆鲸，是我，南风！"

门很快从里面被拉开，陆鲸刚洗过澡，一头短寸还是湿漉漉的，不冷不热地用粤语问了句："做乜？"

他挡在门口，有不让别人进屋的意思。

姜南风把手里的CD递给他，噘着嘴说："上次说好的那张CD，给你……"

陆鲸低头看了眼："你买的？"

姜南风大言不惭地说："对啊，花了我一个月的零用钱呢。"

"一个月？"陆鲸挑起眉，"你一个月的零用……只有十五块钱？"

姜南风听出他语气里的难以置信，赶紧给自己辩解："我一个月有二十五块钱！"

"那你又讲你花了一个月的零用钱？"

"这……四舍五入差不多啦。"

"……"

陆鲸很想跟她说，这才不是四舍五入。

姜南风又把CD递过去，腮帮子鼓鼓，说："你到底要不要？"

哪有人送礼物，态度却这么霸道？陆鲸腹诽着，最终还是接过CD，道了声"多谢"。

陆家木门没关，姜南风听到楼梯间里有人喊她的名字："南风！去玩啦！"

姜南风小步跑到铁门那里，冲外面的女孩子们喊："你们先去戏台占位，我很快就来！"

302的黄欢欢下楼前还嘟囔了一句："怎么南风你又在陆爷爷家……？"

姜南风再次跑回陆鲸的房间里。

门没关，她没进去，只探进一颗脑袋，再一次尝试邀请陆鲸："喂，我和女生们要去老戏台，你今晚要不要下楼？你可以和巫时迁他们踢球，也可以跟着我去老戏台那边看看。"

陆嘉颖一直偷听着小孩儿的动静，这时也走过来帮姜南风劝了一句："鲸仔，今晚同南风落楼玩，好不？"

陆鲸将右手插在裤袋里，不说"好"，也不说"不好"。但他"嗯"了一声，然后走出房间。

陆嘉颖有些不敢相信，甚至回头看了眼饭厅里的老头子，发现老头子也在看着她。

姜南风更是受宠若惊，愣了几秒，才赶紧跟上陆鲸的脚步。

陆嘉颖把两个小孩儿送到家门口，不忘叮嘱道："鲸仔，你要跟紧南风啊，不要一个人走。南风，鲸仔对这附近不熟的，麻烦你看紧他啊。"

陆鲸已经下楼了，姜南风跟陆阿姨接连点了好几个头，跟着下楼。

到了楼下，姜南风小声问陆鲸："你要踢球，还是要去老戏台？"

"去老戏台。"陆鲸的声音几乎快被门房陈伯屋里的潮剧声掩盖住，他看向姜南风，问，"那边是不是有电话亭？"

电话亭在老戏台靠近马路的那一侧，虽然站在路灯下，但旁边有棵大榕树，茂密的树冠挡住了大部分的灯光。陆鲸远远望过去，电话亭就像两盒浸了水点不燃的火柴。

姜南风指了指那边:"就在那儿。"

陆鲸"嗯"了一声。

姜南风还跟在他的身旁走,好奇地问道:"你要给谁打电话吗?"

陆鲸又"嗯"了一声,没有回答她的问题。

姜南风算是明白了,这家伙都没把她的话听进耳朵里,左耳进了右耳出。

相熟的女孩儿们在老戏台上占了位置。黄欢欢眼尖,隔着老远,就对姜南风喊:"南风,你快来啊!已经在挑角色了!"

姜南风一惊,正想拔腿狂奔,转念想到装在裤袋里的电话卡,猛地刹住脚步,回头问陆鲸:"你……用不用我在电话亭旁边陪着你呀?那里有点儿黑的,你怕黑吗?"

陆鲸一脸不可思议地反问她:"我怎么会怕黑?"

姜南风撇撇嘴:"那你打完电话后,来戏台找我吧。我陪你回家。"

陆鲸将眼睛睁得更大:"为什么?"

"我怕你认不得路。"

听有人又在喊"姜南风快来",陆鲸不耐烦地挥挥手:"你快去玩吧,我认得路,不怕黑。"

姜南风最后丢下一句"那你打完电话后,来戏台找我",就撒丫子跑开了。

陆鲸瞥一眼戏台,径直走向路边的电话亭。

这时两个电话亭都有人在里面,而且还有人在旁边等候着,都是比陆鲸年纪大一些的年轻人。见来了个小孩儿,他们频频投去目光。

陆鲸手插裤袋,紧攥着薄薄的电话簿和电话卡,低着头,一双眼盯着地上微晃的树影,不敢跟路人对视。

入耳的都是不熟悉的方言,陆鲸感到心跳越来越快,树影斑驳,有时风大一些,那树冠就遮蔽了所有的光。

陆鲸忽然起了错觉,觉得树枝好像张牙舞爪的怪物,被吓得往旁边踉跄了两步。

一抬头,陆鲸和在电话亭旁边正在抽烟的年轻男子对视上,对方的眼神有点儿凶。他咽了咽口水,心想:要不然算了,等白天时候再来打电话。

这时抽烟男"叽里咕噜"地跟他讲了一句话。陆鲸愣了一会儿,才用普通话低声说:"我听不懂你在说什么……"

"不是本地人啊?"抽烟男也换了普通话,但口音有点儿重,"你要打电话吗?有电话卡吗?这个要有电话卡才能打。"

他用夹着烟的手指指向对面的街道:"如果没有电话卡,可以去食杂铺那边打公共电话。"

过了一会儿,陆鲸才谨慎地点了点头:"我有电话卡。"

抽烟男"哦"了一声,没再说话了。

其中一个电话亭里的人很快打完电话,换抽烟男走进去。

他在小小的隔间里吞云吐雾,陆鲸听他连续打了三四个电话,好像是他约着人去哪里玩,去"滑旱冰""吃酒"之类的。

男子打完电话后走出电话亭,指指身后的电话,对陆鲸说:"弟弟,轮到你打了。"

陆鲸的心还在乱跳,他慌乱地点了点头,但没有直接走进去。等对方骑上路边的摩托车离开后,他才走进电话亭里。

狭窄空间内,烟油味道还没有散去,陆鲸一边挥手赶走烟雾,一边摸出电话卡和电话簿。

他取下话筒,把磁卡塞进电话机里,很快就有"嘟"的声音响起。

他用肩膀夹着话筒,打开电话簿,从第一页选了一个名字,照着后面的电话号码,按下按键。

听筒里很快有声音传来,陆鲸以为接通了,刚想开口,就听见听筒里传来的声音是:"对不起,您拨打的电话是空号。"

陆鲸纳闷儿了。他应该没按错才对,又试了一次,依然是空号。

他紧皱着眉头,往下挑了另一个同学的电话号码拨打出去,但也是空号。

心跳得越来越快,那一瞬间陆鲸竟觉得,是不是全世界都要抛弃他。

他突然想起,小姨让他背下来的几个电话号码,除了手机号码,另外两个号码前面都加了"020"。

他缓了缓呼吸,把磁卡重新塞进电话机里,在同学的电话号码前面加了"020",这次终于不是空号了。

电话响了几声,有人接起:"喂,揾边位?"

听见熟悉的乡音,陆鲸终于松了口气:"叔叔,我揾罗雄。"

"你边位?"

"我系陆鲸,阿雄嘅同学。"

电话那边的大人自然记得陆鲸,十分惊讶,一边问陆鲸在外公家住得习不习惯,一边喊儿子来听电话。

罗雄接听电话后很兴奋,不停地问陆鲸问题,什么在外公家有没有游戏机能玩,什么有没有去新的学校看看……陆鲸一一回答。但两个人聊了一会儿,罗雄开始有些心不在焉了:"TVB开始播韦小宝啦,等我睇完再打俾你,得唔得?"

陆鲸应了声"得",可挂了电话后才想起自己没告诉罗雄阿公家的电话号码。

不过他没往心里去,想着下次打电话时再告诉罗雄就好了。

他顺着电话簿的顺序,再打出了两个电话,金鑫家的电话无人接听;蔡皓家是蔡妈妈接的,说蔡皓同朋友仔落楼踢波了。

陆鲸跳过杜茹的那一行,给陈兵打了电话。对方在家里,不过也在看韦小宝,所以两个人聊了几句,话题就止住了。

陆鲸把阿公家的电话号码给了陈兵,陈兵说得闲就给他打电话,两个人说了"拜拜"。

电话亭外又有人在等候,电话机吐出磁卡,陆鲸本来想拔卡离开。他忽然顿住,下一秒,把卡重新塞进去。

不用看电话簿,他把那个电话号码牢记在心中,加上"020",拨打出去。

"嘟——嘟——嘟——"

虽然心里清楚,那边是不会有人接听的,可他没舍得挂。

一直到最后因无人接听,电话自动挂断,他才长长叹了口气,拔出电话磁卡。

往回走的时候,他经过老戏台。

附近居民在老戏台前的一小片空地上占位乘凉,有老有少。他们从家里带了板凳,三五成群地围坐在一起,聊着陆鲸听不懂的家常。

小孩儿在旁边追逐疯跑，玩着"老狼老狼几点钟"的游戏。

有蹒跚学步的细路仔，只穿一条开裆裤，脚腕上的银环"叮当"作响，一摇一晃地走到老戏台前，仰头看着戏台上嘻嘻哈哈的姐姐们。

陆鲸也看过去。

石头戏台大概一米高，旁侧有简单的花纹雕刻，但图案被时间打磨得不再清晰，台上有七八个女孩儿。她们分成两队，分别站在舞台的两边，身高或高或矮，大部分是小女孩儿，一二年级左右的年纪。

一边明显是美少女战士五人组，其中站在中央的那位女孩儿手里还拿着根塑料玩具魔法棒。只见她念了一串"叽里咕噜"的咒语，那魔法棒顶端的爱心宝石就亮起灯了，还唱起了音乐。

那小女孩儿举着魔法棒不停地转身——陆鲸没仔细看过动画，不知道她的变身步骤对不对。总之最后，女孩儿大声念出一句不大标准的"替月行道，警恶惩奸"。

有了对比，他觉得姜南风念这句台词时，发音标准好多。

"月野兔"变完身，其他战士也开始"变身"了。陆鲸移开视线，将目光落在舞台的另一侧，那明显是反派的三人组。

其中站在中央的，就是他那脸圆圆的热心邻居。

陆鲸不知道姜南风扮演的角色是不是有原型，只觉得她很入戏。她耸肩伏背，龇牙咧嘴，手在身前扮着什么动物的爪子，豹子或者……猫。

姜南风旁边站着两个年纪更小的女孩儿，几个人嘴里念念有词，说什么"要收集邪恶力量统治全世界"，对面就说"我们美少女战士是不会让你们得逞的"，接着两边就开始出招数了。

看来姜南风的角色是反派大魔王，旁边的小女孩儿都被"打败"了，她还坚持着出招。当然，最后邪不压正，寡不敌众，她还是捂着胸口跌倒在地上，说她投降。

陆鲸到这会儿才翻了个白眼，不明白自己为什么站在这儿看了这么久她们演大戏，自己的手臂都被蚊子咬了。

他转身想走，刚走了两步，就听姜南风那大嗓门喊了一声："陆鲸，你等等！"

陆鲸想装作听不到，加快了脚步，只听身后"啪嗒啪嗒"的脚步声渐近，接着背脊就被人狠狠地甩了一巴掌！

姜南风下手不知轻重，还嬉皮笑脸地问："你打完电话啦？要回家吗？我跟你一起走。"

背脊火辣辣地疼，陆鲸差点儿被拍弯了腰，但因不想自己显得弱不禁风，硬是挺直脊梁骨："你不用一直跟着我，我认识路。"

"没有，我也要回家的，得回去做完《暑假天地》，才能看电视。"

姜南风背着手走在陆鲸的旁边，又问了一次他给谁打电话。

这次陆鲸回答了："给广州的朋友打电话。"

本来姜南风想开个玩笑，问陆鲸有没有给送他CD的那位女同学打电话，但一想到他的臭脸，就硬是压下了好奇心。

然后，她选了个自认为最安全的问题："那你给爸爸妈妈打电话了吗？"

姜南风气冲冲地跑回家时，朱莎莉正在小房间里踩着缝纫机。

姜南风跑过去，掏出裤袋里的电话卡，丢到缝纫机上，大喊一声："我不要跟陆鲸做好朋友了！"

见女儿没头没脑地来这么一出，朱莎莉也摸不着头脑。

她继续踩着踏板，在"哐啷哐啷"声中问姜南风发生了什么事。

姜南风这次气得上下牙齿一直打架，把刚才发生的事大致跟朱莎莉讲了一遍，磕磕巴巴的，而且多少有点儿添油加醋："我……我只不过是问了他一句给谁打电话，他就好凶地骂我……骂我'八婆'！"

闻言，朱莎莉立刻停下了动作，语气严肃地问："陆鲸真的这么说你吗？"

姜南风蓦地抿住嘴唇，张开嘴时又说不出话。

朱莎莉清楚女儿的小表情，皱眉问："姜南风，有就是有，无就是无。"

好一会儿姜南风才嘟囔道："他说我怎么那么喜欢多管闲事，说我'八卦'……没说我是'八婆'……"虽然音量渐渐变小，但她不忘继续告状，"可是……可是我只不过问他一句有没有给爸爸妈妈打电话而已！"

朱莎莉瞪圆了眼，朝女儿的手臂上拍了一下："要死了！你怎么能问他这个问题？！"

"啊！你干吗拍我？！"明明不痛不痒，姜南风还要大叫一声，用力地揉着手臂，语气更委屈了，"为什么不能问啊？"

"真想拍死你，陆鲸说的是一点儿都没错……小八卦……"朱莎莉甩去眼刀，但已经伸手帮女儿揉起了手臂，小声交代道，"你尽量不要在陆鲸面前提起他爸爸妈妈的事了。"

姜南风瞬间没了火气，好奇地问："到底为什么呢？"

朱莎莉叹了口气："陆鲸他……没有爸爸妈妈。"

像一口吞了大半颗蛋黄，姜南风的喉咙被噎得死紧，她拼命吞口水，也无法缓解半分。

朱莎莉轻轻揉着女儿柔软的手臂，继续轻声说："具体的事情，老妈没办法全部跟你讲，可能你这个年龄也理解不了这些事情。这件事你可要帮忙保密啊，回学校了不要乱讲。"

半晌，姜南风才点了点头："我知道了。"

朱莎莉看见那两张大面额的电话磁卡，问："这磁卡是从哪里来的？"

姜南风把陆嘉颖的事告诉了朱莎莉。

朱莎莉不大赞同地摇头："这么贵的东西以后可不能一声不响地收下。"

"是陆姨姨塞给我的……"

"知了，我这正帮陆鲸改校服裤子呢。巫时迁的妈妈翻出一套巫时迁以前的校服，挺新的。我把裤腿改短一点儿，陆鲸就能穿上。"朱莎莉拍了拍姜南风的屁股，"等会儿我把电话卡一起拿过去对面，你也要找个机会和陆鲸好好沟通沟通。以后你们相处的日子还长着呢，别总三天两头就吵架闹别扭……"

"陆姨姨给我电话卡是想让我给她汇报陆鲸的情况。"姜南风有些可惜地看着那两张电话卡，试探地问，"那我以后要怎么给她打电话啊？"

朱莎莉转了下手轮，手一推脚一踩，缝纫机又"哐唥哐唥"地响起来："你在家里打就行了啊，真想要电话卡，回头我给你买张二十块钱的就够你用喽。"

姜南风趁机追加愿望:"亲爱的妈妈,那能不能,再给我买张公交卡呢?"

两张电话卡是上缴了,但姜南风把陆阿姨给的名片夹进了一个旧铅笔盒里。

这个铅笔盒是爸爸几年前送给她的生日礼物。他说是进口的,妈妈还嫌他乱花钱,一个笔盒就要三十几块钱。

铅笔盒有蓝绿色的外壳,她打开后,笔盒上盖的内侧竟是一套小房子,上下两层,里面还有许多个房间,厨房、客厅、卧室,家具电器应有尽有,还有三个小公仔和一只小黑猫[①],说它是铅笔盒,倒更像是一款玩具。

当时姜南风带着铅笔盒去学校,简直走路生风。一下课就会有小同学围在她的桌子旁边玩这铅笔盒,可也因为这样,很快她被老师勒令不能再带它去学校了,要换成普通款式的铅笔盒。姜南风只好把它藏在家里,时不时拿出来玩一下。

今晚姜南风没看电视,想玩玩她刚收到的新"玩具"。

从爸爸那里拿来的CD随身听因被频繁地使用,机身上有了不少刮痕,姜南风从抽屉里取出几张《美少女战士》的贴纸,贴纸上有闪粉,在台灯的映照下熠熠生辉。

她比对了尺寸,从中取了两张,小心翼翼地把两道比较明显的刮痕贴上。

"嘿嘿,完美!"她自得其乐。

天气闷热,没什么风,姜南风把风扇开到最大一档,窗户也是,只剩一层纱窗挡着窗外的蚊虫,但挡不住隔壁屋子的空调外机声。

她想到刚才的不欢而散,也想起了刚才她乱讲话后,陆鲸紧紧皱起的眉头。

好吧,好吧……她就是心太软!

姜南风"咚咚咚"地跑去阳台摸了根丫杈,又"咚咚咚"地跑回房间里,搬了椅子到床边,开了纱窗。她将长长的棍子从右手边的防

[①] 20世纪90年代的Polly Pocket(波利口袋)笔盒。

盗网一截截地送出去，穿进另一个防盗网内。

"咚！咚！咚！"

窗户玻璃突然被敲响，陆鲸被吓得差点儿没了魂。

窗帘拉着，他看不见窗外，玻璃又响了两下，还传来一个断断续续的声音："嘿……嘿嘿……陆鲸，你在吗？是我……"

陆鲸终于长舒一口气，猛地拉开窗帘，又被玻璃外的"丫杈"吓得颤了颤肩膀。他拉开窗户，探头看向左边，有些气急败坏地说道："你又干什么？"

防盗网空间有限，丫杈太长，姜南风才捣鼓这么两下已经满头是汗了。她先不管那被卡住的丫杈了，直截了当地跟陆鲸道歉："就想跟你说声'对不起'。"

"为什么说'对不起'？"

"刚才我说错话了。"

陆鲸愣怔几秒，很快反应过来，声音往下沉，说道："你都知道？"

姜南风赶紧否认："没有没有，我什么都不知道……"

陆鲸没说话。

姜南风拨开刘海儿，擦了擦汗："我……我就是觉得你刚才那么生气，肯定是因为我讲错话了……而且你说得没错，我确实是太八卦了……"

"没有，你没有八卦，也没有多管闲事。"陆鲸打断她的话，"是我脾气差，对不起。"

姜南风歪着脑袋看着陆鲸，慢慢勾起嘴角，笑了一声："那就当一笔勾……勾什么来着？"

陆鲸用眼角睨她："一笔勾销。"

"嘿嘿，对，就是这个。"有只蚊子在耳边飞来飞去，姜南风挥手驱赶，问，"给你的那张碟你听了吗？"

陆鲸也挥手赶蚊子："还没。"

姜南风说："哦，那你有空记得听，听完了来跟我换碟，今天我爸让我挑了好几张。"

陆鲸听出端倪，眯着眼问："换碟？你不是说这张CD是给我的，怎么还能换？你还说是用你的零花钱买的。"

姜南风装傻不吭声，开始往回收支在防盗网上的丫杈。

陆鲸还想说什么，这时听到姜南风那屋有谁大喊一声："臭妹！是不是你拿走丫杈了？拿出来，我要晾衫！"

他能听出来是姜妈妈的声音。

"我得走了，拜拜！"

姜南风慌慌张张地收起晾衣竿，最后还不小心敲到了自己的头，"哎哟"了一声。

陆鲸得抿紧嘴唇，才能克制住偷笑。

他关好窗，回到床上，往打开盖子的随身听里放了一张CD。

他把随身听的盖子合上，将耳机塞进耳朵里，在线控上按了一下，很快有歌声传出。

"流传在月夜那故事，当中的主角极漂亮[①]……"

陆鲸那晚设置了单曲循环，但大概听至第三遍，就已经睡着，第二天起床时随身听还在播，机身发烫，耳机线打结。

他那天心情不错，下楼送小姨离开时，还能心平气和地跟她说"拜拜"。

他觉得自己跟广州的同学还可以保持联络。他有许多电话卡，只要想，就能找朋友们聊天。

后来陆鲸给关系好的几个男生留了阿公家的电话号码。

刚开始几个人都给陆鲸来过电话，但他很快发现，他们之间的距离明显变远了。陈兵会跟他聊他没怎么看的《鹿鼎记》，金鑫会说天河机室进了几台《拳皇98》游戏机，蔡皓会说跟同学仔去行上下九同北京路，罗雄会说自己晚上要和爹地妈咪去逛天河城、明早要去花园酒店饮早茶。

他们一开始都会好奇陆鲸的"乡下"有什么好玩的，会问："有无TVB看？有无机室玩？有无好旺的商业街？有无好似天河城这么大的购物中心？有无早茶饮？"

---

① 张学友《不老的传说》。

陆鲸每每被问到，都会沉默片刻。因为除了有TVB，其他的他也一概不知。

罗雄更好奇了，问陆鲸："乡下有没有田地？路上有没有牛在吃草？"

陆鲸被气笑，说："牛没见到，路上有很多摩托车和小车，马路都是水泥的，去年还开了麦当劳和肯德基。"

他又说："阿公家这边才不是乡下。"

许是男孩儿们暑假的活动太多，渐渐地，打来阿公家里的电话越来越少，倒是杜茹来过两三次电话。

杜茹第一次来电话时陆鲸正在吃晚饭。阿公给他和姜南风卤了几个大鸡腿，还说这个肯定比那什么"啃只鸡"好吃一百倍。

姜南风直接用手抓住鸡腿，啃得嘴角挂满卤水和油光，很捧场地夸赞道："陆爷爷做的鸡腿就是尚好呷①的！"

陆鲸努力地用筷子夹住那沉甸甸的鸡腿，没有纠正阿公，那是肯德基。

响起的电话是阿公去接的。但阿公没像往常一样大声喊"陆鲸来听电话"，而是跑回饭厅，小声对他说，电话是个姿娘仔打来的。

常听见的词语不用等姜南风翻译，陆鲸已经能听懂了。下一刻，他饭桌下的小腿还是被姜南风猛踹了一下。

姜南风将声音故意压低，但依旧难掩兴奋，自觉地给阿公当翻译："喂，是女孩子打来的电话。"

她眼里闪烁着光芒，说话时有雪白的饭粒喷出。陆鲸嫌弃地回踹她一下，叫她吃饭时别说话。

杜茹是从男同学那里问来陆家的电话号码的。陆鲸有些不知如何应对，要是不知道她的心思还好，能像对待其他普通同学那样同她说话，可现在不行了。

电话没讲太久，杜茹似乎有些赧然，问了几句陆鲸的现状，就说她妈妈喊她吃饭，等下次再聊。

---

① 最好吃。

后来每隔几天杜茹就会给他来一次电话。而最可恶的是那肥妹仔，每次阿公一说有电话找，便会若无其事地哼唱一句"忘记你我做不到[1]"，惹得阿公看向他的表情也越来越奇怪。

陆鲸有一个星期没接过男生们的来电了。

他还是会去电话亭给罗雄他们打电话，只不过对方要么没在家，要么只聊了几句话就说要去看《神探李奇》[2]了。

杜茹再来电话时，跟陆鲸透露了罗雄与家人去了香港，金鑫去参加夏令营，蔡皓则是去了上海亲戚家，得住上小半个月才会回来等最新情况。

陆鲸有些神色黯然，因为给罗雄他们打电话的时候，并没听他们说过这些事。

到好运楼刚满一个月的那天，陆鲸见识到了第一场沿海地区的台风。

虽然台风不是直接登陆，但城市像灌满水的鱼缸，到处都是水浸街，好运楼楼下也不能幸免，街口最浅，淹到成年人膝盖位置，人往内街里走，水渐渐就没到腰了。

陈伯和楼里的大人们拿沙包挡在楼下大铁门下方，不让外头倒灌的污水涌进来。

陆鲸被雨水困了两天了，他的活动范围就是从客厅到房间，从厕所到饭厅。

陆程也唉声叹气。因为他喜欢呷鲜，平日每天要上两次市场，早上一次，傍晚一次，冰箱一向不会囤放太多冻肉冻鱼。他做了几顿饭后，家里就剩面条和鸡蛋了，巧妇难为无米之炊，好在有朱莎莉和其他邻居送来不少肉和菜。

到第三天，水稍微退了点儿，但依然是大雨滂沱。

姜南风把陆鲸揪出家门，说："你再这么待在家里，迟早要生

---

[1] 张学友《忘记你我做不到》。

[2] 1998年8月TVB接档《鹿鼎记》的连续剧。

菇①。"

陆鲸被姜南风拉到401的陈熙家，客厅里已经坐了不少人，有的和他年纪相当，有的比他年幼。男生们聚在电视前打红白机，女孩儿们则窝在沙发里看漫画、小说。

大家都停下手上的动作，转过头来看陆鲸——陆鲸被看得颇不自在。与陆鲸相反，姜南风又变身成401房的小主人，把每一个人的姓名和家住哪一户，一一介绍给了陆鲸。

她积极地招呼道："你随便坐啊，就当在自己家里。"

陆鲸脸皮薄，踏不出第一步。这时，坐电视机前的巫时迁把陈熙手里的游戏机手柄抢过去，朝陆鲸挥了挥："嘿，你会打《街头霸王》吧？过来一起玩。"

陈熙嘴里咕哝几句，站起身把位置让出来，也对陆鲸说："过来玩吧。"

他们跟陆鲸说话时都是直接用普通话。

陆鲸点了点头，走过去。

男孩儿们都是直接盘腿坐在地上，陆鲸也学着他们席地而坐，接过手柄，对巫时迁说："你先选人吧。"

巫时迁本来还想让一让这位新邻居，没想到陆鲸拿个长手长脚②，几招就把他的白龙③打到没血！

在后面观战的姜南风心想：虽然她叫巫时迁他们要多照顾一下陆鲸，可这……未免让赛让得太明显了吧？！

不过，接下来几盘都是陆鲸赢。

无论巫时迁选什么角色，陆鲸都能拿长手长脚打败对方，见巫时迁的神情越来越认真，姜南风才知道陆鲸是真的很会玩。

陈熙看得心潮澎湃又手痒难耐，推开巫时迁，夺过手柄，胸有成竹地大叫："我来我来！我肯定能赢你！"

---

① 发霉。
② 指《街头霸王》游戏中的角色"达尔西姆"。
③ 指《街头霸王》游戏中的角色"隆"。

比起其他男生，陆鲸玩游戏时非常安静。别人会一直大声嚷嚷着角色的招式，连姜南风都开始"指导"陈熙要怎么出招。

陆鲸并不大喊大叫，只会在每局的最后，淡定地说一句："赢了。"

陈熙妈妈捧着两大盆切好的西瓜，走到客厅里大声招呼大家快来吃。陆鲸小声唤了声"阿姨好"，也看到陈妈妈身后还背着个小娃娃。

陈熙接过西瓜，跟陆鲸解释道："这是我妹妹，还不到一岁。"

姜南风自觉地跑进厨房里，帮陈妈妈舀了两小盘盐巴。

"陆鲸，对吧？来来来，吃西瓜！"陈妈妈笑着把牙签递给陆鲸，让他先吃第一块。

西瓜去皮，果肉切块，籽儿剔去，牙签扎进去立刻渗出鲜甜的汁水，陆鲸正想塞进口中，就见姜南风扎起瓜肉蘸了点儿细盐。

"蘸点儿盐，西瓜会更甜！"陈妈妈身材丰腴，声音也豪爽，"这是我们这边习惯的吃法啦，你不喜欢的话就不用蘸！"

陆鲸："好……"

姜南风朝他眨眨眼："其实你可以试试，好吃的。"

陆鲸半信半疑地试了试，蘸了丁点儿盐粒的西瓜入口后，先尝到咸味，但很快，甜味在口腔里爆开，而且似乎因为盐的关系，西瓜的甜味更浓了。

姜南风问陆鲸蘸盐好不好吃，他没回答，默默地又扎了一块，往盐碟里蘸，结果这次蘸得太多了，咸得直皱鼻子。

姜南风"哈哈"大笑，调侃他："做人可不能太贪心！"

那天，陆鲸在陈熙家玩了很久。一直到阿公来喊"呷饭啦"，他才和姜南风下了楼。

陈熙不服输，跟陆鲸约好了明日再战。

雨渐渐停了，饭后水果是朱莎莉拿过来的浸泡在盐水里的冰镇荔枝。

阿公去洗澡了，俩小孩儿坐在地上掰荔枝吃。见陆鲸不大会掰，姜南风便教他用两指捏住荔枝底部的那条缝，用力摁下去，就能摁开个口子。

陆鲸边吃边问："怎么今天下午在陈熙家没见到他爸爸？"

"陈叔叔台风天会比平时上班的时候更忙，"姜南风想了想，"叫抢什么……抢修？不对……哦，抢险！每年暑假一打台风，他要连续忙上好几天，都不能回家的。"

姜南风继续说："不过也好像因为陈叔叔工作的关系，小芊，就是陈熙的妹妹……户口得寄在陈熙的姑姑家里。"

她还给陆鲸"深入介绍"今天在场的其他人："巫时迁的爸爸是开茶叶铺的，黄欢欢的爸爸妈妈都在邮局工作……"

听她如数家珍，陆鲸吃惊地说道："是不是住在好运楼里的每一家都跟你关系很好？"

"算是吧，毕竟我在这里住了那么多年。"姜南风撇撇嘴，声音有些低，"不过还是有我不熟悉的住户。"

"哪一家？"

"503的杨樱，我和她还是同班同学。"

陆鲸看她一眼："同班同学都不熟？"

他觉得，以姜南风这种"自来熟、人来疯"的性格，这还真是件难得的事。

墙上的挂钟响了一声，接着有钢琴声准时从上往下传来。

姜南风扬扬下巴，说："在弹琴的就是杨樱。"

她把掰好的荔枝塞进嘴里，含混不清地说道："其实下午来找你之前，我去敲503的门了。张老师来开门，问我什么事……我说我想找杨樱去陈熙家玩，但张老师说，杨樱不玩那些东西。"

陆鲸微微蹙眉："张老师？"

"嗯，杨樱妈妈是我们这儿最好的高中里的老师。"说着说着，姜南风打了个寒战，咕哝道，"我挺怕她的。"

还有三天暑假就要结束，姜南风紧赶慢赶，总算在昨晚把作业给写完了。

虽然最后有一小部分她是胡乱写的。

姜南风本打算先写完，等周末再慢慢改，可朱莎莉下了最后通牒，说七夕那天要是姜南风还没写完暑假作业，就别想吃生日蛋糕。

姜南风在农历七月初七出生，而且还是早上七点准时呱呱坠地。

奶奶还在世的时候，家里一直给她过农历生日。后来奶奶过身，父母还是延续这个习惯。

七夕的传说姜南风从小就听朱莎莉讲了，对牛郎织女谈恋爱的故事都快能倒背如流了。朱莎莉还会跟她讲她出生时候的事，说在虎年，这个时辰出生的娃娃叫"上山虎"。

朱莎莉说，老虎是昼伏夜出的动物，晚上出山觅食，太阳出来就回山里睡觉。女孩子是"上山虎"比较好，因为"下山虎"太凶，以后会长成恶姿娘①。

但后来每次和男孩子起了冲突，直接上演全武行的时候，姜南风都会怀疑，是不是朱莎莉记错了她的生辰八字，自己其实是只"下山虎"。

过的虽是农历生日，但姜南风还是提前拉着朱莎莉去西饼铺选了生日蛋糕。

蛋糕上有彩色奶油堆砌出来的玫瑰花，玫瑰花下方用晶莹的大红果酱写着"南风生日快乐"。最重要的是蛋糕上有每个小女孩儿都喜欢的糖水樱桃，在一圈波浪般的雪白奶油上，串出一条红宝石项链。

彩色蜡烛要插满十二根，姜南风尽量挑出了粉色或红色的蜡烛。烧烫的打火机点燃一根根蜡烛，姜杰换了两次手才把蜡烛全点燃，已经有彩色的烛泪滴落到了奶油上。

姜南风抓紧时间许愿，深吸一口气，在《生日歌》落下最后一个音时，把蜡烛吹灭。

好运楼与姜南风相熟的孩子都来了，再加上特邀场外嘉宾纪霄，今晚在姜家的小孩儿足足有十一人之多，孩子们把不大的客厅挤得满满当当。朱莎莉正思考着怎么下刀子，就听女儿说了一声："妈，你再多分 块，我想等卜给杨樱送上去。"

于是才八寸人的蛋糕硬是被朱莎莉分成了十二份。

陆鲸拿到自己的那一小角，还分到了半颗红樱桃。

他知道姜南风要过生日的时候，问过陈熙和巫时迁用不用买礼物。巫时迁说，好运楼的家长之间有过约定，无论谁家的小孩儿过生日一

---

① 凶女人。

律不收礼物，大家一起吃块蛋糕热闹热闹就行。

蛋糕要先分给客人，看着糖水樱桃越来越少，姜南风把嘴唇都快咬破了。

纪霭怎能不知姜南风的心思，留着自己的樱桃没吃。等姜南风拿到蛋糕后，纪霭便把那半颗小红果子拨到了姜南风的盘子里。

姜南风瞬间喜笑颜开，酒窝软绵绵地塌下去。巫时迁笑她真的是好食妹，也把樱桃拨给她——他不怎么爱吃甜的东西。

而陆鲸刚刚好把樱桃含进嘴里，见姜南风期盼的眼神扫过来，一时没多想，竟把嘴里的樱桃吐回铁勺里，说："你要的话，也可以给你。"

姜南风再贪嘴也不可能要，直骂陆鲸是邋遢鬼。男孩儿女孩儿"哈哈"大笑，每个人都笑到眉眼弯弯。

陆鲸的耳垂全红透了，颜色和那颗糖樱桃没差，然后他把甜甜的樱桃一口吞下。

今晚老戏台有潮剧团来唱大戏，老人们早就去占位置了。小孩儿虽然觉得那"咚咚锵"的锣鼓声很吵，但还是要去老戏台——因为爷爷奶奶们心情一好，就会给他们零花钱去买雪条雪糕。

吃完蛋糕的黄欢欢问姜南风现在去不去老戏台，姜南风和纪霭互视一眼，说："你们先去，我和纪霭去给杨樱送蛋糕，晚点儿再过来。"

黄欢欢撇撇嘴："那你快点儿来，晚了人太多，怕你挤不进来。"

"行！"

年纪大一点儿的男孩儿对潮剧更加没兴趣，在一旁商量着要去踢球还是玩游戏机……

陈熙忽然压低声音，神秘兮兮地问大家去不去他家。他爸爸今晚值班，他妈妈带妹妹去看戏凑老热[①]。一场大戏得唱到快九点，足足有一个多小时他家里都是无人状态。

有人立刻明白了陈熙的意思，也压低声音，问是不是看陈叔叔的"珍藏"。

---

① 凑热闹。

陈熙挑了挑眉,偏不把话说透,末了问陆鲸要不要一起来。

巫时迁在旁边骂陈熙别带坏小孩儿。

陆鲸不明白他们说的"珍藏"是什么。

一个 TVB 看得多的男生凑他的耳边,用粤语讲:"傻仔,睇波啊!"

陆鲸跟着几个男生往四楼走,心里想:可世界杯不是上个月已经结束了吗?

姜南风双手捧着纸盘站在 503 的铁门前,紧张得连咽了几口口水。

看到姜南风如临大敌的神情,纪霭忍不住笑出声:"你怕什么啊,她妈妈又不会把你给吃了。"

"你又不是不知道,我好怕老师的……"姜南风朝墙上扬扬下巴,催促纪霭帮她按门铃。

门铃一响,屋内的钢琴声便停了,过了一会儿,还紧闭着的木门内传出声音:"是谁?"

这是杨樱的声音。

姜南风赶紧开口:"是我是我!南风!"

木门很快被拉开,杨樱看清门外是两个女孩儿后才推开铁门,有些讶异纪霭也在:"三班班长怎么也来了?找我有事吗?"

姜南风探了探身子,鼠鬼鼠鬼①地看一眼屋内,细声问:"你妈妈没在家吗?"

杨樱点头:"她今晚有点儿事,吃完饭出去了。"

"啊!早知诮就应该早点儿来找你。"姜南风扼腕道,忙把盛着蛋糕的纸盘递过去,"专门留了一块给你!"

"蛋糕吗?"杨樱眨了眨眼,赶紧接过来。

"对,今天我过生日。"姜南风笑嘻嘻地说道,"楼里的小孩儿都去我家吃蛋糕了,本来我也想找你的,但怕你妈妈不同意。"

纪霭也笑:"南风好几天前就一直念叨这件事了。"

---

① 鬼鬼祟祟。

杨樱赶紧送上迟到的祝福："啊，祝你生日快乐！"

杨樱的声音和她的长相一样，柔美得好似三月的春风。

姜南风虽然很怕张老师，却很喜欢张老师给女儿买的衣服。

就像杨樱现在穿的这条裙子，活泼的蓝白条纹相间，海军领子边角上绣着一枚红色的船锚吸引着旁人的目光。裙子长度及膝，略微收腰的款式很适合杨樱的身材，再加上杨樱一头乌黑柔顺的长发，姜南风觉得不用等到19岁，现在的杨樱都能去当《少男少女》[①]的封面模特了。

"谢谢！"姜南风咧开嘴笑，"等下一次好运楼有别的小孩儿过生日，我一定提前几天就来告诉你！"

杨樱连连点头："好的好的，到时候如果我妈妈不在家，我一定偷溜出来。"

她抿了抿红唇，突然声音有些哽咽地说道："谢谢你，总不厌其烦地来找我玩……"

"别说这些！"姜南风挥挥手，"你快进屋吧，把蛋糕先吃了再弹琴，别等会儿张老师回来后不让你吃了。"

"好，那我进去了。"

杨樱正想回屋，突然又唤住姜南风，细声问："你那暑假作业做完没有？用不用拿我的借你抄？"

姜南风整个人愣住，而纪霭比姜南风更快反应过来，"咯咯"笑出声，替姜南风回答："不用不用，南风已经跟我借了。"

杨樱松了口气，语气很认真地说道："那就好，三班班长的作业肯定没问题。"

纪霭下楼时还笑个不停，姜南风的脸红成小苹果，姜南风龇着牙叫："你笑够了吧！"

"好的好的，我努力。"纪霭努力地板起脸，坚持不了三秒钟，又一次"哈哈"大笑。

姜南风掐了一把纪霭没什么肉的手臂，快步跑下楼。

[①] 二十世纪八九十年代很火的一本杂志，面向13-19岁青少年。

在二楼，她们碰上了陆鲸。

男孩儿双手插裤袋，在自家门口来回踱着步。

"欸，你不是去陈熙家了吗？"姜南风问他。

"他……他……他们……"陆鲸的舌头好像打了结，说话磕磕巴巴的，最后他才小声地说一句，"他们今晚看的东西，我不喜欢……"

"啊？他们看什么东西呀？"姜南风不解地问。

一回想起陈熙刚才放的那VCD，陆鲸就双颊发烫。

他以为的"睇波"原来不是看球赛，而是……陈熙还专门跟他解释，因为这部电影女主角的名字里有个"珍"字，所以被他们称作"珍藏"。

不能想，他一想就有一团火从头顶烧到脚趾！

一察觉不妥，陆鲸已经立即起身说要回家，陈熙他们竟还起哄。

但大家也没为难他，只调侃说："别过几天后悔了。"

陆鲸匆匆地下了楼才想起自己没钥匙，而阿公又不在家。他正想着要在楼梯等，还是去老戏台找阿公拿钥匙，姜南风和纪霭就走下来了。

"你要去找阿公啊？"姜南风想了想，说，"我要先陪纪霭走回家，然后去戏台找欢欢她们……要不然，你陪我先送送纪霭，然后我再领你去找阿公，怎么样？"

她补充一句："戏台这个时候人很多的，你不知道阿公他们习惯坐在哪里。"

陆鲸没辙，只好按姜南风的安排去做。

内街灯少，三个人脚下的影子时长时短。

平时没跟陆鲸说话的时候，姜南风还是习惯了说方言，和纪霭聊天时也是。

这次纪霭提醒她："我们说普通话吧。"

姜南风回头瞄一眼陆鲸，点头说"好"。

纪霭一家住在菜市场旁边，这边的房子比好运楼还要再旧一点儿，楼下的路灯坏了一盏，连地上的污水都照不清，陆鲸一不小心就踩了一脚。

"行了，你们回去吧。"纪霭不用他们再送，"你们回家时小心点儿。"

"好，你的'那个'，等我周末对完答案后再还给你。"

"知啦。"

回去的路上，陆鲸还是跟在姜南风的身后，时不时会踩住她的影子。

姜南风找话题聊，一会儿羡慕陆鲸这个暑假不用写作业，一会儿打听过两天的回校日陆爷爷会不会陪陆鲸去学校，一会儿说今晚的蛋糕好小又好贵，最后还问陆鲸好不好吃。

陆鲸说："还行吧。"

姜南风双手背在身后，说："我本来想订一个上面画了月野兔的蛋糕，但那个更贵，说是用什么进口忌廉做的。"

姜南风把那蛋糕夸得天上有地下无，结果把自己给讲馋了，眨着眼问陆鲸："喂，你什么时候过生日？"

陆鲸睨她："11月11号，你要干什么？"

姜南风立刻咧开嘴笑："那你过生日那天订这个蛋糕吧！"

陆鲸瞪大眼："为什么我过生日要订个美少女战士图案的蛋糕？！"

"嗯，也对，男孩子过生日用月野兔图案的蛋糕是有点儿怪……没关系，我看店里的图册里还有大空翼的款式，你可以……"

"不要！我又不爱吃蛋糕！"陆鲸拔腿就往有明亮灯光的街口跑。

"哎呀！你这人！"姜南风笑着追上去，小嘴一张开就瞎说，"等姜姐我教教你！好运楼有好运楼的规矩，每个小孩儿过生日时都要请别人吃蛋糕！"

"听你放屁！"陆鲸回头朝姜南风吐舌头。

姜南风被气笑："我要跟你阿公讲你说粗口！"

陆鲸毫不示弱："那我就跟你妈妈讲，你跟纪霨借了作业来抄！"

俩小孩儿斗着嘴，"啪嗒啪嗒"的脚步声不绝于耳，仿佛有绚烂的烟花在他们的脚下炸开。

细长弯曲的小街让路灯染成一道银河，家家户户灯火闪烁，摇曳出阵阵饭菜香。月亮在天上弯着嘴角笑，温柔地看着地上这两颗划过烟火的星辰。

老戏台这一晚，没有小女孩儿们上演美少女战士大战猫咪怪的戏码了。

戏台前的空地上摆满了红色长条凳，早已没有空的位置，而长条凳后方也里三层外三层地站满人。最外围的人还在埋怨身边的人走得慢，瞧，连站的位置都快没了。

舞台是下午刚搭建起来的，灯光明亮，大红幔布向两边拉开，弦胡扬琴声奏响，潮州锣鼓"咚锵"。

演员们衣装华丽鲜艳，妆容浓妆艳抹，歌声或婉转或铿锵。老观众们熟知什么时候该拍手叫好，一声声喝彩将现场气氛烘托得热闹。

陆鲸哪里见过这阵势，感觉在广州新年行花街的时候都没有这会儿人多。

他长得不够高，被人群挡在外围，正不知要往哪里走的时候，就被姜南风拉住了手腕。

"人太多了！你别松手，跟我走！"姜南风大声说。

还没回过神，陆鲸已经被姜南风带领着挤进人潮中。

一瞬间，两个人仿佛被海水吞没。光被人群挡住，只剩能刺破云霄的歌声和掌声朝他们汹涌袭来。

陆鲸有些慌，倒不是因为人太多，而是因为自己和姜南风离得太近，好几次他的鼻尖直接擦过了她的后脑勺儿。台上的锣鼓声这时又一次急促地响起，"咚咚咚，锵锵锵"，每一声都直接打在他的胸口上，让他整颗心脏蹦跳得更快了。

他好热，比刚才在陈熙家看电影的时候还要热，从脊椎到后脑勺儿一阵阵发麻，好似触电一样。

突然就能见到光了，陆鲸的眼睛一时不适应，他微微眯起，在刺眼的明亮中只能看见姜南风起起落落的发丝，它们像乌鸦的羽毛般在他的眼角旁掠过。

等他们走出人群，圈在他手腕上的那只小手松开了。

陆鲸屈了屈指节，发现手心已是潮湿一片。

好运楼的老头儿、老太太们坐在一二三排正对舞台的位置上，第一排前方还有一小片空地，小孩儿有的搬来板凳，有的席地而坐，有人眼尖，说："南风来啦。"

见到陆鲸也来了，陆程有些诧异，赶紧喊两个小孩儿过来坐，又叫旁边的陈伯到后排去跟别人挤一挤。

"陈伯,你坐,我跟欢欢她们坐在前面就好。"姜南风一屁股坐到地上,没想到陆鲸也坐在了她的身边。她问:"你不是拿了钥匙就要回家吗?"

陆鲸声音闷闷地说:"人太多了,等阵再走吧。"

"等阵"是粤语,意思是"等一会儿",陆鲸把粤语词语用普通话说出来,听着有点儿不伦不类,但姜南风又觉得挺好玩。

"'等阵'是什么意思?"姜南风调侃道,"你才来了两个月,怎么粤语和普通话就混在一起讲了?"

陆鲸挠挠发痒的后颈,不说话了。

黄欢欢刚跟奶奶拿的零花钱已经用光了,买了一根绿舌头雪糕和几包咪咪虾条。

绿舌头雪糕她自己吃完了;咪咪虾条按奶奶的意思,她给每个小伙伴各分一包——陆鲸的出现让她买的数量不够分。

她把咪咪虾条给了姜南风,小声说:"只剩一包了,我不知道他要来。"

"哦,那我跟他分着吃就好,多谢多谢!"

姜南风把拆了口的小零食递到陆鲸的面前,陆鲸看一眼,两根手指探进去,夹了一小根,道了声"谢谢"。

陆鲸听不懂潮剧,纯粹看个热闹。姜南风没比他好多少,来也是为了凑老热。她凑在陆鲸的耳边说,台上甩起长长白袖的阿姨好漂亮。

陆程一直看着两个小孩儿,嘴角不经意地往上扬,手里纸扇轻轻摇,给两个小孩儿赶走恼人的蚊子,也送去一阵阵清凉的微风。

张雪玲回到好运楼楼下还不到晚上八点,在阵阵锣鼓声中她的耳朵仍能分辨出女儿弹钢琴的声音。

向嘈杂的街口方向望了一眼,她不耐烦地念一句:"今晚不知又要唱到几点,还让不让人睡觉了?"

张雪玲开门进屋,杨樱听到声响,从书房里走出来:"妈妈,你回来了。"

"嗯,楼下太吵了,你关窗了吗?"

"有的。"

"那开空调了没有？别闷坏了。"

"也有的。"

换好鞋，张雪玲拎起水果篮往厨房走，说："学生家长非要我拿着果篮，你继续练，我削个梨给你吃。"

杨樱连忙说道："不用了，我还好饱，吃不下了。"

"吃半个吧，慢慢吃。"张雪玲坚持道，"你这两天有点儿浮火①，吃梨好。"

张雪玲走进厨房里，一眼就发现垃圾桶里多了样东西。她皱了皱眉，弯腰拾起。

那是个白色纸盘，除了边角有一抹擦不去的桃红色，其他地方都被人擦拭得很干净。张雪玲将它拿近鼻前嗅了嗅，心中了然。

她拿着纸盘又去了书房，直接问："杨樱，为什么厨房垃圾桶里有一个纸盘？"

琴声戛然而止，杨樱提了提有些僵的嘴角，说："刚才南风送了蛋糕来，今天是她的生日。"

张雪玲声音沉了沉，说道："二楼姜家的女儿？"

杨樱点头，立刻补上一句："还有三班班长纪霭也来了。"

"哦，就是去年朗诵比赛上，拿了全校第一的那个女生吧？"

眼见母亲的眉心肉眼可见地舒展开来，杨樱也松了口气，说："对的对的，就是她。"

张雪玲想了想，最终还是摇摇头，说："这女生是好女孩儿，你可以学习她的优点，但在学校之外就不要跟她走得太近了。"

杨樱愣怔："为……为什么？"

"她跟姜南风太相好了。我好几次经过书铺，就见到她们俩在那儿挑什么漫画和小说。那些书都乱七八糟的，她们小小年纪就看这些，以后还能得了？"张雪玲鼻哼一声，继续说，"而且姜南风整天跟那群男孩儿一起玩，关系太复杂了。你等着看吧，她一定会早恋的。"

杨樱觉得这时候的自己一定很像一条沉在鱼缸里的金鱼，嘴巴开

---

① 上火。

· 85 ·

开合合，却吐不出一个字。

她从脚趾到每根发丝都无声地叫嚣着："快！反驳你的妈妈啊！"

可最终她还是没能组织出一句完整的话语，怨言如一盘散沙，让风一吹就消失得无影无踪。

在门口站了一会儿，张雪玲觉得房间里有些冷，便走到窗边把空调风力旋到最小的档位："总之，你要相信妈妈说的，妈妈这是……"

"我知道的。"杨樱直接打断母亲的话。

发丝在脸颊边微荡，掩住脸上低落的神情，她说："你是为我好。"

"嗯，你知道就行。"张雪玲摸了把女儿绸缎般的发尾，满意地笑了笑，"继续弹吧，我去削梨。"

等母亲离开房间后，杨樱立即起身，直接把空调风力调到最大。

潮剧散场时已经有些晚了，姜南风是从黄欢欢开始打哈欠判断出来的。

跟着人群往回走，老陆和陈伯还在兴奋地讨论着今晚哪一段唱得最精彩绝伦。姜南风不明白，老人们为什么能从"咿咿呀呀"的歌声中听出来那么多故事，而自己连要如何分辨那些角色都不懂。

她问出口，惹得陆程"哈哈"大笑。他解释说："其实和你们现在喜欢的流行乐一样哩，潮剧就是我们那个年代的流行乐。你们喜欢哪个歌手，就能听得懂音乐的歌词，就会跟着音乐'咿咿呀呀'，我们也是一样的呀。"

陈伯把擦汗的白毛巾挂回脖子上，扼腕叹息："你们这一代的小孩儿都已经不了解这些传统文化了，以后等到你们的孩子那一代，就更加不懂了！"

姜南风耸耸肩，没把这件事看得有多重要。

陆鲸走在姜南风的身边，小声问："你们在讲什么？"

姜南风把刚才的对话翻译给他听。

"你在广州听过潮剧吗？"想了想，她改了个词，"哦，不对，广州讲粤语的，那应该是唱粤剧。"

陆鲸轻轻摇头，当然没有。

在街口有几个大铁皮垃圾桶，垃圾车晚上七点刚来过，这时候桶里还是空的。大家把手上的瓜皮茶渣等垃圾陆续丢进去。

陈伯哼着小曲打开了门房的大门,姜南风则回头跟陆家爷孙道别:"陆爷爷,你们先上去,我去看看有没有我的信。"

陈伯疑惑地说道:"你早上不是来找过了?现在又找?"

"邮差阿伯下午来过呀。"

"对,但他只拿了晚报过来,没信啊。"

姜南风将嘴唇噘得老高:"让我看看嘛。"

"行行行,都在那里,你看吧。"

姜南风找得比早上还要认真,可信件就剩那么几封,没有收件人是她的名字的来信。

她想着会不会是掉到桌子背后了,便蹲到地上找,但还是没有。

陈伯说:"你的信我都特地放好,不会乱丢的。"

姜南风站起身,叹了口气:"知啦,谢谢陈伯,我上去了。"

她有将近半个月没收到"莲"的来信了。

最后一封给对方写的信里,她提起了自己七夕过生日的事,多少有点儿私心。她期盼着"莲"或许会给她画张画,例如捧着蛋糕的月野兔之类的,作为她的生日贺礼。

可她盼了好多天,都没能盼到来信。

她甚至又写了一封,问是"莲"没收到她的信,还是她没收到"莲"的信,只不过这封信还没寄出去。

姜南风回到家,朱莎莉见她满头大汗,嫌弃地叫她赶快去洗澡。

因为"莲"的事,姜南风有些心不在焉,没有留意到这时母亲的眼角上泛着淡淡的红,就像今晚在雪白奶油上留下的那抹樱桃糖渍。

第四章
开学日

从好运楼走到第三小学，大约需要十五分钟。

穿过戏台前的空地，拐进一条崎岖不平的石板街，可以从石板街的这一头直接走到另一头，也可以选择拐进迷宫般的狭窄巷弄内。其中一条巷口会有一个阿婶，在家门口支了个小摊，卖些零食、饮料、玩具，还有小孩子们都爱的洞洞乐抽奖箱，五毛钱抽一次，最大奖是十元钱奖金，安慰奖是酸梅条一包。

经过小摊走出巷子，很快会路过一个菜市场，这里和纪霭家在的那个菜市场一样热闹——朱莎莉时不时会来这边买菜。因为姜南风嘴刁，自从吃了这边一家牛肉档口卖的牛肉丸后，就吃不下别家的了。

经过菜市场，一直往前走，直至看到姜南风订生日蛋糕的那家西饼铺就可以向右拐了，再沿内街走上一分钟，就能抵达学校大门口。

九月开学日，朱莎莉陪着陆家爷孙一起去学校。

姜南风很少见陆爷爷穿得那么正式，平时他总穿松松垮垮的老头儿背心加短裤，今天则是穿了烫得笔直的白衬衣和灰西裤，还给脚上的皮凉鞋专门上了鞋油。

姜南风要去参加升旗仪式，没法跟着他们去办公室。本以为等升完旗回到班里，老师就会带陆鲸进来并介绍陆鲸是转校生，可等到第一节课结束，姜南风也没等到陆鲸。

纪霭一下课就来找姜南风了。原来陆鲸没能分进一班，而是去了纪霭所在的三班。

纪班长得去办公室，姜南风一个人跑去三班，在靠近走廊第一组第三排的位子上找到了陆鲸——陆鲸比其他同龄男生矮一点儿，姜南风预料到了老师会把他安排到前排。

陆鲸的同桌是从三年级就戴上了近视眼镜的孔斌。见桌子旁边站着两个男生正和陆鲸说着话，姜南风等他们聊完，才走近敲了敲窗户："喂。"

陆鲸愣怔几秒才站起来："你怎么过来了？"

姜南风白他一眼："我来关心关心邻居第一天上学的情况，不行吗？"

孔斌听见他们说话，探头探脑地问："你们两个人认识啊？"

因为纪霭的关系，姜南风与大部分三班的同学都认识。她朝孔斌点点头："他是我的邻居。"

陆鲸赶紧咳了两声，压低声音说："你怎么连这个都说出来？"

姜南风皱眉："说你是我的邻居又有什么问题？"

陆鲸顿了顿，才嘀咕道："没有没有，什么问题都没有。"

姜南风问他："怎么样？第一节课还习惯吗？马老师上课是讲普通话还是潮汕话？"

三班的第一节课是数学课，而教数学的马老师是姜南风的班主任，年纪和朱莎莉的年纪差不多，喜欢用普通话和潮汕话混着讲课。

陆鲸如实回答："都讲，但影响不大，我基本能听懂。"

"唉，如果你能分去一班就好了。"姜南风的心里多少有些遗憾，毕竟她昨晚还答应了陆爷爷一定会好好照顾陆鲸，这下没机会了，也不知道陆爷爷以后还给不给她卤大鸡腿。

"哪个班都可以，我无所谓。"陆鲸淡声道。

"昨天抄的课表也没用了，你跟同学借一下，重新抄一份。"

陆鲸真觉得姜南风把他当小孩儿了，不耐烦地说："知道了。"

上课铃响了，姜南风还继续嘱咐陆鲸："反正有纪霭在，你有什么事就直接找她帮忙！"

她的声音不小，前后排有同学看了过来，陆鲸有些尴尬："你别老

· 89 ·

把我当幼儿园的小朋友……"

姜南风伸手揉了一把男孩儿又长长不少的头发，笑道："你比我小——那我就是姐姐了，当然要照顾你。"

陆鲸耳朵烫了一下，撇开眼："上课了，你快回自己的教室！"

老师还没来之前，孔斌问陆鲸："你和姜南风关系很好吗？"

陆鲸立刻否认："没有，刚好我外公住在她家对门，我们……没有关系很好。"

他反问孔斌："你们都认识她？"

"嗯，她和班长是好姐妹，下课常跑到我们班。"

"哦。"

第二节课是语文课，老师姓蔡，是三班班主任。

蔡老师唤了陆鲸上讲台，让陆鲸再做一次详细一点儿的自我介绍。陆鲸有些不情愿，但还是慢腾腾地走上了讲台。

讲台下是一张张陌生的脸，讲真的，陆鲸觉得跟一颗颗薯仔没什么差别。

他不愿说太多，便再讲了一遍自己叫陆鲸，陆地的陆，鲸鱼的鲸。想了想，他干脆拿粉笔在黑板上写上名字，说："是这个'鲸'，不是金鱼的'金'。"

陆鲸的自我介绍很简短，蔡老师又比较热情，引导他再多说点儿自己的事情，例如喜欢的运动、擅长的科目，等等。

"运动没什么特别喜欢的。"陆鲸声音平平地说，"擅长的科目……电脑能算吗？"

蔡老师愣了一下，说："算的，当然算的。"

讲台下有同学大声问："擅长电脑，是不是代表你打字很快？"

接着有几声笑传来，陆鲸知道他们理解有误，但懒得解释，"嗯"了一声就算回答了。

现在已经六年级了，陆鲸并不指望在这一年内能交到感情多么深的朋友。

在这个学校学习一年，他就得升初中了，那又会面对一个全新的环境，有新的老师、新的同学——新的人际关系。

而旧同学的名字，只会存在于一本本毕业册上，紧接着这些毕业册就会被他塞进抽屉的最下方，一个月、两个月、半年、一年……久而久之，或许连抽屉里藏着册子这件事他都会忘记。

等到再拿出来时，他可能就会发现，那些在册子上记录下来的名字，已经在记忆里模糊了很长时间。

陆鲸回到座位上后，蔡老师还在叮嘱大家多多照顾新同学，要互帮互助。

陆鲸身旁的孔斌小声地问："你以前的学校里有电脑课吗？从几年级开始上的？"

"去年就有了。"

"哇，好早，我们等到六年级，也就是这个学期开始才有电脑课，说是怕学生年纪太小容易弄坏电脑。"孔斌边嘀咕边把铅笔盒打开，推到陆鲸的面前，"你还没有三班的课表吧？我刚才听见你和姜南风说的话了。"

铅笔盒盖里头贴着一张课程表，陆鲸道了谢，把崭新的课本翻到最后一页，直接把课表抄上去。

六年级才有的电脑课都被安排在周一下午了，一班在第一节，三班在第三节。

陆鲸觉得语文课比数学课更容易听得进去，蔡老师基本全程都讲普通话。

第二节下课后学生们要下楼做操，学校的面积不大，低年级的学生在教学楼中间的椭圆形空地上集合，高年级的就在操场上集合。

说是操场，其实就是一片水泥地，约莫有两个篮球场的大小。纪霭负责带队，袖子上的大队长臂章在阳光下泛着光芒。她走到队伍的最后，让陆鲸站到前面来。

陆鲸低声说："不了，我先在后面吧，怕我学的广播体操和你们学的不同。"

"那行，如果不同的话你跟着别人做就行。"

"好。"

一般排在队伍最后的都是身高较高的学生，陆鲸在一排高个男生的后头站着，显得有些格格不入。他就算低头看自己的鞋时，仍能察觉到别人在他的身上游走的目光。

见前面的男生在跟隔壁班的同学小声说话，陆鲸猜想：估计十有八九是在议论他吧。

"窸窣——窸窣——"

陆鲸抬头，循声看过去，竟见到了姜南风——不知什么时候跑来队伍最后方了，还对他挤眉弄眼的。

姜南风朝他快速地做了几个动作，说："第一节的伸展运动是这个，你跟着我做就行。"

感觉到射在自己身上的视线更多了，陆鲸双颊烧烫，咬着牙"嘘"了一声，没再往姜南风那边看过去。

广播体操倒是一样，都是去年学的全国第八套广播体操。

九月，天气依然炎热。树影婆娑间，陆鲸低着头做操，尽力忽视着"备受瞩目"的那股异样感。

第三节是思想品德课，第四节是自然课，两位老师都喜欢夹杂着方言讲课。

陆鲸只能半蒙半猜地来推测老师讲的是什么内容，反应总慢其他人一拍。自然课上到一半，他已经走神了。课本封面的边边角角被他来回折腾，都起了毛边。

他满脑子想的是：如果这时候他还在广州上学的话，应该会轻松好多。

自然老师突然停了下来，问举手的班长有什么问题。

纪霭站起来，说："老师，我们班来了个新的同学，他听不懂我们这边的方言，麻烦老师多用普通话上课。"

自然老师顿了顿，连声道"好"，接着就换成普通话讲课。

陆鲸回过头看向了纪霭，朝她轻轻点头。她笑笑，继续认真地听课。

放学铃一响，原本安静的学校瞬间像锅煮沸水。小男孩儿们乐此不疲地、手脚并用地学着陈奕迅唱"东一只西一只东一脚西一脚[①]"。

---

① 陈奕迅的《超人的主题曲》，1998年获得TVB儿童金曲颁奖典礼的金曲金奖。

小女孩儿们则聊着校门口哪家店有新款美少女战士闪卡，或哪家店卖的彩绳有新的颜色了，可以买来编新的手绳。

陆鲸正安静地收拾着书包，姜南风已经跑到三班窗边，将手递了进来，说："你早上刚拿的书很重吧，我帮你拿一部分？"

陆鲸是早上在办公室才领了书，厚厚的一摞全塞进书包里，差点儿连拉链都拉不上。他拒绝道："不用了，我自己能背得动。"

校门口已有不少等着接小孩儿的家长了。高年级的学生大部分是自己走回家，姜南风和纪霭都是，但陆鲸是第一天上学，陆程放心不下，也在门口候着。

陆程仰着脖子左顾右盼，终于看到几个小孩儿走出了教学楼，赶紧迎上去。

姜南风看见陆爷爷了，朝他挥手，并告诉陆鲸："你阿公来了！"

陆鲸皱了皱眉，咕哝道："都说我自己回去就可以，不用接……"

陆程走到外孙的面前，关心地问道："早上上课怎么样？会习惯吗？"

姜南风十分尽职，立刻同步翻译。

陆鲸低着头往前走，声音仍然很低："唔习惯又点？又无得返广州……"

老头子听不清楚，看向了姜南风。

姜南风白了陆鲸一眼，跟陆程说："他说有些不习惯，慢慢适应就好了。"

陆鲸猛转过头，诧异地瞪向那面不改色讲假话的家伙："你——"

姜南风不理这个别扭的小孩儿，直接跟陆程聊起来："爷爷，你不是去找了丰仟吗？为什么陆鲸没能进一班呢？"

"说是因为一班的人数太多，最后一排都挤到黑板报下面了，实在挪不出位置。"

陆程想起这事还有些生气。他给那主任送了中华香烟和老普洱，陆嘉颖还包了个不薄的红包。那主任收礼时笑得脸上的肉都一直颤，直说"无问题无问题"，谁知结果竟是这样。

早知道他就不去行人情了，烟和茶留着自己吃多好。

陆程见外孙一直耷拉着肩膀，便伸手拎了一下他的书包，这一拎吓了一跳："这书包怎么这么重？！快放下来，我给你拿！"

没等姜南风翻译，陆鲸已经猜出阿公的意思，赶紧拒绝："不要不要，我自己背就好。"

"哎呀，你本来就矮，还背这么重的书包，更加长不高了。"

听见这话，姜南风赶紧抿紧唇，不让窃笑偷跑出来。

阿公力气大，陆鲸争不过，但肩膀轻松许多，步伐也大了不少，便走快几步，把阿公和两个女孩儿抛在身后。

陆程把沉甸甸的书包背到肩上，还在担心着陆鲸班级的问题，说不知道要不要再托人找找其他领导，尽力把陆鲸调到一班。

姜南风挽着纪霭的臂弯，给陆程"打强心针"："去三班也没事啊爷爷，三班有纪霭在啊！"

"这位是……？"虽见过几次姜南风身边黄黄瘦瘦的小姑娘，但陆程只知道她是南风的同学。

姜南风给他介绍："纪霭是班长，还是大队长，年年拿三好学生，学习好且乐于助人，好多学校的比赛都名列前茅……"

这一连串的头衔听得纪霭的脸发烫，她急忙掐一把姜南风的手背："够了够了……"

而老头儿越听越开心，本来锁紧的眉心也舒展开来，急忙跟纪霭说："纪同学，那就麻烦你多多照顾阿鲸仔了。"

他又对姜南风说："下次你邀请纪班长来家里吃饭，我给你们做炸鸡！"

姜南风眼睛一亮："好！就这么说定了！"

下午上学时，陆鲸坚持不要阿公送。他堵在家门口，边系着红领巾，边说："我认得路了，能自己走。"

姜南风打着哈欠，跟陆程打包票，说自己会看好陆家的宝贝小少爷。

朱莎莉朝姜南风的背上甩了一巴掌，叫她站直："别乱说话……你带陆鲸走大路，别钻巷子了。"

他们当然要钻小巷子，午后一点多天气多热啊，石板街旁的巷子里多是老平房或老楼，连树都上了岁数，遮天蔽日地给路人铺出一条阴凉小道。

姜南风走在前面，陆鲸跟在两步之后。快出小巷的时候，陆鲸喊了姜南风一声："喂，你喝不喝健力宝？"

姜南风回头狐疑地看他："我喝啊，你问这个干吗？"

陆鲸说："我请你。"

姜南风又不傻，问："你为什么突然请我喝饮料呀？"

陆鲸没立刻回答。两个人一起走到巷口的阿婶小摊旁，陆鲸问阿婶有没有健力宝。阿婶听不太懂普通话，姜南风又翻译了一次。

"有啊，要冻的还是不冻的？"

陆鲸看了一眼姜南风："我要冻的，你呢？"

姜南风跟阿婶说："两罐冻的！"

阿婶让他们帮忙看一下摊子，自己转身走进了院子里，取放在家中冰柜里的冻饮。

陆鲸这时候才说："你帮我个忙。"

姜南风扬扬下巴："你说啊。"

陆鲸眼神认真，语气也认真地说道："你帮帮忙，不要在学校里提起我的家事。"

姜南风不解地皱眉："嗯？什么意思？不要提起你的阿公？"

"你这什么理解能力……"陆鲸一个眼刀甩过去，"我指我妈妈的事。"

姜南风立刻明白了。

其实关于陆鲸父母的这件事，她也没有了解得特别清楚。大人们都是说一句藏一句。而且，这种事情听上去就非常重要，她肯定不会到处乱说呀！

她嘟囔道："知啦，我不会随便跟人提起的。"

阿婶拿来两罐健力宝，陆鲸准备付钱，不忘问一句："你还有没有别的想要的？咪咪虾条？"

姜南风皱着鼻子说："不用了……"

"真的？"陆鲸挑眉，指着小摊上的奇多，"这个也可以买给你。"

"真的！"姜南风把冻饮塞给陆鲸，嚷嚷道，"我又不是好食妹！"

陆鲸背对着她，勾了勾嘴角，心想：她不是"好食妹"，那就是"为食猫"。

离开了小摊,两个人继续往学校的方向走。

姜南风掰开拉环,想了想,把饮料递向陆鲸:"喂,碰一下。"

陆鲸咬着吸管,含糊地说道:"嗯?为什么要碰一下?"

"我跟你约定啊。你的事,我是不会说出去的。"

女孩儿在他的面前晃了晃饮料罐,有水珠从半空中跌落,也有水珠滑到她的手腕上,好似清晨树叶上的露珠,摇摇欲坠。

阳光从上方倾泻而下,映得那颗水珠耀眼无比,在晃动中,也有光滑进了女孩儿黝黑的眼眸里。她一眨眼,碎光便像湖上被惊扰的水鸟往四处逃开。

陆鲸举起铁罐,在姜南风手里那罐的底部,轻轻碰了一下,低声道:"嗯,谢谢你。"

姜南风勾起嘴角笑笑,说:"免客气。"

从六月中旬开始,长江上游先后出现八次洪峰并与中下游洪水遭遇,形成了全流域型特大洪水,全国受灾人口数量将近两亿。

新学期的第一个学校活动,是为"1998特大洪水"进行募捐。

"这次的天灾夺去了许多条性命,也摧毁了许多人的家园。在这次抗洪抢险救灾的过程中,有无数的战士投入到与洪水的这场战斗中,有的为此献出了自己年轻的生命……"马老师的声音有些沙哑,她端起茶缸喝了一口茶,才继续说,"洪水无情人有情,还有许许多多的无名英雄,在我们看不到的地方努力不懈。明天学校会举行募捐活动,让我们每个人献出一份爱心,为帮助灾区人民早日渡过难关尽一份绵薄之力……"

在课堂的最后一分钟,马老师又说了一件事。

市里要举办一次抗洪救灾主题的朗诵比赛,每个学校内部先选拔一次,评选出来的第一名将代表学校到市里参加比赛,而每个班级能推荐两位同学。

"我们班其中一个名额已经确定是杨樱了。她有比赛经验,去年还取得了全校第二的优异成绩。那么另外一个名额,请同学们踊跃报名。"

有女生说,应该找一个男生参加比赛。

有男生说，可我们班的男生普通话都不够标准。

接着就有男生提议，要不让姜南风参加吧，她嗓门够大，普通话也挺标准。

被突然点名的姜南风猛地一颤，正勾着线的黑水笔不受控，直接毁了描了好久的线稿。

姜南风转过头，眼刀直甩向乱提建议的蒋鸣。见那男生笑得不怀好意，她正想朝他比中指，马老师就发话了："嗯，南风的普通话是可以……好，还有没有其他同学报名？没有的话，我们班就推荐杨樱和姜南风两位同学，可以吗？"

下课铃骤响，同学们跟着铃声大喊："可以！"

马老师拿起教案和茶缸："那杨樱、南风，你们二人来办公室一趟，我把比赛的要求告诉你们。"

姜南风和斜后方的杨樱对上视线。姜南风撇了撇嘴，摆出一副不情不愿的模样。杨樱没忍住，手掬成拳头挡在嘴前，笑出声。

每个参赛者要准备一段三分钟的脱稿朗诵，内容与抗洪救灾相关即可。马老师最后叮嘱姜南风要好好写稿、好好准备，有什么不懂的地方就跟有经验的杨樱讨教。

走出办公室，姜南风嘟嘟囔囔："为什么是我啊？都没人问过我愿不愿意参加，就把我赶上场了……"

杨樱走在姜南风的身边，说："其实我跟你一样啊，也没人问过我愿不愿意参加。只有四年级的那次老师问过我的想法，之后每一次，都是直接告诉我比赛的时间，让我开始做准备。"

"老师、同学，还有我妈，好像都觉得我参加比赛是理所当然的事。"杨樱叹了口气，"我不怕让你笑，其实我很容易忘稿忘词，每次一卡词了就会紧张到腿软手抖。所以，我要花很多时间去背稿子，对着镜子练习，还要用录音机录下自己的背诵，再一遍遍地听……"

姜南风转过头看杨樱。

杨樱长得那么好看，纤细的脖子好似水仙花，乌黑长发束成马尾，在她的脑后一左一右地摇摆着。

杨樱明明声音还像平日那么温柔，姜南风却感觉不到温度，也不见杨樱的嘴角挂笑。

姜南风鼓起腮帮,忽然道歉:"不好意思……"

杨樱不解:"啊?"

"我之前好像也有这种想法。"姜南风挠挠鼻尖,"觉得每每有这种比赛,参赛的人选肯定是你,也必须是你。所以,对不起,我们都没有问过你本人喜不喜欢、愿不愿意……"

杨樱连忙说道:"不不不,你道什么歉啊。"

"刚才班主任在说这些事情的时候,我一直在想,如果大家能多问我一句愿不愿意参加,那我的心里或许会舒服一点儿……所以我有点儿能明白你的感受。"姜南风认真地看着杨樱,"刚才我心里真的有些不舒服,酸酸涩涩的,很想说些什么,但又说不出口。你也有这种感觉对吧?"

徐徐微风拂起脸侧的发丝,一根两根飘到嘴边,杨樱点头抿唇"嗯"了一声,正好把发丝含进嘴里。

姜南风指指自己的嘴角:"你吃到头发啦。"

杨樱拨开发丝,脸上终于有了真挚的笑容:"不过这一次比赛我们能一起参加,我还蛮开心的。"

"你白仁①吗?我们虽然都是代表一班,但也是竞争对手。"姜南风握紧拳头佯装凶狠,"说不定我是一匹黑马,最后能拿全校第一,你和纪霭都要小心!"

姜南风忽然也想到:纪霭每次参加比赛是不是也是老师指派的?纪霭自己喜欢吗?她这个做朋友的,却从来没问过。

杨樱"咯咯"笑:"行啊,要不然我故意忘稿好了,给你减少一个竞争对手。"

"那可不行,我这人不喜欢不战而胜。"

"行,那我们就一起好好准备,连上纪班长,三个人拿下全校前三名。"杨樱笑道,"友谊第一,比赛第二。"

不知为何,姜南风一双眼忽然有些泛酸。

上课铃响了,走廊里的同学开始陆续走回各自的班级,姜南风唉

---

① 傻瓜。

声叹气地朝教室走:"朗诵稿要怎么写啊？我可是一点儿头绪都没有。"

杨樱主动地说:"我今晚把之前比赛的稿子找出来,明天带过来给你看看,嗯……朗诵稿和我们平时写的作文不太一样。对了,你家这几个月的报纸卖掉没有？"

姜南风想了想,说:"还没有,我存起来准备卖的易拉罐还在阳台上呢。"

"那就好,你回去了就把这几个月的报纸找出来,挑一些英雄事迹的报道,剪下来先装好,等最后看看,要以哪个主题写稿,再从中找资料。"杨樱耐心地把过去的经验和盘托出。

姜南风心里忽然有了底,感激地双手合十,朝杨樱拜了拜:"好人一生平安。"

杨樱连瞪人的眼神都温柔,说:"老师快来了,快回座位吧。"

姜南风想起什么,急忙跑回座位,从书包里摸了本书,又跑回杨樱的桌边,径直塞进杨樱的抽屉里。

她凑到杨樱的耳边小声说:"我本来放学后要拿去租书铺还的,先借你。你慢慢看,这是第一册,下一册在纪霭那里。等纪霭看完了,我再借你。"

姜南风说完就跑。

杨樱趁着同桌还没回来,把抽屉里的书拿了出来。

那是本少女漫画,封面上的少女眼睛亮晶晶的。她把书飞快地藏进书包里,心跳有些加快。

做操时,杨樱跑到队伍的最后方和姜南风站在一起,边做着扩胸运动边问姜南风是怎么知道她想看漫画的。

"有好多次我在下课的时候看书,你都偷偷看过来。以前不了解你的时候,我还以为你要没收我的书,或者跟老师告状……"姜南风做操的姿势歪七扭八,压低声音说,"我知道你妈妈肯定不让你在家里看这些,你自己小心点儿,别被发现了。"

杨樱笑着点点头:"嗯,一定小心。"

杨樱上下学都会等母亲来接,姜南风没见过她自己走路回家。

回家的路上,姜南风把自己要参加朗诵比赛以及借漫画书给杨樱的事都告诉了纪霭。她语气有些忐忑,怕纪霭不高兴了。

纪霭掐了掐姜南风的脸:"姜南风,我是那种不讲理的人吗?而且租书的钱一直都是你在出,我想给的,你都不让。"

"哎呀,湿湿水啦。"

听姜南风讲了句不大标准的粤语,陆鲸回头睨她一眼,纠正她的发音:"是湿湿碎。"

"你怎么那么八卦,偷听我们讲话!"姜南风戗他。

"你的声音有多大自己不知道吗?整条街都能听到你讲话。"陆鲸毫不示弱。

"好了好了,你们不要老是吵架……"负责调停的还是纪霭。

她苦笑着摇摇头,心想:这两个人怎么就非得吵来吵去的?

回到街口,姜南风跟纪霭说:"那我去寄信啦,下午见。"

纪霭:"行,下午见。"

姜南风又嘱咐陆鲸直走就是好运楼。陆鲸继续大步往前走,嘴里咕哝着:"我又不是傻子,住这么多天还认不得路……"

但很快他又放慢了步速,等着纪霭走上来。

他斟酌了一会儿,快到好运楼了才问纪霭:"她是去寄信吗?"

"嗯,对啊。"

"她跟谁……?"

"嗯?"纪霭听不清。

陆鲸扯了扯书包带,低声问:"她在跟谁写信啊?我看她天天去门房找信,很紧张的样子。"

姜南风还是没有收到"莲"的信。开学那天她把重新写的信寄了出去,可还是石沉大海。

"莲"以前在来信中稍微提起过一两句自己的家事。

他的爷爷是市内乃至省内小有名气的国画大师,家里目前经营着一家画廊,耳濡目染下他对绘画产生了浓厚的兴趣。可是他喜欢的漫画,在长辈眼里是不入流的"歪门邪道"。所以,他才会偷偷写信给杂志,想认识有相同兴趣的笔友。

姜南风猜想:如果不是信件寄丢了,那会不会是"莲"的父母不让他继续画画,也不让他和笔友们写信了呢?

她自然有些遗憾。难得遇上志同道合又聊得来的本地笔友,她不愿意就这样放弃。

正午时分,小跑到邮筒前的姜南风已经满头是汗了。她喘着粗气取出书包里的信,默念了一句"老爷保贺一定要抽中",将信投进邮筒内。

"妈——"

一回到家姜南风就跑到了厨房,跟朱莎莉汇报今天的事:"明天我们要给灾区捐款,我捐多少钱好呀?"

朱莎莉正忙着炒饭,厨房里排气扇"轰隆隆"地响,饭香四溢。她大声说:"捐个五块十块都可以!"

"五块十块会不会太少啊?"问完,姜南风听到自己肚子的"咕噜咕噜"声了。

这时煤气炉突然熄了火,朱莎莉打了几次火都没有火苗出来,嘀咕道:"爱害①,好像没有煤气了。"

她把灶台下笨重的煤气瓶拉出来,轻轻摇了几下,再打火,这次有火出来了,但火苗颤巍巍的,好像随时就要熄灭。

朱莎莉抓紧时间炒饭,还不忘跟女儿说:"捐多捐少都是一份心意,哪能用金额来衡量呢?而且人多力量大,这才是捐款的意义,知不知?"

刚说完火又灭了,朱莎莉干脆叫姜南风搭把手,让她帮忙翻炒锅内的米饭,自己在旁边摇煤气罐。

"心意我当然有很多……"姜南风笨拙地用着锅铲,瞄了母亲一眼,贼兮兮地说,"但我没有钱。"

朱莎莉瞪她:"开学那天不是给你零花钱了?还多给了二十块钱,让你去买书皮和其他文具。"

"对呀,就是因为开学,开销大了好多。"姜南风搬出另一件事,"对了,我今天被老师挑去参加朗诵比赛了,如果拿到全校第一,还能去市里比赛呢。"

---

① 糟糕。

朱莎莉蓦地睁大眼,难以置信地说:"你?朗诵比赛?!"

姜南风不高兴了:"你这是瞧不起我吗?我可是被同学们一致推荐的!他们说我声音洪亮、发音标准、感情丰富,还有……"

她编不出来了。

朱莎莉"哈哈"大笑:"我就是惊讶,哪有瞧不起你?什么时候比赛啊?"

"国庆前,我们班派出的代表是我和杨樱!"

"哇,我走仔①真棒!"

见米饭炒得差不多,朱莎莉放下煤气罐,关了火,接回锅铲,说:"好啦,捐款你负责出心意,老妈负责出金钱,这样行吧?"

姜南风笑得一脸得意:"当然行!"

朱莎莉炒的是薄壳米②炒饭,不需要很复杂的烹饪技巧,只需要把食材与米饭翻炒均匀即可。焦黄的饭粒里掺着一颗颗饱满的薄壳米,还有青绿葱花和金不换碎末点缀其中,咸香扑鼻,惹得姜南风的肚子叫得更大声了。

姜南风将碗公放到餐桌上,问:"爸爸怎么还不回来?用不用我打电话去店里问问?"

"行,你打去问问。"

电话响了一会儿姜杰才接起。姜南风问他什么时候回来吃饭,父亲的声音有些急。他说店里突然来了不少客人,一时半会儿没法忙完,中午就不回来吃了,让南风跟朱莎莉讲一声。

挂了电话后,姜南风将父亲的话转述给朱莎莉听。朱莎莉把紫菜汤端到饭桌上,说:"那不等他了,我们自己吃吧。"

姜南风狼吞虎咽,吃饱了才跟母亲提起,她需要用这几个月的报纸来做资料搜集。朱莎莉倒抽一口冷气:"哎呀,鸟称③!早上我刚叫

---

① 女儿。

② 是第五章中提到的"薄壳"的肉,需要经过许多道工序,才能将薄壳脱壳,留下完整的肉,许多美食纪录片都有详细的视频记载。

③ 完蛋。

收废品的来收走！"

姜南风差点儿被一口米饭呛到："那……那怎么办！我得写朗诵稿！"

朱莎莉思索片刻，说："不急，老妈去给你借些报纸来用，隔壁陆爷爷也有订报的，而且是储一年才卖一次。"

姜南风松一口气："那就行。"

突然又想起一件事，姜南风的右手拇指与食指、中指来回搓动，她眨着眼问朱莎莉："老妈，那易拉罐卖了多少钱啊？"

楼上一对母女也在吃午饭，和姜家不同，杨樱和母亲吃饭时很少聊天。等到吃完饭，杨樱才跟张雪玲讲月底有朗诵比赛的事。

张雪玲收拾着碗筷，问："是你自己报名的，还是老师指名的？"

"老师指名的。"

张雪玲满意地点点头："嗯，这样子表示老师很看重你。"

杨樱沉默了几秒，说："这次每个班级要推荐两个人去参加比赛，除了我，南风也参加了。所以我接下来……"

"等等，"张雪玲没等杨樱说完就直接打断，"她也是老师指名的吗？"

"不是，她是同学推荐的。"饭桌下的手不知不觉攥成了拳头，杨樱鼓起勇气说，"老师说我有经验，要我多帮南风看看稿子，所以……"

果不其然，她的话又被母亲打断。张雪玲说："你能顾好自己的稿子就行了，哪还有那么多时间去帮别人？你们参加的可是同一个比赛，是竞争对手……"

母亲说了很多，说既然参加了比赛就要各凭本事全力以赴，说这次朗诵比赛市领导们很重视，决赛会在大剧院里举行，还说到时候应该会有电视台来采访……

杨樱的注意力有些分散，她低着头，看着自己微颤的手背。

薄薄的一层皮肤透着底下青色的血管，她有点儿太瘦了，微凸的血管看起来有点儿狰狞恐怖。她觉得好奇怪，血明明是红色的，为什么血管是青色的……

"所以你要用心准备，朗诵稿写好了就拿来给我过目，我帮你修改，知道没有？"

等了几秒都没得到回答，张雪玲皱眉看向杨樱，发现女儿有些走神。她语气瞬间变得冰冷生硬："杨樱，回答呢？"

杨樱蓦地松了劲，微鼓的血管缓缓地沉了下去。她抬起头朝母亲笑笑："嗯，我知道了。"

杨樱换了个话题，提起捐款的事。张雪玲拿着碗筷走进厨房里，让杨樱去衣柜里取张五十元钞票，明天好带去学校捐款。

母亲卧室的衣柜里有个上锁的小抽屉，杨樱先拉开母亲放贴身衣物的抽屉，在右边边角位置摸到一双团起来的肉色丝袜，拆开丝袜，里面藏着一把小钥匙。

上锁的抽屉里有户口簿和一些证件，还有两个牛皮信封，一个装百元钞票，另一个装五十元钞票，两个信封都有一定的厚度。

杨樱在衣柜前站了一会儿，一直没有动作。等听见母亲大声问"有没有找到钱啊"，她才回了一句"找到了"。

她从五十元的信封里抽了一张，关上抽屉锁好，最后把钥匙藏回丝袜里，放回原位。

她拿着钱到厨房里给张雪玲看。张雪玲洗着碗，点头表示知道了。

杨樱满脑子都是早上姜南风在走廊里说的那句话。

"我心里真的有些不舒服，酸酸涩涩的，很想说些什么，但又说不出口……"

杨樱把钱币折成三折，装进裤袋里，终于轻声开口："妈妈。"

"嗯？还有什么事？"

"我……我能不能也有零花钱？"

"你要零花钱做什么？"洗碗槽里水声"哗啦啦"，张雪玲任水一直流，转过头笑着说，"你有什么想买的东西，告诉妈妈就好了，妈妈会给你买的。"

日光打在母亲的眼镜上，镜片反光，杨樱看不清母亲的眼睛，只觉得那笑容压得她快要透不过气来。

第二天早上，教学楼楼下的空地上摆了一排课桌，课桌上面放了几个透明大盒子，盒身上"捐款箱"三个大字鲜红显目。

捐款的学生挺多，课桌前排起几支队伍。轮到姜南风和纪霭时，透明盒子里的钱币已经不少了，有一块、两块、五块、十块，还有零星几张五十元大钞，盒子底下还沉着不少硬币，像鱼缸里的鹅卵石。

姜南风先把朱莎莉给的十块钱放进捐款箱里，再拉开书包旁袋，从里面捞出一把硬币，全投进了箱子里。硬币落下的声音清脆如雨打芭蕉。

一次没掏完，姜南风又伸手去扣卡在书包缝隙里的几个硬币。

纪霭见状，在她的身后小声说："哇，你这是把'小胖猪'里的硬币全挖出来了啊？"

姜南风鼓着腮帮，多少有些不舍："嗯，所以现在'小胖猪'肚子里空空了。"

"小胖猪"是个储钱罐，姜南风收到硬币就会投进去，想着把"小胖猪"喂饱了，就能拿这笔钱去买她喜欢的漫画。

但昨晚读着一份份报纸，姜南风的心情越来越沉重，睡觉都睡得不安稳，早上起床后，她直接把"小胖猪"的肚子挖了个一干二净。

她叹了口气："只好再慢慢存钱咯。"

纪霭拍拍她的脑袋，笑道："好人一生平安。"

排队队伍忽然哗然，两个人循声看去。

陆鲸排在她们的后面，将一只手里拿着的一张蓝紫色百元大钞毫不犹豫地塞进了箱子里，而他的另一只手里拿着一个钱包，夹层里露着几张钞票的边角，紫的、青的。

姜南风等他走近才问："是陆爷爷让你捐一百块钱的吗？"

陆鲸实在不懂为什么自己捐个款都会引来众人围观。

他奇怪地看向姜南风："不是啊，是我自己的零花钱。"

姜南风倒抽一口气："一百块耶，陆鲸，你一捐就捐一百块呀？"

陆鲸更觉得奇怪了："我以前的学校，大家捐款都是五十块以上……是这边有规定不能捐这么多吗？我本来想捐两百块的……"

姜南风和纪霭面面相觑——她们两个人的零用钱加起来，要三个月才够一百块，这就是大省城与这座小城市之间的差距吗？

中午回家的路上姜南风好像树上"叽叽喳喳"的麻雀，不停地问陆鲸关于省城的事。

105

男孩儿走得快,姜南风走一步蹦一步,声音都有点儿喘:"广州有多大啊?是不是比汕头大出很多很多?"

陆鲸反问她:"汕头有多大?"

姜南风想了想,她的世界其实好小的,从好运楼开始,走过石板街,穿过菜市场,一般学校就是尽头。每周她能坐着爸爸的摩托车,去再远两个路口的音像店——这对她来说已经很远了。

她诚实地回答:"我不知道汕头有多大。"

陆鲸稍微放慢脚步:"那我回答不了你这个问题。"

姜南风眼珠子一转,微喘的声音里有些兴奋,又有些鬼祟:"喂,我妈是不是也给你买了公交卡?"

陆鲸点点头:"对啊。"

朱莎莉在开学前给他们两个人都买了学生公交卡。陆鲸把卡塞在钱包里,以备不时之需。

姜南风"嘻嘻"地笑,咧着一口白牙,两颗虎牙尤其明显。她问:"明天周六,要不要姐姐带你去探险呀?"

经过老戏台,经过租书铺,他们一直往前走,就到了中山路。

午后三点的猛烈阳光打在金属公交车站牌上,折射出刺眼的光芒,姜南风抬手挡在额前,认真地数着待会儿得坐多少个站。

"我们这里是公园头站,坐到尾站……哇,要坐十七个站!"

二路车的总站是火车站,大人们说,火车站再往下走就到高速公路口了。也就是说,坐到火车站,就差不多接近城市的边缘了。

陆鲸指着路线图中段的其中一个车站:"那就跟我们之前说好的那样,我们先坐到总站,然后往回坐的时候,再在这个站下车。"

姜南风眯着眼,再确认一次对她而言挺陌生的车站名称,点点头,说"好"。

她不敢向父母问得太详细,所以偷偷问了认识的叔叔阿姨。大家普遍都说,离"莲"的地址最近的公交车站,就是这个站——国新大厦。

恰好,陆鲸也想去这个站。因为听巫时迁和陈熙说,这里新开了一家电脑城,规模是全市最大的,陆鲸想去看看。

公交车站无遮无挡，许多等车的乘客都躲在路边店铺的屋檐下乘凉。姜南风怕错过公交车，不敢跑得太远，在大太阳底下被晒得满头大汗，只能用手扇着风。

再等了一会儿，道路尽头驶来一辆庞然大物，姜南风兴奋地说道："来了来了！"

陆鲸问："隔着这么远你都能看清是哪路车？"

姜南风语气肯定地说："我妈说，全市只有二路车是双层的！"

远处驶来的双层巴士车身是十分显眼的大红色，忽然一个画面在陆鲸的脑子里一闪而过，他低声自言自语："这有点儿像香港的叮叮车……"

姜南风正在书包里翻找公交卡，听他这么说，饶有兴致地问："叮叮车是什么呀？你去过香港吗？"

越来越多的画面和声音涌入陆鲸的脑海里。

同样是通身大红色的巴士，车顶被长长的电线牵着，走得很慢很慢，转弯时车轮会发出"哐啷哐啷"的声响。二层的椅子是木头做的，被太阳烤得发烫，陆鲸一屁股坐下去，要被烫得立刻跳起来。妈妈在旁边笑着说："鲸仔的 patpat[①] 烫熟了。"电车走得好慢，好似一条上了年纪的红色金鱼，在各色横向生长的街招旁慢悠悠地游过，时不时吐出泡泡，发出"叮叮叮"的声音……

视线里的双层巴士越来越近，也越来越模糊。陆鲸赶紧低头，背着姜南风擦了擦眼角多余的水分，含糊地回答："应该去过吧，不记得了……"

姜南风没察觉到男孩儿的异样，提醒他拿出卡来。陆鲸从裤袋里摸出公交卡，在她的面前随意地扬了扬。

又高又大的公交车在他们的面前停下，两个人刷卡上了车。听司机提醒乘客们可以上二层，姜南风眨着眼问陆鲸："我们坐二层可以吗？"

女孩儿的眼里有许多期待，陆鲸没扫她的兴，点点头。

[①] 粤语：屁股。

通向二层的旋梯陡且窄，姜南风刚走到一半，公交车已经启动了。

"啊！"她一时没站稳，身体晃动。

陆鲸在她的身后，被吓得赶紧抬手用力地抵住她的背，喊道："你小心点儿！"

姜南风赶紧扶住旁边的扶手，站稳后，惊魂未定地拍拍胸脯："妈啊，差点儿摔死！"

陆鲸一时没想太多，用力地拍了拍她的背，话也没怎么过脑子："你放心吧，死的是我才对。"

"啊？为什么？"姜南风不解地问，摇摇晃晃地往上走。

"因为会被你压死……"

姜南风反手就是一掌，重重地拍在陆鲸的手臂上。

陆鲸疼得猛搓起被打的那块肉，再一看，皮肉竟已经泛红。他惊诧地瞪向对方："姜南风！"

姜南风朝他吐舌头做鬼脸，快步走到二层。

陆鲸翻了个白眼，嘟囔道："暴力男人婆……"

巴士二层有不少空位，窗户都打开了，灌进潮湿温热的风。

姜南风跑到第一排坐下，等了一会儿没见陆鲸过来，回头看——陆鲸坐在第三排，还在揉着被她甩了一巴掌的手臂，双眼看向窗外。

姜南风呆坐了一个站，等公交车停稳，立刻起身跑到陆鲸身后的座位上坐下。她扶住前座椅背的铁杆，前倾了身子问："真有那么疼吗？"

后颈被女孩儿的气息挠得有些发痒，陆鲸躲了躲，没好气地说道："你让我甩一巴掌试试看？"

"对不住咯——"

陆鲸没从女孩儿故意拉长音的道歉中听出多少诚意。他鼻哼一声，别开脸继续专心地看窗外的景色。

公交车继续往前行驶。

公交车驶上十字立交桥的时候，姜南风小声惊呼："好像在坐过山车啊。"

陆鲸睨她："你坐过过山车？"

"没有。"

"那你怎么知道'好像'？"

姜南风撇撇嘴："我想象力丰富，不行吗？"

公交车右转下桥，隔着老远的距离，姜南风已经看到那个明显的标志了。她一把扯住陆鲸的短袖，声音激动地说："你看！你看！那里！"

陆鲸被她晃得心烦，直接拍掉她的手："什么啦？"

"哎呀，麦当劳！"

红底黄字的招牌特别抢眼，高高一支灯牌伫立在路边，相同的标志，让陆鲸一时之间有些恍惚，仿佛回到了广州。

姜南风又去揪他的袖子："喂，你们那边也有麦当劳吗？"

这次陆鲸没有拍开她的手："有啊，我还没上小学的时候就已经开了第一家。"

姜南风"哇"了好几声，掰着手指算时间，心想：真不愧是大省城。

巴士在快餐店前经过，陆鲸一直用视线追随，直到看不见了，才问姜南风："你们这家麦当劳是真的还是假的？"

姜南风蹙起眉心，说："啊？当然是真的了，等等，这种还能有假？"

"有啊，我们那边去年还是前年，开了一家假的肯德基，卖炸鸡的，装修风格也很像。"

姜南风顿了顿，很快给这家麦当劳打包票："不会啦，你没看见它门口坐着麦当劳叔叔吗？肯定是真的！"

她拍了一下陆鲸的手臂，语气不爽地说："哦，我知道了，陆鲸，你是不是看不起我们这里，觉得我们这里不配有麦当劳？"

"没有，我就是问问！"就算被洞穿想法，陆鲸也面不改色。

他跟打地鼠一样去打姜南风的手背，皱起浓眉，说："姜南风，你一个女孩子，能不能斯文一点儿？"

姜南风敏捷地避开他的攻击，继续高谈阔论："你不要小看我们这里，我们这座城市肯定会越来越好的，以后会开好多家麦当劳的！"

最后她还补充了一句："还有肯德基！"

陆鲸敷衍地说道："好好好，会有的。"

109

可他又忍不住嘴贱，嘀咕了一句："你们这里连地铁都没有……广州的一号线明年就要全线开通了。"

姜南风只听见他后半句话，追问道："一号线是什么？"

"就是地铁啊。"

"地铁又是什么？"

陆鲸翻了个白眼，转过头，恶狠狠地故意吓她："就是一条在地底下钻来钻去的大蚯蚓！"

可姜南风压根儿没被他吓到，还很冷静地眯眼看着他："弟弟，你是不是把我当大傻瓜了？"

铁皮红巴士在小城里走走停停，阳光开始降了些温度，晒到脸上也不觉得发痒。他们在摇摇晃晃中聊着省城与这个小城市不同的地方。姜南风问五个问题，陆鲸会挑两个回答。

姜南风被车子摇得有些犯困，打了个哈欠后，双肘叠在前方的椅背上，侧着脑袋趴上去。

"喂，我问你，"她声音有些含混，"其实你是不是很想回广州啊？"

陆鲸往旁边挪了挪位置，过了一会儿才说："嗯，小姨之前讲过，等她的生意再稳定一些，不用那么忙了，就会把我接回去。现在她太忙了，没时间在家照顾我，所以我才来阿公这边暂住。"

"哦——"姜南风长长地拉了一声，尾音被暖阳晒得快要融化。

一直捂得死紧的那个口袋一旦开了线，那口子就会越开越大，把藏在心里的话全都抖出来，陆鲸说："姜南风，就像你喜欢你从小长大的这个城市，我也喜欢我从小长大的那个城市。我总觉得，我自己不属于这里，迟早会离开的。"

姜南风歪着脑袋，从这个角度看过去，陆鲸那比女生还长的睫毛根根分明，他眨一眨眼，好似就能掉落金粉。阳光斜斜地射进来，映得这男孩儿的脸颊比姜南风喂硬币的那只陶瓷"小胖猪"的屁股还要光滑。

倒是他的嘴唇有些干了，许是因为他陪她讲了许多话，嘴唇没什么血色。

姜南风坐直身子，从书包里掏出一颗泡泡糖，伸长了手递给他："喏，给你。"

她对陆鲸的"离去预告"并没有太大的感觉。她好像也觉得，陆鲸确实不属于这个沿海小城。

他好像弹珠机里一时弹错了道的玻璃珠，像找不到准确频道的收音机，但总有一天会弹中一等奖的那条道，也会找到清晰播音的电台。

陆鲸愣了愣，很快接过："谢谢。"

姜南风自己也拆了一颗，丢进嘴里嚼了两下，很快唾液分泌得比刚才多许多。

她舔了下干燥的嘴唇，问："你回去广州，小姨也在广州，那你阿公呢？他去吗？"

糖纸刚拆一半，陆鲸顿了顿，才说："应该……不去吧。"

姜南风的腮帮子时鼓时瘪，她认真地看着他，说："那你阿公一个人住在这边，好像会很寂寞。"

车程后半段，马路比较新也比较宽，路上出现小轿车的频率明显比老市区多出许多。上下的乘客少，公交车便跑得快，到总站时陆鲸看了下手表，从他们上车到下车，差不多需要一个小时。

椅子好硬，坐得腰骨都痛，下车后，姜南风伸了个懒腰，然后十分好奇地环顾四周。

她还是第一次自己一个人……不对，不是一个人……但他们两个小学生能一起来到这么远的地方，也算很厉害了吧？

一回生二回熟，等她熟悉了路线，以后不需要再拉上同伴，也能一个人坐公交车出门喽。

公交车站旁并列停了几辆双层巴士，司机下车后见到这俩小孩儿，忍不住地问："你们二人是要去哪里？有没有坐错了站？"

姜南风摇头："没有没有，我们就是坐来总站，然后再坐回去。"

"哦，坐车兜风吗？"

"嗯！学校要我们写一篇和公交车相关的作文，我们趁周末有空就来搭一趟。"姜南风脑筋一转，立刻想了个借口。

司机没再多问了，只叮嘱他们俩要小心，并看了下时间，告诉他们下一班车的发车时间，还说下一班车的司机还是他，自己去下厕所就回来，让他们还在这里等就好。

姜南风嘴甜地道了谢。

这时一直没吭声的陆鲸开了口:"叔叔,这边是不是除了火车站,还有个汽车客运站?"

司机反应了几秒,才用普通话回答:"哦,对,客运站在火车站旁边,从那个铁门出去,一直往前走就到了。"

他指着刚才公交车驶进来的大铁门,多问一句:"阿弟,你要去客运站吗?"

姜南风一愣,猛转过头看向陆鲸,眼睛睁得又圆又大。

陆鲸瞥她一眼,摇摇头:"不是,我就问问,谢谢你,叔叔。"

等司机走开,姜南风急忙问陆鲸:"喂,你干吗问客运站在哪里?"

"都说了就只是问问,我不能问吗?"陆鲸不想在这个话题上继续,指着铁门外说,"我刚看到有个小卖部,你要不要喝什么?我口渴了。"

今天好热,又说了那么多话,姜南风当然也口渴。她一下忘了自己还要问什么,跟在陆鲸的身后成了一条小尾巴:"我要……我要……"

"健力宝?"

"不要,铁罐的等下万一弄洒了怎么办……我要冰红茶!"

陆鲸笑了一声:"行。"

两个人买完饮料回来,那位司机大叔正好开了车门。待两个人刷卡上车后,司机喊住他们,说没有大人的话最好坐在楼下,这样他才能照看到。

二人坐在一前一后两个单人座上,再一次跟着车子摇晃起来。

姜南风侧着脑袋倚在车窗上,问陆鲸等会儿去电脑城要做什么。

陆鲸说想去看看电脑。

想起陆鲸平时财大气粗的样子,姜南风惊诧地问道:"你该不会……现在书包里就带着一大笔钱,到那儿就直接买下一台电脑吧?"

"傻妹,我哪里来那么多钱?"陆鲸睨她,如实说道,"我广州的家里本来就有一台电脑,但暑假的时候小姨说太重了没法带过来,等过年她回来的时候,看看是让人开车送过来,还是直接在这边给我重新买一台……"

姜南风听得目瞪口呆。

陆鲸的语气那么轻松,好像他买一台价值一万多块的电脑,跟在菜市场买菜是差不多的意思。

她像拜财神爷一样双手合十,说:"好邻居,好同学,等你有了电脑,买了游戏,求求你一定要借我玩。"

看一眼女孩儿没脸没皮的模样,陆鲸说:"可以,但我有一个条件。"

姜南风有些警惕:"行,你说说看。"

陆鲸微微扬起下巴:"你不可以再喊我弟弟了。"

姜南风撇了撇嘴,最终答应了他:"行吧。"

"你发誓。"

没辙,姜南风竖起三根手指,眼神认真地说:"我发誓,不再喊陆鲸弟弟为'弟弟'。"

回去的路上司机每一站都会按语音播报,两个人不用一个站一个站地数了。他们在国新大厦下车时,司机还叫他们早点儿回家,说天很快要黑了。

公交车站正对面就是电脑城,醒目的三个字挂在大门的上方,路旁停满了摩托车和单车,人来人往,多数是青年男子和中年男人,几乎没有和他们差不多年纪的小孩儿,连女性也少。

陆鲸看了下手表,还有十五分钟就到下午五点了。

他问姜南风:"你要去的书店在哪里?我先陪你去书店,回来再在电脑城逛一圈就行了。我们得赶在七点前回到家,太晚了大人们联系不上我们,可能会很着急。"

姜南风书包里装了一个信封,上面有"莲"的详细住址。如果要去找这个叫"锦涛花园"的地方,她得拿着信封去问问附近店铺的商家或路人。

她没跟陆鲸说自己这一趟"冒险"的目的,只说来这里是为了去一家书店买书。这谎话其实很容易被拆穿,她从没来过这片区域,又怎会知道"那家书店"有她要的书呢?

只不过陆鲸什么都没问,姜南风想:陆鲸对她的私事应该没多大兴趣吧?

最终她摇摇头:"我不去了,就陪你在这里逛逛吧,等你看完想看的,我们就去搭车回家。"

陆鲸静静地看了她一会儿,说:"好不容易来到这里了,真的不去了吗?"

"嗯,反正……以后还会有机会的。"姜南风笑笑,大步迈进电脑城内,"走吧,哇,这里还有空调,好舒服!"

电脑城有两层,但一楼是卖音响音像的,二楼才是卖电脑的。

商城过道逼仄,一家家店铺相邻而设。很多店门口摆着庆贺开业的花篮,音乐声嘈杂,还有不少人在过道上派发传单——哪一家"买586直降200块",哪一家"买电脑包安装Windows98系统再送10张游戏光盘"。

走了一会儿,二人发现商城内还是有不少学生的,但他们身边都有父母的陪同。

陆鲸领着姜南风进了一家门面最亮堂、店里客人最多的店铺。

店内显眼的位置上摆了好几台电脑,或立式或卧式的主机,大脑袋显示屏里的桌面壁纸是好似飘扬的旗帜的四色窗口。老板和店员都在忙,有的给客人计算着不同的配置组装下来的机子一共多少钱,有的在给客人演示电脑上的软件操作,没人有空搭理那对小孩儿。

陆鲸之所以选择进这家,是因为听见老板讲了普通话。他不需要姜南风帮忙翻译,都能听得懂老板在讲什么。

他站在一组客人旁边安静地听着,姜南风也跟在旁边凑热闹。但什么奔二西皮柚[①]、什么火球[②]硬盘,什么主板和显卡,这些陌生的名词听得她一头雾水。

这组客人是一对父子,腋下夹包的中年男人跟老板讲,无论多贵都行,配置要最高的,要有品牌保证。

店员笑得见牙不见眼,手指将计算器按得"噼里啪啦"地响。最

---

① 指英特尔奔腾II处理器。

② 指昆腾火球。

后他把计算器举到中年男人面前:"老板,最优惠就是这个价格了!主机和显示器是我刚才给你报的配置,鼠标、键盘、音箱,这些都给你配最好的!"

接着他转向身旁的少年,殷勤地说:"系统、驱动、软件,都是包安装的,而且以后软件也会包更新!然后游戏方面,只要是我们这里有的,都能帮你先装进去!"

中年男人一边打开手包,一边问身旁的少年:"阿然,那就决定买这台了。"

被叫阿然的少年点头说"好",声音平淡。

"行,老板收钱。"中年男人直接从手包里取出两沓钞票,放在玻璃柜台上。

姜南风再一次被惊呆了。她悄悄凑到陆鲸的耳边,压着嗓子说:"原来不是只有你……"

陆鲸的耳郭发痒,他赶紧躲了躲才问:"什么?"

"别人也是和你一样,买电脑跟买白菜似的……"

话音未落,旁边的少年已经转过了头,抿着唇看向他们。姜南风刚抬起头,就和对方直接四目相对。

她愣了几秒,在心跳加速的时候又赶紧低下头,看着玻璃柜里的一张张光盘,此地无银三百两地说一句:"哇,这些游戏看起来好像很好玩……"

"都说了我买不起。"这个配置的组装机价位大概如何,陆鲸心里已经有了底,扯扯姜南风的书包带,说,"行了,我们回去吧。"

"好!"姜南风快步往店外走。

等二人离开后,少年垂眸看向柜台,嘴角不知不觉地扬起小小的弧度。

女孩儿刚才说"好像很好玩"的,其实是不同版本的微软系统安装盘,不是游戏盘。

这时父亲唤他:"阿然啊,你来把家里的地址抄给老板,我出去打个电话,这里面信号太差。"

"好。"

连磊然接过老板递来的送货单,在送货地址那栏写上了"锦涛花园 38 栋"。

等归途公交车时,姜南风的心脏还在"扑通扑通"地跳,她回想刚刚说闲话被人逮个正着的情形,越来越觉得丢脸。

倒是陆鲸有点儿不习惯这样一声不吭的姜南风,正想问她是不是饿过头了,就听见她问:"喂,你觉不觉得,刚刚那个男生长得有点儿像流川枫?"

陆鲸皱眉:"哪个男生?"

"哎呀,就是……就是在那家电脑店里,他爸爸给他买了好贵的电脑的那个。"

"不像吧……你问这个干吗?"刚才陆鲸只留心听着电脑配置和价格,至于客人长得如何,他的脑子里一点儿印象都没有。

姜南风撇撇嘴:"没事……"

陆鲸也撇撇嘴,心想:女生怎么都奇奇怪怪的。

两个人回到好运楼楼下时天色还没完全暗下来,正好在单车棚旁遇到了杨樱,还有正在停放摩托车的张雪玲。

姜南风对着杨樱拼命眨眼,并礼貌地向张雪玲喊了声"张老师好",再小声问杨樱:"你去上舞蹈课啦?"

杨樱今天将一头长发盘在头顶上,舞蹈衣外披了件薄线衫,手里还拎着舞鞋。她也压低声音:"嗯。"

张雪玲停好车走过来,看一眼姜南风,再看一眼旁边面生的男生,问:"这就是 201 老陆的外孙吧?"

姜南风替陆鲸回答:"是的,他叫陆鲸。"

陆鲸还是鹦鹉学舌,学姜南风喊了声"张老师"。

张雪玲笑着点点头,又问:"这么晚了,你们怎么才从外面回来啊?就你们两个人?家里大人呢?"

姜南风浑身僵硬,喉咙微哽,仿佛此时是在办公室内听着老师训话,脖子上起了一层鸡皮疙瘩。

她吞吞吐吐地回答:"我们……我们去了书店……"

姜南风选择性地忽略了张雪玲后面的问题,没想到张雪玲又问了一次:"就你们两个人出去了,还是和别的同学一起?"

忽然之间，一阵无名火从胸口直蹿到头顶，杨樱觉得既尴尬又气愤，蓦地拉起母亲的手，大声说："妈妈！我……我肚子好饿，我们赶紧回家吧！"

张雪玲被杨樱的举动吓了一跳："欸，等等！我话还没说完呢！"

而杨樱不管不顾，使出了全身的力气拉着母亲往楼梯的方向走。张雪玲踉跄了几步，顿时觉得狼狈，用力地甩开女儿的手，怒喝："杨樱！你这是什么态度？！"

她以为杨樱会像平时一样乖乖地站住，低头承认错误，却没想女孩儿竟如脱弓之箭，飞快地往楼上冲。张雪玲又大喊了一声："杨樱！"

"这……这是怎么回事？"陆鲸云里雾里。他听不太明白杨樱与母亲之间说的话，只知道气氛好糟糕，那位张老师也好凶。

他有些能明白为什么姜南风会怕那位张老师了。

"我也不知道怎么回事！"姜南风有些慌，认识杨樱这么多年，还是第一次见她发这么大的脾气。

杨樱一口气跑上五楼，来到门口时才想起自己没钥匙，还是得等母亲。张雪玲很快也上来了，一张脸又黑又红。她喘着粗气，一双眼隔着厚厚的镜片盯着杨樱。

张雪玲不想让邻居听见太多，压着声音骂："你这是干吗？要造反吗？对待大人是这样的态度吗？"

杨樱本来以为自己应该会感到恐惧。但出乎意料地，她一点儿都没觉得害怕——即使她知道张雪玲生气的时候会如何对待她。

相反，她发现有一股兴奋感后知后觉地浮现，像疯长的海藻渐渐爬满全身，惹得她的浑身猛冒鸡皮疙瘩。

有一缕长发在她奔跑的时候挣脱了束缚。当她低下头的时候，发丝就在她的脸颊边不安分地摇摇晃晃。

杨樱把发丝掖到耳后，也恢复回那个温顺听话的杨樱。杨樱细声细气地道歉："妈妈，对不起……"

晚餐果然只有一碗稀粥，加一碟橄榄菜，张雪玲三两下喝完粥，不等杨樱，洗了碗就进房间里。房门紧闭，仿佛这个家没有第二个人的存在。

杨樱早习惯了母亲的喜怒无常。她把橄榄菜全倒进粥水里，搅匀后慢慢喝完。

洗澡前被戒尺抽打过的大腿肉已经没那么疼了，就是有些痒，杨樱隔着裙子轻轻挠了挠，发现更痛的地方其实是膝盖和小腿——她最近又长高了，每晚睡觉时都要屈起膝盖才能稍微舒服一点儿，脚一打直就酸疼得睡不着觉。

她计算着时间，只要自己乖乖地完成今天的任务，到明早估计母亲的气就会消了。

粥水好清淡，家里没有饼干之类的零食……

杨樱想：等会儿得多喝一点儿开水，这样就不会太容易肚困[①]。

啊，要是有零花钱就好了，这样她能买包苏打饼干，偷偷藏在房间里。

没等壁钟的半点钟声响起，楼上已经传来了钢琴声，姜南风悬起来的心总算落下来，她安心地吃起陆爷爷煮的绿豆爽。

今晚的晚餐极其丰盛，因为今日是七月半。早上家家户户都要拜祖先烧黄纸，祭品把餐桌摆得满满当当，鱼饭、卤鹅、白切鸡，还有煎得香喷喷的荷兰薯粿。姜南风一下没忍住，一个人吃完了大半条煎粿，吃到最后一直哼唧，说"不行了，实在吃不下了，肚子要爆炸了"。

但一听陆爷爷说冰柜里有下午做好的绿豆爽，她又屁颠屁颠地去开冰柜了。

陆爷爷将绿豆瓣熬得刚刚好，颗颗分明的鹅黄色豆子，含进嘴里轻轻一抿便立刻化开，清甜冰凉，比吃雪糕还让人愉悦。

和绿豆瓣一起煮的还有清心丸，丸子晶莹剔透似果冻，却不像果冻那般入口软滑，弹韧的嚼劲是陆鲸未曾品尝过的口感。

他边嚼边惊讶地问这是用什么做的。

这个和妈妈以前常给他做的罗拔臣啫喱完全不同，但也很好吃，

[①] 饿肚子。

他喜欢这种脆脆的口感,又舀了一块塞进嘴里。

陆爷爷的原话是,清心丸是用"畲鹅①"磨成粉做成的。姜南风帮忙翻译:"是用一种……嗯,一种叫……爷爷,我不知道'畲鹅'的普通话要怎么说!"

这问题直接考倒陆程——他更加不知道"畲鹅"的普通话怎么发音。而且因为"畲鹅"的"畲"字太难理解,菜市场摊位上卖畲鹅粉的商家都直接用"城鹅"俩字来代替了,在方言里"畲""城"两者同音。

陆程用食指在糖水里蘸了一下,直接在木桌上写出一个"畲"字。

"是这个字!你们小娃娃肯定不知道,这其实是一个很古老的民族,叫畲族,可能在一千年前就已经存在了,现在还有族人住在潮州的凤凰山那边。畲鹅,就是在畲族人住的地方特产的一种植物。但我也不知道普通话要怎么念啦!它的茎部能拿来磨粉,加水揉成面团,做成一条一条的粉,就能拿来炒,也能像现在这样,搓成一粒一粒,就成了'清心丸'来煮甜汤……"

这一大段话实在太长了,姜南风把重要的知识点提取出来,再翻译给陆鲸听。

陆程回想起往事,不禁叹了一声:"其实这些事情,以前都是我阿父告诉我的。"

姜南风:"哇,陆爷爷的爸爸,那就是陆鲸的老阿公?"

"对啊,不过我阿父阿母很早就过身了。那个年代的人都短命,不像我们现在。"陆程笑了几声,语气自豪地继续说,"我阿父也是潮菜师傅。五六十年前,汕头埠有三家好出名的大酒楼,我阿父就在其中的陶芳酒楼做大厨。"

又是好长的一段话,姜南风正想给陆鲸翻译,陆鲸对她摇摇头,说:"我试试自己听,看看能不能听懂。"

姜南风眨了两下眼睛:"行。"

陆程有点儿陷进回忆里,滔滔不绝地讲述着二十世纪三十年代

---

① 学名是"蕉芋"。

的事。

　　当时汕头开埠，经济兴盛，酒楼饮食业欣欣向荣，不止本地富商阔客，其他地方的达官贵人也慕名而来，酒楼集餐饮、住宿、娱乐为一体，灯红酒绿，夜夜笙歌。

　　陶芳酒楼以鱼翅出名，当时民间还有句顺口溜："永平酒楼好布置，陶芳酒楼好鱼翅，中央酒楼好架势，中原酒楼好空气[①]。"

　　"当时一碗鱼翅就要十多两银子，贵嘎着火！小时候阿父会带着我去酒楼里，拿一些剩下来的材料教我怎么做菜。说起来也好笑，那时候我站着还没有灶台高……"

　　陆程站起身开始收拾碗筷和残羹，催促他们俩赶紧吃，不忘叮嘱一句："今日是七月半啊，你们两个今夜不要出门，在家里乖乖地看电视就好。"

　　等陆程离开后，姜南风问陆鲸："怎么样？刚才的对话你听明白了多少啊？"

　　陆鲸皱眉思索，复述了几个他能理解的词语，比如酒楼、鱼翅之类的，又问："'贵嘎着火'是什么意思？"

　　就像姜南风说粤语发音不标准，陆鲸说潮汕话也发音不标准。她被惹得直笑，但还是认真地解释："就是东西好贵好贵，贵到快要着火了的意思！"

　　"哦，阿公最后是叫我们今晚不要出去吗？"

　　"对啊，今天是七月半呀。"

　　"七月半怎么了？"

　　姜南风惊讶地问："你不知道七月半吗？七月半是'那个'呀。"

　　陆鲸不解地问："是什么？"

　　耸起肩膀、缩起脖子的姜南风好似只小粉鸟[②]。她故弄玄虚地看了一圈周围，刻意压低了声音，鬼鬼祟祟地说："就是'鬼节'啊。"

　　陆鲸的后脑勺儿猛地一麻，他慌张地问："什么……什么

[①] 存在多种版本，另一个版本说的是"中央酒楼好猫腻"。

[②] 鸽子。

'鬼节'？"

"就是说，这一天地府的大门会打开，孤魂野鬼会跑来人间找吃的啊。"姜南风把声音压到最低，又朝他的耳边凑近了一些，"告诉你，除了晚上不能出门，你今晚睡觉的时候，拖鞋鞋头不能朝床摆……"

陆鲸紧张得直咽口水："为……为什么？"

姜南风举起手掩住嘴巴，摆出一副想要讲悄悄话的样子："因为……"

她的嘴已经离男孩儿的耳朵好近好近了，紧接着，趁他不备，她在他的耳边大叫一声："啊——"

陆鲸被这一声吓得整个人跳起来，也跟着大叫："啊！"

直到看见女孩儿抱着肚子笑得面红耳赤，陆鲸才反应过来，自己又被她戏弄了。

他气得直抖，抓起碗里的铁勺，作势要去敲她的脑袋："姜！南！风！"

姜南风蹦起来，往厨房逃窜，还恶人先告状："啊——阿公！陆鲸欺负我！"

阿公早睡，家里静悄悄的，陆鲸和平日一样，晚上九点不到就上了床。

不知为什么，今天房间里的空调好像很凉，他扯着被子把自己包成一团，可还是觉得好冷，索性起身把空调关了。

正准备再次睡下，发现床边的拖鞋鞋头对着自己，陆鲸猛抽一口凉气，赶紧把拖鞋换了个方向，将鞋头对着墙壁。

他躺回去，闭上眼尝试入睡，又觉得后背还是凉凉的，总觉得……房间里好像还有别人！

陆鲸猛地再次坐起身，把窗帘拉开了一些，让屋外昏黄的光跑一些进屋里来陪着自己。

他又气又急，都怪姜南风！都怪她说什么"鬼节"！这简直就是封建迷信！

可明明知道姜南风是故意吓他的，他还是疑神疑鬼的。

他更讨厌"无胆鬼"的自己。

以前妈妈还在的时候，只要他夜晚不敢一个人睡觉，就会跑去敲妈妈的门，可现在，如果去敲阿公的门……

陆鲸纠结了一会儿，最终还是选择放弃。

不说他和阿公的关系还没好到能睡一张床的程度，要是阿公知道他被姜南风的一两句话就吓到不敢自己睡，又要说他不像男孩儿了。

他伸手取来CD机，塞上耳机，按下播放键。

CD机里面装的还是姜南风那个讨厌鬼送他的那张CD。

"流传在月夜那故事，当中的主角极漂亮……"

歌声悦耳，如恬静皎洁的月光，渐渐将陆鲸慌乱的情绪抚平了。他听着听着，眼皮便耷拉下来。

而隔壁屋的姜南风不知道自己被冠上了"讨厌鬼"的称号。

她今晚没守在电视机前等TVB的深夜动画，早早便洗漱好，进屋熄灯，脱鞋上床，迫不及待地塞上耳机，把收音机手动调至熟悉的频道，一气呵成。

自从拿了姜杰的CD机后，她就很少用这台磁带机了，周六除外——这一晚的九点半到十一点半，有她很喜欢的深夜电台节目《涛声依旧》。

她耐心地调整，在节目开始之前，终于把频道调至完全没有杂音的状态。

温柔低沉的声音准时地通过无线电波传到耳朵内，姜南风感觉心跳开始加快。

她前些天寄出去的那封信是寄到广播电台的，而《涛声依旧》的主持人杨海会从这周的读者来信中，挑选出一部分信件并在节目中读出来。

姜南风希望杨海能挑中她的信——为了引起对方的注意，她还画了张想象中的杨海形象的漫画，随信一并寄了过去。

节目刚开始，杨海就表示这一周的来信非常多，每一封信他都仔细地看过。只不过因为节目的时长关系，他无法将每一封信都读出来，希望没被挑中的听众朋友不要介意。

听众的来信内容各有不同，有人表达对节目和主持人的喜爱，有人诉说近期在生活中遇上的好事，有人倾吐自己的烦恼，有人为即将过生日的朋友点歌，更有人借着深夜里的电波，将平日不敢提起的心意泄露给"那个人"听。

节目进行到一半，姜南风终于听到杨海念出了她的名字："接下来要念的信，来自一位名叫小南的听众朋友。哈喽，小南，你在收音机前听着吗？"

本来昏昏欲睡的姜南风一个鲤鱼打挺从床上跳起来，对着收音机猛点头："我在呢！"

"在念信之前，先谢谢小南送给我的漫画，哈哈，虽然跟我的样子不太一样，但画得很好。"

姜南风欢喜地在床上滚了半圈，一双腿在半空中来回踢。她想：被杨海抽中信件的开心程度，应该不亚于拿到朗诵比赛第一名吧？

"小南说，她有一位很要好的本地笔友，两个人认识已经有一年多了，但这段时间她没再收到对方的来信。她不知道是因为信件寄丢了，还是其他原因。那位笔友平时也听《涛声依旧》，所以小南希望能借着节目，跟对方说几句话。"

背景音乐的音量被调低，杨海的声音在这样一个夜里很安静："嘿，莲，你现在在收音机旁边吗？我是小南……"

"在，我在。"连磊然身不由己地对着空气应了一声。

他原本快要睡着，一听见电台主持人念出"小南"这个名字，整个人弹坐起来，像被淋了一大桶冰水，脑袋完全清醒了。

这大半个月来，他确实没收到过小南的来信。而且不止是小南的，就连其他笔友的信件，他都没有收到。

对其他笔友的信，连磊然向来回得较慢，有的时候一来一回得两三个星期，所以没有仔细地计算过时间。可小南就不一样了，他们之间书信来往的频率很高。

他住的这个小区是新建的，没有设老式门房，信件、报纸都是直接投递到家门口的信箱里，平时由母亲负责取报纸、杂志和信件。

连磊然昨天还问过母亲有没有看到他的信，母亲说没有。

他之前想过，会不会是小南暑假出去旅游了，或者忙着开学的事，现在再细想，估计前段时间的来信都被母亲偷偷收起来了。

父母的房间在楼上，这个钟点他们应该还没睡……连磊然压住了想冲上去质问母亲的冲动，沉住气，认真地听完主持人读完小南的信。

小南还给他点了首歌，是一首他们都喜欢的日文歌。但主持人没有这张CD，便换成了一首很适合这个月夜的粤语歌，希望所有在收音机前的朋友都会喜欢。

"流传在月夜那故事，当中的主角极漂亮……"

连磊然闭上眼，安静地听完整首曲子。

他没再继续睡，起身走到书桌边，翻开数学课本——里面夹着一个写了地址但还没有封口的信封，是他前几天给小南重新写的信，还有几张最近画得比较满意的漫画。

纸张还散着淡淡的墨水味道——连磊然给小南寄的多数是原稿，给其他笔友寄的则是复印稿。

连磊然取了一张新的信纸，准备重新写信。他好像有好多的话要讲，信纸很快被一个个字填满。这一次他在信件的最后留下了一个新的地址，是他的中学地址——开学至今他观察了一个星期，学校门房能代收信件。他让小南以后把信寄到学校，不要往家里头寄了。

电台节目到了尾声，连磊然也刚好把信封封好口。

他这次把信藏到素描本里，打算明天去画室前先把信拿去寄了。

重新躺下的时候，连磊然心想：得赶紧买台寻呼机才行。

第五章
丢钱包

陆鲸看得出姜南风这段时间的心情非常好,是非常非常好。

没办法,这肥妹仔把喜怒哀乐愁通通挂在脸上,一点儿都没收着藏着,他想装作不知道都没办法。

现在就是这样,姜南风脚步雀跃,嘴里哼着歌。纪霭已经叫姜南风看路看路,别总蹦蹦跳跳的,结果姜南风还是被凸起的石板绊了一下,差点儿摔个脸着地。还好,纪霭眼明手快地拉住了姜南风。

姜南风收到那个本地笔友的来信了,陆鲸回想了一下,大概是两个星期前吧。一天放学后回到好运楼,还没等姜南风问,"挡呗"已经跑出门房,嘴里嚷着"有信有信"。

陆鲸那一天算是见识到了女生的"变脸"速度能有多快。

明明上一秒还哭丧着一张脸说不想背朗诵稿、不想上台比赛的女孩儿,一拿到信,整个人比过年收了利市还要开心。她大跳又大叫,连六楼的巫时迁都探头出来,大喊一声"姜南风,你的声音真的好大"。

声音很大的姜南风最近早晚都在背比赛的稿子,上学、放学的路上背,吃饭前、吃饭后也要背。她球不踢了,背稿;热闹不凑了,背稿。

问题是,那篇小作文陆鲸听得都快能背下来了,姜南风却还是总忘稿。

九月底的天渐渐凉了下来，陆鲸晚上没开空调。窗户留了条缝通风，这样他也总能听到姜南风在隔壁屋时而激昂、时而抒情的朗诵声音。

忘稿的时候姜南风就会气鼓鼓地骂自己："姜南风，你是不是大白仁？"

果然，一门方言里学得最快的，除了"你吃了吗"，就是笨蛋啊，傻瓜啊这类词语，陆鲸在学校里听人讲得多，也就理解"白仁"等于"憨居"。

越临近月底，姜南风越紧张，本来念得挺好的稿子，忽然之间又开始吃起螺丝。

她还问纪霭，能不能把容易忘记的那几句抄在手心上，一旦在台上脑子一白什么都想不起来的时候，自己就像《相约九八》里的那英那样，向台下的"观众"们挥手。

顺势她能看一眼手心上的小抄儿。

九月底的朗诵比赛是在周一下午举行的，学生们还挺开心，因为全校师生要一起看比赛，停了一节课。

每个班级按平时课间操那样排队，学生们直接坐在操场上。陆鲸因为身高，之前已经被班主任叫去排在男生队伍的前面，坐下后，正好对着升旗台。

参加比赛的是四年级到六年级的学生，从四年级开始，选手们一个接一个地走上升旗台处朗诵文稿，有人表现正常，有人发挥失利，或抑扬顿挫，或磕磕巴巴的，比那条石板街更加凹凸不平。

轮到六年级的选手们开始比赛，一班先上台，陆鲸不知不觉地坐直了身子。

很快就见到姜南风上了台，她走路走得几乎同手同脚，陆鲸也是不懂，这家伙平日胆生毛[①]，为何这时候会紧张成这样子……

参赛的同学都把红领巾系得格外认真，姜南风也是，校服熨得不带一丝皱痕，红领巾跟新买的似的。而且她今天还戴上了臂章，一条

---

① 粤语：形容胆子很大。

杠的。

陆鲸才知道，姜南风还是个小队长。

"老师们好！同学们好！我……我是六年一班的姜南风。我朗诵的题目是……"

姜南风还是紧张，有时候会稍微有些结巴。陆鲸听她练了小半个月，知道她发挥最好的时候是什么样子，现在确实不是她的最佳状态。

不过女孩儿发音标准清晰，声音铿锵有力，在没有话筒的情况下，也能清楚地飘荡在操场的上方。

姜南风讲到动情的句子时，陆鲸发现，她的声音有一丝沙哑，就像起了毛边的课本。

那些专门设计好的动作，姜南风的四肢都没有做出来，不过这次她没有忘稿，而是完整地把想说的话都表达给大家听了。

陆鲸坐得较靠前，清楚地看见，姜南风低头鞠躬的时候有颗很小很小的水珠子，从她身前落了下来。

等到现场掌声稀稀拉拉地响起时，陆鲸才记起要鼓掌。

下一个登台的是杨樱，和之前截然不同，现场瞬间掌声雷动，陆鲸身后的男生们窃窃私语地说着陆鲸听不懂的话——陆鲸明显地觉得他们兴奋了不少。

姜南风和他提起过，她比赛用的稿子是杨樱帮忙修改过的。杨樱还会在课间一遍遍地帮她过稿子，看哪里的发音不标准，哪里的情绪能处理得更好一些。

姜南风说，杨樱也会把稿子念给她听，问她有什么地方需要修改和调整，但她觉得杨樱的表现已经很完美了。

确实，比起前面的参赛者，杨樱明显从容许多，声音似春风又似鸟啼，动作自然流畅，语气生动传神，让人慢慢地就静下了心安静地听她讲述故事。

当然，等到后来三班班长上场时，班里的同学更是拼命地鼓起掌来。作为最后一位登场的选手，纪霭表现得很稳定，用温柔洪亮的声音给比赛画上了完美的句号。

奖项排名要等到国庆节后才宣布，学生们陆陆续续地回教室，第二节课已经过了一半，老师索性布置了些习题在黑板上让他们自习。

三班运气极佳，两节课没上，第三节课还是电脑课。

电脑教室在他们这一层的最左边。和其他教室不同，电脑教室靠走廊的窗户装了防盗网。电脑教室门也是防盗门，平日里总是上锁，窗帘拉得严实，好像里面的电脑是吸血鬼，见光会爆炸。

陆鲸之前已经上过两个学期的电脑课了，但来到这边，还得从头开始。

第一节课时老师不但不让他们开机，还让他们回家画一张纸键盘，平时在纸上练打字。之后，先开主机还是先开显示屏、先关主机还是先关显示屏，光是这几件事又花了一节课，到了上个星期，他们才终于摸上键盘和鼠标。

但让陆鲸最烦的，其实是电脑教室里那股脚臭味——他以前的学校，虽然进电脑教室里也需要脱鞋，但门口备有拖鞋，教室里有阿姨会仔细地打扫，没有异味。

陆鲸屏住鼻息，只用嘴巴呼吸，听老师叫谁谁谁不要乱抠鼠标里的球，或叫谁谁谁不要乱按电脑里的图标……

他在慢慢适应这个新的学校，也在努力地适应着这个新的城市、还有新的气候、新的家人、新的同学、新的朋友……

他最近已经没那么焦虑了，不会总想着罗雄他们为什么不经常给他打电话，不会因为听不懂陌生的方言而烦躁不安。

好运楼里的男生总会邀请他去打游戏机，晚上的内街足球赛他偶尔也会参与。他能听懂部分简单的方言，而且阿公还开始学讲普通话了。他们爷孙之间，有时候无须通过姜南风的翻译也能交流。

他刚到这个城市时产生的那股强烈的孤单感，像那些聒噪的蝉鸣声，随着夏天的结束，渐渐消失了。

妈妈，我有加油同努力，你在天上有无睇到？

下课铃声响，陆鲸回教室里取书包。

姜南风已经跑到三班的门口了，满脸喜悦，声音欢快地朝着他嚷嚷："喂喂喂，你快点儿！晚了水粿要卖完了！"

陆鲸偏偏动作和语气都要慢条斯理："卖完就没办法咯，代表你和它没缘分。"

姜南风睁圆了眼睛："不可能，我今天一定要吃到水粿！"

之前见姜南风忘稿忘得无精打采,陆鲸用糖衣炮弹"轰炸"她,说只要她在比赛时能不忘词,国庆节他就请她和纪霭坐二路车去吃麦当劳。

但姜南风不要麦当劳,只要他请吃水粿就行,一盘只要一块钱。

在学校通往市场方向的路上,每天下午放学都会有一对老夫妻推着车来卖小吃。木头车上架一个又黑又大的平底锅,阿伯负责煎韭菜粿,阿姆负责装盘,也负责戳水粿。

一颗颗韭菜粿被煎得外脆里嫩,四溢的香气惹得路人肚子打鼓。但姜南风不喜欢吃韭菜粿——也不是不喜欢,她是怕了。因为三年级的暑假,她一口气吃了快十个韭菜粿,结果上吐下泻,一直到大半夜。父母见她状态不对,赶紧送她去医院。

那是她人生中第一次输液。

后来再见到韭菜粿,姜南风闻到味儿都有些反胃。

她觉得还是水粿安全一点儿,一个个粿仔白白嫩嫩的,中间凹陷,好似缩小版的小饭碗,在大蒸锅里炊得暖乎乎的。阿姆一只手持着长长的竹竿,麻利地戳起白粿丢进另一只手拿着的铁盘里。

很快铺满一盘,阿姆从旁边的铁茶缸里舀起咸香的菜脯,将"小碗"填满,蒸锅旁边还有一个小鼎,里面一直温着麦芽糖浆。最后阿姆舀起一铁勺甜酱,淋在"小碗"上。

阿姆虽然头发银白,但动作飞快,没一会儿就已经弄好三盘水粿。她又接过丈夫递来的韭菜粿,淋上辣椒酱,递给另一个客人。

水粿一口一个,咸甜结合,又软又香,看着好简单的一道小吃,却让一帮小孩儿从小吃到大。

姜南风吃得快,一下子已经吃下半盘,而陆鲸还在书包里翻找着什么。

她声音含混不清地问:"你在找什么?快吃啊,凉了就不好吃了。"

陆鲸眉头紧锁,焦急地说道:"找钱包啊!"

他平时习惯把钱包放在书包最外侧的袋子里,那袋子没穿没烂,拉链也是拉起来的,丁点儿大的地方,如今空空如也。

他干脆把书包摔到地上,蹲下身重新检查了一遍,连暗袋都没有放过,但还是没找到钱包。

姜南风也蹲了下来,替他回忆:"下午上学的时候,你不是还在校门口买了支三菱笔吗?"

"对啊!之后我就把钱包……把钱包……"陆鲸急得脑门冒汗,记不清自己有没有把钱包收回到书包里了。

纪霭沉着地安慰道:"别着急,你先吃完,我们再去那家文具店问问老板有没有捡到钱包。"

可陆鲸哪里有心情吃东西?他连书包都没拿就往文具店跑。姜南风赶紧把剩下的几个水粿都戳进嘴巴里,从口袋里摸出五块钱塞给纪霭,示意纪霭帮忙付钱,自己则先去追陆鲸。

姜南风跑到陆鲸买笔的文具店门口,见陆鲸在比画着跟老板形容他的钱包有多大,是什么颜色的,还说,里面除了钱,还有一张他和妈妈的合照。

"那张照片……那张照片是我和妈妈在香港的太平山顶拍的,老板你有无见到我个银包?!"

男孩儿说普通话时还夹杂着粤语,混乱得和自己的心情一样。

老板摇头,说下午没捡到钱包。

陆鲸一急起来话就不过大脑:"会不会是你拿了钱包,然后……然后收起来了啊?!"

这话老板就不爱听了,音量也跟着大起来:"你这小孩儿什么意思?我在这里做生意做了这么多年,平日对你们这些学生一直很照顾的!会不会是你自己粗心大意,把钱包忘在学校里了啊?"

陆鲸蓦地睁大眼,立刻转身跑出文具店。姜南风刚把一嘴的水粿咽下,手背胡乱抹了下嘴角的糖浆,替陆鲸向老板道歉:"不好意思啊,阿叔,他太急了才那样子说,不是有心的!"

陆鲸一口气跑上六楼,气喘吁吁地冲进班里,跑到自己的座位附近,手在铁皮抽屉里摸了好几圈,又弯下腰去看,希望再次落空。

教室里还有值日的同学在,陆鲸问他们扫地的时候有没有捡到他的钱包,大家面面相觑,纷纷摇头说没见到。

姜南风和纪霭这时赶到了教室门口。

姜南风手里提着陆鲸的书包,嗓子眼儿都发涩了:"怎么样?教室里有吗?"

陆鲸不耐烦地挠着头发，说："没有，教室里也没有。"

纪霭帮陆鲸向值日的同学再确认了一次，得到的答复也是没人捡到陆鲸的钱包。

"可能是在下楼梯的时候丢了……"陆鲸想原路返回，一路找过去。

纪霭拦住他："你先冷静下来，这样胡乱找是没有用的。"

陆鲸皱眉，直接拨开她的手，用粤语大喊道："我冷静不到！个银包系我阿妈……"

话语猛地噎住，他不想让别人知道他的母亲已经不在人世的事。

"同你哋讲都嘥气[①]……"

陆鲸咕哝一句，想走，却被姜南风一把扯住了手臂。

姜南风的神情十分严肃，一双黑眸里找不到一丝笑意，她说："你又发什么大少爷脾气？你的钱包不见了，我们也很着急的。但你像只盲头乌蝇撞来撞去，又有什么用？"

纪霭走过去拍拍姜南风的肩膀，再问陆鲸："你好好再想一下，最后一次看到钱包是什么时候，从文具店出来之后就没见到，是吗？"

陆鲸的胸口起伏得厉害，但他停在原地没有再胡冲乱撞。

他仔细地回想，买完笔之后，将笔和钱包一起塞进书包外侧的袋里……而朗诵比赛结束后回教室，做练习时他用的也是这支新买的三菱笔……对了！对了！在取笔的时候，他摸到过钱包！

"在第三节电脑课之前，钱包还在！"他惊呼道。

但这就出现了另一个问题，第三节课之前还在的钱包，为什么放学时就不见了？

姜南风和纪霭还是陪着陆鲸沿原路返回了。经过走廊、楼梯、操场、大门，他们都仔细地找过，但都没有看见陆鲸的钱包。

回家的路上纪霭跟陆鲸说："等明早上学时再问问同学们，说不定有人捡到了。"

陆鲸沉沉地应了声"好"。

---

① 粤语：浪费精力。

姜南风看得出陆鲸的情绪不高,和纪霭道别后,拉住陆鲸问:"要不要把钱包丢了的事告诉阿公?"

陆鲸看她一眼:"不要,你千万不要多嘴说出去了。"

姜南风不大痛快,咕哝道:"知啦……"

晚上吃完饭,陆鲸立刻回了房间,将木门紧紧关上。陆程疑惑,问姜南风:"这小子又怎么了?"

姜南风帮忙收拾桌子,闷闷不乐地说道:"我也不知道。"

陆程再看一眼外孙的房间,压低声音说:"南风啊,鲸仔这个月在学校里有没有交到新的朋友啊?阿公担心他融入不了集体,辛苦你在学校里帮我多照顾他一下,好吗?"

半晌,姜南风点点头,对陆程做出承诺:"会的,爷爷我会的。"

第二天早上,陆程晨运完回来还不到六点半,被呆呆地坐在红木椅上的外孙吓了一跳。

"今日……今天肿(怎)么介(这)么早就起来了?"他扬了扬手里的袋子,尽力说着普通话,"阿公给你买了肠粉,落虾落水生的。你等我一下,我去厨房里炊烧[①]。"

陆鲸没吭声,只轻轻点了点头。

这边的肠粉,几个月前陆鲸第一眼看到时内心是嫌弃的。他觉得这和在广州酒家饮茶时吃到的那些精致的肠粉完全不同。如果说广州的肠粉是一条漂亮的白毛巾,这边的肠粉就是一条皱巴巴的白抹布,脏脏乱乱的,上面还撒着姜南风说是世界第一等的"菜脯"。

但很快陆鲸便丢掉了先入为主的偏见。这边的肠粉粉皮软糯,虽然没有广式的那么光滑,却能将内里的馅料包裹得服服帖帖。一筷子夹起,带上几颗菜脯,蘸些酱油,放进口中,咀嚼时,他能感受到几种不同的口感,馅料、粉皮和菜脯,它们是合作默契的好队友,没有谁争着出头。

味道也一样,几种不同的味道融合在一块儿刚刚好,尤其是鲜虾海鲜肠粉让陆鲸很惊喜。因为他不喜欢吃韭黄,可广州的鲜虾肠粉里

---

① 蒸熟。

都会放韭黄。

许是见陆鲸钟意吃,阿公每个星期都会买两三次肠粉给他做早餐。但今天,他食之无味。

吃完早餐后,他跟阿公说了一句就出门了,没有等姜南风。

去学校的这条路他已经很熟悉了,而且走得急,不到十五分钟就到了学校。他来得太早了,铁门还没开。

陆鲸在门口等着,忽然来了阵凉风,激得他的脖子和手臂上鸡皮疙瘩猛冒。

他搓了搓双臂,想到刚才临出门时,阿公在厨房里唤他,叫他多穿一件长外套。

今天降温了。

姜南风今天已经比平时起得早、吃得快了,波鞋才蹬了一半,就跑去按对门的门铃。

陆程来开门:"啊?鲸仔早就走了,你们不是一起去上学的吗?"

姜南风张大嘴巴,吞吞吐吐地说:"对……对,因为我起晚了……那我走了!拜拜,爷爷!"

"啊,等下等下!"陆程从红木椅上取来陆鲸的外套,递给姜南风,"麻烦你带件衣服给他!今天起风啊,南风,你也要多穿一件。"

"好!"

姜南风一出铁门就听到纪霭在身后喊她。

纪霭今天也提前出门了。没看到陆鲸和姜南风在一起,她眉心微皱,问:"陆鲸一个人去学校了?"

姜南风走得着急,有些喘:"对啊!也不跟我说一声……"

纪霭若有所思地"嗯"了一声。

走到石板街,姜南风环顾四周,见没有同校的同学,才小声问纪霭:"你觉得陆鲸的钱包,是真的丢了,还是……?"

她没有说明白,但意思很清楚。

纪霭不是没想过这个可能性,思索片刻,才认真地回答:"我也不知道。但在我当三班班长的这几年里,还没有发生过这种事。偶尔是有同学不见了文具,但钱包……"

纪霭欲言又止。

自从上次捐款后，她时不时会听见同学在私底下议论陆鲸零花钱很多，平时上学他身上都会带着几十块钱，甚至还有百元大钞。

他们开始对陆鲸产生许多好奇心，好奇他为什么会从省城转学过来，又为什么一个人住在阿公家……为什么大家没见过他的爸爸妈妈？

姜南风瞄向纪霭，见她没有不悦才继续大胆地问："那如果，我说的是如果啊，真是班里的同学偷了陆鲸的钱包……？"

"南风，"纪霭打断她的话，"现在三班的同学跟我相处了快六年。陆鲸是我的同学，他们也是。虽不敢说我有多了解他们，但因为我是他们的班长，所以需要相信他们不会这么做。"

纪霭看向姜南风："你不是很喜欢看《金田一少年事件簿》吗？你也知道，这种事情是不能单凭一个人的说法就有定论的，得有证据。"

姜南风紧紧地抿住了唇。她知道，纪霭一直比自己成熟许多许多。

秋天的天空很高很蓝，被石板街开始落叶的大树杈切割成许多块碎片。

"那陆鲸怎么办啊？他好重视那个钱包，里面有他和他妈妈的照片。"姜南风仰着头，自言自语道，"我能帮他做点儿什么呢？"

她们赶到三班教室门口时，班里同学坐满一半，陆鲸已经在询问各个同学有没有见过他的钱包，可大家都摇头说不知道。

陆续有学生走进教室里，他逮住人就问，语气渐渐不耐烦起来，声音也大了不少："电脑课之前钱包还在，放学就不见了。怎么班里那么多人，没有一个人看到我的钱包啊？！"

纪霭走过去想跟陆鲸说让她来问，这时教室角落里有人大声开口说："喂，广州仔，我怎么觉得你把我们都当贼了啊？你的意思是，钱包是我们班里同学偷的咯？"

那人声音很大，一下子让闹哄哄的教室安静了下来，但也因为太大声，连走廊里其他班级的学生都听到了。越来越多的同学将视线投向了那个依然面生的瘦矮男生。

纪霭皱眉，对最后排的男生说："郭炎，陆鲸没有这个意思。"

郭炎扯起嘴角："班长，有没有这个意思他自己心里清楚，你不要因为和他走得近，就替他说话。"

班里的男生见有人开头，立刻跟着附和。

"对啊，你丢了钱包为什么要来问班里的同学啊？不就是怀疑我们吗？"

"会不会是在别的地方丢的啊？"

甚至有人小声说："谁让你平时总带那么多钱来学校，丢了也活该……"

"就是啊，钱多还小气……上次体育课后我问他能不能请我们喝汽水，他还说他没带钱……"

郭炎伸出尾指勾了勾，一脸不屑地说："呵呵，他只请女孩子喝水和吃东西。"

姜南风本来已经火冒三丈了，听到这一句直接脑子一热，指着说话的那群男生骂："你们有病吧？！现在陆鲸丢了钱包，只是问问大家有没有看到，这样都不行吗？你们凭什么这么说他啊？！"

郭炎拍桌站起来，对姜南风大叫："这是我们三班的'班事'，你个一班的来插什么话？！"

姜南风更大声："我就要说！你们这么多人围攻一个新同学，算什么男人啊？"

男生们听到这句话都没法忍，纷纷对姜南风大小声。

"那姜南风你是女的吗？哪个女生像你一样？大声百喉！"

"你和广州仔是不是除了邻居还有别的关系啊？你干吗要替他出头？"

"三班的事一班的人别管！"

围观的人越来越多，更有人跑去一班叫人，说"你们班的姜南风又跟人吵架啦"。

纪霭见情况开始失控，快步走到讲台上，拍了两下桌案，难得严厉地大喝："安静！都不要吵了！"

可她的声音镇不住那些开始鼓噪冒泡的骚动。

四面八方传来的声音，好似本来随着夏日消失的吵闹蝉鸣，重新一声声地往陆鲸的耳朵里钻。

连带着那份孤独感，也在他的胸口汹涌漫起，此时此刻，他觉得站在教室中央的自己，是头搁浅在沙滩上的离群鲸鱼。

接到通知的班主任匆匆地赶来："怎么了？发生什么事了？"

纪霭还没开口，郭炎先告状了："老师，陆鲸的钱包丢了，他怀疑是我们偷的！"

陆鲸惊诧，大声辩解："我没有！我没有说这句话！"

姜南风也大叫："蔡老师！陆鲸没有说过这种话，是他们瞎编的！"

"安静！安静！"蔡老师皱眉，对姜南风和在走廊里看热闹的学生说，"你们都回自己班里！不要围在这里！"

既然老师开了口，姜南风没辙，先瞪了那群男生一眼，再看向陆鲸——陆鲸没有看姜南风，他的头低着，只留了一个背影给姜南风。

蔡老师再呵斥道："还不快点儿回班里？早读要开始了，再不走的，就通通抓去办公室！"

姜南风最后看了眼纪霭。

纪霭朝她点了点头，她才愤愤不平地离开。

纪霭把事情的来龙去脉简单地告知了蔡老师。

蔡老师只喊陆鲸一个人出教室，让纪霭负责同学们的早读。

领着陆鲸到了办公室后，蔡老师又问他一次发生了什么事。

他如实回答。

蔡老师问："钱包，你确定是在教室里不见的吗？会不会忘在家里了？"

"家里没有，"陆鲸喉咙干涩地说，"但我也不确定……是不是在教室里不见的。"

蔡老师明显松了口气："既然是不确定的事，那我们跟同学沟通时候的态度，就要更和气、友善一点儿，你说对吗？"

她放轻了声音，说道："老师带三班好几年了，班里有些同学是调皮捣蛋了一点儿，成绩也算不上顶尖，但他们都是乖孩子、好孩子，是不会做出偷钱包这种事的。当然，老师也相信陆鲸你没有这个意思，对吗？"

陆鲸算是听明白了，点头"嗯"了一声，不想再跟老师争论这件事。

他咽了咽口水,想压住喉咙里不停涌起的酸涩感。

他觉得,对于三班的老师和同学而言,自己始终是个外来人,对这个城市来说,应该也是。

蔡老师领他回了教室,拍拍手让同学们暂停朗读:"同学们,陆鲸有些话想跟大家说。"

经过刚才那场风波,陆鲸本来不想再提,可蔡老师还让他当着大家的面解释清楚。

"昨天我的钱包不见了……我的钱包,是黑色的,大概这么大……"陆鲸视线一直低垂,没有看向哪一个同学,而是虚虚地飘在一颗颗黑乎乎的脑袋上方。

仿佛又回到了开学那一天,他在讲台上做自我介绍,觉得底下坐着一堆薯仔。

他用双手比画着钱包的尺寸,继续说:"钱包里有点儿钱,有一张电话卡、一张公交车卡,还有……还有……"

他每说一个字,酸胀的潮水就往上涨一分,胸口、喉咙、嘴巴、鼻子,最后到眼睛。

悲伤的情绪是从天而降的暴雨,陆鲸没忍住,声音已经开始颤抖。

"里面有一张照片,是我和妈妈的合照……如果有同学捡到我的钱包,麻烦请还给我……"

他垂着头,用手背捂住滚烫的眼眶,很快,皮肤被热泪浸湿。

"里面的东西我都不要了,只要把照片还给我……就行了……"

第一节下课时,那个从广州来的转校生在讲台上哭得鼻子通红的消息,已经传到了六年级其他班级里。

姜南风一下课就跑向三班,无奈冤家路窄,在门口就遇到了刚才与她对骂的那群男生。那个叫郭炎的立刻跟其他男生讲悄悄话,一行人边走边哄然大笑。

姜南风听不见他们说什么,低声骂了几句,就走到窗边。

可陆鲸不在座位上。

陆鲸的同桌孔斌扶了扶眼镜,说陆鲸和班长一起被蔡老师叫去办公室了。

姜南风问孔斌:"陆鲸是不是在早读的时候哭了？"

孔斌沉默地点了点头。

第二节课做操时姜南风见到了陆鲸，男孩儿看上去情绪已经恢复了。姜南风问陆鲸有没有事，陆鲸摇摇头，说没事了。

放学回家的路上，陆鲸走在前方，姜南风和纪霭跟在他的身后，保持不远不近的距离。姜南风怕说话被陆鲸听到他又要不开心，便取了记作业的小本子，边走边把想说的话写在本子上。

姜南风不清楚蔡老师是怎么处理这件事的，也不清楚陆鲸怎么会在大家的面前哭出来。纪霭简要地复述了一下早上的情况，又告诉姜南风:"具体陆鲸和蔡老师聊了什么，我也不清楚。蔡老师主要让我帮忙协调好同学之间的小矛盾。"

快到家之前，姜南风拦下陆鲸，问:"钱包的事，是不是还是不跟阿公讲啊？"

陆鲸的嗓子有些哑，他说:"嗯，不讲。"

午睡时，姜南风一开始翻来覆去睡不着，总想着陆鲸这件事，后来睡着了，又睡过了头，等朱莎莉来叫她，才起床。

她跑去201按门铃，听陆爷爷说陆鲸早出门了。

她又问:"陆鲸的情绪怎么样？陆鲸会不会看上去很不开心？"

陆程连连摇头，说陆鲸出去的时候，还跟自己说了"拜拜"。

不知道是不是因为自己睡多了，姜南风总觉得走路轻飘飘的，像有好多个气球绑在她的脑袋上，将她整个人扯起来，脚踩不到实地。

她出门有点儿晚了，没和纪霭遇上，便自己一个人走向学校。经过石板街巷口的阿婶小摊时，姜南风还特地问了阿婶，刚才有没有见到平时和她一起上学的那个男生。可阿婶说自己忙着做生意，没留意到。

姜南风觉得自己好奇怪，她的心脏跳得好快，"扑通扑通"的，浑身时寒时热，有一股说不出的感觉在胸腔里盘旋，就像那群总在天上打着转的鸟一样。

她越走越快，最后几乎跑起来，到学校上楼梯的时候，小腹更有一阵阵坠疼感。

姜南风以为是自己跑得太快了的原因。

在三班窗边看见了坐在自己位子上的陆鲸，姜南风总算松了口气，即便那股奇怪的感觉还是没有消退。

她走过去敲敲玻璃："喂……你怎么现在上学都不等我一起走？"

"我又不是小孩儿，有很多事一个人也能完成。"陆鲸抬眸，看见女孩儿苍白的脸色时一时愣怔，皱眉问，"你是哪里不舒服吗？面色好差啊。"

姜南风摆摆手："没事，就是走得太急了。"

从办公室回来的纪霭看见姜南风，跑过来拍拍她的肩膀："你下午怎么这么晚？"

但很快纪霭也被姜南风发白的嘴唇吓到了，着急地问："你怎么回事？不舒服吗？"

纪霭直接上手去探姜南风的额头，不烫手，反而摸了一手汗。

姜南风还是那一句："没事没事，就是跑得太猛了。"

打铃了，姜南风跟两个人说了"拜拜"就回到自己班的教室里。

杨樱见姜南风面色不佳，同桌和相好的同学也看出姜南风异于平时，纷纷问姜南风怎么回事。

姜南风像虾子那样弯下腰，把下巴抵在课本上，双手抱住自己隐隐作痛的小腹，嘟囔道："我也不知道怎么了……难道是中午我妈买的虾不新鲜，我吃坏肚子了？"

很快，姜南风就清楚她身上发生了什么变化。

自然课老师正讲着摩擦起电，姜南风忽然坐直，瞪圆了眼，心想：原来是"它"来了！

这一刻她好庆幸之前朱沙莉教过她要怎么应对初潮。

老妈甚至教了她，如果是在上课的时候感觉自己来了月经，也要直接举手跟老师说自己要去洗手间，千万不要因为怕丢脸，一直忍到下课。

因为是上课时间，女厕只有姜南风一个人。隔间及胸高，没有门，她低头看着白布上那一丁点儿的巧克力色，不知为何，手脚都有些发软了。

姜南风先用纸巾擦了擦，再垫上卫生巾，手法生涩又笨拙，但还是独自完成了人生中的又一个"第一次"。

回教室的路上她觉得神奇，有种说不出的安心感。为什么一片带翅膀的轻飘飘的小护垫，就能将一个摇摇欲坠的女孩儿托住？不过虽然她有了安心感，但小腹的不适感依旧，甚至有更厉害的趋势。

同桌见她还捂着肚子，小声问她："是不是拉得不干净，用不用再去一次厕所？"

姜南风忍到下课，跑去跟杨樱说悄悄话，说她实在有些不舒服，想去跟班主任请假早退，问杨樱能不能陪她一起去。

马老师向来疼杨樱，有她帮忙开口，姜南风觉得能事半功倍。

"当然可以。"杨樱连连点头，睁大眼，低声问，"你'那个'来……要怎么处理啊？用纸巾先垫着吗？"

姜南风有些小骄傲，贴近杨樱的耳边说："我老妈之前就教过我怎么用卫生巾了，我提前放了一片在书包里。"

杨樱语气羡慕地说："阿姨真好，我妈都从来不跟我提这方面的事。上次我主动问她，她居然说'这种事情等到时候真有了再学就好了，现在不用知道那么多'……"

姜南风拍拍杨樱的肩，仿佛自己成了知心大姐姐："没事，现在我有经验了，可以教你。"

杨樱笑声悦耳："行啊。"

姜南风脸色确实不好，她的情况也比较特殊。马老师给姜南风家里打了电话，问家长能不能来学校接。结束通话，朱莎莉又立刻给姜父打电话，让他开车来接。

五分钟后姜南风在学校门口见到了姜杰。她难得有些扭捏，怕姜杰会问她为什么要请假早退。但父亲没有多说一句，只拍拍摩托车后座，笑得爽朗："来吧，送我的小公主回家。"

姜杰还得折回店里，只把女儿送到了楼下——朱莎莉已经在那儿等着。

"是哪里不舒服啊？"回到家后，朱莎莉忧心忡忡地捏起女儿的下巴左看右看，心疼地说道，"哎呀，整张脸都没血色了。"

姜南风开始有些委屈，埋怨道："你怎么之前都没跟我讲，来'那个'会肚子痛啊？我还以为我吃坏了，要拉肚子……"

朱莎莉捏捏姜南风肉乎乎的脸颊，白了一眼："不是每个女孩儿都会肚子痛的,你老妈我就不会。放心啦,你平时血气好,一下子就不难受了。你洗手洗脸,然后上床睡一下。我去给你煮乌糖水,等下拿进来给你。"

姜南风换衣服的时候想到了什么,跑去厨房跟朱莎莉说,她的内裤脏了。

朱莎莉正搅着小锅里的红糖:"那你就换条新的,卫生巾也要换一块,旧的那块像我之前教你的那样,卷起来丢到垃圾桶里。"

"那条脏内裤呢?"

"先放着吧,我等下给你洗。"

姜南风眨眨眼,小声提醒:"那上面脏了,有血。"

朱莎莉奇怪地看了眼姜南风:"那有什么,你小时候涝屎拉了一裤子,也是我给你洗的啊。"

姜南风捂住耳朵不听她以前的糗事,跑去浴室处理贴身衣物。

半透的窗帘将阳光筛得温柔,书桌边上放着喝了一半的温热乌糖水。用了一个夏季的毛巾被已经换成有些厚度的被子,早上母亲刚拿去楼下晒过,有樟脑丸和太阳混在一起的味道。

房门半掩,房间里好安静,姜南风紧了紧贴在肚子前的热水袋,眼皮子慢慢耷拉下来。

她在好久之后才想明白,那股安心感并不是因为那块护垫,而是因为她的妈妈总站在她身后不远的地方。

睡了一觉的姜南风状态好多了,肚子不难受了,脸色恢复得和平时无差,肚子还敲起鼓来。

已经是傍晚了,楼下内街人声嘈杂。姜南风拉开窗户探头往下看,回家的学生们格外兴奋,嘻嘻哈哈地聊着国庆放假第一天要去哪里玩。

姜南风这才想起,巫时迁和陈熙提前租好了明天体育馆的足球场,本来是他们初中的同学约的球赛,但人数凑不够,便在好运楼找人凑数,其中包括陆鲸。

他们还喊姜南风也去当个替补,指不定能上场玩一会儿。

姜南风撇撇嘴,哼了一声。

她现在可是大姑娘了,不和他们这些臭男孩儿玩在一块儿了。

姜南风端了瓷杯走出房间,父亲还没回来,厨房那边有炒菜声。姜南风刚喊了一声"妈",门铃声便急促地响起。

她放下杯子走到门旁,撩起防盗门上的布帘,见门外人是陆程。

"爷爷,准备吃饭了吗?"姜南风打开了门。

楼梯间里灌满各家各户做饭炒菜的香气,惹得她的口水开始分泌,她觉得自己今晚能吃两碗米饭。

陆程先是点头,但很快又摇头:"不对不对,南风啊,陆鲸没有跟你一起回来吗?"

姜南风有些没反应过来:"我下午人不舒服,请假早退了……爷爷,陆鲸还没回来吗?"

她边说边回头看墙上的挂钟,晚上六点半了——他们平时一般五点半就能到家,很少超过五点四十五分。

像是没料到姜南风会给他这样的回答,老头儿整个人愣住了,张着嘴巴一动不动。

姜南风察觉不妥,又问了一次:"爷爷,陆鲸是不是还没有回来?"

陆程眉心挤出一道道皱纹,沉吟道:"对,他还没有回来……"

姜南风也呆住了。

朱莎莉从厨房里走出来,见一老一小站在门口发愣,问发生了什么事。

姜南风转过头,在"扑通扑通"的心跳声中说:"妈,陆鲸……陆鲸他还没有回家。"

朱莎莉的反应倒是极快,她指着电话说:"你快给阿霭打个电话,问问陆鲸是不是被老师留堂了?!"

"哦!"姜南风跑过去抓起话筒。

朱莎莉把陆程请进屋里:"你先别自己吓自己,等南风跟纪霭问问情况。"

陆程明显有些不知所措,进了屋子里后又站住不动了,只呆呆地看着姜南风打电话。

电话很快接通,姜南风赶紧出声询问。

纪霭惊讶,着急地说道:"没有,今天没有留堂,而且回来的时候我和陆鲸同路的,他走在我的后面……"

纪霭沉默了几秒,又说:"不过,我经过好运楼的时候有回头看一眼,那时已经没见着他人了。我以为他是去买东西,或者去打电话了。"

她们都知道,晚上陆鲸时不时会去电话亭,给他的那些广州同学打电话。

挂了电话后,姜南风回头跟陆程转述了纪霭的话。

陆程一拍大腿:"那赶紧!我们去电话亭看看他是不是在那里!"

三个人匆忙地赶到戏台旁边,两个电话亭里都有人,但不见陆鲸。

陆程着急,直接打断电话亭里正在打电话的两个年轻人,问他们来的时候有没有瞧见一个小孩儿,俩人都说没有。

"哎呀,这衰仔跑到哪里去了啊?!"陆程急得团团转,双手抖得厉害。

这时,电话亭旁边一家米铺的头家走过来,问陆程是不是在找他的外孙。

老头儿连连点头:"我之前带他过来买过米,你记得他吗?"

米铺头家点点头,指着中山公园的方向,说:"我刚才送货回来,见到你的外孙往那边走,怎么了?他还没回来?我送货都是一个小时前的事了!"

陆程眼前一黑,踉跄着就要摔倒。朱莎莉和米铺头家急忙扶陆程到米铺坐下,老板娘也拿来驱风油,抹在陆程的太阳穴上和鼻下。

老头儿情绪激动,用力地接连拍打藤椅的把手,大喊道:"陆鲸人生地不熟的,能去哪里啊?怎么……怎么中午还好好的,现在人就不见了啊?!"

姜南风慌了,顾不上和陆鲸的约定,把陆鲸丢了钱包的事一五一十地告诉了陆程。

朱莎莉责备道:"你们这些小孩儿在想什么啊!这么重要的事还敢瞒着家长?"

姜南风也委屈地说:"我……我怎么知道会变成这样啊!"

陆程朝朱莎莉摆摆手,哑着声道:"不要怪南风,都怪我……怪我没有好好看住鲸仔……"

说着说着就悲从中来,老头子捂着脸,声音发颤地说道:"我无看好阿琳……现在连她的奴仔,我也弄不见了……"

姜南风鼻子一酸,泪在眼眶里飞快地聚集。她不知所措地晃着朱莎莉的衣摆:"妈,现在要怎么办啊?"

朱莎莉竖起手指戳了一下女儿的脑门,没好气地说道:"回头再好好教育教育你,一个个的都不让人省心,以为自己翅膀硬了,能自己处理好这些事情了是吧?"

朱莎莉出门急,只抓了钥匙,便跟米铺头家借了电话打给姜杰。听姜杰说立刻回来,朱莎莉又叫他也喊上巫父、陈父来帮忙。

之后朱莎莉拉姜南风到一旁坐下,握着她的手问:"你这段时间和陆鲸出去,他有没有表现出对什么地方格外感兴趣啊?"

一语惊醒梦中人,姜南风一下子就想到那两个地方——陆鲸主动提出想去的,除了电脑城,还有客运站。

陆程一听见客运站,激动得跳起来:"这小孩儿……该不会是想搭大巴上广州吧?!"

朱莎莉安慰道:"也可能只是去了电脑城啦!"

巫时迁的父亲很快赶了过来,连同今天不用值班的陈熙的父亲,姜杰也在五分钟后骑车赶到。几个人很快商量好,巫父、陈父回去再叫上好运楼里的几个男人,准备在附近小孩儿有可能会去的地方找一下,而姜杰和陆程就去电脑城和客运站。

朱莎莉回家,负责留意有没有人打电话到陆家,有消息的话能第一时间通知姜杰。

姜南风扯住父亲的袖子,着急地问:"爸爸!我呢?我呢?!"

"你?你跟你妈回家啊!"

"不行!我得跟着你们去!"姜南风大喊大叫,用力地晃着姜杰的手。

"南风,这个时候不要任性!"姜杰皱眉,神情比下午严肃好多,"你乖,跟你妈回……"

"不!我要去找陆鲸!我必须去找他!"豆大的泪珠就在眼眶里打转,姜南风咬住嘴唇抑制住哭意,说,"如果我下午没有请假、没有早退,就能看着他回好运楼、看着他回阿公家……"

姜杰沉默了片刻，和朱莎莉互看一眼。

姜南风不肯放弃，又跑到陆程的面前："爷爷，电脑城里面有好多家店的，只有我知道陆鲸上次去了哪一家。拜托，让我一起去找他好不好？"

这倒是很重要的一个点，见姜杰决定带上姜南风，朱莎莉叮嘱女儿："你要跟紧爸爸和爷爷，不要一个人乱跑！"

"知道了！"

兵分几路，姜杰找了辆出租车，跟司机谈好价格后让陆程和姜南风上车，他们准备先去电脑城。

司机走的是二路车行驶的那条路线，此时窗外的街景与白天的截然不同，姜南风多少有些恍惚，尤其路过那家麦当劳时——红灿灿的灯牌，白脸红嘴唇的麦当劳叔叔，都让她立刻回想起那天在公交车上和陆鲸聊天的情景。

两个大人谈着什么，姜南风左耳进右耳出。玻璃倒映着红或绿的光，也倒映出她抿唇忍哭的一张丑脸。那些红光染在她的眼角上，仿佛她已经狠狠大哭过一场。

他们有些运气，出租车刚在电脑城门口停下，姜杰的手机就响了起来。

是朱莎莉的来电，她声音很大很大，姜南风坐在后排都能听得清。

朱莎莉说："老爷保贺，陆鲸找到了！"

陆鲸坐在公交车调度室内，脚边是搁在地上的书包。他低着头，看手中那杯温茶里的茶叶安静地沉在杯底。

一个小时前，他坐着二路车，从夕阳驶进黑夜里，望着窗外的天一点点沉下去，胸口内的一腔孤勇也慢慢往下落，取而代之的是担忧和恐惧。

到总站的时候，天空已经完全暗下来，陆鲸正想借着最后一丝勇气走去客运站，却被人从后一把拉住书包……

"行的行的，我会在这里等你们来……嗯，不急，小孩儿人无事……好，待会儿见。"

孔国勇挂了电话，回头见椅子上的男孩儿脑袋低垂，一动不动地不知在想什么。他走到男孩儿的面前坐下，问："怎么不喝茶？不渴吗？"

陆鲸缓缓摇头，哑声问："我阿公……现在过来吗？"

"对，他们已经快到了。"

听到这句，陆鲸才抬起头，有些惊讶地说："不是……不是刚打的电话吗？怎么这么快就到了？"

"他们很早就出来找你了，正好来到这附近，说的士还有两个路口就到。"

孔国勇挠挠后脑勺儿。他当司机这么多年，还是第一次碰上这种事。现在的小学生可真是胆子大，居然还闹离家出走。

刚才他下班，正想搭同事的车折回老市区，就碰上了这小孩儿从车上下来。一开始他只是认出了男孩儿身上穿的校服，因为和他侄子的一样，心想怎么会有个三小的学生一个人跑到这郊区来，后来更认出这男孩儿在月初时搭过他的车。

一不是他的家长，二不是他的老师，孔国勇也不知道要怎么跟这男孩儿沟通。他只能叹了口气，叫男孩儿呷茶，自己走出去，在调度室门口抽烟等待。

过了一会儿，一辆出租车停在车站门口，从车上下来几个人，急匆匆地朝调度室走来。

孔国勇回头喊："弟啊，好像是你的家人来了！你出来看看！"

陆鲸紧了紧手里的玻璃杯，片刻后，放下杯子，拎着书包缓慢地走向门口。

同时有两把声音在喊陆鲸的名字，他能从里面辨认出阿公的声音。他依然低着头看自己的鞋尖，勇气在这个时候已经全泄光了。他没有多余的胆量去面对或许会暴怒的阿公。

有一串脚步声朝陆鲸而来，越来越近，越来越急！

他心想：阿公没道理能跑得这么快啊，刚抬起头，姜南风已经快冲到他的面前了。

陆鲸震惊得倒抽一口气。

他能料到阿公会来，也能料到阿公或许会叫上好运楼里哪个爸爸一起来。

但他没料到，姜南风会来。

心脏一下蹿到嗓子眼儿里，陆鲸结结巴巴地说："你……你……你……你怎么……"

半句话没说完，他被打断，是真的打。

盛怒的姜南风像平时和男生们踢球时那样，提起脚，一道腿鞭直劈上陆鲸的侧腰！

陆鲸被踢得趔趄，踉跄两步之后重心不稳，一屁股摔到了地上。

"姜南风！你搞什么？！"姜杰被吓坏了，大喝一声，正欲往女儿那儿跑过去，被旁边的陆程拦住了。

陆程的声音很喘，他说："让南风打，这小孩儿就该打一顿……但我不忍心打他，所以要交给南风教训他一下……"

老头儿说是这么说，可借着墙壁上的白炽灯灯光，姜杰能清楚地看见陆程泛红的眼睛和颤抖的双手。

姜杰拍拍陆程的背："人见着了，你这下能放心了吧？别太激动，缓一缓呼吸！"

被踢倒的陆鲸愣了几秒，很快反应过来，站起身，顾不上拍灰，冲着野蛮彪悍的女孩儿大喊："姜南风，你是不是痴线！干吗一来就踢我啊？！"

"你才痴线！"姜南风学着他"不普不粤"的口音回骂，泪珠已经簌簌滚落。

不解、委屈、难受、害怕、愤怒……所有的情绪是在火山里酝酿了一路的滚烫岩浆，在见到陆鲸毫发无损地站在面前时，姜南风终于"轰隆隆"地爆发了。

她气得浑身发抖，举起手又往陆鲸的手臂上连用两巴掌："陆鲸，你真的是个讨厌鬼！你怎么可以偷偷一个人来这里？你知不知道我们有多担心？你就那么想回广州吗？！"

疼痛在高筑的堤坝上凿穿一个口子，陆鲸不知被她哪一句话刺得脑门发酸，泪水也憋不住了，大吼道："是啊！我是想回广州啊！我不想在这里！我听不懂你们的话，找不到朋友陪我去吃麦当劳，钱包还丢了！"

"钱包的事我也很难过，而且我们都在说普通话了啊！"姜南风吸了吸鼻涕泡，继续喊，"麦当劳我能陪你去吃啊！"

"可你都说了你不要吃麦当劳,要吃水粿!"

情绪翻涌的男孩儿不管不顾,想到什么就说什么,喊到嗓子都哑掉:"我想吃麦当劳啊!我有三个月……三个月没吃到汉堡包了!阿公总做海鲜,但我……我就是不会吃鱼!不会掰虾!不会弄蟹壳啊!"

"我……我……"姜南风不知该说什么才好,只能也跟着胡乱嚷嚷,声音比朗诵赛时还要响亮,"你想要什么就说出来啊!你什么都不说,什么事都藏在心里!我妈也不跟我讲明白,我更不是你肚子里的虫,怎么会知道你那么多想法啊?!

"我们这里比省城差很多吗?不就是没有你说的那什么地铁吗!你看看你那些同学,现在都不给你打电话了,连那个女生也是!你知不知道陈熙那家伙以前有多小气?他买了红白机都好长时间不借别人玩的!但你一来,他立刻借你玩了!"

鼻涕都吃到嘴里了,吸都吸不回去,姜南风扯起衣袖抹了一摊黏糊,又去堵住溃堤的泪水,哭声沙哑又含糊:"陆鲸,你不能这样子,大家都把你当朋友了……你……你想吃麦当劳,明天就去吃,好不好?"

在场的几个成年人被他们弄糊涂了,几个人面面相觑。合着陆鲸是因为吃不上麦当劳,所以发脾气了吗?

陆鲸当然知道自己不是因为吃不上麦当劳才情绪崩溃的。那个比他还要高一点儿的女孩儿哭得肩膀狂抖,一张脸糊满眼泪、鼻涕。他自己也是,得不停抹去泪水,才能看清姜南风的脸。

"其实我……我不是真的想吃麦当劳……我只是……我只是……"

种种往事被不知从哪个方向吹来的风一并送了过来,陆鲸又一次泣不成声,就像白天在讲台上时那样。

只不过这一次,有人走过来,重重地拍了两下他的手臂。

那家伙一点儿都没省劲,力气大得要命——陆鲸被她打得又是一阵发疼。

姜南风嗓子哭得沙哑,还非要强装着成熟淡定:"我知道的,你只是太想你的妈妈了。"

回途的出租车上,两个小孩儿都睡着了。

靠窗的姜南风将嘴巴张得老大，脑袋一点一点地晃着。

坐在中间的陆鲸睡姿稍微斯文一点儿，随着车子摇来摇去，最后他的头斜倚在了陆程的肩膀处。

陆程浑身一僵，慢慢地才放松下来。他还挪了挪身子，好让男孩儿靠得舒服一点儿。

副驾驶座上的姜杰回头看了一眼，有些哭笑不得："臭弟、臭妹，惹出了这么一场乱七八糟的闹剧，结果哭累就睡着了，就跟未断奶的小娃娃一样。剩下我们这些大人，还在担惊受怕。"

陆程也是一脸无奈地说："还能怎么样？现在的小孩儿都是独生子女，金贵得要命，不能打不能骂，捧在手里怕摔，含在嘴里怕化。"

姜杰压低声音："老陆，回去了也别说陆鲸了。陆鲸这孩子是好的，只是性格孤僻了点儿，这么小的年纪没了妈……唉，慢慢来吧，以后时间还长着呢。"

陆程默然，过一会儿才说："嗯，对，时间还长着呢。"

陆鲸是被姜南风摇醒的："喂，到家啦……"

出租车停在了好运楼门口，让陆鲸惊讶的是，有不少人在门口等着——巫时迁和巫爸爸，陈熙和陈爸爸，还有另外几个男孩儿。

巫时迁脸臭到不行，大步走到陆鲸的面前，就像姜南风那样朝他的手臂上重重拍了两下，还调侃道："你可以啊，小小年纪就学会离家出走了。"

陆鲸低着头咕哝："我就比你们小一岁。"

巫时迁作势又要打陆鲸，还凶巴巴地说："还能顶嘴？看来你没什么大毛病，赶紧回家吃饭！"

一直守在201的朱莎莉早把陆程做好的荤炊热了，再把自家炖好的乌鸡汤一并拿过来，满满当当地摆了一桌子。

对"离家出走"两小时的男孩儿，她也没多说什么，扯着嗓子喊他们赶紧洗手吃饭。

姜南风真的饿坏了，加上今晚都是她爱吃的肉菜，埋头吃起来。陆鲸动作有些迟缓，可能因为刚才哭得太厉害，这时候太阳穴有阵阵的刺痛感。

饭后，陆鲸洗完澡出来，姜南风和她的父母都回去了。见陆程没在客厅里也没在厨房里，陆鲸闻到了烟味，便转身朝阳台走去。

阳台没开灯，只有楼下的路灯射上来的光，斜斜地打在陆程的下颌上。他的指间有猩红的火星在闪烁，他似乎没察觉到陆鲸的脚步声，只仰头看着天空。

陆鲸跟着望出去，可楼层太低了，还有雨篷阻挡，只能看见窄窄的一线天，连月亮都窥不见分毫。

他唤了一声："阿公，我洗好了。"

长长的烟灰烫了手背，陆程这时才猝然回神："哦……你今夜累了吧，早点儿去困……哦，困就是睡觉的'意酥'。"

阿公发音不标准的"煲冬瓜"，陆鲸已经能听懂了许多。他安静地点了点头："那我去睡了。"

他转身走出两步，身后的阿公突然开口叫他："鲸仔啊。"

陆程欲言又止，最后还是挥挥手："算了，无事，你先好好睡一觉吧，明日再讲。"

陆鲸回到自己的房间里。他很困了，眼帘一耷拉，很快就昏昏欲睡。

隐隐约约，他察觉到房门被推开一线。可他困得已经睁不开眼了，没法看看，是不是阿公进来给他掖好被子。

第二天一大早，陆鲸顶着一双"金鱼眼"去敲巫时迁的家门。巫时迁刚醒，头发乱得跟鸟巢一样，打着哈欠问他这么早上来干吗。

陆鲸问："今天的球赛，还有没有我一份？"

巫时迁挠了挠肚子，翻白眼道："讲什么废话！你不去，我们这边就要少一个人了。九点楼下集合，你坐我的车。"

上午九点，一行人在楼下喊姜南风的名字。姜南风探出脑袋跟他们说不去了，她人不大舒服。

陆鲸坐在巫时迁新买的自行车后座上，抬头看向二楼。姜南风看他一眼，摆摆手，说"你们玩得开心点儿"，就把脑袋缩回去了。

球赛进行到快十一点，巫时迁在的那队赢了两球。球赛结束了，一群满身大汗的少年各回各家。踩不动单车了，好运楼的几个人索性推着车往回走，反正体育馆离家不远。

大家可惜陆鲸最后没能成功踢进的那个球，七嘴八舌地说着，没想到陆鲸个子小小的,却那么灵活,能连过三个人再来一个远射,就是力气不够了,球被守门员接住。

巫时迁一只手牵车,另一只手搭在陆鲸的肩膀上,语气懒散又得意扬扬地说:"你们别总说他个子小,等着吧,我看以后他绝对比你们每一个人都高。"

陆鲸嫌弃巫时迁一身汗臭味,拨开他的手:"我现在也没多矮吧?!"

陈熙朝巫时迁大笑:"你担心一下你自己吧,现在就长得这么高,我妈说,你肯定不会再长高了!"

巫时迁起脚飞踹:"死胖子,你才不会再长高!"

陆鲸回家冲了个凉,早上起床时还不觉得累,洗完澡后才发觉自己的身体很累,连抬手的力气都没有。他以为是自己踢球踢猛了,运动过了头。

陆程见男孩儿吃饭吃得无精打采,脸上又浮着不太正常的绯红色,伸手去探陆鲸的额头,很快惊呼道:"我的天,怎么那么烫?!"

之后,陆鲸便像用光电池电量的玩具一样躺在床上动弹不得了。房门开开合合,有人进进出出,有人探他的额头,捏他的手腕,还掰他的嘴巴扯他的舌头。

阿公不知和谁说着话,陆鲸听不明白。他放任自己一点儿一点儿地往下沉,梦境或破碎或连贯,和以前一样,梦里有母亲、有旧同学,但蹦得最欢的,是那群总吵吵闹闹、说不赢就直接动手动脚的好运楼里的小孩儿。

半梦半醒的时候,他被人扶坐起来——是阿公。阿公端着瓷碗送到他的嘴边,叫他喝下去。

可那碗黑乎乎的汤药太苦了,陆鲸只抿了一口,就被呛得猛咳不停。他闹着不喝,手胡乱地挥甩,直接打翻了那瓷碗。

瓷碗碎了,药汤洒了,陆鲸边咳边躲回被子里。昏昏沉沉中,他看着阿公半蹲在地,骂骂咧咧地擦地上的水渍。

陆鲸心想:阿公肯定气坏了,不然怎么老骂他"讨厌鬼"。

陆程打扫完地上所有的脏污和碎片,确认陆鲸额头的温度没有再升高,才端着簸箕走出房间。

他换下被泼湿的衣服,重新给紫砂中药壶里倒上两碗水,搁到煤气炉上重新熬。

门铃响了,陆程走去开门,来的是姜南风。她举着一盘五香牛肉,说:"爷爷,我妈说担心你没时间做饭,买了五香牛肉给你今晚吃。"

陆程急忙接过,笑得眼角堆起皱纹:"哎呀,你们真是太客气啦!我本来打算随便吃点儿白糜配鱼饭就好了,现在还有加餐。帮我谢谢你阿妈啊!"

"客气客气。"姜南风探头探脑地问,"他退烧没有啊?"

"还没呢,刚才给他熬了药,这家伙嫌苦不喝,还打翻了药碗,泼了我一身!"陆程端着五香牛肉往饭厅走,嘴里还念叨,"现在又睡过去了,这家伙跟他妈一样,都是讨债鬼啊……"

虽然陆鲸全身乏力,但今天已经睡得够多了,现在睡不太着,就眯着眼小憩。

陆鲸能听见姜南风来家里了,女孩儿和阿公聊了几句就没了声响。再过了一会儿,听到房门被推开,他立马紧紧闭上双眼。

有人蹑手蹑脚地走到他的床边,不像平时那样,总爱把拖鞋踩得"啪嗒"响。

她弯下了腰,像是在打量他。

好近,陆鲸能闻到她身上的味道,是她常用的洗发乳的味道,不知是哪种花香,很甜很甜,但不会太持久,一般只有她刚洗完澡没多久的时候闻到。

"好可怜,难得放假,结果生病了。"姜南风难得轻声细语,"还说今天要去吃麦当劳,这次不是我不陪你去,是你自己病了,病好了可别怪我……"

她唠唠叨叨地讲了许多话,声音软得好似刚蒸好的酵粿。陆鲸慢慢假戏成真,像个小娃娃,被她哄得快睡着。

半梦半醒间,他察觉有一只手摸了摸他的额头,和温热的体温相比,姜南风的手好凉,牛奶冰糕般。

许是陆鲸病得晕头,竟在想:自己的体温会不会把姜南风的手融化掉?

他听着姜南风说:"你得吃药啊,不吃药怎么能好?赶紧好起来,才能去吃薯条、汉堡包呀。"

陆鲸在心里应了一句：知道啦，长气[①]妹。

这一次陆鲸睡得沉，再醒来时出了一身汗。阿公正好端着药进来，陆鲸稍微有些力气，便自己坐起了身。

陆程讶异，急忙问陆鲸感觉怎么样了。

他哑声道："好一点点了。"

陆程把药碗和一颗东西放在书桌上，拿起水银体温计甩了甩，再让陆鲸夹到腋下。

男孩儿乖乖地照做，等待测温时，侧过脸看向药碗旁那颗"大糖果"，问阿公："这是嘉应子吗？"

"对啊，是南风拿过来的，说你呷完凉水之后，再呷它就会甜甜的。"陆程摸了摸碗壁，说，"不烫了，这次不要再打翻了啊。"

陆鲸垂下眼帘，应道："知啦。"

中药又稠又浓，那股味道光闻着就想呕，陆鲸一张脸皱成苦瓜干。阿公在一旁皱眉叉腰盯着他，仿佛知晓了他的想法——他本想等阿公离开房间后，再偷偷把药倒进窗台上的盆栽里。

陆鲸瞄了眼嘉应子。没辙，他只好一只手捏鼻子，另一只手端碗，憋着气把药咽下，这玩意儿真的比廿四味苦太多了……

姜南风又一次临时抱佛脚地补完了国庆假期的作业。她把要给纪霭的交换日记本和要给杨樱的少女漫画，连同课本作业，一股脑儿全塞进书包里。

瞄了眼桌上的小闹钟，姜南风默念着"坏了坏了，要来不及了"，一把抓起装电话卡的零钱包就匆匆地跑出房间。

朱沙莉正在客厅里看电视，见姜南风换鞋，便问她要去哪里。

"嗯……去陈熙家玩一下游戏机！"

"别太晚回来啊，明天要上学的。"

"知啦！"

姜南风刚走出门，就遇到了同样刚出门的陆鲸。两个人视线相交，

[①] 粤语：啰唆。

皆是一愣。

陆鲸先发问:"你去哪里?"

身后的门还没关,姜南风边掩门边刻意大声说:"我去陈熙家呀,打游戏,你呢?"

"我也是。"陆鲸有些疑惑地说,"但陈熙跟我说,下午约你的时候你拒……"

姜南风倏地捂住了他的嘴,挤眉弄眼地示意他不要多话。等反手关上门后,她才松开手。

可能是因为捂得太用力,姜南风掌心肉有些湿意。她嫌弃地撇了撇嘴,把沾到手上的口水抹回它的主人身上,用气音说:"我出去一会儿,不上去了,要是我妈问起,你别说漏嘴!"

陆鲸抬手揉了揉嘴唇,半晌后才说道:"知道了。"

姜南风一路小跑到戏台旁侧,没想到电话亭旁边已经等了好几个人。电话亭内的人聊得正兴奋,估计一时半会儿没办法结束通话。

她打开零钱包,里头还有三四个硬币。

怕对方等得太久,姜南风一咬牙,往石板街那边跑,直接找了家有公共电话的食杂铺。

"老姆,我要打电话!"姜南风拿起话筒夹在脖子处,就怕有谁突然插队抢了她的电话。

小钱包里抖出的硬币"叮当"作响,姜南风缓了缓呼吸,按下早就背下来的那串电话号码。

她在国庆节当天收到了"莲"的来信。

他们在前几封信里讨论过要不要交换电话号码,"莲"说,万一又出现上次那种丢信的情况,有了电话号码,至少不会完全断联。

而这封来信里"莲"告诉她,他的父母这几天会出门办事,只剩他和保姆在家。他问,要不要试着通一次电话,说如果她愿意的话,在晚上七点半后打来就行。

哪一天都可以,他会守在电话旁。

电话"嘟嘟"两声后立刻有人接听,一声"喂"通过话筒传进耳朵里,姜南风心跳如疯兔,身子站得笔直,大声道:"喂!你好!"

电话那头的人似乎没立马反应过来,沉默了几秒。

姜南风小心翼翼地问："是'莲'吗？"

连磊然立刻回答："对，是我，你是小南吧？"

"是的！"

对方的声音干净清脆，很好听，姜南风忍不住提起嘴角。

连磊然笑了一声："你终于打电话来了呀，我等了三天。"

像忽然有条狗尾巴草挠过姜南风的耳朵，她索性换了个耳朵听电话，说："前两晚我找不到打电话的机会，不好意思啊。"

"啊，你别这么说，我本来只是以为今天也接不到你的电话了……你现在在家吗？"

"不是，我用外面的公共电话打的。我妈在家，我不方便讲电话。"

"嗯？公共电话？离你家远吗？"连磊然抬头看了眼挂钟，有些担忧地问，"对不起，我不知道你在家时打电话不方便。要不，等以后找个白天我们再通电话？这么晚你在外面不安全啊。"

姜南风连连摇头，手指无意识地卷着电话线："没事没事，食杂铺就在街口，很近的！而且电话得打满三分钟才划算！"

公共电话打三分钟一块钱，不满三分钟还是一块钱，那她当然得打满三分钟咯！

"行吧，那就打满三分钟。"连磊然又笑出了声。

姜南风忍不住问："你笑什么呀？"

"我第一次和笔友通电话，感觉自己都不会说话了。"连磊然挠了下发痒的鼻子，如实说道，"而且你的声音跟我想象中的一模一样。"

"是不是很像男孩子？"

"嗯？怎么会？很女孩子啊。"

闻言，姜南风心跳又快了一点儿，手指上的电话线也多绕了一圈。老太太看见了，粗声粗气地提醒道："不要再玩电话线啦，等下打结啦！"

这家食杂铺的老太太总是凶巴巴的，所以姜南风平日里很少来这儿帮朱莎莉买酱油。如今被对方念了一句，她索性蹲下身，背倚着装满豉油初汤①瓶瓶罐罐的玻璃柜台，不让老姆偷听她讲电话。

---

① 潮汕鱼露。

不过直接打电话，和用纸笔沟通确实有着很大的区别，那些早早想好的话题姜南风一个没提，反倒重复问了几次"你晚上吃了吗"。好在对方不在意，只要她问，便耐心地回答"吃了"。

两个人你一句我一句，时间不知不觉地溜走。老姆走来敲敲玻璃柜，又提醒她："阿妹，到时间啦，还要不要续？"

姜南风匆忙地起身，但翻遍全身都找不出硬币了。她捂住话筒，可怜巴巴地求老姆："再让我讲几句好不好？很快很快的！"

老太太一脸不悦，指着电话屏幕上的通话时间下最后通牒："到十分钟！"

"好的好的！谢谢老姆！"

姜南风抓住最后一分钟跟对方道别："我时间到了，得回家了。给你的回信我写好了，明天就去寄！"

"好，下次换我给你打电话吧。"连磊然觉得是自己想得不够周到，让对方多花了钱，如果只是接听的话，同样的花费能多打好几分钟电话。

听见连磊然说"下次"，姜南风"嘿嘿"傻笑两声，爽快地回答："行啊！"

连磊然在结束通话前说："对了，我忘了要重新做个自我介绍，我的全名是连磊然，三石'磊'，然后的'然'。"

他是用普通话念的名字，姜南风便知道了他的笔名从何而来。

于是她也对他做了自我介绍："我的全名是姜南风，不是长江的'江'，是姜薯的'姜'。"

两个人约好了在信里再聊，挂电话后姜南风忙跟老姆道谢，一回头，被站在路灯旁直勾勾地盯着她的陆鲸吓了一跳。

她倒抽一口凉气，连拍几下胸脯，瞪大眼睛埋怨道："你……你……你什么时候来的啊？"

心跳七上八下，她好担心刚才讲电话的内容让陆鲸听了去。

陆鲸的脸上没什么表情，他低声道："刚到。"

姜南风暗吁了口气，接着狐疑地问道："等等，你不是去陈熙家吗？"

"我来买瓶可乐。"

陆鲸走到食杂铺门口，指指货柜上的大瓶百事可乐，再跟老太太比了个"1"的手势。

老太太点头，摊开手比了个"5"，取下饮料，从旁边抓了条抹布，擦了擦瓶身上的浮灰，再放到玻璃柜上。陆鲸递了张纸币给老太太，抱走沉甸甸的饮料。

两个人不用说一句话，就已经完成了交易。姜南风看得目瞪口呆，跟在陆鲸的身边往回走时问他："你什么时候跟这家食杂铺的阿婆这么熟了啊？"

"前两天去踢球，回来的时候顺路在她家买了饮料。"陆鲸稳稳地抱着汽水瓶，不让它晃得太厉害，"所以我知道阿婆听不懂普通话，阿婆也知道我不会说这边的话。"

"哦。"

陆鲸睨了蹦蹦跳跳的女孩儿一眼，收回视线后才开口问："你刚才……是不是给那个很要好的笔友打电话了？"

姜南风差点儿摔倒，吃惊地看向他："你刚才听到什么了吗？"

"就听见你在说什么，写信、寄信。"

"哦！我们就是怕把信寄丢了，才留了彼此的电话。"姜南风握了握拳头，补充一句，"我只是跟普通朋友打了个电话而已，你可千万别跟巫时迁他们说啊。他们知道了，要嚷嚷得整条街都知道……"

快到街口时，陆鲸忽然问："你和这个笔友见过面吗？知道他长什么样吗？"

"嗯？当然没有见过，要不然怎么会是笔友。"姜南风举高手在陆鲸的头上比画了两下，"但他说过他长什么样，一米七、短寸头、浓眉！"

陆鲸皱着眉往旁边走了两步，避开她比画的区域。

他也不知道为什么，胸腔内有些东西不受控制地往上冒，就像怀里那瓶无论怎么护着还是会冒出白沫的百事可乐。

小情绪压不住冒了尖，陆鲸嗤笑一声，语气不屑地说："他说你就信啊，傻妹。说不定他是个小胖子、丑八怪！"

姜南风怔了几秒，反应过来后龇牙咧嘴地说："陆鲸，你是不是想被我再踢飞一次？！"

第六章
初长成

第一次初潮悄悄结束后,姜南风连续吃了三天益母草猪肝猪血汤当早餐。

朱莎莉在姜南风的旁边唠叨,说经期后吃焯益母草,有活血养血的功效,让她少喝冰凉的饮料,要慢慢学会自己照顾自己。

学校国庆放三天假,孩子们上两天学,又快到周末。

周五早上学校公布了朗诵比赛的获奖名单,红纸黑字贴在教学楼下的布告栏里。

这次杨樱名列全校第一,纪霭第三,姜南风虽不入三甲,但也拿了个优秀奖。光是这样,她已经开心得飞起了。

比她更开心的是朱莎莉和姜杰——朱莎莉把奖状贴在客厅墙上的显眼处,姜杰还骑车去买汉堡包回来,姜南风一个,陆鲸一个。

陆程用筷子夹起一根软趴趴的薯条,一脸嫌弃地说:"这不就是炸荷兰薯吗?外国人的玩意儿肯定没有本地的荷兰薯粿好吃。"

可见俩小孩儿一个劲地埋头猛吃,陆程又学他们,将那根薯条蘸了点儿番茄酱吃了一口。最后,小半包薯条都让老头儿一个人吃光了。

中秋那天陆嘉颖回来了。

她给陆鲸带回来一本小相册,也不提他"离家出走"的事,只是狠狠地捏了把男孩儿稍微长了点儿肉的脸蛋儿,叫他乖乖的,等过年回来时再带他去电脑城挑台新电脑。

小相册里有不少陆鲸和他母亲的合照,还有几张他母亲的单人照片。陆嘉颖盘腿坐在硬邦邦的红木椅上,给陆鲸解释每一张照片是在什么地方拍的。

陆鲸认真地听着,所以没太留意到小姨说话时阿公一直没有出声,只在旁边默默地冲茶。

姜南风这晚在自己家里吃饭,饭后才过来201。陆程多拿一个茶杯邀她来呷茶,再去切一块乌豆沙朥饼,说是一个徒弟亲手做的,下午刚拿来,正新鲜。

姜南风就好这一口,层层酥皮裹着满满的乌豆沙馅,一口咬下去又香又甜,有酥皮的脆,还有豆沙馅的绵。

陆嘉颖回房间里取来两个钱包,说是她朋友的包袋厂里的外贸订单尾货,一蓝一粉,给俩小孩儿一人一个。

吃了朥饼的姜南风嘴好甜,直夸陆姨姨人美心善。

两个大人去阳台上抽烟,姜南风倒腾着新钱包,开心得不行,陆鲸则是摩挲着蓝色钱包一声不吭。

姜南风问陆鲸怎么了。他好一会儿才说,这个钱包和他之前弄丢的那个很像,虽然不是一模一样的,但尺寸和结构,甚至颜色都很相近了。

这一晚有雨,见不着圆月亮,雨篷被雨珠敲打了一整夜。

陆鲸坐在书桌前,从小姨给的相册里挑了一张照片。

依然是他那次去香港时照的相,他和妈妈背后是灯光辉煌的维港夜景,海风拂起妈妈时髦的鬈发和他的衣摆。他还是一张苦瓜干脸,妈妈则笑得自信灿烂。

仔细地量好尺寸裁剪下来,陆鲸把照片装进了钱包里,再把钱包放进了抽屉里。

以后他都不要带钱包去学校了——他不要再把妈妈"弄丢"一次。

杨樱将代表学校去参加市里的比赛,而比赛的要求升级了,参赛选手必须准备至少五分钟的朗诵稿。之前的稿子时间不够,她得增加一些新的内容。姜南风便把自己的稿子给她,让她将两者修改为一篇。

知道杨樱还得重新背诵全文,姜南风看得出她压力倍增,自告奋勇地陪她每天在课间和课后练习背诵。

比赛在十月的最后一个周五，那天杨樱从早上就没来学校。下午放学铃一响，马老师迫不及待地冲进班里，声音激动地跟大家讲，杨樱获得了全市朗诵比赛小学组一等奖。

马老师还麻烦姜南风，将今天发放下来的试卷和练习册带回去给杨樱。自然，姜南风立刻应下。她本打算吃完晚饭就去找杨樱，没想到饭还没吃完，杨樱就来203找她了。

杨樱说她妈妈去学生家里了，而且因为她今天拿了奖，妈妈批准她休息一晚，今晚可以不用练琴。

姜南风几口就扒拉完米饭，拉着杨樱，喊上黄欢欢还有其他好运楼里的小女孩儿，一起到戏台那边玩"过家家"。黄欢欢看见杨樱也在，一句"你今晚不用练琴啊"脱口而出。

姜南风骄傲地把杨樱拿了全市比赛第一的消息告诉大家，还通知大家明晚记得看本地新闻。杨樱肯定会上电视的，她是好运楼的骄傲。

其实好运楼里的每个小孩儿杨樱都认识，但仅限于认识。她极少跟大伙一起玩，但心里当然是想接近，可多少有些纠结，觉得自己融入不了大家。

她拉着姜南风悄悄告知她心里的那些不安。姜南风拍拍她的肩，说一回生二回熟，她多和大家玩几次，很快就是好朋友啦。

秋风起，夜渐凉，少了许多街坊饭后出门乘凉，戏台前面的空地便被附近的男孩儿们霸占了。今晚是好运楼占了地，姜南风她们到达时，陆鲸他们正在踢球。

这一晚女孩儿们不玩美少女战士的游戏了，黄欢欢提议，不如玩"港姐游戏"。女孩儿们都附和说没问题，附近相熟的女孩儿也加入到了游戏队伍中，不知不觉，"参赛人数"多达十一人。

总要有人负责主持游戏，姜南风毛遂自荐："人这么多，奖项不够分的，我来当主持人吧。"

有女孩儿心直口快地说："也行，反正南风你胖胖的，正好能做'肥姐'。"

被人比作沈殿霞，姜南风也没太在意，笑道："行呀，那我们就开始吧！"

她们将游戏安排得很认真,和真正的香港小姐比赛那样,有走台步和问答环节,也有自我介绍和才艺展示环节。

女孩儿们的嬉笑声引来了男生们的注意。姜南风索性找他们当评委,选出冠亚季军,还有最上镜佳丽等若干奖项。

陆鲸在旁边听见,撇了撇嘴,心想:这不就是太公分猪肉,人人都有份?

最后男生们当然把冠军给了杨樱,其中陈熙喊得最大声。黄欢欢憋不住了,大声骂他:"衰陈熙!你以前不都是投给我的吗?!"

陈熙眼珠子滴溜溜地转,赶紧改口:"杨樱是'港姐第一',欢欢你拿'环球小姐',好不好?"

姜南风也帮腔:"哇!那欢欢你是整个地球最漂亮的女孩儿耶!"

黄欢欢这才消了气,手叉着腰说:"行,那就颁奖吧!"

空气桂冠、空气披风、空气挂带,一样样地加到杨樱的身上。

杨樱相当配合,一点儿都不觉得在大庭广众下玩这种游戏会丢脸。她还装作手持着宝石权杖,认真地发表自己的获奖感言:"谢谢大家给我这个奖,我今晚很开心!"

姜南风故意逗她:"哇,你今天拿了两个'第一'耶!你更喜欢哪个奖啊?"

杨樱笑得眉眼如月:"当然是今晚这个奖啦。"

抗洪救灾斗争取得全面胜利后,报纸、电视上时不时会有灾区重建的新闻。天气一天比一天凉快,石板街上的落叶也越来越多,人们踩过时会"沙沙"作响,像翻了页的旧报纸。

学校里聊天的话题忽然变得统一,每天课间女生都在聊着小燕子和紫薇,有的时候男生也会插上几句——毕竟每晚家里的电视都被妈妈或姐姐霸占,他们不得不也跟着一起看《还珠格格》。

校门口小卖部卖得最好的商品是小燕子和五阿哥的海报,店老板们甚至一到放学就举着新到的海报在店门口吆喝起来,连带着小虎队的海报和苏有朋的照片都十分热卖。

姜南风不免俗地也买了几张海报贴在床旁的墙上。那段时间她画的漫画里,女孩儿都穿上了立领格格服,头戴大花旗头,踩着高高的花盆底鞋，帽穗轻轻摇，粉蝶翩翩飞。

租书店老板进了许多套《还珠格格》的小说，即使这样，依然不够给大家分，经常这边柜台刚有人还书，那边就有顾客立刻抓住书不放。好在姜南风和老板娘熟，老板娘偷偷留了一套给她。

小说分两册，姜南风看完第一册后先传给了纪霭。纪霭看书极快，很快书就到了杨樱手里。她们之间其他的漫画和小说都是这样的传阅路线，还有杂志也是。

《YES!》连续几期都有姜南风喜欢的明星的照片上了封面，还有明星的独家访谈。她零花钱不够，又不敢问朱莎莉要，便私底下偷偷问姜杰，能不能支持她。

拿到额外零花钱时，姜南风都觉得有些受宠若惊了，心想：肯定是因为最近音像店生意红红火火，老爸才会这么好讲话。

杂志传到杨樱手里，姜南风语气神秘地问她是不是第一次看《YES!》。

杨樱点点头，姜南风贴近她的耳边好心地提醒："那你看到后面的时候可不要吓到，书里会有一点儿……嗯……比较那什么的故事。"

杨樱疑惑地问："什么故事啊？"

"哎呀，鬼故事啦。"姜南风怕杨樱真的会被吓到，索性不瞒她，"不过我觉得这一期的没那么可怕。之前我买过一期，晚上看完睡觉时总觉得脖子凉飕飕的。"

"那……那我跳过不看，不就行了？"

"也行，然后后面还有一个专栏，是讲'那方面'的。这一期有读者来信讲到月经，正好你也能看看。"

姜南风直接把杂志翻到了最后，有几页是粉红色的彩页纸张，上面都是繁体字，边角有一个穿着火辣性感的 Q 版（可爱的卡通化版本）漫画角色。

杨樱咽了咽口水，神情紧张，语气却很认真地说道："好的，我知道了。"

那晚杨樱乖乖地写作业，乖乖地练琴，趁妈妈洗澡的时候，翻出了家里的银色手电筒藏到被子里，那本杂志则是压在枕头下。

九点练完琴，收拾完书包，她跟妈妈道了"晚安"，合上房间门，钻进被子里。

手电筒很重，里头的电池好像快用完了，光线闪烁昏黄。杨樱直接翻到杂志最后粉色彩页的专栏，逐字逐句地认真看看读者们的来信，还有专栏编辑的回复，虽然繁体字有些不太好辨认，但影响不大。

除了姜南风说的初潮，专栏里竟还有许多露骨的男女关系问题，杨樱看得目瞪口呆。

她憋着一口气不敢吐，心跳加快，脸红耳赤，快喘不过气的时候就会把被子掀起一角透透气，再躲回去继续看。

终于看完这几页，杨樱正想把杂志藏回枕头下，这时身上的被子忽地让人掀开！

脸色难看的母亲夺走了杨樱来不及收起的杂志。杨樱急忙爬起身，但没来得及解释，已听张雪玲怒声大喝："这是什么东西？！杨樱，你怎么会变成这样？你怎么会看这种……这种……？"

张雪玲像拎着什么臭鱼烂虾一样拎着那两页杂志，气得把纸张边角捏得起了皱痕。

她仿佛不敢相信一本杂志上会有如此不堪入目的内容，骂一半时骤停，快速地再扫看一遍。确认自己没眼花，她又怒不可遏地继续骂："你怎么能看这种伤风败俗的杂志？！说！杂志是从哪里来的？是哪个同学借你的？"

杨樱是恐惧不安的，但并没有慌得六神无主，什么该说，什么不该说，心里清楚。

她低垂着头，说："不是和同学借的，杂志是我买的，自己买的。"

张雪玲的声音更大了，她愤怒地追问："你买的？你哪来的钱？！"

杨樱沉默了，但是紧紧攥住被子的泛白指节能透露出她无处隐藏的不安。

张雪玲察觉到了。她很快想起一件事，一双眼骤然睁得巨大，声音发颤地说道："上个星期，你说学校要买什么课外书，跟我要了二十块钱……杨樱，你说的课外书，就是指的这个？！"

心脏不停地往下坠，是见不着底的深渊，杨樱紧紧咬住嘴唇，不敢与母亲对视。她没有反驳，也没有承认。

"啪！"杨樱被母亲一巴掌打得歪了脸。

有一瞬间，她大为错愕。但很快，她在心里对自己说：这有什么

163

好惊讶的,又不是第一次了。

张雪玲怒火冲天,拿着杂志当泄愤的武器,一下接一下地打在女孩儿的手臂和肩膀上:"杨樱,你怎么能变成这样?妈妈一个人辛辛苦苦地把你拉扯大,然后你就用骗人,还有看这种不三不四的杂志来对待我?你是不是要变成跟社会上那些不读书不学好的剌溜仔[①]一样?啊?!白眼狼!"

杨樱咬牙硬挨着母亲一下下的抽打。除了"对不起""妈妈我错了",其他的话她都不想说,因为说了也没用,张雪玲只想听到她的认错和道歉。

最后张雪玲打累了,胸脯不停地起伏,脸色涨红,连眼镜都起了雾。

床上的女孩儿已经泪流满面,捂着发疼的手臂,哭着请求母亲的原谅:"对不起妈妈,我不应该这样做……我就只是很喜欢那个男明星,看到他的照片上了封面,想要买一本收藏,只是这样而已……"

张雪玲缓了一会儿,情绪没那么激动了,声音已经沙哑,说:"杨樱啊,你扪心自问,妈妈把你抱回来养了这么多年,有哪里亏待过你吗?"

此言一出,杨樱立即心如刀割,这就是她的命门、她的死穴!

是的,没错,是张雪玲领养了她!是张雪玲让她不用在福利院里长大!

是张雪玲供她读书和学习才艺,给她买好看的衣裙鞋袜;是张雪玲待她犹如怀胎十月的亲生女儿,从未对外人说过她的真实身世,让她能像个普通家庭里的女孩儿那样生活成长……即便后来张雪玲婚姻破裂,也没有抛下她!

这些枷锁一道又一道,密密麻麻地锢在杨樱每一块血肉和骨骼上,把她再一次塑造成那个"乖女儿"的模样。

她连连摇头,泪珠飞溅,直接扑过去扯住张雪玲的睡裙:"妈妈,我错了!我知错了……"

[①] 小流氓。

"杨樱啊，妈妈做这些都是为你好……你们这个年龄，好奇心重，意志不坚定，最容易受到社会上那些不三不四的诱惑。学好三年，学坏三天，妈妈做了那么多年老师，这种事情看太多了。你看，我们学校已经那么优秀了，可每年还是会有这种没学好的学生。"

张雪玲长长叹了口气，翻开杂志，将那几张粉红色的纸张撕下，再撕成碎片丢进了垃圾桶里，说："杂志我没收了。明天你要写一份检讨书，至少八百字，好好反省一下你自己这段时间的所作所为，知道吗？"

杨樱擦着眼泪，应了一句"知道了"，终于结束了。

姜南风在周一时得知杂志被张老师没收了，自然觉得有些可惜，因为那本杂志的封面是谢霆锋的照片。

不过失落只有一下下，姜南风一想到杂志里那些比较敏感的内容会让张老师看到，整个背脊都发凉了。她紧张地说道："哎呀！惨了，如果她知道杂志是我借你的……"

杨樱急忙打断她的话："不会不会！我没有说出是跟你借的。我跟我妈说，是我自己买的杂志。"

"啊？那你妈妈肯定会更加不高兴吧？她有没有对你怎样？你有没有被骂？"

"有啊，而且我还写了篇小作文做自我检讨，八百个字呢。"

杨樱语气轻松，姜南风没察觉到异样，开玩笑道："哈哈，那你妈妈有没有让你在她的面前朗诵全文？"

"欸，你怎么知道？"杨樱也跟着笑，轻描淡写地把和母亲之间的矛盾一笔带过，"不过真的对不起啊，你的杂志可能没办法那么快拿回来，等我期中考好一点儿，再跟我妈要。"

姜南风摆摆手，说："没事没事，拿不回来也没关系！不过往后你要在家里看漫画、小说什么的，那就更难了呀。"

"嗯，暂时先不往家里带，我在课间抓紧时间看完就行。"

"好！"

姜南风渐渐忘了这件事。后来期中考试时，即便杨樱名列前茅，姜南风也没再问过杨樱这本杂志还能不能拿回来。

虽然总是一副吊儿郎当的模样，但姜南风的成绩在班里处于中上。数学差了点儿，语文和英语还算不错，像这次期中考试发挥得好，她还能挤进全班前十名。

陆鲸第一次大考的成绩还算不错，陆程喜出望外。

陆程没那么在乎成绩，只希望外孙能适应新的学校和班级，能融入集体就行了，没想到陆鲸这么争气。

老头儿开心得不行，遇见哪个街坊就要跟对方报告这个好消息。到最后几乎整栋好运楼里的人都知道，陆程的外孙——从省城回来的那个小孩儿，期中考试位列全班第十三名。

期中考试后学校组织秋游，高年级的学生能去比较远的地方了，不像以前去中山公园溜达一圈就回来，孩子们都兴致勃勃地讨论着秋游那天要带什么零食和饮料。

姜南风回家后跑进厨房里找朱莎莉："老妈老妈，我们下周二要秋游！"

"哦，去哪里？"

"海门，去一天！"姜南风像条小尾巴跟着朱莎莉到处走，"妈，我能买些酥酥①带去吗？"

朱莎莉睨她一眼："带什么虾条酥酥，零食能吃饱吗？还跟以前一样，我给你炒个饭，中午才能吃饱。"

姜南风立刻拉下脸："啊？又是炒饭？"

无论春游还是秋游，她的书包里都会有一盒炒饭，要么是薄壳米炒饭，要么是酱油蛋炒饭，从早上搁到中午。因为放得太久饭都凉了，她填饱肚子是没问题，就是谈不上好吃。

以前学校郊游时，基本每个同学都是带炒饭或方便携带的干粮，但这两年越来越多人带果冻、饼干、虾条……各种零食应有尽有。姜南风不想别人吃零食的时候自己还在扒拉那盒冷炒饭，软声哀求道："妈妈——亲爱的妈妈——我这次不想吃炒饭了可以吗？要不我带钱，中午在景区那边吃好不好啊？"

---

① 膨化食品的统称。

"那更不行,你忘了,上次春游,你们班有几个小孩儿不知道吃了什么不干净的东西,回来后又拉又吐。"朱莎莉跟她商量,"景区里的东西又贵又不好吃,最多我给你多下一根火腿肠,你不是很喜欢的吗?火腿肠炒饭耶,就这么决定啦。"

姜南风皱着鼻子皱着眉,嘴唇噘得能挂酱油瓶。之后几天她一直嚷嚷着自己秋游不吃炒饭,因此还惹恼了朱莎莉。

朱莎莉最后一次气得够呛,说话也夹枪带棒:"不要就不要!不用我煮饭我才快活!早早起来给你做饭,还要被你嫌弃!小白眼狼,最好你以后都不要吃我做的饭啦!"

母女俩冷战了两天。

周六,姜南风去了父亲的音像店,苏丽莹也在。店里刚好来了一拨客人,小小的空间被挤满,苏丽莹索性拉着姜南风去逛街。

这附近学校多,小店也多,苏丽莹见女孩儿今天有些闷闷不乐,便主动问她发生了什么事。

姜南风把和老妈吵架的事一五一十地说了出来:"她都不知道,这几年春游、秋游已经没几个人自己带炒饭了,大家都带好吃的,或者直接在景点附近找吃的。而我呢,还得端着个饭盒……很丑,很丢脸!"

她也好委屈,觉得朱莎莉还总把她当成小学一二年级的娃娃。

"哦,我懂啦,我们小南风现在开始在乎自己的形象啦。"苏丽莹挽着女孩儿的手臂,两个人看上去就像相好的姐妹,"不过说真的,去旅游当然要带点儿好吃的,在车上也能跟同学们分享,对吧?"

"对的对的,我也是这么想的,总不能别的同学请我吃虾条,我说'那我请你们吃炒饭'吧?"

那样就很土,姜南风在心里想。

周一晚上,姜杰回家时拎来了一袋子零食,让姜南风明天去秋游时能和小同学们一起分享。姜南风开心得直跳,抱着零食冲进房间里准备收拾书包。

朱莎莉有些不满:"不是说好了不让她吃那么多零食吗?吃多了容易上火的。"

姜杰不以为意地说:"哎呀,好难得才组织一次秋游,她开心就好了。"

房间里的姜南风拆开袋子，里面有好几个牌子的零食，像奇多虾条和小浣熊方便面都有，还有最近在女孩儿们之间很流行的口红糖和戒指糖。

袋子里有一张小字条，姜南风拆开来看，上面写着"祝小南风玩得开心"。见落款是苏阿姨，姜南风这才知道零食都是苏丽莹买的。

她乐呵呵地收拾明天秋游的书包。她太贪心了，每一包酥酥都想带上。可酥酥包装里面都是气体，体积太大，她想了个"妙招"，从朱莎莉的缝纫机那儿摸了根银针，在酥酥的包装袋上戳了几个小洞，把气一点儿一点儿地放掉。

包装被压瘪的虾条、虾片就能全部码进书包里了，姜南风有些得意扬扬，无比期待着明天的秋游。

没想到第二天在大巴上，离景区还有半个小时的车程，姜南风带去的零食已经被瓜分完了。

僧多粥少，她自己没分上几片，蒋鸣那群男生吃了还要嫌弃，说："姜南风，你这些酥酥怎么都软软的，是不是买的过期零食啊？"

姜南风嚼着不知为何一夜变软的虾片，开始忧心忡忡，因为她的书包里只剩下一根口红糖和一罐娃哈哈，没有其他能填饱肚子的东西了。

"你没带其他吃的吗？"杨樱打开自己的书包，给姜南风看她带的食物，"我有面包、牛奶、苹果、橘子……你不嫌弃的话，等会儿都分你一半。"

"当然不嫌弃！唉，早知道就让我妈给我炒个饭了……欸？"

姜南风还带着一件薄风衣，是朱莎莉非要她带的，说海边风大，冷了就拿出来穿。姜南风嫌累赘，昨天收拾书包时把风衣垫到最下方，再把零食叠放在上面。

她以为风衣就是书包底了，结果刚刚一摸，风衣下竟还有东西，硬邦邦的一块。

掀开风衣，姜南风愣住，硬邦邦的东西是那个眼熟的铁饭盒，手摸盖子，还有些许余温。

下午姜南风到家时，朱莎莉正在卧室里整理着刚从照相馆取回来的照片,见姜南风回来,淡淡地问一句:"回来了?玩得累不累?"

"还行,大家在回来的车上都睡着了。"姜南风从书包里取出空的铁饭盒,嬉皮笑脸地说道,"你什么时候把饭盒偷偷塞进我的书包里的呀?"

"偷偷?把我说得跟个老贼一样……有没有吃完啊?"

"有的,吃得干干净净!你怎么知道我中午会吃不饱?"

朱莎莉鼻哼一声,低头继续整理照片:"好歹养你这么久了,怎么会连你的饭量都不知道?"

陆鲸没想到,这座南方沿海小城的冬天竟会冷得他晚上睡不着觉。

寒假第一天,小城忽然降温,阿公搬了木梯爬到天花板下的储物柜里,把好久没用的一床老棉被拿出来,叫陆鲸晚上多盖一层。

老棉被有很浓的樟脑丸味道,很重很沉,而且保暖效果不好。陆鲸还是被冻得手脚冰冷,只好爬起来找袜子穿。

第二天更冷了,不过晚上那床厚棉被搬到了阿公的床上,取而代之的是一床蓬松柔软的拉舍尔毛毯,阿公说,是跟隔壁莎莉姨借来的,先用着,等他这两天重新去买一床被子。

天气湿冷,小孩儿都躲在家里看电视。太多电视台都在重播《还珠格格》,"让我们红尘做伴活得潇潇洒洒"听得人夜晚做梦都会想起。

还好有电话点播电视台,姜南风每一天都在盼着有人点播《魔卡少女樱》或者其他动画片,只要不是点一些她看不懂的连续剧或选玩游戏就行。

但是事与愿违,她永远不知道下一个成功地打进点播电话的人会点播什么内容,有的时候等了一个下午,都没能如愿以偿。

其实去年暑假姜南风尝试过几次电话点播,点的时候可欢喜了,想看什么动画就点什么动画。但等到月底,朱莎莉发现当月电话费竟高达六百块钱,气得抓了鸡毛掸子要抽她。整个八月,姜南风都不被允许看电视,也不能去找别的小孩儿玩。所以今年姜南风只能等,实在没那胆量打电话了。

后来有一天,不知打哪儿来了个好心人连续点播了好几集《魔卡少女樱》,而且正好都是姜南风断断续续没看过的那几集。

晚上在 201 吃饭的时候，姜南风兴奋地跟陆鲸分享这件事，说一定是有小天使听到了她睡前的祈祷。

陆鲸嘲笑她真是个傻妹，两只脚丫子在餐台下踩来踩去，谁都不让谁。

年末岁尾，新年将至，家家户户开始备年货。

陆程今年准备得格外认真，早早就去小公园找师傅手写春联和福字，花形状的糖盒一点点被填满，瓜册、柑饼、束砂、米润、甘草橄榄……他再准备一些小孩儿喜欢吃的瑞士糖和金币巧克力。

除夕还没到，姜南风已经吃得停不下来了。

除了糖果，其他每一款传统茶点都是陆程亲手做的。做多了，他就送给街坊。

陈伯嘴里嚼着米润，还要开玩笑道"老陆老陆劳碌劳碌"，说明明这些茶点在菜市场里买就行。但自从外孙回来后，陆程偏要什么都自己做，恨不得把自己的毕生绝学都展示出来。

工人们要回家过年，所以陆嘉颖的服装厂停工停得早，不过她去香港玩了好些天，等到年廿八才回来。

小女儿回来那天，陆程正在家门口踩着高凳糊春联。他用余光瞄到颗金灿灿的金柑，定睛一看，哟，不是金柑，是他不着家的女儿把头发剪短了，还染成不三不四的金黄色！

老头子正想开骂，一瞧见陆嘉颖身后跟着个高大英俊的青年男子，瞬间什么气都消了。

陆嘉颖不知她爹在短短几秒钟内情绪起伏那么大，忙着指挥男子把手里的东西放到门口空地上。男子把大包小包先放下，从容地跟陆程打了声招呼，再转身下楼。

陆程赶紧逮住一头黄毛的女儿，激动地问"这男的是谁"。陆嘉颖把购物袋往家里搬，含糊地说"只是普通朋友而已"。

男子上上下下又跑了几趟，最后一趟把陆嘉颖的行李箱拎了上来。陆程已经冲好茶，热情地问对方的名字、岁数和职业，打探的意思很明显。

男子笑着一一回答，说他叫许俊凯，三十有二，老家在澄海，现在在广州做外贸生意，和陆嘉颖的服装厂有业务上的往来。这次他开车回家过年,便顺路送陆嘉颖回来。

陆程亲切地称呼他为小许,留他晚上在家里吃饭。陆嘉颖推着许俊凯往外走,敷衍着说人家家里人也等着他回家吃饭呢。

许俊凯跟陆程道别,说等下次再登门正式拜访。听见"正式"这词,老头儿心里乐开花,也陪着女儿送男子下楼。

铁门外停着辆黑色轿车,不宽的内街被它占了一半,因为跑长途的关系,车身多少蒙了些灰,但仍看得出部件崭新。有街坊从楼上伸出头好奇地窥探,看是哪家来了个大老板。

陆程也不动声色地打量这豪华大气的小轿车,牢牢地记住车头盖上竖起的那小圆标,等轿车驶远,才迫不及待地问女儿:"这车是不是桑什么纳?"

陆嘉颖敷衍道:"是是是,就是桑什么纳。"

桑塔纳好啊!陆程不懂车,但也知道买一辆桑塔纳要花多少钱,加上许俊凯的外貌和条件都不错,陆程的心里很满意。

他更满意的是女儿终于想通想透,愿意和男仔认真地交往了。

陆嘉颖不在这件事上多解释,忙着整理带回来的东西。她从香港带回不少手信,干鲍和进口烟给亲爹,超级赛亚人和游戏机给陆鲸,芭比娃娃和美少女战士的变身器玩具给姜南风。

陆嘉颖边收拾边跟俩小孩儿说,她这趟去香港是为了看张学友的演唱会,说歌神的现场实在太棒了。她又问俩小孩儿有没有听张学友刚推出的专辑,里面有一首歌叫《有个人》,这次演唱会的名称是取自这首歌的同音,叫"友个人"。

而且张学友这场巡回演唱会还将开到大陆来,五一期间会在广州连开两场。陆嘉颖已经叫人留意,准备两场都看,还要买最前排、最中央的位置。

姜南风羡慕得不行。她也想能看看明星,而不是从盗版 VCD 里看见。

陆嘉颖还带回来许多盒金莎巧克力,豪爽地分给好运楼里其他小孩儿,见者有份。

街坊都猛夸陆嘉颖实在太能干,比从国外回来的华侨还豪气,一个女人能在省城拼出一片天地,站稳了脚跟,有事业、有房子,要是能再有一段好姻缘就完美了。

自然也有酸言酸语，有人明里暗里说女孩子没必要那么拼，赚那么多钱又有什么用，都三十岁了，赶紧找人嫁了才是正经事，年纪再大一点儿，就很难找对象了。

今年陆程不急了，淡定地说，估计很快就能给大家派喜糖了。

大年三十陆程也不忘晨运，和一堆阿伯阿姆聊起，才知道那圆标里头有三角星星的车子不是桑塔纳。

听清买一辆奔驰得花多少钱时，陆程既兴奋又担忧，兴奋女儿身边有这么好的对象，也担忧女儿不着调会错失这个好机会。

当晚陆程邀姜家一起到201吃火锅看春晚，过年还是热闹一点儿好，两家都不是什么大家族，凑一桌正好。

姜杰带了瓶白酒，陆程的酒杯满了空，空了满。趁着人多，陆程提起许俊凯，让陆嘉颖约对方过年找时间来家里呷茶。陆嘉颖"嗯嗯啊啊"地回应，态度明显敷衍。

陆程不满了，提醒道："以你现在这个年纪，能找到这样条件的男人算很好的了，该认真就要认真，别总是一副吊儿郎当的样子！"

陆嘉颖皱眉："过时过节，别提这种扫兴话好不好？我这个年纪到底怎么了？"

察觉到父女俩之间的暗涌，两个小孩儿很快对视一眼。

陆鲸有些词语听不明白，眨眨眼示意姜南风翻译。姜南风哪敢在这时候开口，又眨眨眼示意晚点儿再跟他讲发生了什么事。

酒劲上头，陆程打了个酒嗝儿，没好气地嘟囔："你以前的那些同学，各个都结婚生子了，哪里有人像你这样……？你姐再不像样，也算是生过孩子了，但你呢？交往的朋友是挺多，就是没个正经关系，你还想玩到什么时候？"

朱莎莉见势头不对，赶紧打圆场："哎呀，怎么说得这么严重？老陆，你也是瞎操心！嘉颖条件这么好，你担心什么啊！感情的事本来就没有规则可言，时间未到而已。嘉颖好独立的，有自己的想法，你别操之过急。"

可父亲说的话太刺耳，陆嘉颖压不住脾气了，"啪"的一声摔了筷子，沉声道："别人是别人，我是我，为什么非要我走别人的路？三十岁就要结婚生子？法律规定的吗？真好笑，是不是三十岁不结婚不生子，我就得被抓去坐牢？还是会被直接枪毙？"

陆嘉颖有些咄咄逼人："还有，我姐怎么就不像样了？她那一届就她一个人拿了奖学金，从美国回来后多少机构争着要她。你一个厨子养出了一个博士……博士耶！我姐到底哪里丢你的脸了？！"

陆程大喝一声："那你怎么不说她去了趟美国，回来就大了肚子的事？念那么多书，赚那么多钱又有什么用？别人只会记住她这个污点，到现在还有亲戚在讲阿琳的闲话你知不知道？说她在美国男女关系混乱，说她不知道被什么野男人骗了！而我这个当人阿爸的，连那野男人是谁都不知道！！"

闻言，陆嘉颖像点燃的爆竹一样骤然炸开："是哪个亲戚讲闲话？你讲！你讲啊！过年这个臭浑蛋敢来我们家拜年，我就拿扫帚把他赶出去！！"

"老陆！嘉颖！"朱莎莉急忙拦住越吵越离谱的两个人，"不好再讲了！小孩儿都在！"

陆家父女俩同时猛地噤声，又同时看向陆鲸。

姜南风整个人呆住，还在努力地消化着刚才这段对话。

想明白后她做了个决定——她不要给陆鲸翻译这段话。

可语言这东西很妙，人就算一开始不懂不会，只要长时间生活在一个环境里，就多少能听明白一些。

陆鲸低头无声地吃菜，仿佛一个字都没听进去。姜杰赶紧拉着陆程到阳台上抽烟冷静一下，这时陆嘉颖正好手机响起。她默默起身，走去房间里接听。朱莎莉忙着给俩小孩儿碗里放刚烫好的淡菜①，让他们俩多吃一点儿。

过一会儿，陆家父女俩各自收拾好情绪回到餐桌上。而陆鲸再吃几口就说饱了，擦完嘴往自己的房间走。朱莎莉急忙喊陆鲸再吃点儿菜，他头都不回。

眼见房门紧紧合上，陆嘉颖毫不客气地瞪了陆程一眼："瞧瞧你，

---

① 青口贝。

喝了几杯就开始乱讲话！"

陆程的脸和脖子上一片通红，但情绪已经缓和一些了，他揉了揉鼻子，咕哝道："下次不喝了……嗝！不喝了……"

还没吃完陆程就跑进厨房里，开火，把已经做好的芋泥白果温热，舀出一碗，拜托姜南风拿进去给陆鲸，再让她帮忙看看小孩儿有没有情绪不好。

姜南风点头答应，端着碗走到陆鲸的房间门口，敲了两下："是我是我，给你拿了一碗芋泥白果。"

过了几秒，她才听里面传出一声"门没锁"。

书桌上台灯亮着，陆鲸坐在床上，背倚墙壁，手里翻着一本杂志。姜南风走近一些，看清他手里拿的是《家用电脑与游戏机》[①]。

她把瓷碗放到书桌上，试探地问道："你还好吗？"

陆鲸撩起眼皮，反问："你是觉得我心情不好吗？"

姜南风顺着他的话说："嗯，你小姨和阿公都这么觉得。"

陆鲸追问："他们为什么会觉得我心情不好？是因为他们说了什么话吗？"

"他们……"姜南风差点儿咬到舌头，移开视线，没对上陆鲸的一双眼，"没……他们没说什么。"

客厅里的挂钟响了八下，有人调高了电视的声音，锣鼓声、欢呼声，还有喜庆热闹的歌曲都通过细长的门缝钻进来。

听见有人唱"祝大家春节好"[②]，姜南风小声打破沉默："春晚开始了，你要出来看吗？"

陆鲸翻了页杂志，问："刚才小姨和阿公吵架时提起我妈妈了，对不对？"

仿佛喉咙里扎了根鱼骨头，姜南风接连咽了几口口水，才"嗯"了一声。

"我不会说出去的。"她在嘴唇前做了个拉拉链的手势。

[①] 1994年创刊，是中国最早的专业电脑游戏杂志。

[②] 1999年春晚开场节目《玉兔迎春》。

陆鲸继续翻着杂志,但速度很快,姜南风觉得他根本没在认真看。

忽然,陆鲸开了口:"我不知道我爸爸是谁,妈妈从不提起,不过没关系,因为妈妈对我很好。"

他的声音有些哑,像坏掉的收音机,姜南风抿着唇心想。

"我妈妈……去年出车祸……去世了。"陆鲸倏地合上杂志,抬眸定定地看着姜南风,叹了口气,说,"姜南风,这样我在你的面前,就没有秘密了。"

年初五,陆嘉颖带陆鲸去电脑城,姜南风也跟着去凑热闹。

电脑配置是陆鲸自己选的。老板在计算器上按出五位数的报价,陆鲸眉心很快蹙起——这价格和他在杂志上看到的中关村报价有些出入,贵了大约两千块钱。

硬件价格是阶段性的起起伏伏,陆鲸转头正想跟小姨说要不过段时间再买电脑,但陆嘉颖已经打开手包,让老板收钱开票。

给着钱的时候,陆嘉颖忽然问:"老板,你这里有没有'猫'?有的话一起配上。"

老板连连点头:"有有有,但最近'猫'卖得特别快,没现货了,要过几天到。可以先看看表格,有几款'猫'的,阿弟你挑一个。"

姜南风在一旁听得一头雾水,心想:这里不是电脑店吗?怎么会有猫?

她探头凑到了陆鲸的身边。老板递过来的表格上有好多英文和数字,她压根儿看不懂,于是细声地自言自语:"什么'猫'啊?机器猫?哆啦A梦?"

"傻不傻?"陆鲸没好气地睨她一眼,懒得跟她解释,直接问小姨:"叫是阿公家里还没办法上网吧?"

陆嘉颖从包里拿出一沓钞票,熟练地清点起来:"先备着啊,回头我找人上门搞。"

客人出手阔绰,老板也豪爽,给了陆鲸一个文件袋,里面装着许多包装封皮,让他选十个游戏,免费赠送。

这下可好,姜南风比陆鲸还要激动。陆鲸每翻一页,她都嚷嚷着"要这个"。《大富翁4》,她要;《明星志愿2》,她要;《心跳回忆》,

她要；最后翻到《美少女梦工厂2》，她喊得最大声："陆鲸！我要这个！！"

果然是女孩儿，光看封皮姜南风都能准确地挑中恋爱或养成类的游戏。陆鲸翻了个白眼，也大叫道："姜南风，你好吵！"

有些电脑硬件要从别处调货过来，商家得过些天才能送货上门，而陆嘉颖要先回广州了。

黑色虎头奔又一次停在好运楼门口，这次洗得干净的轿车看上去更金贵了。许俊凯帮陆嘉颖把行李和手信一样样搬上车。陆程热情地邀许俊凯下一次一定要来家里坐坐，还要亲自下厨招待许俊凯，许俊凯笑着应承。

最后陆程把一沉甸甸的塑料袋递给陆嘉颖，陆嘉颖抱住后掂了掂，问："这是什么？"

"多做的瓜册和柑饼啦，你带回去，跟厂里的人一起吃。"陆程挥挥手，"快上车吧，小许在等你。"

陆嘉颖捧着两大桶蜜饯茶点，沉默了几秒，说："那我走了。"

"嗯，快去快去。"

"五一的时候，我不一定能回来。我尽量抽空……"

"哎呀，知啦，不回来也没事，你自己注意身体，少呷点儿烟，女孩子呷那么多烟没好处……"

送走女儿后，陆程背着手往回走，陈伯正在滴茶，喊他过来喝。

初六了，电视里还在重播春晚，门房的电视机很老很旧，屏幕里正唱着歌的女歌手身上的大红旗袍几乎褪成黑白，播放出来的歌声也像牙齿咬到一口带沙的淡菜，"沙沙"作响。

但陆程还是能听得清楚歌词："哪怕给爸爸捶捶后背揉揉肩，老人不图儿女为家做多大贡献呀，一辈子总操心就奔个平平安安……[①]"

陆程听不得这首歌，摆摆手拒绝陈伯的邀请，慢慢往楼梯上走。

陆程从女儿的房间里搬出不怎么用的老书桌，摆在客厅红木长椅

[①] 1999年春晚的《常回家看看》由陈红等人表演。

旁,让陆鲸用来放那台庞然大物。

有了电脑的陆鲸就是好运楼里的大红人,201房每一天都热热闹闹的。门口小孩儿的鞋子踢得歪七扭八,陆程每次都要蹲着帮他们收拾好。

他嘴巴上嫌弃男孩儿们整天吵得能拆屋,但还是每天变着法子给他们做好吃的。

陆程跟陈伯聊天时说起这事,多少生出一些感慨。

很久以前,陆家还没搬来好运楼,一家四口就住在小公园的老厝那边。

当时他们家是那片区第一户有彩色电视机的人家,每晚都有厝边[①]搬凳子坐在他家门口看电视,就和现在那群小鬼头看着陆鲸玩电脑一样。

让陆程觉得唏嘘的是,从彩色电视到电脑这时髦玩意儿,中间相隔将近二十年,可他竟然觉得,坐在老厝,边跟厝边喝茶边看《西游记》,好像不过是昨天的事。

陆程还调侃道,指不定哪天眼睛一闭,就再也见不着明天是什么样了。

陈伯把已经没了茶味的茶米倒进垃圾桶里,骂陆程就是贱骨头,好不容易日子有了盼头,又整天想有想无。

电脑只有一部,一开始大家争着抢着要玩。可和电视游戏不同,电脑游戏多数是单机游戏,好在陆鲸跟电脑店老板要了盘《大富翁4》,大家才能轮着玩。

其他单机游戏多数时候是陆鲸负责玩,男孩儿们就围在电脑旁当观众和"军师"。毕竟他们里头许多人连游戏快捷键是哪几个都搞不清楚,倒不如看陆鲸操作流利地打怪升级夺宝物。开学前陆鲸已经把《仙剑奇侠传》通了关,陈熙还为这段凄美的剧情红了眼睛。

姜南风也经常在一旁看着。有天她忽然冒出一句:"以后会不会有一种,嗯……只需要每天负责玩游戏给别人看,就能赚钱的工作啊?"

[①] 邻居。

男孩儿们都笑她好天真,连在红木椅那边滴茶的陆程听见都"哈哈"大笑。

边玩游戏边赚钱?哪有这么好的事情!

四月底,陆家能拨号上网了。

姜南风这时才知道,那天陆嘉颖买的"猫"有个洋气的英文名,叫"摩登①"。

这"猫"的叫声简直可以用悲凉凄惨来形容,"吱吱嗡嗡"的,更像是老鼠的声音。陆程第一次听见时被吓得不行,以为那机器下一秒就要爆炸,猛问负责安装的师傅这样是不是正常的,要不要拔了电话线。

等"猫"叫完了,陆鲸开始在键盘上敲敲打打。

姜南风对上网这件事感到好奇又无比陌生。虽然在报纸上总能瞧见一句话——"出门看地图,上网找搜狐",但她仍然不明白上网能干什么,找那"狐狸"又能干什么。

她从饭厅里拉来餐椅,坐在男孩儿旁边,脚踩着椅面,十根脚指头不老实地动来动去。她一会儿看看电脑屏幕上好似变魔术一样不停跳出来的网页,一会儿看看脸庞和眼睛都被染上奇异光彩的陆鲸。

认识陆鲸快一年了,姜南风好像还是第一次看见这么有生命力的陆鲸。

平时跟麻雀一样的女孩儿这时竟然好安静,陆鲸有些不习惯,睨她一眼,问:"你想试试?"

姜南风飞快地摇头:"不要不要,我还不怎么会打字,而且也不知道能做什么……"

她在家里用纸键盘练习过,但在电脑课上的打字测速还是不及格,不像陆鲸——他不用看着键盘都能打字,"嗒嗒嗒"的声音无比清脆。

"嗯,"陆鲸指着屏幕上打开的门户网站,难得语气认真地说,"上网可以查资料,可以看不同地方的新闻,可以注册电子邮箱,可以上BBS……"

---

① Modem(调制解调器)。

"BBS是什么？"姜南风眨着眼问。

"就是论坛，你可以在里面发帖，或者回复网友的帖子，还可以在里面问问题、聊天，或者和网友交换邮箱。"

陆鲸鼠标一点，进了一个新开的论坛里[①]。

姜南风凑近脑袋看，这是一个叫"情感天地"的版块，灰灰蓝蓝的页面上有很多字，一行接一行，多数是征友话题。

她指挥着陆鲸点开一个帖子，发帖网友的自我介绍里有年龄、性别、爱好、所在城市，等等。其实和报纸、杂志的笔友征友栏目很像，不同的是，联络方式从真实地址变成一串英文，英文中间夹着个带了圈的"α"。

陆鲸说："这就是那人的E-mail。"

姜南风假装自己什么都懂，点头，说道："哦，伊妹儿啊，我知道的。"

陆鲸被她的发音逗乐，提了提嘴角，附和道："对，伊妹儿。"

姜南风突然想到什么，急忙问："我也能注册一个伊妹儿吗？"

陆鲸点头，打开一个刚推出免费电子邮箱的网站，让出位子，叫姜南风过来输入用户名和密码。

姜南风没办法像陆鲸那么熟练地打字。她屈着两根食指，一下一下地在键盘上敲出"jiangnanfeng"，好不容易填写完注册资料，跳出来的页面显示"该用户名已被使用"。

她惊呼："欸？！居然有人和我同名吗？我用名字拼音注册，上面说已被使用了，怎么办？"

陆鲸在一旁翻着电脑杂志，漫不经心地提醒她："那你在用户名后加上自己的生日啊。"

当晚睡觉前，姜南风忙着给连磊然写信。

"我邻居家可以上网了！我今天注册了一个邮箱，你之后可以给我发邮件啦！我的伊妹儿：jiangnanfeng0812@21.cn……"

四月底的一个周日，姜南风在父亲的音像店里听见一个重大消

[①] 这里指1999年3月上线的天涯BBS（天涯社区）。

息——张学友会来他们这儿开演唱会,五月十二日,在海滨路男孩儿们总去踢球的那个露天体育场。

姜南风一下子从椅子上跳了起来,向大人们确认道:"是不是那场什么……'友个人'演唱会啊?"

客人们纷纷点头,其中一个青年男子有些讶异地问道:"阿妹,你也知道这场演唱会?"

"我有个姨姨过年前在香港看了一场,是她告诉我的!过几天五一的时候,张学友会去广州开演唱会,她也要去看的!"

"哇,你姨姨是张天王的忠实粉丝吗?好舍得花钱啊。演唱会最便宜的票都挺贵的,她还跑去香港看。"

姜南风好奇地问:"演唱会的票要多少钱啊?"

青年男子摸着下巴说:"我这次买了张二等票,二百八十元。"

姜南风睁大眼问道:"这么贵?!"

另一个客人笑道:"这哪能算贵?一等票三百八十元,还有贵宾票四百八十元,但很难买到。一等票早就卖光光,贵宾票则被很多大老板和内部人士买去行人情了。"

姜南风又问:"那有没有什么儿童票、学生票之类的呀?"

客人们"哈哈"大笑:"怎么会有,刚出生的小娃娃进去都要票吧!"

青年男子继续说:"之前张国荣来开演唱会的那次,我刚参加工作,没什么钱,就买了三等票。露天体育场长什么样子,阿妹,你知道的吧?"

姜南风点点头。

青年男子遗憾地叹气:"三等票在球场旁边观众席那里,又高又远,全程都要拿着望远镜才能看清舞台。"

姜杰忽然插了一嘴,说:"别说三等票了,张国荣来开演唱会那次我买的二等票,但也是看不清。"

青年男子惊讶地问:"二等票离舞台也很远吗?"

"对,而且前面的观众会陆续站到椅子上,逼着你也得跟着站到椅子上……所以你最好还是把望远镜带上。"

姜南风跟着惊讶,问:"老爸,你居然看过张国荣的演唱会?"

她完全不记得发生过这件事。张国荣的歌她以前常听,在家里还没有录像机之前,朱莎莉常会用家里那台老古董唱机放好大好大张的黑胶碟。

姜南风不大懂得欣赏张国荣的歌,觉得他的歌曲和唱腔都有些老派,不够年轻时尚。不过她很喜欢张国荣拍的戏,像《家有喜事》《纵横四海》《东成西就》,好笑又好看。

姜杰声音淡淡地说:"是啊,你老妈喜欢张国荣。"

姜南风抓住父亲的手来回晃,央求道:"老爸,我想看张学友的演唱会!你带我去嘛!"

"你?"姜杰当然不同意,"小孩子看什么演唱会!而且那天不是周末,你隔天要上学的。"

客人们又"哈哈"大笑,有人说,现在就算想看也没那么容易,演唱会一票难求,是有人转票,但比原价贵出好多。

姜南风一直缠着姜杰,像唐僧一样在他的耳边念叨了好几个小时。最后姜杰没辙,让她自己去说服朱莎莉,还说要是朱莎莉同意了,他再想想怎么带她去看。

姜南风的眼珠子滴溜溜地转,坏点子一个接一个地从她的小脑袋里冒出来。

傍晚回家时,她没直接去找朱莎莉,而是先去了201。

她强行暂停陆鲸的游戏,叫陆鲸陪她一起,去找朱莎莉谈谈两个星期后的演唱会。

陆鲸皱眉问:"为什么要我陪着?"

姜南风的一双黑眸里漾着狡黠的光芒,她说:"我妈多疼你啊!我提的话她肯定怎么都不同意,但你提起的话,这事就能成一半。"

陆鲸翻了个白眼,转过脸准备继续重开游戏,但手还没摸到鼠标,就被姜南风扯过去被握进了她那双暖和柔软的手里。

心跳错了拍,陆鲸本能地想抽回手,可姜南风牢牢地攥紧他的手,摇啊晃啊,她的声音也变得好软:"拜托啦,我的好邻居、我的好朋友、我的好姐妹……"

男孩儿的小心脏还在"扑通扑通"地狂跳,可下一秒他被那声"好姐妹"气得耳朵发烫。

他猛抽出手,像被妖怪还是丧尸碰到一样,手心在裤子上用力地擦拭："谁……谁是你的好姐妹啊？！"

"哦，我的错，我的错。"姜南风能屈能伸，立刻改口，"我的好兄弟！这行了吧？拜托你啦，人美心善的陆鲸同学……"

陆鲸到底还是陪姜南风去了203，因为她已经开始对着他唱"感谢天感谢地[①]"了。

姜南风是个狠人，把事情全推到陆鲸的身上，说他好喜欢张学友的，说他本来想五一的时候回广州让小姨带他去看，说他知道张学友会来，足足兴奋了一整天。

应该"兴奋"的陆鲸全程面无表情，直到藏在背后的手指被姜南风悄悄勾了一下，才不情不愿地跟朱莎莉说："阿姨，我很想去看看演唱会现场……"

一开始朱莎莉自然不同意，理由和姜杰的差不多，可姜南风没有放弃，每天都拉着陆鲸去求朱莎莉。

后来姜杰也帮女儿说话，说不进去的话就在体育场旁边听一会儿也好。体育场是露天的，场地不密封，上次的张国荣演唱会有很多人没买票，就在体育场围墙边站了两三个小时，愣是把整场演唱会都听完了。

朱莎莉最终松了口，说去凑凑热闹可以，但不能太晚回，还有，俩小孩儿得帮陆程刷一个星期的碗。

巨星来访，是这座小城好难得的大事，就算天空时不时飘起毛毛雨，也阻止不了大家想一睹明星风采的心。

体育场周边的马路让小轿车和三轮车堵得水泄不通，步道上停满摩托车又站满人。还好姜杰有先见之明，这一晚没开摩托车，带着俩小孩儿步行到了体育场。

姜南风之前见过最人挤人的场合，是老戏台有潮剧上演的时候，但和今晚相比，就是巫时迁见他爹——小巫见大巫。

她哪曾见过这阵势，心想：是不是整个城市的人都跑来听演唱会了？

---

① 电视剧《还珠格格2》的主题曲。

路上有人大声吆喝，兜售着"位置很雅[①]"的演唱会门票，还有人卖饮料、望远镜和哨子。姜杰没有搭理，带着两个小孩儿走向对面马路的一栋大厦。

一位窈窕女子在大门旁等候多时，见到姜杰，急忙挥手："快来！快来！"

姜南风眼睛一亮，大声唤道："苏姨姨！你怎么也在这里？"

苏丽莹朝她笑笑："这里是我工作的地方啊。"

遇上不认识的人，陆鲸有些沉默。姜南风见状，主动向他介绍："苏姨姨是我爸妈的好朋友。"

陆鲸还是鹦鹉学舌："苏姨姨。"

苏丽莹领着三个人走进公司大堂里："陆鲸对吧？南风总跟我聊起你。"

"哦……"

两个大人走在前面，跟在后头的陆鲸瞪一眼姜南风，低声问："你平时都跟别人说我什么了？"

姜南风打着哈哈："都是夸你的话！打字快啊！玩游戏厉害啊之类的。哈哈……"

这个钟点公司本该没什么人了，但竟连电梯前都排起队。苏丽莹不停地和相熟的同事打招呼，再跟姜南风解释："我们公司大厦有一侧是正对着体育场的，稍微高一点儿的楼层能直接瞧见演唱会的舞台，所以很多同事领家人、朋友来看。"

苏丽莹带他们上了十楼，拿钥匙开了办公室的门，指着窗边，示意姜南风叫以过去看看。

窗台及胸高，姜南风扶着玻璃望向对面，回头兴奋不已地喊陆鲸："快来！能看得好清楚！"

陆鲸跟着巫时迁他们来体育场踢过几次球了，发现这时的球场变了样，上方建起大型舞台，摆满了凳子。

台上乌灯黑火，台下观众陆续入座，随着越来越接近开场时间，

[①] 位置很漂亮。

往上飘的声音越发吵闹，姜南风也被影响，精神越来越亢奋。

她不停地找陆鲸说话："你以前在广州看过演唱会吗？"

"没有。"

"哇，你居然没有看过？"姜南风佯装惊讶，张大的嘴巴快能吞下一个小拳头。

"……"陆鲸忍第一次。

姜南风又问："你说，张天王今晚会唱什么歌啊？"

"我怎么知道！"

"呀！"姜南风故作天真地朝陆鲸眨眨眼，"你说，他会不会唱《离开之后》啊？"

她话里话外的揶揄意思很明显，陆鲸被气笑，冷冷地"呵"了一声："你再'叽叽喳喳'，明天我就跟阿姨讲，演唱会是你要看，我是被你暴力威胁……啊！别挠！"

自从姜南风发现陆鲸的"弱点"后，一言不合就挠他的腰侧。她还恶狠狠地说道："你敢！你敢！"

陆鲸"不堪受辱"，奋力反抗："就敢！就敢！"

苏丽莹和姜杰两个人安静地坐在靠近门口的沙发处。姜杰坐单人沙发，苏丽莹坐另一张，两个人中间隔着一段距离。

看着窗边打打闹闹的两个小孩儿，苏丽莹忍不住先开了口："我们小时候也是这样的。"

姜杰点了根烟，吸了两口，才说："小孩儿还在这里，不讲这些。"

这句话一出，两个人又安静下来。半响，苏丽莹语气有些哀怨地说："好，我以后都不讲了。"

姜杰看向她。

最终，他还是放轻了声音："丽莹，你别逼我，我不能那样做，就算我对不住你吧。"

苏丽莹瞬间红了眼睛，猛地起身，快步走出办公室，关门的声音有点儿大，惹得还在斗嘴的俩娃娃闻声转过了头。

见沙发上只剩姜杰一个人，姜南风问："苏姨姨呢？"

姜杰冲她浅浅笑了下："去洗手间了。"

姜南风的注意力被楼下忽然响起的麦克风声吸引过去，她又转回了头。体育场上的照明灯逐渐暗下来，坐满的观众席开始响起掌声和欢呼声，还有一声接一声的哨子声——就是体育老师会用的那种哨子。

姜南风不解地问："为什么有人要吹哨子啊？"

陆鲸也不清楚，胡说八道："可能想让张学友留意到他吧。"

"唉，早知道我也带个哨子！"姜南风扼腕叹息。

她只听了老爸的建议，带了望远镜。

忽然，她身旁响起一声响亮的口哨声！

陆鲸含住两根手指，再吹了一声，接着有些得意地抬起下巴："不用带哨子也能吹出口哨。"

姜南风睁圆了眼："你居然会吹口哨！"

"嗯。"

"教我！"

"求我。"陆鲸莫名其妙地有些开心，鼻尖痒了痒。

"求求你！"姜南风依然能屈能伸，十指交叉握成拳，"人美心善的好兄弟，教我！"

姜南风那晚没学会吹口哨，"嘘来嘘去"都是口水音，索性后来只指挥陆鲸替她吹口哨。

姜南风那晚第一次知道，歌手在舞台上要边唱边跳那么长时间；第一次知道，演唱会中间有很长一段时间歌手要向观众介绍乐队和合唱；第一次知道，直接在现场听到原唱歌手唱出那些耳熟能详的歌曲，原来真的会有落泪的冲动。

忽然之间，姜南风发现好长时间没闻到香烟味道了。

她回过头，本来坐在沙发上的父亲不知何时离开了办公室，而苏姨姨也没有回来。

她胸膛内似乎有一颗埋在土里好久的种子，在这一刻无声地破土而出。

姜南风轻声道："陆鲸……"

"嗯？"

"我爸不知道去哪了……"

闻言，陆鲸也回过头看了一眼："会不会去厕所了？"

有细雨落在鼻尖上，姜南风揉了下，嘟囔道："可能是吧。"

她本想问陆鲸能不能帮她去男厕看看,这时候,体育场有好熟悉的歌声响起:"流传在月夜那故事,当中的主角极漂亮……"

姜南风震惊,冲陆鲸大喊大叫:"陆鲸!陆鲸!"

陆鲸捂住耳朵,嫌弃地说道:"我知道啦!我快聋了,你别那么大声!"

姜南风手拿望远镜,跟着台上的大明星哼唱起歌来。

而那丝悄声冒出的不安感,她选择用兴奋来掩盖下去。

每年六月,学校门口的小卖部里最热销的,绝对是各式各样的同学录。

今年终于轮到姜南风了。她斥巨资挑了一本硬皮的同学录,封面上印着一束鲜花,清新淡雅的水彩风格,花瓣上还压着一闪一闪的金粉。

活页设计的纸张自带香气,姜南风将单页一张张取下来,最漂亮的那几张粉色内页自然给了纪霭、杨樱等几个相好的女生,再将剩下的随机分给其他同学,包括陆鲸。

她还抽出一张天蓝色的,小心翼翼地折成三折,给连磊然寄过去,说希望这本同学录里也能有"莲"的资料。

姜南风算不清自己签了多少本同学录,除了自己班的,隔壁班相好的女同学也会拿给她写。为此她还专程买了几支闪粉笔,写出来的字体好似吸吸果冻,甜丝丝地流淌一地。

部分同学录与时俱进,竟印有"伊妹儿"栏,姜南风得意扬扬地把自己的电子邮箱地址填上,而在"梦想"那一栏里,则是自信地填上"漫画家"。

她特别认真,在内页空白留言处会画上一个短头发的Q版女孩儿,圆脸蛋儿圆脑袋,比着"耶",祝同学天天开心,学业更上一层楼。

收回内页的同学看到后都十分欢喜,说姜南风画画好厉害,长大后一定能出公仔书。

姜南风陆续收回发出去的内页。她将相好的女生填写的内页排在前面,接着夹入连磊然寄回来的天蓝色内页。

虽然连磊然的资料姜南风都有,但他还是认真地填满每一栏,也在留言处给姜南风画了画,祝她能如愿考上第二中学,祝她前程似锦。

看着两个人一样的"梦想",姜南风忍不住笑出了声。

与之相反,陆鲸递回来的内页看起来明显态度敷衍。"姓名"是"你哥哥","地址"是"你家隔壁","电话"是"明知故问","你对我的印象"是"声音很大还会打人的为食小肥妹",留言处更是空白一片,他只画了个很大的吐舌头鬼脸。

姜南风气得追着陆鲸打,骂他是不是贱,不想写就早点儿说,白白浪费了她一张内页!

过了几天,陆鲸送回来了一张内页,和姜南风给他的那张是同样的颜色、图案。这次每一个栏目他都认真地填写了,笔迹也不再潦草。

姜南风还在生他的气,没好气地嘟囔,问他哪来的同款内页。

陆鲸挠挠被姜南风抓破皮的后颈,吐字含糊,说他重新买了一本同款的同学录,从里面抽出来的。

姜南风白他一眼:"早知今日何必当初!"

陆鲸还递给她一张空白的内页,有些不情不愿地问:"你要不要写啊?"

"你的同学录?"

"对啊。"

"求我。"

"不要就算了。"陆鲸作势收回。

姜南风赶紧一把夺过,哼了一声:"邻居一场,我就帮你写吧。"

南方温度渐升,姜南风结束了小学时期的最后一场考试。

有些意外,她发现自己并不像以前每次考完期中、期末考试时那么兴奋轻松,反而有点儿"少了些什么但又说不出来"的感觉。

同学们收拾着书包说"拜拜",姜南风最后回头看了一眼教室后方的黑板报。

这一期黑板报由她负责——她画了许多个小人站在向日葵中,笑脸和大黄花都朝着天空灿烂的太阳,胸口有鲜艳的红领巾飘扬。

上初中就不用戴红领巾了,巫时迁和陈熙他们说的。

这一天,从学校回家的路好像变长了,蝉声如半空中的海浪来回翻涌,姜南风和纪霭走了好久,才走到石板街巷口的阿姆小摊那里。

身后的陆鲸喊住她们,问要不要吃三色雪糕,姜南风拼命点头。

姜南风主动跟阿婶说，他们毕业了，暑假后要上初中了，以后就没法天天经过这儿了。

陆鲸边打开雪糕盖子边说了句风凉话："倒也不一定，如果你没考上二中，那就要被分去爱民中学了。读爱民中学的话，你还是可以天天经过这里的。"

这片区的重点高中不少，但好的初中只有二中。在第三小学读书的小孩儿，毕业后要么考上二中，要么就统一分到爱民中学，要么就交赞助费去别的区读其他重点初中。

爱民中学就在石板街往左的位置，学校不在马路边，附近暗巷很多，生源参差不齐，学校风评比较一般。

纪霭和杨樱一定都会考上二中，姜南风想和她们同校，不想同她们分开，所以这两个月也是拼了命地背书写题。

"我肯定能考上的。"姜南风握紧雪糕勺子，信心满满地说道，"今天的试卷我写得可顺了！数学应用题我全都会！"

她对陆鲸笑了一声："你还是担心一下你自己吧，期中考试都退步了。如果我们都去二中了，你去了爱民中学，那就得拜拜喽。"

陆鲸无所谓地耸了耸肩："没关系啊，去了爱民中学反而能跟巫时迁和陈熙他们同校。"

当晚吃晚饭时，陆程在餐桌上问陆鲸觉得自己考得怎么样，有没有信心进二中。

陆鲸瞥了一眼正大口咬鸡腿的女孩儿，嘟囔道："我也不知道。"

晚上陆鲸洗完澡走出浴室，听见阿公在打电话，估计是打给哪个徒弟的。阿公正问着对方有没有认识二中里面的领导！又问知不知道二中的赞助费是多少……

平时阿公说话总是中气十足，听到不爱听的就吹胡子瞪眼，但此时阿公的态度友好，谦逊有礼，甚至有点儿毕恭毕敬的意思。

陆鲸没吱声。等陆程挂了电话，他才低声说道："阿公，说不定我能考上的。"

发觉刚才的话都让男孩儿听见了，陆程倒是没怎么在意，招招手唤他来滴茶："能考上自然最好啦，但考不上也不要紧。赞助呢，是我的意思，你小姨也有这方面的想法，我们想让你去好一点儿的学校。"

"但巫时迁和陈熙都在爱民中学……"

"哦,我的意思不是说爱民中学不好啦,只是二中……"陆程抖动盖碗,将碗中剩余的茶水斟进茶杯中,垂眸缓声道,"你阿妈以前初中在二中读的,高中在一中。"

陆鲸顿了顿——他没往这一层想。

陆程轻轻放下盖碗,解释道:"当然,我们不是非要你跟你妈妈一样成绩那么优秀啦。你只要健康平安地好好长大,就可以了。"

陆鲸伸手摸了下茶杯,热热的,他的指腹很快也染上温度。

他问:"赞助费要多少钱?"

"不知啊,刚我麻烦人家帮忙问问,等对方答复了才知道。"陆程不怕烫,两口喝下单枞茶,"你不用考虑钱的事,你小姨钱最多了,阿公也有存了一点儿。而且你阿妈给你留下的钱可是很多很多的,阿公帮你保管着,等你长大了就拿去用。"

陆程"哈哈"笑了一声:"我看啊,这笔钱都够你以后娶老婆、养小娃娃喽。"

仿佛指腹上的热度瞬间蔓延至全身,陆鲸瞪圆了眼,脖子、耳垂发烫。他大嚷道:"什么……什么娶老婆啊!"

陆程"哈哈"大笑:"害什么羞,你以后迟早要谈恋爱娶老婆的啊。"

突然,陆程瞄了眼防盗门,压低声音说:"阿公哩很喜欢阿南风,阿妹人太好了……"

老头儿又竖起两手的食指,碰了碰,笑道:"要是长大以后你们二人有机会走到一起,那阿公就心满意足啦。"

"轰"的一声,陆鲸的脑子"嗡嗡"作响,他慌张得连拖鞋都没穿,赶紧跑过去把敞开的木门关上,"砰"的一声。

他眉心紧蹙,龇牙咧嘴道:"阿公,你不要乱讲话!"

陆程笑声响亮,开心得直拍大腿,但突然想到什么,一瞬间变脸,认真严肃地说:"但阿公先警告你,不要早恋,不能胡搞瞎搞!你要是敢欺负南风,阿公就把你脚骨敲折!!"

陆鲸又羞又气,不再搭理陆程,跑回房间里把门关了起来。到底是谁欺负谁啊,很明显是姜南风欺负他吧?!

一个月后成绩公布，纪霭位列全校榜一。

姜南风有如神助，发挥超常，按照去年的录取分数线，分数稳稳能进二中，两姐妹在公告栏旁抱着对方蹦蹦跳跳。

但那天让人意想不到的事有两件：一是陆鲸考得比姜南风还好；二是杨樱不但跌出全校前十，分数竟还比陆鲸低了一分。

那晚云很厚，抬头不见星月，姜南风跪在早就被收拾干净的书桌上，脑袋探出窗，专心地听着往上三层楼有没有什么动静。

楼上当然有动静，且动静还不小，要是张雪玲骂杨樱的声音再大一点儿，估计街口都能听见了。

张老师骂什么姜南风听不清，大抵是一直逼问杨樱为什么会考得这么差。

偶尔会听到一两声啜泣的声音，姜南风听得胸口不停地起伏，作呕的感觉越来越强烈，仿佛下一秒就要把陆程今晚做的大餐全吐出来。

突然，旁边传来了窗户拉开的声音，姜南风侧过脸，看着陆鲸探出了头。

陆鲸仰起脸听了一会儿，皱眉道："怎么还在骂？她考得又没有很差。按照你们说的去年分数线，她也能进二中啊。"

姜南风的眼眶发烫，她像找到战友般连连点头，说："就是啊！为什么要骂得那么凶啊？"

杨樱家的骂声哭声持续了很久，有的时候稍微安静一些，但很快又有骂声。

有左邻右舍听不下去了，例如楼下中药铺里的人——从省城回来看奶奶的张佳走到了内街中央，叉着腰冲上方喊："哪一家人在骂孩子啊？差不多就够了啊！"

姜南风也听不下去了，冲出房间想要上楼阻止张雪玲，只是没想到有人比她更快。

朱莎莉捧着一盆荔枝，趿着拖鞋急匆匆地往楼上走，她没料到，在四楼遇见了陈母，又在五楼遇见了黄母和巫母。

几位妈妈你看我我看你，再看看对方手里拿着的水果和饼食，一下就知道对方想做什么了。

巫母先按了503的门铃，过了好一会儿也没人来开门。她再按一次，等一会儿有人来开门了。

张雪玲的呼吸还没缓下来，见门外站着那么多位妈妈，她一时愣怔："你们……"

巫母先递上手里的西瓜，笑着开口："张老师啊，今晚时迁他爸买了西瓜，好甜的，我切一半给你。"

其他妈妈也纷纷递上手里的东西，热情地介绍荔枝有多甜、腐乳饼有多香，张雪玲没法冷脸拒绝，只能一一收下来。

巫母趁机问："听说杨樱的考试成绩很好，比去年二中分数线高出了好几分。"

张雪玲长叹一声，语气有些恨铁不成钢地说道："是她这次粗心大意，有些错误本来都是可以避免的！"

"哎呀，杨樱这成绩已经很好了。张老师，你真的好厉害，在重点班里带出来一批一批优秀的学生，自家女儿更加优秀。"巫母语气羡慕地说，"你都不知道我有多喜欢你家杨樱，斯文、聪明又漂亮，还总会帮家里做家务活。哪里像我家那个衰仔，跟屁股生铁钉一样日日坐不住，就知道踢球打球，那校服整天都是黑的，洗都洗不干净！"

陈母帮腔："就是，要不就是沉迷于打游戏机，玩到入神时跟耳聋一样，怎么喊他都不应你，多说两句就要玩叛逆摔门，成绩还差得要命，过两年都不知道能不能读上高中……"

从学习到外貌，从特长到品德，几个妈妈轮流夸赞杨樱，把小姑娘夸成天上的仙女，等于变相夸着母兼父职的张雪玲好有本事。

姜南风躲在楼梯拐角处，听得眉头紧蹙。她"哼哧哼哧"地呼气的样子好似刚做完一分钟仰卧起坐。

"走啦。"陪姜南风站在阴影里的陆鲸淡声道，先抬脚往楼下走。

姜南风对几位妈妈的做法十分不解，边追在陆鲸的身后，边压低声音问："为什么她们要夸赞张老师？张老师骂杨樱耶！"

"等阿姨回来后你再问问她吧。"陆鲸停了几秒，继续说，"很多事情，我们小孩儿是插不上手的。"

"为什么啊？为什么小孩儿就说不上话？"姜南风追问，声音里有明显反对的意思，"问我妈，她也一定会说'哎呀你们小孩儿不懂啦'……为什么小孩儿就不能懂？小孩儿又不是没脑子！小孩儿也有思考问题的能力啊。"

接二连三的问题把陆鲸问倒了。他挠挠后脑勺儿，咕哝道："哪有那么多'点解'？那我问你，如果换你处理这件事，你会怎么做？"

姜南风憋了一肚子火无处撒，狠狠地朝墙上踢了一脚泄愤，愤愤地说道："我要踹开门，冲进杨樱家里，把她救出来！"

她越来越觉得，张老师是恶毒、狠心的老巫婆，杨樱则是被囚禁在高塔里的长发公主，而必须有人扮演救公主出来的英勇骑士的角色。

姜南风觉得，自己就应该当这个角色。

"姜南风，你是不是动画片看太多了，还踢门……"睇一眼楼梯墙壁簌簌掉落的白灰，陆鲸继续往下走，低声道，"你总是这样，头脑一热什么都不管不顾。你想一下，如果你真的和张老师吵起来，以后她就会禁止杨樱跟你再来往，可能莎莉姨还要替你登门道歉——这些事你想过没有？"

"我……我……"姜南风突然觉得自己像颗哑掉的鞭炮。

"杨樱同你不过是邻居兼同学的关系，但她同张老师是母女关系。你可以和张老师吵架，关上门了，和张老师住在同一屋檐下的还是杨樱——杨樱是要跟张老师相处一辈子的。"

男孩儿的声音不冷不热，但姜南风觉得他冷漠至极。

她心里那股不爽劲更强烈了，却又不知该如何反驳，只好低声骂一句："陆鲸，你好冷血，那可是我们的邻居、我们的朋友！"

莫名其妙被骂的陆鲸瞬间皱了眉。他在心里骂了自己一句"叫你多管闲事"，接着冷笑一声，说："对对对，我就是冷血。你以后钟意就做，关我鬼事……"

他还和以前一样，心里一烦躁就会普通话和粤语混着讲。

姜南风死死地抿着嘴唇，腮帮子鼓鼓，拖鞋则把楼梯踩得"啪嗒"作响。

她越想越气，在回到二楼的时候，狠甩一巴掌到陆鲸的背上，然后逃窜回家，"砰"的一声摔上防盗铁门。

陆鲸痛得龇牙咧嘴，反手揉着火辣辣的背肉，大吼一句："姜南风，你又发什么疯！"

姜南风拧着眉，语气严肃认真地说："我是很容易冲动，可我的心里知道什么是对，什么是错！张老师这样做明明就是不对的！"

语毕，她把木门也摔上，留陆鲸一个人在门口哼哼唧唧。

父亲今晚没回家吃饭，母亲还在楼上，姜南风跑回房间里，气得抓起枕头狠摔了几次，然后爬上书桌，继续趴在窗口听楼上的动静。

后来一直没听见叫骂声了，姜南风又听到钥匙开门的声音，便匆匆地跑出房间，把自己的疑问说出口。

果然，朱莎莉又是那一句："哎呀，你个小孩子……"

姜南风直接打断朱莎莉的话："妈，接下来我就是初中生了，已经不是什么都不懂的小孩子了！"

朱莎莉被姜南风吼得一怔。

这时朱莎莉突然发现，她看向姜南风的时候不需要再低下头了。女儿长高了一些，估计再过两年，就和她一般高了。

朱莎莉叹了口气，边走向厨房边说："杨樱的妈妈是出了名地严厉，不止对杨樱，对学生也是这样。那个……晓芬姨的女儿玉曼姐姐，你记得吧？"

姜南风点点头："前几年过年我们去过她家，她家的糖盒里面有很多足球巧克力。"

朱莎莉被她逗乐："你啊，只能记得吃的东西，真是好食妹。

"我听晓芬姨讲，张老师带的都是高考重点班，玉曼姐姐现在就在张老师班里。虽然张老师很严厉，但带出来的学生成绩都很好，去年还有考上清华和北大的……"

朱莎莉走到洗手盆旁，刚才着急，水槽里面还剩有散落的荔枝。

姜南风的眉头皱得快能打结，她不解地问："可是成绩又不代表一切，这不是你以前说过的吗？"

朱莎莉白她一眼："那是我的想法，但不是每个家长都是这样想的。有些家长就是十分在意孩子的成绩啊，像晓芬姨就是——她给你玉曼姐找了好几个补习班呢，还总夸张老师很厉害。世界上有千千万万的人，每个人的思想都是不同的，喜欢的东西、追求的事情也是不同的。不能因为我的想法是'这样这样'，就坚决反对别人是'那样那样'。"

朱莎莉取了个大碗公,把荔枝一颗颗拾起来放进碗里:"张老师是文化人,和我这种下岗女工不一样。她的自尊心比较强,所以你和她沟通时呢不能硬碰硬,不然只会吵得更厉害。而且你也是知道的,杨樱的家庭比较特殊,张老师一个人带孩子不容易,她这是把所有的希望都寄托在杨樱身上了……"

"那张老师也没必要这样打骂杨樱啊!"姜南风还在替杨樱抱不平,胸腔刺刺麻麻的,很不舒服。

朱莎莉蓦地皱眉:"杨樱被打了?你怎么知道的?杨樱跟你说的吗?"

姜南风摇头,说道:"没有,我猜测的……如果不是被打,杨樱怎么会哭成那样?"

朱莎莉想了想,说:"你下次可以找个机会问问杨樱,但是,在没证实之前不要到处乱说。"

姜南风不情不愿地"哦"了一声。

朱莎莉把装满荔枝的碗公塞给了她,继续说:"以我们的身份,去插手别人的家事其实很困难。大家不知道还要做多少年的街坊,不好现在就把关系弄得太僵。伸手不打笑脸人,现在有别人肯定杨樱是优秀的,张老师心里也会舒服一些。那么只要张老师心情好了,就不会对杨樱那么苛刻。不过杨樱确实很优秀,我们也不是胡乱夸奖的,对不对?"

姜南风坐在茶几旁的小木头凳上掰荔枝。风扇"呼啦呼啦"地吹,但她还是满头大汗,也不知是真的太热,还是被刚才的事气的。

荔枝确实很甜,汁水丰沛,而且连续几颗都是蛀核,冰凉的果肉让姜南风慢慢地冷静了下来。

其实陆鲸说得没错,虽然她无法理解大人们的做法,但似乎这是目前比较有效的方法。至少现在好运楼恢复了平日安然的状态,只有楼下陈伯的收音机幽幽地放着潮剧。

她突然觉得好烦,长大了是不是就要学大人们这样冷静地处理事情?

姜南风把剩余的荔枝全掰了壳,将壳丢掉,只留晶莹的果球在碗里。

朱莎莉洗完澡走出来,见碗里全是荔枝肉,问姜南风:"怎么不吃?"

姜南风推了推碗公,闷闷不乐地说道:"剩下的给你吃。"

"哇，你今晚转性吗？怎么对我这么好？"朱莎莉笑嘻嘻地坐到沙发上，拿了一颗放进嘴里，再拿一颗送到姜南风的嘴边，像喂小娃娃吃饭那样，"啊——"

姜南风张嘴咬住，低着头咀嚼，然后吐出细核，声音含混不清地说道："我不喜欢你刚才那样说自己。"

朱莎莉疑惑地问："我说自己？我说什么了？"

姜南风皱着一张脸，越想越别扭："你说……张老师是文化人，你是下岗女工。成绩不代表一切，职业也不代表一切，你们都是妈妈啊，哪有谁比谁更厉害的这种说法？总之！我不喜欢你这样说自己，你以后不要再这样讲了！知道没有？！"

虽然姜南风的语气越来越急，但她并不像以往那样无理取闹，朱莎莉能清楚地感受到女儿发自内心的情绪。

她哪曾想过有一天会反过来被姜南风教训？两个人的身份似乎在这一刻互换了，但她没有一丝不悦，相反，一阵酸涩感瞬间涌上脑门，眼角猛地发烫。

"姜南风，你翅膀硬了？敢教训你老妈？"朱莎莉佯怒，伸手把姜南风的头发揉乱。

"哎呀！你的手黏黏的！别乱摸！"姜南风抬手去挡。

"怕什么，你又没洗澡，臭头妹……赶紧吃！吃完去洗澡！"朱莎莉再喂了颗荔枝到女儿的嘴里。

"我刚……我刚说的你知道没有啦？"

"知道啦！"

夜深，姜杰已经呼呼大睡，朱莎莉还没有睡意。

她起身下床，走出卧室，轻轻推开女儿卧室的房门，确认姜南风没蹬掉被了，再轻轻把门合上。

以前姜南风奶奶住的房间现在成了客房和储物室，朱莎莉从老衣柜的拉舍尔下方抽出一本日记本，封皮上夹着一支圆珠笔。

她走到窗边，翻开日记本，就着不知何时重新出现的月光，准备记录下来今天发生的事，写下的第一句便是"吾家有女初长成"。

第七章
细细粒

一周后，二中分数线出来了，比去年高了五分，但姜南风还是顺利地成为一名二中的准新生，陆鲸、纪霭，还有杨樱，几个人都是。

陆程格外高兴，从晨运一起滴茶的老朋友，到菜市场肉档、菜档的头家，逢人就一个劲地猛夸自家外孙，说他看上去懒懒散散不是块读书的料，没想到这次居然让他蒙上个二中。

老头儿得意扬扬，说他老陆家的基因就是优秀，两个女儿都优秀，外孙一定更优秀。

晚上陆程自然又做了一大桌子菜，还叫了巫时迁和陈熙两家人下来一起吃顿饭，也算是答谢之前陆鲸出走那天巫、陈两家帮的忙。

陆大厨从早忙到晚——朱莎莉要帮忙打下手他都不让，炸煎炒焖炖煮，每一样都经他的手。陈伯叫他干脆在阳台上种米种菜算了，这样所有的食材都经自己的手。

大圆桌子坐不下那么多人，小孩儿便捧着碗围着红木茶几坐。

美味的菜肴被分成两份，一份给大人，另一份给小孩儿。姜南风格外积极，来来回回帮忙捧菜，不忘在途中偷吃一块蒜香排骨，或一粒牛肉丸。

今晚陆程明显换了做法。外孙不喜欢吃法麻烦的海鲜，老头儿就挑了些不用掰壳、不用剔骨的海鲜。

例如撒上菜脯粒的蒜蓉粉丝扇贝，软弹贝肉方便小孩儿一口一个，而吸满蒜蓉和鲜贝汁水的粉丝更是他们的挚爱。

例如用猪油烙到两面金黄的蚝烙，番薯粉放得少，鸭蛋则足足放了俩，肥美鲜嫩的水生被两者裹在其中，蘸上初汤提鲜，入口咸香。

例如白灼鲜鱿，最简单的做法，但也最考验食材的新鲜程度，喜欢酸甜口的成年人可蘸三渗酱，喜欢甜丝丝味道的小孩儿可蘸桔油。

还有一盘陆鲸从未见过的玩意儿。

一条条细长的小鱼炸得焦香，味道闻起来很棒，可模样……陆鲸实在不敢恭维，一开始甚至以为是炸蚯蚓。

陆鲸皱着眉远离那盘"炸蚯蚓"，但见姜南风他们吃得一脸满足，也忍不住夹起了一条，问："这到底是什么啦？"

"油筷啊，没骨头的，比薯条还要好吃！"姜南风又去夹一条，舔了下唇上的油渍，"你快趁热吃，可以蘸桔油，也可以不蘸酱！"

"不是……油筷是什么啊？泥鳅吗？"

"不是啦，是一种鱼。"巫时迁搭腔，边伸筷边说，"吃就行了，别问那么多。"

"对，因为你再不吃，就……要没啦！"陈熙一筷子直接夹起两三条油筷鱼。

见盘里就剩几条儿了，陆鲸心惊，赶紧学着姜南风蘸了桔油，闭着眼塞进嘴里。只嚼了两下他就睁大眼，嘴里还咬着酥脆的炸鱼，筷子已经往盘子里伸了。

确实好吃，而且没骨头，又香又酥，但他还能吃出鱼的味道。

四个小孩儿，八支筷了，争夺着盘里仅剩的几条炸油筷。陆鲸抢到了最后一根，而后故意放慢动作，张大嘴巴，慢条斯理地咬着炸鱼，气得姜南风"呼哧呼哧"地咬筷子。

杨樱今晚也吃到了油筷，但是是梅汁焖油筷，大酒楼做法讲究，盘边还有用胡萝卜雕出来的精美玫瑰花做点缀。

张雪玲的一位学生家长设宴请吃饭，像这样的宴席杨樱这个暑假已经参加过好几次了——以往每一年的暑假都有，孩子考上了好大学，家长便请老师们吃饭答谢。

饭桌旁还有另外几位一中的老师，有的老师和张雪玲一样带了自家小孩儿，有的没有。今晚的话题除了围绕那位刚收到录取通知书的准大一新生展开，大家自然而然地也提到了杨樱考上二中的事。

张雪玲笑着接受大家的夸赞，语气谦逊地说小女还有很多不足之处。

杨樱陪着母亲笑，掖起耳边垂落的发丝，说自己要向哥哥姐姐们学习，以后也要考上好的大学。

但她控制不住的失落感在不停地涌起。

她有些后悔，考试时应该再故意多做错几道题目，让分数再低一点儿，也能让母亲的怒火再烧旺一些。

考试的时候每一道题她都会——她是故意做错的。

她不想再按照张雪玲的安排去生活和升学了，像个橱窗里的洋娃娃一样，精致美丽，却没有灵魂。

姜南风这次在张老师面前可算是"扬眉吐气"了。许是因为她也能进二中，张老师这个暑假没有禁止杨樱和她一起玩。

当然，姜南风在张老师面前讲的也不是"玩"这个词。她要么约杨樱去图书馆，要么约杨樱去新华书店看看课外书。张老师会详细地问清楚同行人都有谁，还有归家的时间，才会考虑是否批准杨樱外出。

杨樱格外珍惜每一次外出的机会。许多地方她是第一次去，譬如租书铺，譬如姜叔叔的音像店，譬如卖明星照片的小店。

小店的墙上密密麻麻地挂满了明星们的照片，海报则是被平整地摞起来，明星人气越高，出现的频率也越高，像是 H.O.T 和谢霆锋，两者光是写真照片就有上百张，多得让人挑花眼。

店里还能定制徽章，挑好喜欢的照片，再给头家加两块钱，就能把照片做成徽章，许多女孩儿围在照片墙前"叽叽喳喳"，书包上都挂满了心仪明星的徽章。

还有奶茶店。

姜南风得知杨樱从未喝过珍珠奶茶时都震惊了。她斥巨资买了杯原味冰珍珠奶茶，三个人同喝一杯。

姜南风接过纪霭递来的奶茶杯子，问杨樱："为什么你妈妈不让你喝珍珠奶茶啊？"

杨樱嚼着珍珠，等咽下了才说："她说……这些珍珠都是用废弃的轮胎做的……"

姜南风瞪圆了眼，猛看向难得怔住的纪霭。

两个人面面相觑："不会吧？！"

杨樱捂着嘴，笑得比午后的阳光还要明媚："当然是假的了。"

姜南风这个暑假过得舒心快活。

不光不用写《暑假园地》或其他练习册，朱莎莉也不限制她看电视的时间了，她不用像以前那样看完电视，再拿风扇去吹电视那厚厚的背壳了。

她在陆鲸的电脑里大摇大摆地装了《美少女梦工厂2》，目标自然是把"女儿"培养成公主并嫁给王子，但玩了好多次，都不是想要的结局。

她缠着陆鲸给她找攻略。陆鲸被缠得没辙，只好给她买了本有详细攻略的杂志，再弄了个金手指修改器，帮她把金钱数目修改到最大，让她的"女儿"成为"有钱人家的大小姐"，可以不用忙着去打工赚钱，只需要专心上课培养数据就行。

姜南风还注册了一个七位数的OICQ号码。她可以在论坛里寻找有相同爱好的网友，在好友列表里还有连磊然的头像。

他们不需要像以前一样等上好几天才能收到对方的来信，还总怕寄丢信件，可以直接打字进行对话，也可以知道对方的实时动态。

因为上网的时候电话会占线，所以小孩儿的上网时间不能太长，但姜南风觉得已经足够了。她忍不住感叹一句：真是科技改变生活啊！

让姜南风最开心的是她的零用钱涨了不少。姜杰说最近音像店的生意不错，让她可以去买自己想买的东西，漫画书或杂志，新书包或新文具。

姜南风本想找苏阿姨陪她去逛街，因为苏阿姨的眼光好，能帮她挑挑买什么款式的新书包，但这个暑假去了好多次音像店，都没见过苏阿姨。

姜南风直接问父亲："怎么苏阿姨最近没来？"

姜杰言简意赅地说："苏阿姨忙。"

最后姜南风还是没有从零用钱里拿出一部分去买书包，因为陆嘉颖回来了。她跟仙度瑞拉的仙女教母一样，给姜南风和陆鲸一人带了一个新书包，同样是外贸货，斜挎款的，款式简约却时髦，不再是背盖上印着西瓜太郎或七龙珠的卡通双肩书包了。

　　姜南风打算在开学前给新书包好好装扮一下，比如去明星周边店里做几个独一无二的徽章挂上。

　　再过两天就是七夕，老戏台提前在周末上了剧，但今年姜南风没去凑热闹。

　　周日晚，姜父姜母都出门了，家里只剩姜南风一个人——她可以不用跑到食杂铺或电话亭里打电话。

　　连磊然有寻呼机了，姜南风方便打电话的时候就会打他的 call 号（呼号），再等他回拨。

　　打出后没多久，家里电话便响了，姜南风急忙接起："喂，是我！"

　　"你今晚在家啊？"连磊然声音里有着笑意。

　　"对，我爸妈都出去了，你呢？"

　　"老样子，他们也不在。"

　　两个人讲电话的内容基本都以动漫为主题。今晚，他们聊起了一本这个月刚推出的漫画杂志①。杂志内目前基本上全是日本漫画家的专题，姜南风语气羡慕地说："不知道以后，国内的漫画家会不会拥有自己的专题呢？"

　　连磊然笑道："肯定会有的，那个漫画家就叫'小南'。"

　　姜南风也笑着说："做什么梦呢！应该叫'莲'吧！到时候要是你真的成名了，可要给我签名的。"

　　"不用成为漫画家，我现在就能给你签名啊，下次回信给你签十个。"

　　"没成名之前的我才不要！"

　　两个人聊得正开心，突然家里的铁门被敲响，姜南风跟连磊然说

---

① 这里指1999年8月推出的《漫友》杂志。

了声"等等",跑去开门。

见门外是陆鲸和楼里其他男生,姜南风直接说:"我今晚不去踢球。"

巫时迁摇头:"今晚不踢球了,我们要去看戏,你去吗?"

姜南风惊讶地问:"你们去看戏?是明天的太阳要从西边升起吗?"

巫时迁朝最近有点儿横向发展的少年扬了扬下巴,说:"陈熙说好久没去了,去凑老热。"

"是黄欢欢非要我去的。"陈熙咳了一声,说,"陆鲸要请吃雪糕。"

姜南风眼睛一亮,飞快地看向陆鲸:"你请吃雪糕?"

陆鲸点头:"阿公让我请的,给了我零花钱。"

姜南风回头看了一眼桌面上的电话,思考了几秒,说:"你们先去好不好?我打完电话就来。"

巫时迁吹了声口哨:"哎哟,你跟谁打电话啊?"

"同学!"

"男同学还是女同学啊?"

"要你管!"姜南风冲他做鬼脸,又拜托陆鲸:"好邻居,我想吃哈密瓜味的甜筒,五羊。你先帮我买,寄放在小卖部里,我等会儿直接去取就好啦。"

陆鲸也睨了眼桌面上那还在通话中的电话,还有已经被打出花结的电话线,心情莫名其妙地不快。

"你不去就无得食,我不帮你先买。"他沉声丢下一句"粤普混合",径直下楼。

姜南风睁圆了眼,难以置信地问:"他干吗啦?谁又惹恼他啦?"

陈熙耸耸肩:"我哪里知道啊,他变脸变得比我妹还快。"

等同伴们纷纷离开,姜南风走回电话旁,拿起话筒闷闷不乐地说:"我回来了。"

母亲的宠物猫刚才跳上沙发,趴到连磊然的大腿上找了个位置睡下了。他边顺着猫毛,边问:"去哪里啦?"

姜南风嘟囔道:"楼里那些小孩儿去看潮剧,问我去不去……"

"你怎么听起来有些不大开心?"

201

"我邻居那男孩儿……就是陆鲸,不知道为什么又生气了。"

揉着猫咪脖子的手顿了顿,连磊然问:"就是之前从广州回来的那男孩儿吗?"

"对啊。"姜南风抱怨道,"他整天动不动就生气。"

连磊然笑了两声:"小孩子嘛,是这样了。"

"小孩子"陆鲸在雪柜前连打了好几个喷嚏,控制不住的那种,口水都要喷出来。巫时迁嫌弃地侧过身子护住自己的雪糕,说:"你该不是感冒了吧?"

陆鲸揉揉发痒的鼻子,咕哝道:"不知道。"

他指着雪柜里的五羊牌甜筒,对小卖部的头家说:"再加一个这个,先放阿伯你这里,等一下南风来取。"

巫时迁和陈熙对视了一眼。巫时迁挑着眉狂眨眼,陈熙则是抿紧唇不停地点头。

几个人边吃雪糕边往人头攒动的老戏台那边走。陈熙心里憋不住事,问陆鲸:"喂,你刚不是说不给姜南风买雪糕吗?怎么现在又买了?"

天热,雪糕融化得快,陆鲸才愣了一会儿,雪糕水就淌下来了。他赶紧舔走了雪糕水,才说:"你又不是不知道她的脾气,要是不给她买,肯定会气上好多天。"

很快,他语气肯定地补充一句:"对,就是这样而已。"

巫时迁和陈熙又瞥了对方一眼,心中有数,但不再多说。

十分钟后姜南风跑下楼,小卖部的阿伯喊住她,说有人留了个甜筒给她。

姜南风挤进人群中,猫着腰走到好运楼的"地盘",盘腿坐到女孩儿们的身边。

她身体往后倒,侧过脸,隔着黄欢欢和陈熙,看到了陆鲸。

"喂!"姜南风喊他,声音还不小。

台上的白面女演员甩着长袖,歌声铿锵,陆鲸的余光里光影交替,他本想阴阳怪气地说"我不叫'喂'",但最终还是没好气地说道:"干吗?"

"谢谢你啊。"正好手上的甜筒只剩最下面的一个尖尖,姜南风吞下最后一口甜筒，笑嘻嘻地说道，"雪糕超好吃。"

陆鲸的耳朵像被点燃的火柴飞快地燎过，烫得发痒，他收回视线，应了声"废话，当然好吃"，将脸埋进交叠的手臂间。

夏日晚风吹，喝彩声鼎沸，银钩挂夜空，笑看地上人。

老人手中的蒲扇依然一上一下地摇着，虽然缓慢，却还是拨动了时间一点一滴地往前走。

姜南风和陆鲸依然看不懂潮剧，也没想过去深入了解，却也没想到，这是他们最后一次在老戏台前看潮剧了。

"哎呀，果然还是不够用……"

教室里只剩姜南风一个人了。她自言自语着，用力地挤着颜料软管，看能否再挤出一滴红色，但不行，软管瘪得像块撕下来的树皮。

她将所有的红色颜料都用完了，偏偏这次的黑板报需要大量的红色颜料。

"没办法咯，只能明天再继续上色吧。"姜南风继续自言自语。

她把画笔丢进洗笔桶内，往后退到讲台处，隔着一段距离，检查教室后方完成度已达百分之八十的黑板报。

如今姜南风的身份是初一七班的文艺委员，是她在开学安排班干部时主动申请的。

姜南风自然要担起绘制黑板报这件差事，开学至今三个月，这是第二次出黑板报了，和小学时只用粉笔画画不同，班主任鼓励他们用彩色颜料作画，画材费用从班费里报销。

对待这件事她格外认真，每次都会在画本上提前把黑板报的构图排版先画出来，再照看草稿，一点点搬到大黑板上。

这一次她更加认真地对待——这个月的二十号是澳门回归的日子，学校要求这次黑板报的内容要围绕这一主题，还会进行评选，对制作优秀的班级予以奖励。

黑板上，鲜艳的国旗飘扬，国旗下方站着一位身穿红裙的母亲。她侧身抱住一位小女孩儿，小女孩儿也回抱着母亲。

两个人都闭着眼，眼角虽有泪花，却是喜极而泣。

母亲的裙摆飘荡、女孩儿的发尾飞扬，虽然姜南风的画工算不上特别精湛，人物比例也有些失衡，但胜在画面生动、排版独特，远远看过去，效果很震撼，她自己很满意。

已经六点了，姜南风拎着洗笔桶去厕所里洗笔，这两天持续降温，她被凉水激得打冷战。

回教室里收拾好其他的颜料和画笔后，她才背上书包关灯离开。

天黑透了，不过学校里还有人，高楼层流淌出暖黄的灯光，那是初三年级的教室，足球场和篮球场上也有来来回回的人影。

和连个像样的操场都没有的第三小学不同，二中有个超大的操场，学生们跑一圈下来就是两百米，另外还有三个篮球场和好几张乒乓球桌。

姜南风现在有些怕初中的体育课，因为老师每一节课开始都要他们先跑圈。

上了初中后她才发现，原来自己不会跑长跑！像五十米短跑她没问题，但八百米……简直要她老命！

初中新增了不少课程，政治、历史、地理、生物，都是姜南风没接触过的，而且等升上初二，还会有物理，初三要学化学。

和小学最大的不同，是姜南风所在的七班居然只有她一个人是从三小升上来的，她的其他同学均来自不同的小学。

她的好姐妹纪霭在一班，陆鲸和杨樱在四班，姜南风和最熟悉的朋友都分散开了。

杨樱依然由母亲接送，陆鲸则交了新朋友，上下学多是和男同学一起走。平时姜南风会跟纪霭一起回家，今天因为得留下来做黑板报，就让纪霭不用等她。

初冬的风冷飕飕的，走出校门后，姜南风把校服外套的拉链拉到了最高，将脖子缩进领子里。

最近她又胖了一点点，外套拉紧时，胸脯位置有点儿紧……不对！不对！不是她胖了！肯定是这套长袖的冬季校服缩水了！对！就是这样！

姜南风走向父亲的音像店，想蹭父亲的车回家，但店门口没停放姜杰的摩托车。她问守着店的安迪哥哥，安迪哥哥说："你爸下午就出去了，一直没回来。"

蹭车失败，她只好走去公交车站。

与小学时相比，她现在步行回家需要多花十分钟至十五分钟的时间，但学校门口不远处就有一个公交车站，只需要坐两站，再走上几分钟，就能回到家，比步行快不少。

姜南风回到老戏台附近时已经接近晚上六点半了，又想去老戏台另外一边的美术用品店买支红色颜料，心里又有些忐忑。

因为如今的老戏台已经不再是屑边头尾可以休憩聊天、小孩儿可以玩耍追逐的好去处了。

从九月份开始，老戏台前方的空地上陆陆续续停了多辆大货车，白天时货车会离开，但晚上又会回来，停得满满当当。

姜南风问朱莎莉为什么空地会变成停车场，但母亲也说不出个具体的原因。

货车一多，司机也多，有些司机直接在车里过夜，不讲究卫生，搞得那儿污水横流、臭气熏天。

本来总有小孩儿爬上去玩的戏台，如今成了司机们打牌喝酒的地方。庞大的货车车厢挡住了戏台，形成一小片死角区域。有些司机爱在比较隐秘的地方撒尿，再也没小孩儿敢往戏台附近走了，怕看到了不该看的，要生目针[①]的。

附近的居民跟相关部门反映过问题，脏乱差的环境偶尔会改善个两三天，但很快又死灰复燃。

她最反感的是那些司机的眼神，让她既厌恶又感到毛骨悚然。

可她必须明天就把黑板报的绘画部分完成，才能交给写字好看的同学将板报内容抄上去，下周一学校就要评选了。

她咬了咬唇，硬着头皮快步走向美术用品店。

以前这个钟点，总有小孩儿来这片空地上踢球或玩游戏，大家嘻嘻哈哈的，可热闹了，现在……

热闹确实也热闹，但都是一个个面生的成年男人。他们喝着啤酒，乱喊乱叫。姜南风目不斜视地快步经过，把那些不怀好意的眼神甩在

---

① 长针眼。

· 205 ·

身后。

她冲到美术用品店买了支红色颜料，不忘让老板开收据，要拿回去跟老师报销的。

往回走时姜南风的步伐依然很快，可这次经过那群司机旁边时，她竟听到了好几句直白的粗俗话语。

有男人说："现在的妹仔营养真好……吃什么吃得那么大。"

姜南风之前就听说过有年轻的姐姐或小阿姨经过这里时会被司机们言语骚扰，甚至有人半夜归家时被堵过，被问能不能"谈个朋友"。

因此大人们都警告小孩儿离老戏台远一点儿，一旦遇上事了也不要跟司机正面起冲突，对方人多势众，落单的小孩儿占不了什么好处。

可如今那些污言秽语钻进姜南风的耳朵里，十头牛都拉不住姜南风猛蹿而起的那股怒气。她整个人就像被用力地摇晃后突然打开的汽水瓶子，情绪"砰"的一声全喷溅了出来。

也不知哪来的勇气，她猛转过头，怒瞪向那群还在小声讥笑的司机，大骂一句："你们这群变态浑蛋说什么啊！"

说到底，姜南风不过是个十三岁的少女，骂出来的话语外强中干，不过还是惹得其中几个司机放下了啤酒瓶。他们恶人先告状似的吼叫："你骂谁变态？！"

姜南风怵极了，但也硬着头皮说道："谁应就是骂谁！"

一个司机倏地站起来，朝她骂了句脏话，几步就跨到她面前，伸长手像是要抓她！男人满身酒气，牙齿黑黄，身高不高但有点儿壮。姜南风被吓了一大跳，往后踉跄几步，不知道踩到什么，脚崴了一下，结果一屁股摔坐到地上！

"嗯——"姜南风闷哼一声，眼见醉汉一双黑黝黝的手臂已经来到眼前，连忙甩手抵挡，"你……你别过来！"

就在这时，一声响亮的"你要干什么"从她的身后传来。

姜南风猛回过头，借着路灯的昏黄灯光，瞧见了一个穿着校服的男生。他直接丢下自己的山地自行车，几步便跑到她的面前，挡住了那个黄牙司机。

男生好高好高，姜南风得高高地仰起脖子，才能看见男生的后脑勺儿。

她错愕得合不拢嘴巴，一时以为自己看到了理成短寸头发的流川枫。

"这是要干什么啊？一群男人欺负一个女孩儿？"

男生开口，声音有些冷，与这初冬的晚风一样，很低，很沉，和姜南风班里的那些正在处于尴尬变声期的男孩儿的声音不同。

姜南风将眼睛越睁越圆，等等……这声音……是……

黄牙司机往后退了一步，咬字含糊地说："没……没干什么啊！我见她摔倒，好心想来扶她一下而已！"

其他司机没黄牙司机酒意那么浓，赶紧过来把面红耳赤的同伴往旁边拉，但他们的嘴里还含糊地骂着："谁欺负人了？你别乱冤枉人，明明是这个肥妹先骂我们的！"

姜南风被倒打一耙，又一次气得脑门疼。她从地上跳起来正想辩驳，没料到高瘦男生向前跨了一步，直接挡在了她的身前。

"我刚看到的可不是这样的，是你们先说话不干不净的吧？"男生语气冰冷地质疑道，但他的音量不小。

眼见其他路人闻声开始靠近，司机们不想再惹事，嘴里嘀嘀咕咕，拉着还想吵闹的黄牙司机走回了他们霸占的"地盘"。

等骂骂咧咧的男人们离开后，高瘦男生才叹了口气，转过身，低头看向姜南风。

他的声音不像刚才那么严肃冰冷，而是带着明显的担忧，他问："你还好吗？有没有受伤？"

男生比巫时迁还高一些，眉毛浓黑，眼形细长，黑短寸头，最主要的是，那声音她越听越熟悉。

姜南风心里直接冒出了一个名字，却依然有些不敢相信，嘴巴大得快能吞下半个拳头。她吞吞吐吐地说："你……你是……？"

长相阳刚的少年慢慢提起嘴角，声音像渐暖的春风："你能听得出我的声音吗？"

温度像在春夏季开得灿烂的三角梅，一寸一寸地爬上姜南风的脖子、耳垂、脸颊。

她当然听得出少年的声音，前几天的周日晚上他们俩还打过电话来着……

"连……连……连……连磊然？！"姜南风惊讶得牙齿都在打战，"你怎么会在这里？！"

连磊然低声笑了一下，从书包里掏出纸巾，抽出一张递给姜南风："你先擦擦手，刚碰地上了吧？沾上灰了。"

姜南风还在愣怔，傻傻地接过纸巾，一边擦着掌心上的灰尘，一边又问了一次："你怎么在这里啊？"

这下轮到连磊然双颊微微发烫了。他挠了挠发痒的鼻子，说："没，就是一直想来看看'小南'住的地方是什么样子的。"

"那……那你是放学后就骑车过来的吗？"姜南风回头看了一眼躺在地上的山地自行车。

"嗯，我来来回回绕了几圈，本来打算回家了，没想到还能在这里见到你。"连磊然走过去扶起车，踢开脚撑，将它停好，"你今天怎么这么晚才放学？"

"我留下来出黑板报，就是上次跟你说过的，澳门回归的那个主题。"姜南风把纸团塞进校服口袋里，清了清喉咙，问，"等等……你是怎么认出我的啊？"

连磊然笑着扬扬下巴，说："你的书包上挂着我的'画'啊。"

姜南风明白了。她之前拿自己和笔友的画作去定制徽章，将独一无二的图案挂在书包上自然很醒目，其中以连磊然的画制成的徽章就有三个。

她心跳越来越快，却还要强装镇定地夸赞："那你视力真好……"

"我的记忆力也不错。"连磊然止不住嘴角溢出的笑意，"原来我们之前已经见过面了。"

姜南风再一次愣住："我们？什么时候？"

"去年，在电脑城。我刚上初一，我爸带我去电脑城买电脑，你也在那家店里……"

连磊然也感到有些意外，刚看见姜南风的正脸，脑子里就跳出了一年前那个几乎一闪而过的画面。他居然能记得住，那个指着微软安装盘说起来好好玩的小姑娘。

"啊！我记起来了！"姜南风惊叫，"你是买电脑跟买菜一样的那个……那个'流川枫'！"

连磊然讶异地问:"买菜的流川枫?"

坏了!姜南风急忙捂住嘴巴:"没有没有,你听错了……"

连磊然眉眼笑得温柔。他没在这个时候追问她,毕竟这儿不是聊天的地方。

他回头再看了一眼被多辆并排而停的大货车遮得看不清全貌的老戏台,叹息道:"之前你跟我说老戏台变得又脏又臭,我还想象不出来,今天看见,才知道变得多糟糕。"

姜南风瞪向那群聚集着打牌、喝酒的货车司机,愤愤不平地嘟囔着:"我也没想到,才几个月的时间而已,这里就变成这样了。"

跟刚才起冲突的那个司机又对上视线,姜南风此时才有些后怕。

她移开视线,往连磊然的身旁躲了躲:"刚才谢谢你,其实也没发生什么事,怪我压不住脾气,跟那群人吵起来了。"

朱莎莉已经告诉过她许多次,一个人的时候不要往老戏台那边去。

"等真的发生什么事的时候就太迟了。"连磊然把姜南风护在身前,语气严肃地说,"你最近上下学最好跟家人或同学一起走,别让那些男人盯上了。"

姜南风攥紧书包带子,抿唇点点头:"嗯,我知道了。"

连磊然踢开自行车脚撑,指着戏台斜对面的方向说:"你家在那边吧?我送你回去。"

姜南风觉得自己快要完蛋了,心脏又一次跳得失序,问:"你又是怎么……怎么知道我家在那边的?"

嗯,她问了句废话。连磊然当然知道她家的地址,就像她也知道连磊然住在哪个小区的几栋几户一样。

连磊然又揉了揉鼻子,有些赧然地说:"其实刚才我问了好几个人,才找到好运楼具体在哪儿。"

姜南风这几个月好不容易长高了三厘米,可连磊然依然比她高出许多。同他对话时,她需要仰起头。

他鼻梁高挺,头发很短,刚好露出干净的额头,暖黄的路灯如点燃的火柴,烧得他的耳郭半透且泛红,连上面的细小绒毛姜南风都能看得清。

他说话时有温暖的白烟从微扬的嘴角处飘出,是活生生的"莲",

不再只存在于信纸上、存在于电话里、存在于"伊妹儿"中。

这种感觉太奇妙,明明两个人是第一次见面,可姜南风一点儿都没觉得陌生。

反而是她走过无数遍的内街今晚似乎有些不一样,路灯好像变亮了,街上好像变安静了,整段路好像变短了。两个人不过聊了几句话而已,就已经来到了好运楼的大门口。

连磊然在书包里摸出一封信:"给你。"

姜南风眼睛闪亮,问道:"是回信吗?"

"对,既然见到了你,就直接给你吧。"连磊然有些无法直视那双漾着细光的黑眸,稍微移开视线,开玩笑道,"原来今天我是邮差叔叔。"

姜南风接过信,笑得眉眼弯弯:"那可要多谢你了,邮差叔叔。"

两个人道别后,连磊然骑车离开了。姜南风目送着少年的身影消失在内街尽头,心跳稍微没那么猛了,这时身后传来一声:"你站在这儿干吗?"

一瞬间心脏又蹦到喉咙口,她一回头,发现了不知何时站在她身后的陆鲸。

姜南风慌乱地把信塞进书包里,眼神飘忽。她大声埋怨道:"你怎么总爱突然出现在我的后面?!"

"你夸不夸张?哪有'总'?是莎莉姨说你回来得好晚,叫我去街口等等你……"陆鲸皱眉,又咕哝一句,"好心遭雷劈。"

今晚陆程外出吃席,陆鲸不想跟着去,朱莎莉让他到203跟她们一起吃。

"你什么时候回来的?回来了又不上楼,站在这里干吗?"陆鲸狐疑地问道。

"哎呀,你问那么多干吗?"姜南风推着他往回走,"快走快走,我饿死了!"

姜杰没在家。姜南风在厨房里帮母亲拿菜,有些疑惑地问:"爸爸没回来吃饭吗?我刚才本来想坐他的车回来,见他没在店里,还以为他已经回家了。"

朱莎莉手一抖,锅铲里的一块牛肉掉到了地上。姜南风惊呼一声

"太浪费了",蹲下身拾起牛肉,问:"还能不能吃啊?好大一块。"

"白仁妹,掉到地上就脏了,当然不能吃。"朱莎莉把锅里剩下的牛肉装盘,抬抬下巴示意她将掉在地上的那块牛肉丢进垃圾桶里,淡声道,"你爸说了今晚不回来吃饭,我们自己吃。"

吃饭时,姜南风才提起刚刚在老戏台前遇到的事,没全说,并且淡化了许多细节,包括事发时她的愤怒和恐惧。

朱莎莉瞪圆了眼,再三询问姜南风有没有被欺负、有没有受伤。姜南风脑袋摇得像拨浪鼓,说:"没有,真的没有,就是听他们老说些难听的话,我忍不住骂了一句。"

"哎呀,你一个小孩子,跟那些人吵什么!下次离他们远点儿,知道没有?"

"知啦,知啦。"

朱莎莉心有担忧,扒拉两口饭又放下筷子,说:"不行,我得给你爸打个电话,让他这段时间别总忙东忙西了,得负责接送你上下学。"

姜南风急忙拦住母亲:"不用!我就是这两天画黑板报,回家时间晚了一点儿,平时还是跟纪霭一起走的!妈,没事的,我不走那边就行啦。"

母女两个人你一言我一语地说着老戏台变成货车停车场的事,谁都没留意到饭桌另一边的陆鲸一直低头扒拉着碗里的米饭。他一声不吭,长长的刘海儿遮住了紧锁的眉头。

饭后,姜南风去洗澡,朱莎莉边吮着鱼骨头边叹气。陆鲸抽了张纸巾擦擦嘴,站起身帮朱莎莉收拾碗筷。

他终于开口:"阿姨,你别担心,以后上下学我会跟在她的身后,不会有事的。"

朱莎莉顿时愣住。

陆鲸这孩子跟姜南风的性子完全不一样。他安静内敛,面对同龄人时话比较多,但面对大人时就有点儿寡言,只有心情好的时候才会稍微多说几句话。

朱莎莉心里酸酸的,提了提嘴角,轻声说:"我不只担心南风,也担心你们,那些司机都是生面孔,要是相安无事还好,就怕他们酒醉闹事。你、阿霭、楼上的欢欢、时迁还有其他小孩儿,你们平时出入都要小心些，遇上事了别像南风一样冲动，首先还是要保证自己的安全，知道吗？"

陆鲸抿紧嘴角，点了点头，额前的刘海儿微晃。

朱莎莉笑道："你的头毛又长长了，估计这周你阿公要带你去老七叔那儿了。"

陆鲸打了个冷战，赶紧伸手摸了一下后颈的发尾，说："没有很长啊。"

老七叔下手重，每次说好只剪短一点点，最后几乎快给陆鲸的头发剪成短寸。

"是刘海儿长了，你阿公其实就想看你露出额头，想让你的眉毛、眼睛不被头毛遮住，这样看起来比较精神。"朱莎莉想了想，提议道，"要不然我帮你剪短一点儿刘海儿，后面的头毛不动，怎么样？"

陆鲸惊诧地问："你帮我剪？在哪里剪？"

朱莎莉指指身后的阳台门，说："就在阳台上剪，南风的头毛到现在也还是我给她剪的。"

到底有些不好意思，陆鲸没有麻烦朱莎莉帮他修剪刘海儿，但跟她借了理发剪子，是那种剪碎发的剪子，一边刀刃上是锯齿形状，一刀下去不会直接把头发全剪掉，可以慢慢打薄修短。

回家时阿公还没回来，陆鲸拿着剪子进了浴室里，脱去上衣和裤子，就着不怎么明亮的顶灯认真地修剪自己过长的刘海儿。

他也不知折腾了多久，浴室门忽然被人用力地敲响，门外传来姜南风的声音："喂，你在里面洗澡吗？"

陆鲸被突如其来的声音吓得手一抖，剪子夹住刘海儿狠狠一扯，痛得立刻流出眼泪！这下他剪过头了，刘海儿跟被狗啃过似的！

他恼羞成怒，直接拉开浴室门大叫一声："姜！南！风！"

姜南风手里还甩着陆爷爷给她的201房钥匙，被陆鲸气急败坏的这声呐喊吓到，正想回骂，结果视线往下，整个人立即呆住，钥匙也掉到了地上。

凉风袭来，陆鲸胸口一片凉意。他这才想起，自己的上半身还裸着，下半身……下半身就剩条内裤！

洗完澡后，镜子覆上了白雾，陆鲸伸手去擦。

镜子里的男孩儿刘海儿很短,露出两道细长的眉毛。没办法,刚剪坏的那一下歪得太厉害,他左修右剪,刘海儿便越来越短。

他无奈地叹气,一件件地穿上睡衣,把上衣的扣子扣到最上方,将自己裹得严严实实。出了浴室后,他先跑进房间里,套上朱莎莉之前买给他的那件宽松的外套,也把拉链拉到最上方,将脖子都遮起来。

他像是受了多大委屈一样,多一点点肉体都不能让姜南风再看到了。

姜南风正在客厅里的电脑前上网,余光瞥见陆鲸走过来,用视线从上至下地将他扫视一遍,最后目光落在他的刘海儿处,"扑哧"一下笑出声:"你还是去找老七叔修一下头发吧,短寸都比现在这样好看。"

她没把陆鲸半裸的事放在心上。

以前天气炎热时,好运楼里许多男孩儿也常不穿上衣,一群人光着膀子到处跑。去游泳馆游泳的时候,她也没少见他们穿三角裤的样子,只不过陆鲸比其他男生瘦太多了,瘦得都能看见皮肤下的"排骨"。

嗯,她好像从小到大就没这么瘦过。等今晚睡觉前,她要摸摸看自己的"排骨"在哪里。

"不用你操心。"陆鲸没好气地说道,一屁股坐到红木长椅上,扯个软枕垫在腰下,脚抬起来踩着茶几,手拿游戏机开始玩游戏。

自己好几次丢脸的模样都让姜南风看了去,他都习惯成自然了。

姜南风懒得和他吵架,继续在论坛里看帖回帖。

这大半年时间,网上陆陆续续出现了许多论坛,论坛里每天都很热闹,姜南风能和来自天南地北的人聊天,听许多不同的故事,认识兴趣相投的网友。

她偶尔会发帖,发一些心情随记,或给大家介绍最近听到的好听的歌曲,这样也能获得许多网友的回复,时不时她的帖子还会被"斑竹"加精。

她还把论坛的签名档改成了陈奕迅的歌词——"天佑我的爱人,

给她永远笑声并常对她偏爱①。"

这首歌是今年她过生日的那一周，连磊然写信到《涛声依旧》点的歌，节目里，杨海替连磊然"祝小南生日快乐，天天开心"。

比起暑假时，她打字的速度快了一些，而且终于不再是"二指禅"了。

"喀喀！"

屏幕左侧的聊天软件"咳"了两声，"消息"栏抖动，她点开，是个好友申请："MM（美眉）交朋友吗？"

姜南风在QQ上填写的资料是假的，年龄虚长了许多岁，所以常有些随机加好友的男性找上她。看了下对方的年龄，28岁，她撇撇嘴，没有通过申请。

"嘀嘀嘀嘀！"

看清好友栏里抖动的头像，姜南风眨了眨眼，不禁坐直了身子。

是连磊然发来的信息。

他问："在干吗？"

姜南风快速地回复："在逛论坛呢，你呢？"

"刚洗完澡，上来看看你有没有上线。"

"你回到家时会不会很晚？"

"还行，反正我爸妈不在，我回家也是一个人吃饭。"

两个人还跟以前那样聊着天，宛如刚才肩并肩走在狭长的内街时那样面对面地谈天说地，没有任何隔阂，路灯将他们的影子拉得好长好长。

姜南风本来还有些担心，怕见面后两个人的关系变得奇怪，好在没有。

陆鲸没法静下心来玩《宠物小精灵》，因为那"嘀嘀"声此起彼伏。他的视线在姜南风和游戏机之间来来回回地游走。

显示器屏幕的白光将少女的脸庞映得雪白，她边敲着键盘，边咬唇偷笑。

---

① 陈奕迅《每一个明天》。

胸口莫名其妙地酸胀，甚至有些无法呼吸，陆鲸以为是自己吃得太饱了胃难受，倏地站起身，走去厨房想倒杯水喝。

从姜南风的身后经过时，他用余光看到姜南风把聊天对话框最小化了。她这是干吗啊？她跟人聊悄悄话还怕让他看到吗？

姜南风上网冲浪的时间不长，因为很快朱莎莉就来201逮人了。姜南风前脚刚离开，阿公就回来了。老头子喝了酒，双颊泛红，哼着不着调的曲。

陆程把宴席上的喜糖带了回来，叮嘱陆鲸要分几颗给姜南风。陆鲸玩着游戏，心里还想着事，语气有些不耐烦地说："别老让她吃糖，你没看她最近都胖成什么样子了？"

陆程直接甩了一巴掌到少年的小腿上，"潮普"结合着骂道："你说谁胖？啊？说谁？不看看你自己，搭埠仔人①……双腿跟鸟崽脚一样，瘦得找不到肉！日日做那么多东西给你吃，也不知道吃到哪里去了！南风那样怎么就算胖了？面圆圆，有惜神！"

这一巴掌痛是不痛，就是发痒又发烫，陆鲸伸手去挠小腿，咕哝道："姜南风比起其他女生确实是整个人圆一圈啊。你都不知道，他们班的同学给她起了个什么外号……"

"什么外号？"酒气涌上来，陆程打了个嗝儿，味道不好闻。

"没有没有，你快去冲凉，浑身都是烟酒味，好臭！"陆鲸嫌弃地皱了皱鼻子，又不想对阿公说姜南风的外号这事了。

"古古怪怪……"陆程又打了个嗝儿，摇摇晃晃地走去卧室。

客厅里只剩下陆鲸一个人了。他打了两三局小精灵对战，才保存游戏关了游戏机。

他坐到电脑前，双击点开那只围了红围巾的企鹅的图标。

虽然姜南风退出了她的聊天界面，但登录界面还有她的账号。

而且姜南风的账号密码他也知道，是她家的电话号码……

陆鲸盯着那串七位数的号码好一会儿，最终还是没有偷偷登录。

---

① 男孩子。

他没拨号上网，而是戴上耳机，开了《轩辕剑3》[①]玩。

可今晚的他心不在焉，玩了没一会儿，就回到桌面，又点开那只企鹅，死死地盯着姜南风的QQ号。

他为什么要看她交了什么新朋友？她钟意同谁聊天是她的事，同他又有什么关系？

陆鲸觉得开着电脑的话就要胡思乱想，索性不玩游戏了，关了电脑回了房间。

今天的作业还没写，他静下心来，随便写了两科。

正如姜南风之前偷偷抱怨过的那样，莎莉姨确实做菜一般般，陆鲸有幸吃过几次，阿姨的发挥不大稳定，就像今晚那盘芥蓝炒牛肉就特别咸，咸到苦。

他喉咙干，想叫阿公给他冲杯铁观音，走到客厅里才发现茶几旁没人，往常这个钟点阿公会在这里滴茶。

浴室的门还关着，陆鲸抬眸瞄了一眼老壁钟。

阿公冲凉怎么冲了这么久？都半个多小时了，屙臭也不用屙这么长时间。

陆鲸走过去敲了敲门："阿公？"

里面没有回应，但有"哗啦啦"的水声。

陆鲸微微蹙眉，音量大了一点儿："阿公？你在里面吗？阿公？"

还是没等到回应，陆鲸眉头拧得更紧，正想用力敲门，终于听到了阿公的声音："在……在！我还在洗澡……"

陆鲸稍微松了口气，隔着门板问："你怎么洗了这么久？"

"哦……我刚上大号，很快洗完了。你要尿尿吗？急的话就先去南风家借用一下厕所！"

听见阿公的声音如常，陆鲸没把刚才的小插曲放在心上，回了句"不是"，便走去厨房倒水喝。

浴室内热气蒸腾，浴缸的下水最近有些堵，就算没有塞上塞子，也蓄起了及脚踝高的热水。浑身湿透的陆程坐在热水中，有一下没一

[①] 指游戏《轩辕剑3：云和山的彼端》，1999年12月4日发行。

下地揉着左胸口,那里还在一抽一抽地疼。

刚才他冲澡冲了一半,忽然心跳骤快,接着是头晕,整个人无力地瘫坐下去。

之后的事他记不清了,只觉得自己睡了两三分钟,连梦都来不及做,就被敲门声和陆鲸的声音唤醒。

好不容易缓过劲,陆程脑袋也清醒了许多。他拍拍后脑勺儿,扶着墙慢慢站起来,心想:这酒是得戒了啊。

镜子上覆着雾气,陆程伸手抹去,见镜子里的自己脸色苍白,眼白爬上蛛网般的血丝。

他往镜子旁边瞥了一眼,玻璃架上放着两个漱口杯,一个是他的,另一个是陆鲸的。

陆程还能想起,去年夏天陆鲸来之前,他专门去买小孩儿的日用品。

那天他心里是忐忑的,每挑一样东西,都在想陆鲸会不会喜欢,心跳时快时慢,就和现在差不多,就是没隐隐作痛而已。

在大女儿去世前,陆程见外孙的次数寥寥可数。

他怨啊,怨一开始陆嘉琳什么都不说。她把孩子生下来了才告诉他,且绝口不提孩子的父亲是谁。

这城市极小,哪能承得住女人未婚生子这种事?陆鲸还没学会走路的时候,陆嘉琳带他回来过一次,可就是那次而已,亲戚间的流言蜚语已经猛如吃人的老虎。

陆嘉琳从不向别人解释她的选择。陆程又是个脾气犟的,一怒之下,说陆嘉琳一天不说明白,他就一天不认陆嘉琳这个不孝女,而陆嘉琳还真就带着陆鲸生活在广州没回来过。

陆程怨啊,怨极了自己!要是他没那么固执、那么好面子,是不是就能看着陆鲸长大?

他用冷水洗了把脸,把心悸压下去,刷了牙,往手里呵了口气,闻着还有酒味,便再刷了一次。

陆鲸放着作业没写,躺在床上接着玩刚才的游戏,打算把皮卡丘和小火龙多升几级,再去写作业。

听到门外有趿拉拖鞋的声音,他赶紧把游戏机藏到被子里,摸来旁边的英语书,佯装学习的模样。

门没关严,陆程推开一些,但没有往里走。他哑声开口:"鲸仔啊……"

阿公逆在光里,陆鲸看不清他面上的神情:"什么事?"

陆程清了清喉咙,停顿片刻,才说道:"阿公以后都不喝酒了。"

突如其来的承诺令陆鲸有些莫名其妙,但还是附和道:"好啊。"

陆程提了提嘴角,说:"别学习到太晚了,早点儿睡。"

过了几天,姜南风洗漱时发现自己的额头上长了个包。

她奇怪着怎么大冬天都有蚊子咬,用手指一抠——妈呀,疼得她直接流泪,原来是青春痘。

姜南风见过班里的同学长痘,隔壁班还有个男生特别严重,脸上坑坑洼洼的,他们班里的人给他起了个外号叫"月亮人"。

姜南风跑去找朱莎莉,撩起刘海儿给她看。

朱莎莉不以为意,说就是上火了,不能老吃煎炸食物,今晚煮锅苦瓜汤去去火就行了,最后还叮嘱姜南风放学后不要在学校后门的果汁冰店里偷偷吃烧烤。

第一节课课间,姜南风忍不住用手去摸刘海儿下方的那颗痘痘,这时有同学喊:"肥姐,有人找你!"

是的,这是她喜提的新外号——其实也不算新,毕竟之前和女孩儿们玩"港姐游戏"的时候,她也说自己是"小沈殿霞",要是戴上眼镜,那就更像了。

走廊窗边,杨樱朝姜南风招了招手。见班里的男生有一大半都看向了杨樱,姜南风赶紧走出教室。不用等杨樱开口,她就笑嘻嘻地问:"书看完啦?"

杨樱的一双黑眸闪着光,她把看完的小说交给姜南风,点头道:"对,超好看!你快看,看完了我们来讨论。"

她们还像以前一样交换着小说、漫画和杂志,而且上初中后杨樱成功地"申请"到零用钱了,虽然不多,但会分出一部分放到姜南风那边,算是"合租"费用。

课间还有时间,两个人走到围栏边聊天。

姜南风问杨樱："你的舞蹈练得怎么样了？我见你每晚都要出门，是去老师那里练舞吗？"

市电视台将举办一场庆祝澳门回归的文艺晚会，少年宫选送了两个节目，其中一个被选上了，就是由杨樱担任主舞的舞蹈节目《盼莲归》。为此，她已经风雨无阻地排练了三个月。

"是呀，下周就要录制了，过几天还得跟学校请假去走台彩排。"杨樱双肘撑着围栏，习惯性地伏下背脊做比较简单的拉伸动作，语气自信地说，"我的节目被排在开场第一个，你到时候记得看电视，我跳得特别棒。"

"没问题！我叫我爸给你录下来，再转成 VCD 送给你！"姜南风笑她，"你啊，要不是现在人多，估计要直接开始压腿了吧？"

杨樱"扑哧"笑了一声："还是你懂我。"

姜南风也觉得奇妙，自己好像不用花费多少力气，就能明白杨樱的真实喜好。

姜南风知道，在所学的那么多种才艺里面，其实只有舞蹈是杨樱钟意的——其他的杨樱不是那么喜欢，尤其对钢琴更是讨厌死了。

姜南风挑眉问："那你最近晚上不用练琴，很开心吧？"

杨樱笑得轻松："当然，我巴不得每晚都能去练舞，这样才可以不用练琴。"

姜南风小声提议："其实啊，你要不要直接跟张老师说，你不喜欢练琴？"

下课的走廊里人来人往，姜南风等了一小会儿，在打铃之前，听见杨樱低声说："其实我说过了，但没用。"

铃声骤响，喧哗声更甚，像煮沸水的铁皮水壶。

姜南风侧过脸，看着风吹起杨樱的黑长发丝，也吹散了杨樱的声音："南风，没用的，我说什么都没有用。"

姜南风那股"想拯救被囚禁的公主离开巫婆的城堡"的冲动又出现了。

刚才流露出来的落寞仿佛是昙花一现，很快，杨樱扬起笑："对了，我可能很快就能跟你们一起上下学了。"

姜南风惊诧地问："为什么？！"

"我妈妈这学期评上级长了,要忙的工作多了很多,有时会来不及接送。所以她最近在问我能不能自己上下学,我当然说没问题。"

"耶!那太好了!"姜南风开心地欢呼,"等到那一天,我就带你去吃烧烤、喝果汁冰!"

杨樱举起手掌,姜南风会意,也举起手掌,在阳光下,两只手掌相击,发出"啪"的一声脆响。

姜南风哼着"不须停留,不必再骂我倔强滥用自由[①]"回到自己的座位上。她没把杨樱还回来的小说塞进书包里,而是放在了抽屉里,打算在等会儿的政治课上偷偷看几眼——她这个月换的座位靠着教室另一边的窗户,特别适合干这种事。

老师在讲台上讲课,姜南风低着头,右手执笔佯装在课本上记重点,视线则是落在抽屉里的那本言情小说上。

突然背脊被敲了敲,姜南风被吓得打了一激灵。她以为是自己偷看小说被老师盯上,同学特地前来提醒她。

她小幅度地回过头,后桌的同学鬼鬼祟祟地递给她一个折起来的字条,还用眼神示意她传递路线的"起点"。

姜南风看过去,与坐在最后排的郑康民对上了视线。那个单眼皮男生朝她挥挥手,嘴角上挂着笑。

字条中途经过许多人的手,姜南风能看见同学们充满好奇、期盼、八卦的表情,连同桌罗娟也凑过来用气音问:"郑康民为什么写这个给你啊?"

每个班里都有不少赞助生,郑康民就是其中之一。姜南风和他没什么交集,丈二和尚摸不着头脑。她直接拆了字条,一看,差点儿直接冷笑出声。

他在上面写道:"肥姐,你和级花很熟对吗?你能帮我拿样东西给她吗?"

没错,开学还不到一个月,青春期的少男少女们已经迫不及待地选出了他们心目中的各种"花花草草",就像《YES!》里每年都会举办

---

① 谢霆锋《末世纪的呼声》。

的全港校花校草选举那样，从班到级，再到校，都有明确的人选。

只不过姜南风对大部分的"草"表示看不懂，感觉他们连巫时迁都比不上，更不用提连磊然了——嗯，尤其是指身高部分。

杨樱会被选为"小花"是姜南风意料之中的事——她也知道杨樱并不喜欢这种无缘无故戴到头上的"选美皇冠"。她想：杨樱应该更喜欢她们玩"港姐游戏"时的那顶"空气皇冠"。

而姜南风也不喜欢别人只用"级花"二字来称呼杨樱。

他们被"赋予"一个个外号，就像一瓶瓶不同味道的酱料，被贴上新的、不同的标签，花里胡哨的标签纸直接遮住了他们原来的名字。

外人看着那些新的标签纸来称呼他们，但也没去真正试过，到底这酱料是甜是咸，是苦是辣。

不过对于自己"获得"的新外号，姜南风倒觉得无所谓。只要对方不是恶意嘲笑或人身攻击她，她就不怎么放在心上，但有些外号……

第三节下课铃响，姜南风跑去一班，想找纪霭讲她额头上长了个痘的事，但纪霭不在班里。

姜南风径直走到教室后门，问坐在最后排的男生："请问，你们班长是去办公室了吗？"

"我们班长？"男生转过头，直接问隔壁排同样坐在最后面的另一个男生："喂，黎彦，班长是不是去办公室了？"

被叫黎彦的男生正懒洋洋地趴在桌上翻杂志，眼皮都没抬起。他脱口而出："卖鱼妹？我怎么知道？应该是吧，班主任刚来过教室……"

黎彦话还没说完，椅背就被人狠踹了一脚！他不备，整个人拘着课桌往前倾倒，人叫："啊啊——"

杂志、课本、文具通通掉落在地上，黎彦反应过来后稳住身子，猛地站起身，低头朝那脑袋圆圆、脸蛋儿圆圆的别班女同学大吼："你有病啊？！"

姜南风仰着脸，丝毫没有后退的意思，脸上有着罕见的狠劲。

她竖起食指，用力地在男生的锁骨处重重地点了两下，像要凿出一个血肉模糊的洞："你够胆再说一遍？"

221

班里的同学都看了过来。出了洋相的男生难免有些窘迫狼狈，脖子都红了，有些心虚地说："说……说什么啊？我说什么了刚才？！"

姜南风的一双黑眸灼灼发光，似乎有火苗跳动，她问："你刚才喊谁'卖鱼妹'？"

姜南风气鼓鼓地快步走在前面，把纪霭甩在后方。

纪霭哭笑不得，跑上去一把抱住她的手臂，好声哄道："你别生气了，把自己气坏了怎么办？干吗跟那群男生较真？"

姜南风自己也知道，这个年纪的男孩子的那张臭嘴没遮没拦，但她心里还是憋得慌。从第三节下课到现在放学，她都自我调节了一节课了，可还是不行，一股怒气在胸口里盘旋。

自己被叫什么外号她都不会放在心上，可就是听不得别人这么唤纪霭！

"我当然生气！你是我的好朋友，我怎么能忍得了他们这么喊你？！"姜南风很少气得这么厉害，说话的时候胸口一起一伏。

到底没甩开纪霭的手，姜南风稍微慢了些脚步，眉头紧皱，问："他们什么时候开始这么喊你的？"

纪霭想了想，语气倒是轻松，说："上个月月底，我爸腰不好的那段时间，我每天中午去档口帮忙，一时不注意，校服上沾了点儿鱼血，然后还有些味道……嗯，同学们才知道我家的情况。"

其实在小学时，许多人都知道纪霭家在菜市场开鱼档，但姜南风没听过有人给她起这样的外号，大家都喊她"纪班长"。

而且除了纪霭，小学里有不少父母在附近菜市场里做生意的同学。他们的父母有卖猪肉的、卖卤鹅的、卖粿的……只不过这些同学多数都去了爱民中学，这下便显得纪霭在二中这里好像成了一个"特殊体"。

二中分数线高，但今年扩招，收了许多赞助生。赞助生多数家庭条件不错，比如父母都是公务员，或者家里是做生意的。刚才被姜南风戳锁骨的那个黎公子，他爸爸好像就是包工头。

姜南风听班里的男同学议论过黎彦，他们说他家里的球鞋多得要命，他一天一换，一个月都能不重样。

"纪霭,你是不是不把我当好朋友了?这么重要的事都不跟我说……"姜南风想着想着,竟觉得有点儿委屈,"我不允许别人欺负你,不可以的……你被人欺负,比我自己被人欺负,还来得难受。"

纪霭鼻子泛酸,但心里又觉得好暖好暖,低声说:"其实我真的没关系的。我确实是'卖鱼妹'啊,菜市场里的阿伯、阿婶都这么叫我。而且在我没认识你之前,嗯,应该是小学二年级吧,有一段时间班里的同学也是这样喊我的。"

姜南风蓦地睁大眼:"你们班里的那些同学吗?"

"嗯,小孩子嘛,我能理解的。而且到了三年级的时候,他们已经不这么喊我了。"纪霭把姜南风的手臂搂得更紧了,胸有成竹地说,"交给时间吧,我想他们很快就只会记得我的外号叫'纪班长'。"

姜南风揉了揉泛酸的鼻子,仰头看着又一年被光秃秃的树杈分割成许多碎片的蓝天,多少还是有些不痛快。她放狠话道:"那个姓黎的'级草',要是下次再让我听见他这么喊你,我就把他这棵'草'给拔了!"

纪霭双颊烫了烫,咕哝道:"别管那个讨厌鬼……"

"哦,对了对了,被这家伙耽搁了一下,我都忘了告诉你,我长这个了!"姜南风忘了"正事",赶紧把刘海儿撩起来,给纪霭看看她青春期里一块新的"里程碑"。

纪霭眨了眨眼,关心地问:"痛不痛?"

姜南风哭丧着脸:"痛死了!不知道能不能挤掉……"

纪霭回过头,偷瞄了一眼一直走在她们身后不远处的陆鲸。

少年边走边玩游戏机,似乎完全没听到她们小姐妹之间的聊天。

纪霭凑到姜南风的耳边,也告诉姜南风她的"里程碑"——她终于能把小背心换成文胸啦!

"真的?!"姜南风竟比当事人还要兴奋,赶紧分享她的内衣心得,"你得选好尺寸,不要太大也不要太小,不要买硬邦邦的,最好买浅色的,因为我们夏天的校服有点儿薄,颜色太深的内衣会透出来……"

"嘘,你小声点儿,陆鲸在后面呢!"

"哎呀,他听不到的!"

· 223 ·

游戏机里的小火龙又被敌方打得没血,陆鲸的耳朵发烫,他在心里大喊大叫着:姜南风,你的声音这么大,我怎么可能听不到?!

好似生怕坊间传得沸沸扬扬的、叫"千年虫"的那个"怪物",在跨时代的那一天会把世界搅得天翻地覆,所以1999年年底发生了许多事。

最重要的一件事自然是澳门回归,举国欢庆,陆姨姨更是直接从香港过大海去了澳门,说要去行个大运。

后来姜南风听陆鲸说,陆姨姨在澳门不知道怎么就赚了好多钱,给他们俩又买了手信,等过年时再带回来。

杨樱再次上了电视。比起1998年朗诵比赛时的一晃而过,这次杨樱出现的时间足足有三分钟。

她将一头乌丝利落地盘起,身着金鳞银纱制成的舞衣,舞姿轻盈翩跹,脚尖轻点,柳臂飞扬,宛如慢慢绽开花瓣的金莲花,从眼角到指尖,都神采飞扬。

姜南风准时准点地守在电视机前,并拜托姜杰将电视上的杨樱录了下来,再转成VCD送给了杨樱。

因此,张雪玲对姜南风的态度明显缓和了不少。

姜南风多少有些受宠若惊。听张雪玲提起工作太忙没办法接送杨樱时,姜南风拍着胸脯自告奋勇,说护送杨樱上下学这件事就交给她吧。

张雪玲眯着眼笑,当着女儿的面跟姜南风约法三章:一说她们放学后得立即回家,不要到处跑;二说杨樱的肠胃比较娇气,学校旁边那些烧烤、奶茶不能吃;三说她们多看课外读物是可以的,但要选择对学习有帮助的作品,一些乱七八糟的杂志、小说可不兴看。

最后张雪玲还列了个书单,让她们俩周末可以去图书馆按书单借书。姜南风"忍辱负重"地收下了书单,还夸"张老师真是太体贴了"。

知道姜南风负责的"庆回归"黑板报没有被评上优秀后,杨樱和纪霭替她抱不平。为此,纪霭还专程去找相熟的老师打听原因。老师说是因为姜南风的黑板报图画太多,文字内容太少,有些喧宾夺主。

姜南风的情绪只消沉了半天,到了下午又开心起来,只因她给漫画杂志寄的读者调查表被选中了——杂志有一个互动栏目,会将当期一些比较特别的调查表挑出来收录在栏目中。

许多读者会在调查表背面的留言栏里画些涂鸦作品,以引起编辑的关注,像临摹、原创,或画Q版同人之类的,姜南风这次就画了个三头身、圆圆胖胖的草帽路飞。有些创作能力较强的读者,甚至直接利用那方寸天地画出一则四格小故事,就像连磊然——他这次的调查表也被挑选上了。

看见自己的调查表和连磊然的同时出现在杂志中,姜南风开心得直接蹦起来。她还得意扬扬地拿去给朱莎莉看,说这是她第一次有"作品"刊登,还说她会画得越来越好,以后大家肯定会经常在杂志上看到她的名字。

姜南风把杂志翻到前面,那里有一些国内漫画家的访谈。她跟朱莎莉骄傲地说:"等着吧,未来某一天,你女儿的访谈就会出现在这里。"

朱莎莉敷衍地应了声"哦",把杂志又翻回了刊登女儿的"作品"的那一页。她眯着眼看了一会儿,问姜南风:"现在画漫画也是一个职业了?收入高不高啊?"

其实姜南风不了解漫画家的收入,可还是信誓旦旦地跟朱莎莉打包票:"当然了!"

读者互动栏目往后,是杂志的邮购商品页面,上面有卖动画VCD的,有卖漫画海报挂画的。读者如果有看中的商品,只需要去邮局汇款,再等上半个来月,收到邮局发来的领取包裹通知信后,就可以去领包裹了。

最吸引姜南风的,是一则卖漫画工具的广告。

她现在画画用的基础工具就是自动铅笔和黑水笔,用普通的复印纸作画,但正儿八经的绘画工具比这多得多。

比如专业绘画的纸张是专用的原稿纸,纸上面印有淡绿色的出血框;绘画者要用蘸水笔,光是笔尖就有好几样,而大漫画家们最常用的是G笔尖;还有姜南风最想要的各种款式的胶网网点纸——使用者需要用网点纸专用笔刀,沿着要贴的区域的轮廓线将胶网切割下来,能瞬间让画面变得丰富饱满、活灵活现。

姜南风邮购过一包"纸网",得先用复写纸在纸网上描出想要粘贴的区域,用剪刀或美工刀剪切下来,再用胶水或固体糨糊把纸网贴到画稿上。

纸网的优点是比胶网便宜很多,且能无限次复印,对没什么经济能力的学生而言相当经济实惠,但它的缺点也实在太多了,比如使用方法烦琐复杂、不透明、会遮挡原稿线条、纸张易皱,等等。

一套基础工具包要一百多块钱,随着工具种类和网点纸的增加,售价也增加,姜南风重新喂起那只小猪存钱罐,并祈祷自己能偷偷留下一两个新年时的红包,不用全部都上缴给朱莎莉,这样才能去买个高级工具包。

二十世纪九十年代的最后一天,还发生了一件事——陆鲸跟人打架了。

每周五,四班和七班的体育课是同一节课上的,学校大,学生多,光体育老师就有四个,两个班级分别占据跑道的两端。

体育课的下半节是自由活动,学生们会去器材室取各种球类,各自组团踢球或打球,偶尔会像今天这样,两班男生共享足球场,来上十几分钟的"友谊赛"。

陆鲸和人打架这件事发生得很突然。

姜南风那时正和杨樱躲在树荫下聊着放学后要走哪条路线、要走多快,才能从有限的时间内挤出五分钟,好让她们利用这多出来的丁点儿时间,到租书店里挑选心仪的书籍。

杨樱虽说能自己上下学了,可每天回家后都得立刻给母亲打电话报平安,能"偷"的时间不多,所以只能见缝插针地做一些自己真正想做的事。

她们的聊天被操场上的喧哗声打断。

姜南风和杨樱循声望去,一群男生聚集起来,像是围住了什么,有人喊着"郑康民,你别打了"。越来越多的同学闻声跑过去,交头接耳地问发生了什么事。姜南风从吵闹中分辨出有人喊"陆鲸被打了",霎时间脑子一片空白,等回过神,发现自己已经跑到包围圈外了。

她用力地拨开人群,挤到最前方,就看见两个在草坪上扭打的少年。

郑康民比陆鲸高出小半个头,此刻正压坐在陆鲸的身上,嘴里嘟囔骂着什么,高举的拳头就想往陆鲸的脑袋上招呼!

姜南风全身的汗毛都乍起来了!她不管不顾地冲上去,用尽全力一把推开了郑康民,大喝一声:"谁准你碰他的?!"

郑康民不备,被突如其来的强力推倒在地上,还差点儿翻了个跟头。他闷哼着抬头,发现推他的竟是那个胖胖的女同学,一时愣怔。

姜南风气得直喘,一看陆鲸灰头土脸,衣服上全是印子,那怒气就是爆发的火山,不停地往天灵盖上蹿。她恨不得直接跟郑康民打上一场!

陆鲸可是好运楼的人,怎么能被外人欺负成这样?!

可到底没忘了场合,姜南风选择了递手给陆鲸,想拉他起身。

今天的天空蓝得像六月晴空,少女逆在光里,陆鲸得微微眯上眼,才能看清她一双黑白分明的眼眸。

微小的浮尘在干燥的空气里起起落落,一粒、两粒……被阳光赋予了颜色。

他胸口起伏,伸手,握住了姜南风的手。

"死肥妹!你敢推我?!"郑康民总算回过神,冲着姜南风大吼大叫,"你知不知道我爸是谁?我妈是谁?!"

姜南风用力地把陆鲸拉起身,皱眉瞪向郑康民:"当然不知道,我应该认识他们吗?"

姜南风一句不急不躁的反问,惹得围观人群里接连响起好几声笑。郑康民又气又恼,已经冲至嘴边的话瞬间磕磕巴巴:"我爸……我爸是……我妈……"

姜南风双手叉腰挡在陆鲸的面前,眼里有火却语气冷静地说:"你爸爸妈妈是谁对我来说并不重要。但陆鲸是我的邻居,也是我的朋友,我不可能眼睁睁地看着你打他,而我什么都不做。"

陆鲸其实没受什么伤。他觉得郑康民的拳头有气无力,像没吃饱饭一样,反而是摔倒在地上时背部和后脑勺儿有点儿痛。

但听见姜南风这番话,不知为何,他竟开始有点儿头晕,本来就好快的心跳现在就像只发了疯的兔子一样乱蹦乱跳。

那开了口的口袋被什么东西一点儿一点儿地填上,虽然还未填满,他却发现已经多少有了些重量。

他用手背擦了下脸颊上的细小砂砾,发现颊肉滚烫。

郑康民还想发飙,几道急促的哨子声划破天空,杨樱带着其中一位体育老师跑了过来。

体育老师大声怒斥:"这是在干什么?自由活动变成摔跤练习吗?!是谁先闹事的?说!"

姜南风向来怕老师。老师一来,她立刻从咆哮的狮子变成无爪的猫咪,蹑手蹑脚地往杨樱的身旁靠拢,嘟囔道:"不关我的事啊,我就是路过的……"

郑康民指着陆鲸先告状:"老师!刚才踢球时他故意绊倒我!"

陆鲸低垂着头,也不去拍校服上的灰印,哑声道:"可我不是故意的,刚才也跟你说'对不起'了。"

四班一起踢球的同学这时候赶紧跳出来为陆鲸解释:"老师,陆鲸说的是真的!我听见他跟这位七班的同学道歉了,后来是对方不依不饶,两个人才吵起来的!"

许是因为陆鲸的受害者形象太可怜,刚才被吓得没敢说话的男生们开始七嘴八舌地替陆鲸说话。

"郑康民不就是摔了一跤吗?非要大打出手吗?!"

"对啊!不知道的还以为陆鲸怎么他了?!"

"真是太过分了……"

郑康民的脸更红了,他辩解道:"你们听我解释,陆鲸绝对是故意的,所以我才这么生气!"

体育老师气得头痛:"你们已经不是小学生了,怎么还那么容易冲动?郑康民,陆鲸绊倒你,是他错了,但你打他,错的就是你!"

他又转头问陆鲸:"你有没有哪里特别痛?"

"没有。"陆鲸撩起袖子,露出的手肘有轻微破皮渗血,"这里比较疼,但不是他打的,是我自己摔在地上蹭到的。"

少年的声音好委屈,体育老师赶紧挥挥手:"找个同学陪他去医务室,让医生看看还有没有别的伤口,擦破皮的地方要好好处理一下。"

姜南风本想举手,但见四班的男班长比她速度快,便默默地放弃了。

等陆鲸经过她的身边时，她小声说："如果哪里不舒服，你就跟我讲，我叫我爸先送你回家。"

"我没事，休息一下就好。"

刚和姜南风相握的右手手心还在发烫，陆鲸紧了紧拳头，想驱散那股怪异的感觉。

等医生宣布陆鲸没什么大碍之后，四班班长赶紧去办公室找班主任汇报情况，并帮陆鲸请一节课的假——陆鲸说自己有些头晕，想在医务室里躺一会儿。

老医生给了一些葡萄糖，陆鲸喝了之后躺到病床上，很快有些昏昏欲睡，在快睡着前，又想起了刚才那场闹剧。

其实，有一点郑康民没有说错。

他确实是故意绊倒郑康民的。

除了在学校里，他和郑康民偶尔会在放学后的机铺里见到面——这一带学校密集，有光明自然就有暗处。附近的内巷里藏着好几家由一楼民居改成的机铺，有的店家还会直接在门口的小空地上支起台球桌。

陆鲸和几个相好的男同学放学后时不时会去其中的一家机铺。上周他正玩着《实况足球》，突然听见有个男生提起姜南风的名字。那男生说这个肥妹够小气，自己只是叫她帮忙给"级花"送封信而已，她都推三阻四。

那男生的语气自大又不屑，他轻蔑地说道："也不照照镜子看自己长什么样子，要不是她跟'级花'熟，谁想跟她讲话。"

那一场"球赛"破天荒地输了，而且连输了好多个球，好像连传球、射门要按手柄上哪一个键陆鲸都想不起来。

然后，便有了他们刚才在球场上发生的冲突。

陆鲸翻了个身侧躺，微蜷着身子，两只手用力地压住左胸膛，隔着薄薄的皮肤和坚硬的骨骼，能感受到那里不受控地"扑通扑通"乱跳。

被郑康民揪着衣领问为什么要故意绊倒他的时候，陆鲸也在想：为什么？

倦意袭来，他合上眼皮，心想：一定是因为他来好运楼太久，被姜南风"传染"了她的冲动和暴脾气。

肯定也是因为姜南风是他的邻居、他的朋友，所以他不能看着别人说她坏话，而自己什么都不做……嗯，没错……还有，"肥妹仔"这个外号只有他能唤，其他人不可以。

"体育课冲突"的三位"涉事人员"被喊到了办公室。

男孩子推搡打闹的事常有发生，毕竟青春期的男孩儿各个血气方刚、年轻气盛，四班和七班的班主任都见怪不怪了，但还是得循例跟家长沟通一下。

七班的班主任是一个小老头儿，姓肖，教数学的，因为没头发，所以学生们私底下都喊他"肖蜡头①"。

平时老肖总是笑脸迎人，和学生们打成一片，但如今敛了笑的模样竟让人有些发怵。他怒斥道："你们是孙悟空吗？红领巾就是你们的金箍吗？一拿下来就开始自由散漫了，是不是？"

"不是……"姜南风耷拉着脑袋回答。

她左手边站着陆鲸，右手边站着郑康民，三个人都低着头。

姜南风盯着自己的脚尖，心里委屈死了，明明只是"路见不平一声吼②"，怎么也要过来一起被老师训斥？

四班班主任有些凶，拿着戒尺在办公桌上连敲了好几下，大声道："怎么只有女生的声音？你们两个男生的呢？大声点儿！我听不见！"

"不是。"

"不是……"

老肖拿着话筒，过了一会儿又放下，问郑康民："你家里的电话没人接啊，你爸妈单位的电话号码你知道吗？"

郑康民早没了刚才"逞凶斗狠"的模样，好似一只被雨淋湿鸡冠的小公鸡，小声说："我爸这几天去深圳了，我妈……我有她的寻呼机

---

① 光头。
② 刘欢《好汉歌》。

230

号码。"

老肖打给传呼台,让传呼台通知机主尽快回电话,但等了十来分钟,也没有回复。

老肖问郑康民还有没有家长其他的联系方式。郑康民抠着校服的衣摆,半晌,拿起办公桌上的笔,在纸上写下一串手机号码,还有"张叔"两个字。

"你打这个吧,我妈应该跟他在一起。"郑康民低声说。

姜南风和陆鲸有些疑惑,对视一眼,但都没吭声。

老肖问:"这位是……?"

郑康民没回答,只不过头更低了。

老肖思索片刻,还是打了电话。响了几下,那边有人接听了。老肖说明身份,问对方能否帮忙找到郑康民的母亲。

很快,那边换了个人接电话。郑母开门见山地问:"老师!是不是郑康民又惹事啦?!"

老肖把事情的经过简单地说了一遍,并问郑母下午能不能来趟学校。郑母急忙拒绝,说她现在人不在城中。

"老师啊,我和康民他爸离婚啦!康民是跟他爸的,以后这种事就别来找我了,直接找他爸就行!"

郑母的声音特别大,姜南风的耳朵听得一清二楚,她没忍住,又瞥了一眼郑康民,哎哟……现在的男孩儿怎么动不动就红了眼睛啊?

郑母拒绝沟通,老肖也没辙了。

两位班主任看着流眼泪的少年,也说不出什么狠话了。

老肖从卷纸桶里扯了一张纸递给郑康民,说:"这样吧,念在你们都是初犯,这次就不联系家长了,但下不为例。另外,放假期间每人写五百字的检讨,好好反省今天做过的事,元旦后交给各自的班主任。你们刚刚上初一,接下来还要相处三年呢,同学之间要友善相处才行啊,知道没有?"

姜南风点头如捣蒜,大声回答:"知道了!"

三个人走出办公室时,放学铃已经响过很久了,走廊里格外安静。

郑康民把揉成一团的纸塞进裤袋里,双手插兜想走回教室。

"喂,郑康民!"姜南风喊了郑康民一声。

但他没搭理她,继续往前走。

姜南风快走两步追到他的面前,眼神诚恳,态度认真地说:"体育课上的事,我向你道歉。"

"扑通扑通",陆鲸能感觉到那口袋里又装进了一些东西,如同阳光下亮晶晶的细沙。

指腹在裤缝处划拉了两下,陆鲸也走到郑康民的面前,语气郑重地说:"我也向你道歉,下次踢球的时候我会更小心一点儿。"

两个人这么直白的道歉,反而把郑康民弄得不好意思了。眼睛微红的少年挠了下后脑勺儿,声音含混不清地说道:"哎呀……最大的问题其实是我啦。是我的脾气不好,我给你们道歉……"

姜南风没让纪霭和杨樱等她。她回教室拿完书包,走到楼梯口时碰上了陆鲸,问:"要回家吗?"

"嗯,要不然呢?"

"走回去吗?"

"饿了,去坐公交车。"

"哦,我也饿了。"

陆鲸睨她一眼,问:"你也坐公交车?不去搭你爸的顺风车?"

姜南风鼓了鼓腮帮,说:"他最近店里的生意太好,中午不常回去。我听我妈说,他还想搞点儿别的生意,所以会比较忙,晚上也不怎么回来吃饭。"

"哪方面的生意?"

"我也不太清楚,我妈没说。"姜南风耸了耸肩,不大在意地说,"估计也是和音像相关的吧。"

公交站就在校门口,途经的每一路公交车他们都可以上,因为路线一样,每一路公交车都能到好运楼那一带。

他们很快上了车。有空位,但两个人都没坐,而是直接走到了后门。

姜南风抱着门旁的柱子,随着车子摇晃身体,小声问:"你会不会觉得郑康民有点儿可怜?"

陆鲸看她一眼,示意她继续说下去。

"爸爸妈妈分开了就算了,他妈妈还不想理他的事……是我的话,肯定哭得比他还惨。"姜南风看着玻璃外缓慢后退的街景，自顾自地嘟囔，"我在想，他可能是太久没见到妈妈了，所以才故意惹事，就为了让老师叫家长。"

这个想法陆鲸倒是赞同。虽然是他故意绊倒了郑康民，可对方确实相当冲动，像是想要引起谁的注意。

半晌，陆鲸才开口："我不了解他的家庭情况究竟是怎么样，所以不好判断他'可不可怜'。只不过，他的爸爸妈妈至少都还在，这一点已经比我强了。"

姜南风心里"咯噔"一下子！她真是哪壶不开提哪壶，等会儿伤及陆小少爷的玻璃心，他又一次上演"小陆上广州"就惨了。

"我刚才……嗯……"姜南风说话都结巴了，"我不是故意提起你的伤心事。"

"我又没说你，你紧张什么！"陆鲸瞥她，声音淡淡地说，"我妈虽然不在了，但我觉得她只不过是换了个方式陪着我。只要我没有忘记她，她就会一直存在。"

他像是没有多大的情绪，声音也很容易被公交车的引擎声和报站广播声盖住，可姜南风将每一个字都听得很清楚。

她觉得陆鲸好像在不知不觉中长大了，虽然身高没什么变化，但他已经不是那个故意跟她说反话的小男孩儿了。

陆鲸被她盯得发毛，皱起两道好看的眉，问："你盯着我干吗？"

姜南风满脸欣慰地说："我突然觉得'养'了好久的小孩儿总算长大了，有些感动。"

陆鲸蓦地睁圆了眼："你在讲什么？你'养'我？"

姜南风"嘿嘿"笑，伸手去揉乱小少年的头发，安慰道："你一点儿都不可怜。你还有阿公，还有我们这群伙伴陪着你。你朋友可多了！整栋好运楼的居民都是你的朋友！连陈伯都是！"

陆鲸的耳朵发烫，他急着往旁边躲，拨开姜南风的手，说："男女授受不亲，别总吃我豆腐……"

吵吵闹闹中，公交车到站了，两个人往好运楼的方向走。

姜南风问："体育课上发生的事，要跟阿公讲吗？"

"你要跟莎莉姨讲吗？"

"我又没做错事，才不怕被我妈知道。你也是，如实说明比较好。"

听到身后有微弱的猫叫声，姜南风回头看了一眼。

陆鲸正想着要不要跟阿公讲，突然书包带子被人狠狠攥住了。他被扯得踉跄一步："干……干什么？！"

"有小猫跟着我们！"姜南风的声音很兴奋，但又压得很小声，她好似怕惊扰到什么。

陆鲸也跟着回头看。

在他们身后约莫两米的距离，有只小小的猫崽。它毛发黄白相间，虽然瘦瘦脏脏的，但五官端正，尤其一双眼眸又黑又大。见他们停住了脚步，它也停住，两大一小就这么互相看着对方。

"这有什么稀奇的，这附近最近有好多流浪猫。"陆鲸没拍开姜南风攥住他书包的手，就这么"拉"着她往前走，"快走啦，你不是说肚子饿了吗？"

全部注意力都被小猫吸引过去的姜南风一边感叹"它的眼睛水灵灵的好可爱"，一边就这么跟着陆鲸往前走。

没想到，那黄白小猫一路跟着他们回到了好运楼——他们走快，小猫也走快；他们停下来，小猫也跟着停。

陆鲸觉得不妙，以姜南风的性格，她肯定会……

果然，下一秒他的书包带又被扯住了，姜南风飞快地眨着眼睛，眼神里透着恳求："它一直跟着我，你说，它是不是和我有缘？是不是想要我收养它？"

"不行。"

朱莎莉斩钉截铁地否决了女儿养猫的提议。

"为什么？！"姜南风眼睛睁得老大，嘴里的饭粒差点儿喷出来，不解地问，"我们家又不是没有地方养，可以在阳台上给它搭个小房子！那小猫好可爱、好乖的……"

朱莎莉连眼皮子都不抬，筷子起着鹦哥鱼的鱼肉，直接打断了姜南风的话："有地方也不养，你啊就是三分钟热度，带回来了还不是我在打理？我养你都已经够忙了，才不要再养一只小家伙。"

"我……我这次肯定自己负责！"

"你以前养蚕、养小鸭时不也是这么说的吗？总之就是不行，没得商量。"朱莎莉把起好的鱼肉丢进姜南风的碗里,筷尖指向客厅沙发上织了一半的毛衣,说,"喏,要不然你选一个猫咪的图案,我给你织到毛衣上去。"

"我要活的小猫!"

"没门。"

"妈咪,亲爱的妈咪……"

"嘘,吃饭。"

姜南风使出浑身解数都改变不了朱莎莉的决定。朱莎莉漫不经心地说道:"说不定在你吃饭的时候,那猫都已经走了。"

姜南风几口就扒拉干净碗里的饭菜,嘴都没擦就跑下了楼,发现小猫没走,它在单车棚旁低头舔着小碗里的清水。

水是陈伯给的。他说刚才这小猫想去舔墙角的水龙头,估计是渴坏了,他就给倒了碗水。

见状,姜南风又跑回家,跟朱莎莉讨要中午吃剩的鱼肉剩饭,说小猫快饿晕了好惨啊。

朱莎莉一边把剩下的两条鱼的鱼肉起了,一边嘀咕着这流浪猫真金贵,吃得比人都要好了。

姜南风喂猫喂了第一次就会有第二次、第三次。这猫也是个来去自如的主儿,每天定时定点地来好运楼"蹭饭",吃完不逗留,"拍拍屁股"就走。

不过渐渐地,小猫在好运楼停留的时间越来越长了。它要么在楼前的空地上晒太阳,要么在谁家的摩托车上打瞌睡。陈伯开玩笑说,等把这猫养肥,他就抓它去吃,哎,冬天打火锅,一定很美味。

也不知这猫是不是能听懂人话,接下来好些天都不见踪影,小孩儿埋怨陈伯乱说话。陈伯挠挠脖子,说这流浪猫怎么比老陆还小气,连玩笑话都开不得。

学校快放寒假的时候,小猫终于又一次出现在好运楼,但身子肉眼可见地瘦下去,还脏兮兮的,像在泥里打过滚。

这次陈伯把猫抓去洗干净,驱了虫,还在单车棚旁的墙角位置上给它放了一个纸箱,说留它在好运楼抓老鼠吧,别白喂了那么多饭和鱼。

235

自此，小猫就在好运楼住了下来。最开心的自然是姜南风和黄欢欢那群小姑娘，天天跑到楼下找猫玩。朱莎莉这次没反对，只提醒姜南风摸完猫记得洗手洗脸。

作为猫咪的第一发现人，姜南风被赋予了给它起名字的"权利"，在"千年猫"和"细细粒"之间，"细细粒"当选。

和郑康民起冲突的那天，陆鲸跟阿公坦白自己在体育课上和男同学打架了。

陆程知道后无比惊讶，第一句话竟问"那是打赢还是打输"。听陆鲸有些难为情地说自己被压着打，陆程这才赶紧抓他的胳膊看看有没有受伤。

他确实没有大伤，就是一些轻微的擦伤，到晚上才有些淡淡的瘀青在胳膊上显现了出来。

陆程让陆鲸坐在红木椅上，抓了瓶药酒给他揉散瘀伤。老头子力气不小，陆鲸全程大喊大叫。姜南风在电脑前和网友聊着天，笑得颤抖。

于是从寒假开始，陆程订起了鲜牛奶——老头子又去找巫时迁父亲滴茶，顺便问巫时迁这小子是怎么长得那么高的。巫父说巫时迁从小学三四年级开始，每天早上都会吃一碗热鲜奶。

于是陆程火速订了鲜奶。

每天清晨送奶工会骑着二八大杠来送奶，玻璃瓶装，陆程把两瓶都倒进小锅里煮熟，再打两个鸡蛋进去。

可陆鲸不喜欢，总觉得这奶有股说不出的味道。对于奶类制品，他只能接受乐百氏或益力多那类酸酸甜甜的，但还是硬着头皮喝了一个星期。后来他要么偷偷将奶倒进厕所里，要么喊姜南风帮忙喝掉。

听姜南风说"细细粒"总养不胖，陆鲸提议："要不然给它喂点儿奶，阿公总说这牛奶营养价值高，那对小猫应该也有益处。"

两个人都没有养猫的经验，姜南风看动画片和漫画里好像总提起给小猫喂牛奶，便觉得没问题。两个人往"细细粒"的饭盆里倒了小半碗牛奶，结果那天下午"细细粒"就开始腹泻了。

蔫茄子样的猫把姜南风吓得惊慌失措，她的眼睛都红了，陆鲸也吓坏了，两个人跟陀螺一样绕着"细细粒"转，怕它拉稀拉得太多，还往饭盆里添了很多食物。

陈伯看了下，说："无事啦，流浪猫命硬得很，很快就好。"

但到第二天"细细粒"的状况还是很差，姜南风急了，想起连磊然家里养猫养了好多年，急忙呼了他。

连磊然很快回了电话。

姜南风把"细细粒"的状态详细地描述给他听，到最后声音都哽咽了，说自己不知道该怎么做才能让它舒服一点儿。

连磊然安慰她不用那么紧张，让她先给猫咪断食半天到一天，期间喂它喝一些温水，如果情况还是没有改善，再送诊所就医。

话筒里的声音像温柔且坚定的风，将姜南风慌乱的情绪慢慢抚平了。姜南风悄悄揉了一下湿润的眼角，小声说了句"谢谢你"。

连磊然笑了两声，说很高兴能帮上忙。

姜南风挂了电话后，见陆鲸正好跑进了203。他大声嚷嚷："我刚去聊天室里问网友了！有人说猫崽腹泻要先断食，多补水！"

"宠物情缘"是众多聊天室里在线人数最少的，没想到里面的网友都特别热情，陆鲸刚发出求助，就有一堆网友跳出来帮忙。

姜南风瞥了陆鲸一眼，说："我知道啦，连磊然刚刚告诉我了。"

陆鲸眉心微蹙："连磊然？就是你那个丑八怪笔友？"

"他才不丑！他长得跟流川枫一样好吧？！"姜南风替连磊然反驳完，抬脚朝楼下走去，准备往小猫的水盆里添些温水。

陆鲸跟在她的身后，闻言，两道眉毛皱得快要打结，问："你见过他的照片了？"

"没有。"

"那你怎么知道他长什么样？"

"因为我见过他真人啦！他比巫时迁还要高。"姜南风一边说，一边用手在自己的头顶上挥了两下。

和连磊然见过面这件事，姜南风只跟女孩儿们分享过，这是她的"秘密"。

陆鲸瞪圆了眼，差点儿踩错楼梯，追着问："你们见过面了？什么时候见的？"

"就是上次……"姜南风差点儿说漏嘴，不解地问道，"你问这么多干什么？"

陆鲸一愣，结巴道："我……我……"

一股闷气从胸口飞快地涌起来，又一次像极了被摇晃过度的可乐瓶子，陆鲸转身往上跑，恼羞成怒地丢下一句："我才不想知道丑八怪的事！"

他跑得急，一下子就在楼梯拐角处没了踪影。

姜南风充满疑问，心想：这就是青春期的男生吗？怎么情绪波动那么大？

小猫喝了些温水，晒着暖阳趴在碎布堆里睡了过去。姜南风跟陈伯借了把小矮凳，坐在猫窝旁边陪着。

一有小伙伴来看猫，姜南风就提醒对方"细细粒"这两天腹泻，要断食，切记不能喂它吃东西。到了傍晚，小猫的状态有所好转，它不再频频拉稀了，一双水汪汪的眼眸里有了光。见状，姜南风才稍微安心了一些。

姜南风坐了一整天，腰酸又背疼，站起身伸懒腰，哈欠打到一半，突然听见有人唤她的名字："南风？"

她循声望去，单车棚的另一端站着一名高瘦少年。他一只手推着山地自行车，另一只手将卫衣帽子取下，提起嘴角冲她笑了笑。

像是被施了定身术，姜南风伫立在原地一动不动，连嘴巴要合起来都忘记，回过神才赶紧捂住嘴，然后大叫一声："连磊然？！"

姜南风又开始慌了！

她今天穿得好随便，上半身是黑黑沉沉的呢子厚外套，下面却套了一条大红色的运动裤，脚上趿拉着拖鞋。因为这两天降温，她还将两只白袜子拉得高高的，箍在裤脚外头，远远看上去，估计就像两根用纸巾裹住的火腿肠。

呜——怎么她总在最狼狈、最难看的时候遇到连磊然？上次是摔了个脚朝天，这次她更糟糕！

姜南风欲哭无泪，觉得刚才自己张大嘴巴的模样肯定很像一头河马……

她快步迎上去，趁机理了一下乱翘的发尾，仍有些不敢相信地问："你怎么突然过来了？"

连磊然踢好山地自行车的脚撑,赧然地说道:"我在网上给你留了言,但一直等不到你上线。不知道小猫怎么样了,我放心不下,就过来看看。"

"你是担心'细细粒'啊,谢谢你早上教我怎么做,它现在的精神明显好多啦,没有再拉肚子了,不过我还没给它喂吃的。"姜南风指着墙边的纸箱说,"那里就是'细细粒'的家!"

连磊然走到纸箱旁蹲下,伸手想摸摸猫咪脑袋,姜南风急忙提醒:"你小心!它心情不好的时候对陌生人会有点儿凶!"

没想到"细细粒"不但没有凶连磊然,还眯上了眼,主动把毛茸茸的脑袋"送"到连磊然的手边,轻轻蹭了一下。

姜南风惊讶极了,蹲到连磊然旁边,咕哝:"它怎么对你这么友好?我楼里的那些小伙伴,有人刚开始还让它挠了……"

连磊然笑着问:"你上次跟我说过它是'男孩子'对吧?"

"对呀。"

"那它可能闻到我身上有我家小猫的味道,我家那只是'女孩子'。"

姜南风一下子明白了,噘着嘴敲了下纸箱:"好啊,原来你是这样的'细细粒'。"

天已经半黑,单车棚下方的灯泡忽地闪了两下,再慢慢亮起一盏昏黄的灯光,好似小小的萤火虫发光的身体。

连磊然微侧过脸,视线悄悄沿着少女的侧颜梭巡。他抱着膝盖,一半的脸藏在手臂之间,声音很轻地说:"其实,我担心的不只是小猫。"

"嗯?"姜南风也侧过了脸,"你刚说了什么?我听不清。"

顶上那颗黄灯泡就在她眼里倒映出一轮小小的月亮,连磊然的双颊烫了烫,他低下头去看小猫,说:"没有,我说它长得真可爱。"

第八章
出花园

还差个海带排骨汤就能开饭,陆程朝着客厅大喊:"鲸仔,南风是不是还在楼下看猫?你去喊她上来,可以呷饭啦!"

好一会儿都没听见回应,陆程只好走出了厨房——外孙在电脑前玩游戏,戴着耳机,怪不得没应他的话。

陆程走过去,一把扯下陆鲸的耳机,多少有些生气地说:"你今日是怎么回事?玩了一整天游戏就算了,喊你你也不应!"

陆鲸本就有些心不在焉,被阿公这么一打断,屏幕里的游戏主角一不小心就被丧尸抱住了大腿,瞬间鲜血四溅[①]。

老头子双手叉腰,皱起眉头嫌弃地说道:"你看你,整天玩这些个游戏!玩物丧志你懂不懂?"

陆鲸连按了几下键盘,把张着血盆大口的丧尸解决掉,再服了个草药恢复血量,才暂停了游戏。

他抓着圆珠笔,在桌上摊开的笔记本上面敲打着,不耐烦地反驳阿公:"我才没有只顾着玩,你看,我一直在'学习'英文!"

陆鲸在笔记本上密密麻麻地记了许多字,陆程眯起眼看一眼,许

---

① 这里陆鲸在玩游戏《生化危机2》。

多都是"鸡肠[1]"。

电脑旁边还有一个文曲星——没办法，游戏是全英文的，陆鲸目前的英文词汇量有限，得边玩边查单词的意思。

"玩游戏还能学英文啊？那还可以，可是就是……这些鬼东西太恶心啦，看多了要做噩梦！"陆程语气缓和了不少，边走回厨房边交代陆鲸，"快开饭了，去找南风来吃饭！"

陆鲸应了一声，可屁股粘在椅子上没动，再玩了一会儿，才不情不愿地起身。

他走到楼下，脚尖刚转了方向，就猛地扎在原地，一声"姜南风"也像鱼骨头一样卡在喉咙处。

有两个人蹲在单车棚旁，其中一个人的背影陆鲸很熟悉。

姜南风开心地说话时，脑袋总会不自觉地轻晃，那乌黑的发尾也会随着晃动。这时候单车棚那颗不大明亮的老灯泡倾倒出朦胧的黄晕，把女孩儿圆圆的鼻尖染得金黄，好似阿公常做给她吃的柑饼。

而另一个人，陆鲸就不大熟悉了。

男生穿一件浅灰色的帽衫，肩膀宽阔，光是蹲着而已，都比姜南风高出快一个头。

这几年杂志和电视里的男明星们都留刘海儿，陆鲸就没见过有几个男生留短寸头能好看的，可这少年一头短寸干净清爽，侧脸轮廓分明，有着不输给男明星的高挺鼻梁，嘴角噙着温柔的笑意。

他不是好运楼里的男生，明明陆鲸应该不知道他是谁，可偏偏脑子里一下子就跳出了一个名字，是姜南风总挂在嘴边的"连磊然"。

蹲在黄灯泡下的少年少女不知聊着什么，在用方言对话。

陆鲸本来已经能听懂一些常见的单词和句子，可这时候不知道为何，对姜南风和姓连的之间的对话竟一个字都听不懂了。

他呆站在原地，没往前再跨一步。

这时正好走出门房的陈伯唤了他一声："陆鲸，你在这儿站着干吗？"

---

[1] 指英文。

也因为这一声，姜南风和连磊然都回过了头。

"是阿公叫你来喊我的吗？呷饭了吗？"姜南风站起身，跺了两下微麻的右腿，"'细细粒'精神好一点儿了，你要来看看吗？"

陆鲸的视线不受控地落在同样站起身的少年的脸上。

可恶，他还真的不是丑八怪……

"啊！这是陆鲸，我以前跟你说过的……"姜南风主动地给连磊然介绍起她的邻居。

"哦，是那位从广州搬过来的男生。"连磊然点了点头，与眼神有些晦涩不明的陆鲸对视。

"嗯嗯，对！"姜南风也想把连磊然介绍给陆鲸："这位是……"

没想到陆鲸直接转身往楼梯走，只丢下一句"开饭了"。

姜南风眉心蹙起，叫了陆鲸两声。对方不应，她有些尴尬，急忙跟连磊然解释："他每个月都有几天心情不好，从今天早上开始就这样了，你别介意。"

"没关系的，我记得他刚来好运楼时，你在信中也跟我讲过他有点儿难相处。"连磊然没把陆鲸的失礼放在心上，浅笑着抬腕，看了下手表，说，"时间不早了，我该走了。"

"你要赶回家吃晚饭吗？"

"今天我爷爷过生日，我直接去酒楼那边。"

姜南风睁大眼："你怎么不早说？！我还拉着你聊天聊了这么久！"

连磊然还想说什么，可传呼机响了，低头一看，是母亲呼他。

姜南风连忙说道："是家里人找你吧？你快去，别让他们等得太久了。"

连磊然蹲下身，再揉了几下小猫的后颈，柔声道："那我下次再来看你。"

小猫"喵"地应了一声。

姜南风勾起嘴角："它好像能听懂你的话似的。"

连磊然抿唇笑笑，终是没有将自己的心里话说出来。

姜南风送连磊然走出了大铁门。

连磊然长腿一跨骑上车，说："你不用送我了，快上去吃饭吧。"

"行，那你路上小心！"

"今晚你上网吗？"

"我不确定行不行。你也知道的，我得去陆鲸家才能上网。"

"行，我回家了就给你留言，你能上线就喊我。"

姜南风比了个"OK"的手势。

目送连磊然离开，姜南风身后传来一句："这男生是谁啊？"

她一回头，发现是不知道什么时候站在她后方的巫时迁。

他双手插在裤袋里，笑得不怀好意，又问："是你的同学？"

姜南风撇撇嘴："不是，是我的一个朋友，不同校的。"

"啧啧啧，我们好食妹长大了，都已经有男——"巫时迁刻意拉长音，又故意不说后面的词。

"你别乱说话，就是普通朋友而已！"姜南风冲他做鬼脸。

连磊然赶到家人设宴的酒楼时，家里人早已围着包间里的大圆桌坐满了。

"阿然来了！"

连父连忙站起身，一边跟服务员说可以上菜了，一边迎上去用力地拍了两下儿子的肩膀："快去跟爷爷说说话！"

头发银白的老人坐在主位上，跟往常一样，右手边空出一个空位。

连磊然跟亲戚们点头问好，走到连清风的面前祝寿："抱歉啊爷爷，我来晚了，祝您福如东海，寿比南山。"

"不晚不晚，还没上菜呢。来，快坐下。"连清风拍拍旁边的凳子，笑得眼角堆叠起层层皱纹，"你今年送的寿礼我看过了，仙鹤空灵，老松生动，落笔刚劲利落，运墨清爽干净，虽然还有许多进步的空间，但我很喜欢。"

连清风的膝下有一儿二女，老爷子好字画，所以不知道打哪一年开始，几家长辈商量好了，让孙辈们都用自己画的画作给老爷子贺寿。

今年连磊然画的是一幅《松鹤延年图》。他将画作立轴装裱，祝愿爷爷健康长寿。

他轻轻提了一下嘴角，淡声道："爷爷喜欢就好，我会再接再厉，每一年都给您画一幅《松鹤延年图》。"

连清风喜笑颜开，声如洪钟，连声说"好"。

美味的菜肴陆续上桌，家人们聊着天，话题从连父的画廊生意到家长里短，自然也会谈论起各家小孩儿的学习情况和未来发展。

大家都对长孙连磊然寄予厚望，连父打开了话匣子，开始自嘲道："画画这事，努力占三，天赋占七，我自知没有天赋，所以提前转换了跑道。"

大姑父附和道："那证明你的天赋在经商方面啊！你看，你家画廊现在的规模做得多大，埠内多少人都在你那儿找画。"

"说到底，这些都是给阿然提前铺好路，毕竟现在的年代和以前不同，搞艺术不是只有才华就能走得远，如何经营也很重要。"连父重重地拍了两下连磊然的肩膀，"阿然和我不一样——他是有天赋的，只要在这条路上坚持不懈，再加上我们的帮忙，以后说不定还能做出点儿什么成绩！"

连母给连磊然的碗里布菜，笑容柔婉地说："说是这么说，还是要看小孩儿对这方面有没有兴趣，如果阿然自己不喜欢的话，我们也不会强求的呀。"

这时候小姑妈若无其事地插了一句："欸，之前阿然不是在画什么连环画？现在还在画吗？"

连母顿了一下，很快地回答："无啦，那种就是阿然偶尔画着玩的！"

小姑妈笑了笑："也是，和正统美术比起来，那种太儿戏了，玩玩就好，搞职业的话就太不现实了。"

连磊然嚼着嘴里本该无骨的东星斑鱼肉，咽下喉时却觉得有什么东西划伤了喉咙，连开口说话都没办法，只能无声赔笑。

寿宴结束后，一大家子在酒楼门口各自离去，连磊然终于敛了笑，面无表情地上了父亲的车。

父亲和母亲坐在了前排。两个人不像在饭桌旁那样夫唱妇随，反而是无论父亲说什么，母亲都会找话反驳他，渐渐地，说话变成争吵。

连磊然早习惯了父母这样的相处模式，从胸包里取出 CD 机，塞上耳机，用歌曲隔开父母的争执声。

窗外红色、绿色、黄色的光，像调色盘上干涸的颜料，无法在他的脑子里勾勒成画。

连磊然闭上眼睛，在陈奕迅的歌声中回忆着傍晚时的点点滴滴。

许是因为那颗老灯泡的关系，脑海里的画面有些偏暗偏黄，像老照片一样，但没关系，他能清楚地记得少女眨眼时微颤的睫毛，能记得她那两颗小酒窝会随着笑容时深时浅，能记得空气里极小的浮尘好似金粉在她的脸旁起起落落，一幅接一幅，在他的眼皮里上映着一场镜头很慢的电影。

回家后连磊然径直回了房间，澡还没洗，先拨号上网。

姜南风没有上线，她的头像是一个包着红头巾的女孩儿，此时"头巾"是灰色的。虽然连磊然能预料到，但难免还是有些失望。

洗完澡，连磊然擦着头发走到电脑前，按亮屏幕，竟发现"红头巾女孩儿"上线了，头像一摇一晃地在抖动。

他赶紧点开，姜南风几分钟前发来一句："我来啦！你在吗？"

连磊然回复："我刚去洗澡了，你在邻居家上网吗？"

"对呀，所以我不能上得太久，怕有人打电话来找爷爷，打不进来。"

"那我们赶紧聊几句，小猫后来的情况怎么样？"

"刚才我下去看它了，它现在有精神多了！"

"那就好，明天如果不再拉肚子，就能正常吃东西了。"

连磊然给姜南风讲了一些养猫的注意事项，包括小猫喝牛奶容易导致消化不良等。

她发了好多个"3Q"给他。

两个人你一句我一句地聊着，十几分钟过去，姜南风说："我差不多得下了！陆鲸嚷嚷着要打电话！"

"OK，那我们改天聊。"

连磊然正想打"拜拜"，又收到了姜南风发来的信息："对了！还有一件很重要的事，下午忘了问你！"

连磊然连忙问："什么事？"

"《漫友》最新一期的征稿函你看到了吗？"

"有啊，说黑白单稿和四格都可以。"

"对！"

姜南风"啪嗒啪嗒"地打着字,有些兴奋。

"你去试试投稿好不好?我觉得你的作品肯定能被编辑挑中!"

她刚打完一段话,还没发送,就显示断了网,转过头一看,原来是陆鲸那个臭弟弟……把网线给拔了?!

姜南风坐到朱莎莉的身边,毕恭毕敬地把一个打开的小本子递给她:"亲爱的妈妈,我想取这些年来的'压腰钱[①]'。"

每一年过年长辈们给的红包,她都如数上缴给朱莎莉——老妈说过,会帮她存起来。她把每年上缴的金额都记录下来,尤其这两年收获颇丰,其中陆爷爷和陆姨姨给的特别多。

正在织毛线帽的朱莎莉停下动作,睨了那些数字一眼,若无其事地问:"你要拿钱去干吗?"

姜南风声音响亮地说:"要买电脑!"

"电脑?"朱莎莉继续低头织帽子,"你不是都在隔壁屋用陆鲸的电脑吗?干吗突然要自己买一台?"

姜南风噘起嘴:"最近他总自己占着电脑,找各种理由不借我用。"

朱莎莉笑了一声:"是不是你又做了什么事,或说错什么话惹恼他了?"

"冤枉啊!他自己脾气古怪,关我什么事?!"

姜南风至今都不明白那晚陆鲸的举动,按他的说法是"不小心拔错了线",呵呵,怎么可能?他一定是故意的!肯定是他嫌她占用电脑太长时间!咸涩鬼[②]!

"现在一台电脑多贵啊,你这点儿红包钱可不够买。"朱莎莉利落地又织了半行,继续说,"而且买了电脑就要搞上网,我听陆爷爷说,他们家一个月花出去的网络费可不便宜。"

"那是因为陆鲸老上网、老玩游戏!我的话就很省的,就是偶尔上网和朋友们聊一下天,我花不了多少网费的。"

---

① 压岁钱。

② 小气鬼。

朱莎莉不敢苟同，摇头道："你这次的期末考试考得可不怎么样，也不知道跟你常常玩电脑有没有关系。"

姜南风惊讶地睁大双眼："老妈，你变了！你以前可不是那种'成绩代表一切'的家长！你是不是不爱我了？！"

朱莎莉皱眉，轻拍了一把女儿的手臂："乱说话！我要是那种成绩代表一切的家长，早就抓你去补习了！"

"那就给我买电脑嘛！我发誓，有了电脑我会更加认真学习的！"姜南风嘟着嘴，眨着眼，表情和楼下那只讨食的猫崽的表情差不多。

"不行，花那么多钱买个游戏机，我们家可没那么富贵。"

"老爸最近的生意不是挺好的吗？我那天在他的店里，还听他跟人说买小车的事呢。"

朱莎莉顿住，再开口时语气变得有些着急了："你爸买小车？他跟谁说这件事的？"

姜南风没察觉不妥，回答道："就是和店里的客人啊。"

朱莎莉丢下手里的棒针和毛线，蓦地握住女儿的手腕，又问："谁？哪个客人？说清楚。"

手腕骤痛，姜南风皱眉轻呼："妈！你干吗抓我抓得那么用力？"

朱莎莉猛回过神，赶紧松手："对……对不住，我一时没有节力……"

"没事啦……"

姜南风觉得母亲的脸色好像突然之间变得苍白许多，揉了揉手腕后，见本来在沙发上的大红毛线团落了地，往外滚出长长的一截毛线，便走过去拾起毛线团。

她一边把毛线重新绕回去，一边跟朱莎莉解释："就是那几位常去店里的叔叔啊，我就听他们提了几句，老爸问他们买德国车好还是日本车好。"

朱莎莉稍稍松了口气，把姜南风的手抓过来，轻揉她的手腕："刚刚是不是抓疼你了？老妈给你揉揉。"

"不痛啦，我肉厚。"姜南风笑得赖皮赖脸，"我知道之前压岁钱是不够啦，但我可以帮你'打工'！洗碗啊，拖地啊，洗衣服啊，还有过年大扫除、擦窗、擦防盗栏、擦瓷砖缝，这些我都能帮你做的！"

"呵……"朱莎莉毫不留情地冷嘲一声,"你忘了吗?好几年前你想要买一个什么芭比公仔,也是跟我讲要帮忙做家务。公仔买是买了,可你断断续续做了不到半个月,就像没了这回事似的。"

姜南风抿紧唇,好像是有这么一回事……

不过,姜南风想买电脑的念头很快就打消了,因为租书铺的那对夫妻老板在店铺附近开了一家"网络驿站",起名为"E时代"。

这里面积不算太大,上下两层,和学校附近那些没名字的相比,"E时代"的环境好太多了。几十台电脑整齐地摆放着,店内光线明亮,装修温馨,干净整洁,老板娘还在每台电脑的旁边各放上一小盆仙人掌,说是能吸辐射。

一小时五块钱的上网费不算特别便宜,但开业期间充五十送五十,折算下来挺划算。这里天天爆满,好运楼家里没电脑的小孩儿都去那里办了卡,姜南风也是。

晚上她在陆家吃完饭,帮陆程刷完碗,就撒丫子跑去玩。不过这里电脑里内置的游戏都不是她喜欢的,什么CS(《反恐精英》),什么《红警》,都是男生玩的游戏。她去那里只能上网冲浪,进各个聊天室和论坛里走一圈,也跟连磊然在软件上聊聊天。

家里少了姜南风"叽叽喳喳"的声音,陆程这下可有些不习惯了,对外孙埋怨道:"你看看你,好好的又和南风闹什么别扭啊?"

陆鲸也觉得委屈。他根本没说不让姜南风来家里用电脑……他就是……他就是……

他也不知道自己怎么了,那天突然脑子一热就把网线拔了!姜南风气得抓起旁边的文曲星就想砸他。

后来陆鲸拉不下脸去跟姜南风道歉,姜南风也总往新开的那家网吧跑,活脱脱地成了网瘾少女。

直到过年前陆嘉颖回来,情况才有了些变化。

陆嘉颖今年提前回来,还是坐着许俊凯的车,高档大奔停内街,男人帮她把大包小包往家里搬,里头有不少是陆嘉颖在澳门带回来的礼物,包括PS游戏机和近期话题度最高的跳舞毯。

瞬间201又成了好运楼最热闹的地方,小孩儿全挤到陆家客厅,把音箱扭到最大声,就差往顶上装个银球,就要变身迪斯科舞厅了。

一个人跳完"蝴蝶①",立刻有人补上去跳"芭比②"。和以前玩《街霸》时一样,无论是谁在毯子上跳,底下都会有一群人在旁边"咿咿呀呀"地鬼叫,"上下左右"不停地做着场外指导。

大人们渐渐被这群小鬼头丰沛的活力所感染,连陆程都忍不住上去踩了一两回,大家很捧场地拍手叫好。

谁都没想到,一群人里头音感最好的竟是陈熙。

本以为陈小胖肯定不擅长这种音乐游戏,结果大伙儿都被他灵活的舞步和精准的踩点给震惊了。陈熙把好几首高难度单曲都跳出了AAA等级,分数也超过了陆鲸的,总算一报《街霸》之仇。

大家也没想到,在这场跳舞"比赛"中垫底的竟是姜南风!

眼睛好不容易跟上了屏幕里的箭头,就轮到身体跟不上,姜南风的双脚要么踩错,要么慢个两三拍,把毯子踩得"啪啪"响,大冬天里都满头大汗,她还经常左腿绊右腿,跟跟跄跄。

少年少女们嬉闹不停,除了陆鲸。

他常坐在角落里,偶尔会陪着大伙儿笑几句,多数时间是低头玩掌机。

每一个人的声音都是不同的,说话的风格也是不同的,他无须抬头看,都知道这时候是谁在说话。

陆鲸发现,自己不知道什么时候开始,已经习惯了这样热热闹闹,甚至可以说是嘈杂的气氛。现在他也不需要姜南风当"文曲星"了,那些曾经在不同频道的语言,慢慢地调至同频了。

陆鲸还发现,他有挺长一段时间没有想起广州的那些点点滴滴了。

可是生活就是一条瞧不见底的小河,人们不知道它的起点在哪儿,也望不到终点,前一秒还能在河里愉快地嬉闹,下一秒就被暗藏在河底的尖尖的礁石划了脚。

陆家春节必备节目如期"上演",陆程不免俗地又一次跟女儿吵了

---

① 微笑姐妹(Smile.dk)《蝴蝶(Butterfly)》。
② 水叮当合唱团(Aqua)《芭比女孩儿(Barbie Girl)》。

起来。

去年春节,陆程自顾自地跟许多亲戚说了陆嘉颖好事将近,所以今年来串门的亲戚朋友都围绕着这个话题问陆嘉颖,比如什么时候带男朋友回来见家长,什么时候有结婚的打算……

和陆嘉颖岁数相当的几位堂姐表妹都早已为人母,有的不久前刚生了第三胎,是个"千禧宝宝"呢。她们热心地向陆嘉颖传授"过来人"的经验,例如本地半夜接亲的传统习俗,例如彩礼要怎么去谈、谈多少钱。

甚至有人跟陆嘉颖暗示,她有认识的B超(超声检测)医生能做胎儿性别检查。

陆嘉颖一开始还在心里劝自己要有礼貌,亲戚一场,过节的不要闹得太难看,可后来话题越聊越离谱……她憋不住了,索性跟大家直接表明她并没有结婚的打算,今年没有,明年没有,后面也不会有。

她还漫不经心地说,大家可以不用给她预留份子和小孩儿的满月压腰钱了。

陆嘉颖语出惊人,亲戚们噤了声,纷纷看向老头子。陆程也呆住了,接着他的一张脸肉眼可见地逐渐变红。

老头子一直忍着脾气,直到送走亲戚,关了门,才对陆嘉颖发起火。

他觉得陆嘉颖连续两年都坐许俊凯的车回来,两个人之间的关系肯定非同寻常。她说两个人就是普通朋友?陆程是怎么都不相信的。

这会儿陆嘉颖倒是没瞒他,耸了耸肩,说:"我和许俊凯是有在谈对象,但谈对象又不代表一定会结婚。"

陆程愣住好几秒,嘴巴张张合合几下,才开口道:"谈对象又不结婚,你……这不是玩弄感情吗?"

"我怎么就玩弄感情了?我没有脚踏两只船,没有三心二意,更没有骑驴找马。我这两年只和他一个人谈朋友,这样还不够认真吗?"陆嘉颖反驳道,语气也渐渐强硬起来。

"那既然都这么认真了,怎么就不能结婚啊?"

陆程活了这么多年,在他的认知里,谈朋友、结婚、生小孩儿,这样才是一个女人的人生正确发展方向。

他稍微放软了声音:"如果你觉得你和小许来往的时间不够长,那可以再多相处一段时间嘛,也不是非要你这一两年就立刻结婚生小孩儿的……"

陆嘉颖重重地叹了口气,直接打断老头子的话:"结婚结婚……为什么一段男女关系往下发展,要么是分手,要么是婚姻?为什么就不能一直谈恋爱?我和许俊凯目前还能在一起,是我觉得和他相处起来不累。我有我的事业,他有他的——我忙起来的时候可能好几天都想不起要找他,他也没关系。等我忙完,想起他的时候再约他出来,陪我逛逛街、吃吃饭……反之,他不找我的话,我也不会缠着非要他陪。"

说到这里,陆嘉颖忍不住拍了两下手,戏谑道:"说到底,我们是各取所需,想找个固定的伴侣陪着罢了。合就来,不合就散!"

陆程算是听明白这话的意思了,合着这两个年轻人就是玩伴!

如此惊世骇俗的想法他自然是无法接受,一张老脸涨得通红,呼吸渐急,对着陆嘉颖大骂:"你自己听听这是什么话!你这样的思想正确吗?这些话一旦传出去了,你以后要怎么做人?!"

陆嘉颖被气笑,可那笑声极冷:"呵……怎么就没办法做人了?我现在过得可快活了,下半辈子跟别人聊天的话题不用只围绕着'我老公怎么怎么样'和'我孩子怎么怎么样',不必因为生俩女儿被婆家给脸色,还得继续拼第三胎第四胎,不用去做个B超都要担惊受怕!"

这么一大串话,老头子得在脑子里转上两圈才能听明白。他不解地问:"为什么做个B超检查还要怕?"

陆嘉颖冷笑道:"要是查出来的结果没有'浪鸟',还得落掉。"

陆程皱起两道已有白丝的眉毛:"我又没有重男轻女!"

陆程从来没有刻薄地对待过她们姐妹俩,也没有非要陆母再生个儿子。以前有亲戚爱说闲话,讽刺陆程养了两个女儿真是亏本,以后嫁人了都是泼出去的水。听到这话,陆程那暴脾气直接和对方吵了起来。

"我当然知道你没有,但你想想,在我们这边能有多少个婆家像你这样?"陆嘉颖叹了口气,烦躁地拿起烟盒,"反正我心意已决,无论你们给我灌输什么样的思想,都不会改变我的想法。"

眼见陆嘉颖拿了根烟衔在唇间想点,陆程一巴掌过去打飞了她手里的打火机,又将她嘴里的香烟也给扯走了。

陆程恼怒地把香烟和烟盒一起捏扁了,一股脑儿全丢进垃圾桶里,脸红脖子粗地冲她吼叫:"你和你姐一模一样,总以为这样就是思想开放、思想独立!但你们知不知道,在别人看来,你们这些想法都是不自爱、不知廉耻!你不要脸,你爹我还要脸!"

陆鲸刚才已经躲进了自己的房间里,在那些至今还不知道要怎么称呼的亲戚走了之后。阿公和小姨会开始吵架他早有预料,反正只要一提起结婚生小孩儿的事,两个人肯定会起争执。

隔着薄薄的一道门板,陆鲸能听见时高时低的争吵声。如今他们的争吵内容,他能听懂至少七八成了,但又宁愿听不懂。

他躺到床上,抓起耳机往耳朵里塞。CD机里放着陈奕迅的最新专辑《幸福》,他从"天荒地老流连在摩天轮[①]"听到"遗憾我当时年纪不可亲手拥抱你欣赏[②]"。

忽然之间,小姨的叫喊声穿透门板、扎穿耳机、划破音乐,狠狠地刺进他的耳蜗里,小姨在大叫:"阿父!阿父!"

陆鲸冲出房间时,阿公整个人瘫躺在地上,脸色涨红,眉头深皱,嘴唇颤抖,痛苦地呻吟着。

陆嘉颖跪在陆程身旁,满脸慌张,手足无措,冲着陆鲸喊:"鲸仔!快去对面叫人!!"

陆鲸怔住了几秒。等陆嘉颖又叫了他一声,他才回神,拔腿就往门口跑。

巧的是一打开门,就看见姜南风从她家里走出来,他赶紧推开铁门,问:"你爸妈在家吗?!"

姜南风被突然冲出来的男孩儿吓了一跳:"在……在啊。"

陆鲸的声音都发颤了,他焦急地说:"阿公他突然……突然晕倒了!"

---

① 专辑《幸福》中的第一首歌《幸福摩天轮》。

② 专辑《幸福》中的第三首歌《时光倒流二十年》。

闻讯，朱莎莉和姜杰匆忙地跑到陆家，不过这时候陆程的眼皮子已经能动，就是气还有些喘，他只能断断续续地说些短句，"不用叫救护车""缓一缓就好""就是刚才情绪激动""无事的"。

　　两个小孩儿很有默契地站在墙边，免得给大人们添麻烦。朱莎莉跑回家泡了杯参茶，姜杰搀起陆程慢慢扶他坐到红木椅上。

　　陆嘉颖去打了条热毛巾，给父亲擦脸上的汗，她的眼角已经泛红，问陆程："现在就去医院好不好？"

　　陆程就着朱莎莉递过来的茶缸抿了几口，虚弱地挥了挥手："当然不好，哪有人正月正头跑去医院的，衰到不行……让我休息一下就好，无事的。"

　　朱莎莉还有些惊魂未定，把陆嘉颖拉到一旁，问："你们父女俩又烧骂①了吗？"

　　陆嘉颖低着头，"嗯"了一声："来来去去还是那些问题，我一说不结婚，他就气到'突突'叫。"

　　朱莎莉无奈地叹气，拍拍陆嘉颖的肩膀："唉，你爸年纪上去了，总这样情绪激动对身体很不好的。你们一年就见这么两三次，次次都吵成这样，谁都禁不住……老人和小娃娃一样，都要哄，让他说几句，你又不会掉块肉，就多让他一下嘛。"

　　陆嘉颖也被刚才的突发情况吓到，无声地点了点头，再麻烦朱莎莉他们帮忙先照看一下老头子，自己抓起手机走去阳台。

　　陆嘉颖好像给谁打着电话，朱莎莉听不太懂省城话，大概能推估出陆嘉颖像是把父亲的情况告诉了谁，问着对方就医意见。

　　她稍微安下心走回了客厅。

　　老头子的呼吸已经平缓下来了，姜杰正帮他一下下地顺着背。

　　姜杰低声问陆程："你刚才晕倒时是哪里痛？胸痛？头痛？还是其他地方？"

　　陆程沉默了一会儿，缓缓摇头："不记得了……忽然之间看不清东西，双脚无力。可能是跟阿颖吵架吵得太凶，条气不顺，但没有感觉

---

① 吵架。

253

哪里痛……"

姜杰又问:"之前有没有发生过这样的事?"

陆程这次摇头摇得很快,几乎不用思考就立刻回答:"无,无发生过。"

朱莎莉小心翼翼地将锅内的炊鲳鱼整盘端起,呼唤道:"南风,可以开饭啦,去隔壁喊陆爷爷和陆鲸吧。"

房间里的女孩儿正一手一件衣服,对着镜子比画,看怎么搭配比较好。等到朱莎莉又喊了一次,姜南风才懒洋洋地应了声"好"。

过年时的"陆爷爷突发晕倒事件"已经过去一个多月了。

过年那几天陆姨姨推迟了回广州的时间,陪着陆爷爷到医院做了详细的身体检查,听大人们讨论,陆爷爷主要的问题是高血压和糖尿病。从那天起陆爷爷被勒令得戒烟戒酒,饮食也得开始注意,少糖少油少盐,不能再像以前那样任性妄为。

这一个多月来,陆爷爷的精神时好时坏,老妈说估计跟天气也有关系,就像前两日突然降温,陆爷爷整个人明显变得无精打采,昨晚他又说自己浑身骨头酸软无力,膝盖更是疼得走不了路。

楼下中药铺的罗奶奶来看了下,开了外敷方子,叫他这段时间在家里好好休息,别铁钉屁股到处跑。

陆大厨身体不舒服,那么做饭的重任就交到了朱莎莉身上,这些天陆家爷孙都在203吃饭。姜南风直接用钥匙打开了陆家的门,边往里走边喊道:"爷爷,可以吃饭啦!"

陆鲸坐在电脑前,"噼里啪啦"地按着键盘,仿佛全部的注意力都在游戏上,没有察觉有人进了屋子里。

姜南风有点儿不想靠过去,因为陆鲸最近在玩一个丧尸游戏——有一次她被突然撞破玻璃的怪物吓了一大跳,一声尖叫都到喉咙口了,硬生生忍下来,就怕陆鲸讥讽她是"无胆鬼"。

她也觉得奇怪,当时会被"七月半"这种事吓到的男孩儿,怎么突然胆子变得这么大,还敢玩起这种恐怖游戏了?

走近一点儿姜南风发现,陆鲸没在打丧尸和怪物,但玩的也是射击类的游戏,游戏画面下方的那双手一会儿拿匕首小刀,一会儿拿手枪冲锋枪。

这游戏最近在"E时代"也有不少人玩,一到周末,一大群高中男生几乎会包下整间网吧。枪声炸弹声"轰隆隆",男生们还鬼吼鬼叫的,吵得要命。

姜南风实在搞不懂这些"突突突"开枪的游戏,撇撇嘴,走过去敲了敲桌子:"喂,吃饭啦。"

陆鲸连头都没抬,简单地应了声"知了",手指动作不停。

老头子从饭厅那边走来,步伐缓慢,但精神状态比起昨晚好多了。他朝外孙的背影甩了个眼刀,不满地说道:"玩玩玩,日日只晓得玩游戏……"

姜南风嗅了嗅,闻到明显的烟草味,立刻双手叉腰,皱眉盘问:"阿公,你怎么又抽烟了?"

陆程刚才烟瘾犯了,去阳台偷偷抽了半根,还特地边抽边用蒲扇扇走烟味。他赶紧扯起领子闻了闻,嘀咕道:"味道有那么明显吗?我怎么不觉得……"

陆鲸鼻哼一声,学着阿公的话回了一句:"食食食,日日净系挂住食烟。"

"你老是偷偷抽烟,我要怎么跟陆姨姨交代?"姜南风语气十分严肃地说,表情跟站在校门口检查学生有没有偷改校裤裤脚的老师的表情一模一样,"还有,我爸给你买的拐杖你怎么不用?"

陆程立马挺直了腰背,用力地拍了两下自己的大腿,说:"免!我能走能跳的,要什么拐杖!你爸就是瞎操心,我才不需要用拐杖。"

姜南风不认同,反问道:"你昨晚连床都下不来耶,哪有那么快能走能跳?"

可老头子就是不服老,坚决不用拐杖,硬是一瘸一拐地走去姜家。

朱莎莉做饭自然没有陆程那么丰富多样,而且因为老头子需要饮食清淡、少吃红肉多吃蔬菜,所以餐桌上要么是清蒸鲳鱼,要么是白灼油菜花,还好有只手撕盐焗鸡,要不然姜南风都打算去开一罐豆豉鲮鱼配饭了。

陆鲸几口就扒完一碗饭,腮帮子还鼓着,就起身说吃饱了。

朱莎莉急忙喊住他:"欸,你再多吃一点儿啊!两个鸡腿,你和南风一人一个的，你都还没吃！"

陆鲸一口咽下米饭，含混不清地说道："给姜南风吧。她之后要丢铅球，得以形补形……嗯！"

旁肋吃了姜南风一记肘击，陆鲸疼得闷哼一声，刚刚咽下去的米饭有蠢蠢欲动往上跑的迹象。

姜南风龇牙咧嘴地说："什么以形补形？下次鸡头应该留给你，好好补补你这张……喀，这张嘴！"

本来"嘴"之前还有一个比较粗俗的字眼，想着家长都在旁边，姜南风硬是卡住没说。

这学期刚开学没几天，"肖蜡头"就通知大家要着手准备五月中旬的校运会，这可算是一件大事，班里同学格外兴奋，踊跃报名自己感兴趣的项目。

当然，男生比女生积极多了。女子项目好不容易才报了七七八八，但连八百米长跑最后都有人认领了，唯独推铅球没有女生想报名。

当"肖蜡头"又问了一次女子铅球项目有没有人愿意报名时，大家竟不约而同地把视线聚集在了姜南风身上。于是在全班同学的瞩目下，姜南风就像中了蛊，自动举起手，报名参加了铅球项目。

"肖蜡头"终于露出了老怀安慰的笑容，开玩笑道："看来在这个项目上咱们班有勇夺第一的机会。"

陆鲸离开后，姜南风立刻抓起他没吃的那只鸡腿，一口啃去一大块肉。

见她吃得嘴角沾满油光，朱莎莉没好气地翻了个白眼，嫌弃地说道："妹啊，你最近胃口是不是有点儿太大了？再怎么好食也要有点儿节制，暴饮暴食对身体不好。"

陆程立刻点头赞同朱莎莉的话："确实是！凡事都该有个度，最近陆鲸也是玩游戏玩到无节制，一日仙仙[①]，成绩都往下掉了。"

"南风也是啊，每晚都躲在房间里看漫画、看小说，要不就是听歌画画。班主任寒假时还打电话来家里，让我多注意小孩儿的学习

[①] 一天到晚都懒懒散散。

态度。"

一听到这个话题，嘴里的大鸡腿瞬间索然无味，姜南风草草地吃完就逃回房间了。

姜南风总觉得，最近老妈好像有些不同。

大部分时间里，朱莎莉还是她熟悉的那个"老妈"，但话题一旦来到学习这方面，朱莎莉的态度便明显严格了许多。

明明她的成绩还排在班级中游，并没有到垫底的位置……以前她考得不理想，朱莎莉会安慰她尽了力就好，而现在总会怀疑她成绩退步是不是和漫画、小说、游戏等等这些东西有关。有时见到她看漫画，朱莎莉还会凶巴巴地恐吓她，说要把她的漫画撕了。

TVB常会出现一个口服液的广告，说女人上了年纪就容易心烦气躁，晚上睡不着，脸上还会长斑。姜南风听罗娟说，她妈妈有买那口服液，说是对中年妇女有不错的效果。

姜南风最近仔细地观察了一下，还真的是……不知何时，老妈的双颊和鼻子上都长出了零星几颗黄黄褐褐的小斑。

再结合朱莎莉最近时好时坏的脾气，姜南风心想：难道老妈也开始进入那什么……什么更年期了？

姜南风没睡午觉，继续纠结等会儿要穿哪套衣服出门。

她准备了几套，其中三套都是长裤配T恤，只有一套是裙装。

长度及膝的长袖连衣裙是陆姨姨春节时带回来送她的礼物，还说这是出口到日本的春装最新尾货。裙子是米白色的，材质柔软轻薄，裙摆上印了一只步姿轻盈的小猫图案，巧的是，这小猫的花色和"细细粒"的几乎一样，也是白黄相间，猫尾巴弯弯翘起。

姜南风很喜欢这条裙子，但因有好多年没穿过裙装了，穿上后，总感觉镜子里的自己好陌生，仿佛变了个人。

十根手指有些不知所措，她扯扯这儿，拉拉那儿，再转个圈，看裙摆像花瓣飘起，再慢慢落下。她连站姿都和平时不同，膝盖碰膝盖，脚尖对脚尖，斯文得要命。

但一换上裤装，就回到熟悉的那个自己了，姜南风来来回回换了几次，最终决定，下午她要穿新裙子！

陆姨姨特别有想法，不仅给裙子配了一双黑色及膝长筒袜，还有一条薄款的深棕色针织披肩,披在肩上显得文静优雅,绑在腰间则青春洋溢。

姜南风将全套衣服换好,走出房间时客厅、餐厅都很安静,老妈在卧室里午睡。

她轻轻推开了父母的卧室的门。靠窗那边有一张梳妆台,她像个小贼一样蹑手蹑脚地走过去,慢慢拉开抽屉。

抽屉里面装有一些朱莎莉的化妆品,粉饼、腮红、三四根口红,还有一些简单的化妆工具。姜南风小学二三年级的时候常常来这里偷拿化妆品,在脸上拍拍打打,乱涂乱画。

抽屉的边角里有一瓶香水,透明方形的瓶身好似一块大水晶,上面贴有白色的品牌标签,印着英文——"CHANEL"。

这是朱莎莉唯一的一瓶香水,听说是特区免税商场刚开的那时候,姜杰买来送给她的生日礼物。

姜南风一直不懂怎么念那串英文,问朱莎莉,朱莎莉也吞吞吐吐,说好像叫"香奶尔"。

朱莎莉很少用它,说不定姜南风偷用的次数比老妈用的次数还多,所以这么多年了,这香水还剩大半瓶。

香水瓶里面的液体颜色变浓了一些,但味道还是香香的,姜南风偷瞄一眼侧躺在床上的老妈,听见轻轻的打鼾声,这才打开瓶盖,朝自己的衣服上喷了两三下,嗯,真的好香。

把香水放回原位,姜南风又蹑手蹑脚地走出了卧室,回房间里拿了书包,再把写着自己要外出的字条压在餐桌上,换鞋出门。

她不习惯穿裙子,总觉得凉风从裙底灌进来,吹得她大腿肉凉凉的。每走几步她就要扯一下裙摆,连步子都不敢迈大一点儿。

终于就快走到中山路的公交车站,远远地,姜南风瞧见大红色的双层巴士驶来,赶紧小碎步跑过去,近了才发现,在站牌前等车的乘客中有陆鲸。

两个人皆是一愣,接着同时发问:"你去哪儿?"

姜南风的声音有些喘,她说:"我去国新大厦那边的书店,你呢?"

她从书包里摸出公交车卡,发现陆鲸呆愣在原地,也没回答她的问题。

她拿公交车卡在他面前挥了挥,问:"嘿,你发什么呆?"

陆鲸的视线从下至上,又从上至下,最后停在了少女裙摆上的那只卡通猫图案上,他微微蹙眉,没回答她的问题,反而又问:"你跟谁去书店啊?"

姜南风顿住,等到二路车在路边停下时,才含糊地嘟囔一句:"我跟朋友去啊。"

陆鲸跟在姜南风身后准备上车,一阵凉风吹来,裹着一股浓郁的香气撞进他的鼻腔里——这味道不常出现在她身上,太成熟了,像妈妈和小姨才会用的那种香水的味道。

姜南风上车刷了卡,回头直接问:"你要去电脑城吗?"

陆鲸抿着嘴角,"嗯"了一声。

"那我们坐到同一个站耶。"姜南风习惯性地往车后方的楼梯走,问,"你去电脑城买什么吗?"

陆鲸低声说:"随便逛逛。"

小姨说过,阿公心脏不好,让陆鲸凡事多让着老人。可不知道和生病有没有关系,阿公最近的脾气越来越暴躁,一见他用电脑就要念叨。他在家里待着反而更容易跟阿公起口角,干脆出门走走。

上次体育课闹矛盾之后,陆鲸经常会遇到郑康民。两个人没再起争执,关系明显好了许多,陆鲸也在QQ上添加了郑康民为好友。

郑康民笑着对陆鲸说:"我们这叫'不打不相识'。"

今天下午,是郑康民和几个"哥哥"要组队,但人数不足,便问陆鲸能不能来帮忙。陆鲸也想和别人一起玩对战,便答应了。

公交车启动,车身摇晃,姜南风扶着楼梯栏杆一步一步往上走。

陆鲸一抬头,那白色裙摆就在他的眼睛里晃出一道波浪。

这小楼梯实在太狭窄了,避无可避,在姜南风的裙摆飘起再落下的一刹那,他愣了愣神,心跳直接快了一拍。直到后面的乘客提醒他要往上走时,他才回神。

姜南风已经坐在第三排了,陆鲸走过去,坐到她身后的空位上。

他莫名其妙地有些烦躁,尤其是闻到姜南风身上的香水味,更加不爽了。

259

这样的姜南风让陆鲸感到好陌生。他觉得,那个放学后在操场上认真地练丢铅球的姜南风才是真正的姜南风,而这个穿裙子、喷香水,还把短发整整齐齐地掖到耳后的少女,根本不是真正的姜南风。

他没忍住脾气,突然抬手,用力地弹了一下姜南风的耳垂。

姜南风被吓到,惊呼一声后捂住耳朵回过了头,直接骂他:"你找死啊?臭弟!"

陆鲸双手抱臂,拉着一张臭脸问:"臭妹,你今天为什么突然穿裙子?去约会啊?"

姜南风气鼓鼓地跟身旁的少年吐槽陆鲸:"你说他是不是脑子有病?我穿不穿裙子跟他又有什么关系?而且……而且他还说我这样穿很奇怪……"

她低头扯了一下裙摆,又拉了一下披肩,心里难免忐忑,小声问道:"这条裙子是陆鲸的小姨送我的,之前我没有穿过……这样穿真的很奇怪吗?"

连磊然推着山地自行车跟在姜南风身旁,摇头道:"不会啊,哪里奇怪了?"

他清了清喉咙,低声道:"我觉得,这样穿很适合你。"

少年的声音有点儿低,姜南风没听清,歪着脑袋问:"嗯?你后面说了句什么?我听不清。"

"没什么……到了,就是这里。"

姜南风抬起了头。内街街道旁边开了不少小店铺,她和连磊然今天的目的地也在这儿——和陆鲸来"探险"的那一次,她骗陆鲸说自己想要去一家书店,可怎么都没想到,这里还真的开了一家漫画书吧!

连磊然把山地自行车推上步道,停好上锁,说:"好了,我们进去吧。"

姜南风连连点头:"嗯!嗯!"

少女一对眼睛水润黝黑,像晶莹剔透的玻璃珠子一般,里头装满了期待。

连磊然忍不住提起了嘴角,说:"你的心情真的很好呀!"

姜南风兴奋地说道："是啊，你又不是不知道，我期待好久了！"

这家书吧是过年前刚开的，老板还在本地论坛的动漫板块里发过帖子做过宣传，作为"斑竹"的连磊然给那帖子加了精华。

姜南风一直想来的，两个人约了几次，但时间总凑不到一块儿，直至今天才能一起来这里。

书吧分上下两层，楼下是前台和摆满漫画书的书架，楼上是阅读区，有可供单人或多人自由使用的大桌子，也有布置精致温馨的沙发卡座，供二至四人使用。

这里和网吧一样是按小时收费，大桌便宜，卡座稍贵，顾客在前台开好座位，挑好漫画，就可以上二楼看书了。

在前台负责招待的是书吧老板，他的手指着座位图，充满歉意地问："今天的客人有点儿多，只剩下一个双人卡座，可以吗？"

闻言，连磊然先看了一眼姜南风，再跟老板确认一次："其他座位都没有了吗？"

"对的，在你们之前来了几组客人，大桌和多人卡座都坐满了。"

姜南风没想太多，朝连磊然眨了眨眼："我们也太好运了吧，居然有最后一个座位！"

连磊然挠了挠后脑勺儿，有些犹豫地问："但是……是双人卡座，你可以吗？"

姜南风不解地问："那不刚好吗？你和我正好两个人呀。"

到了楼上，姜南风尴尬了。

卡座在靠窗最角落的位置，沙发崭新舒适，可空间确实不大，两个人不仅需要并排坐，估计还得肩膀贴着肩膀、手臂贴着手臂。

心跳"扑通扑通"的，她细声说："这沙发好像真有点儿……太小。"

连磊然低声笑："对啊，老板是不是骗人啊？这只能坐一个人吧，还跟我们收两个人的费用。"

被他轻松的语气逗乐，姜南风也跟着笑："那怎么办？我们下楼去找他理论？"

女孩儿笑起来的时候，嘴角有两颗小小的酒窝，好似沙漏里的白砂糖，一粒接一粒，悄然无声地陷下去，味道自然是甜的。

连磊然的耳朵烫了烫，他把借来的一沓漫画书先放到桌上，说："你先坐下吧。"

"那你呢？"

"我去借张椅子。"

连磊然跟老板借了张塑料凳子摆在沙发旁，自己坐塑料凳，把小沙发让给了姜南风。

塑料凳没靠背，姜南风觉得不大好意思，问道："你这样坐久了腰会酸吧？"

连磊然把那沓漫画书推到姜南风面前，挑出第一册给她："没事，你开始看吧。"

"好，这可是你打包票说好看的，要是不好看的话……哼哼。"姜南风边说边握着拳头挥了挥。

连磊然笑道："放心吧，肯定好看。"

这部漫画讲的是一个看上去傻乎乎的草帽少年，想当上航海王的故事——姜南风之前不怎么看少年漫画，觉得就是一路打打坏蛋、升升级的桥段，中间也没有什么恋爱故事线。虽然这不是女生钟意看的类型，但既然是连磊然强烈推荐的，她便打算试一试——她相信连磊然。

二楼坐满了年轻的客人，大家边看书边聊得开心，环境多少有些嘈杂。姜南风从书包里掏出CD机，把绕在机子上的耳机线一圈圈地取了下来。

她斟酌片刻，最后递出耳机给连磊然，试探地问："你……要不要一起听啊？"

连磊然微怔，很快点头："好啊。"

其实他也带了CD机，不过现在不想拿出来了。

窗外树影摇晃，把阳光筛成一块块金箔，洒进玻璃窗内，落在桌面和漫画书上，落在那CD机上的美少女闪粉贴纸上，落在姜南风的指尖和鼻尖上，最后往下滑，把她嘴唇上的水光映得更加晶莹。

连磊然发现，自己不大能专心地看手中的漫画，视线总被姜南风脸上丰富多彩的表情吸引了去。

她看到反派作恶时会皱眉，看到搞笑情节时会咧开嘴笑，看到路飞把反派打飞的时候，会睁圆了眼兴奋地"呼呼"两声。

好不容易，连磊然终于看了半本，忽然听见有"窣窣"吸鼻子的声音。

他抬头，见姜南风将嘴唇抿得紧紧的，接着她的嘴角一点儿一点儿地往下塌，眼角也有点儿泛红。

他再看一眼漫画的内容，原来已经到了比较煽情动人的情节。

姜南风被故事情节吸引，来不及控制自己的情绪，眼眶已经湿了。泪水快溢出来的时候她才回过神，赶紧低头想用手去擦泪。

这时，一张纸巾及时地递到了她面前。

姜南风有些难为情，接过纸巾在眼角附近压了几下，声音含糊地"抱怨"：“你怎么没跟我说有这么好哭的情节啊？明知道我看到这种情节就好容易哭的……哎呀，你别看我，好丢脸……”

胸腔里有什么在破土萌芽，挠得他的喉咙发痒，连磊然赶紧用手捂住双眼，哑声道：“好，我不看你。”

姜南风刚掏出钱包，就被连磊然制止了：“我付就好。”

"不行，刚才你已经请我喝可乐了，看书的钱我来付吧。"

连磊然伸手挡在她的钱包上方，把钱递给老板，坚持道：“哪有让女孩子付钱的道理？”

老板已经收下钱了，姜南风没辙，收回钱包，说：“那下次再来的时候轮到我给。”

连磊然浓眉挑起，笑道：“行，下次再说。”

字条上，姜南风向朱莎莉许诺自己在六点前一定到家。现在快五点了，算上等车的时间，她回到家时应该能勉强踩线达到。

连磊然还是推着山地自行车陪她走去公交车站：“对了，差点儿忘了跟你说，早上我去了趟邮局，把稿子寄出去了。”

姜南风眼睛一亮，问道：“你终于寄啦？”

"嗯，你挑的那几张我都寄出去了。"

过完年后，他们开始筹备给漫画杂志投稿的事。杂志征稿没有限制主题，只要能体现出个人画风和技术水平的稿件就行，A4尺寸，黑白、彩色均可，但必须是原稿。

连磊然以前有不少完成度较高的稿件，姜南风都看过，便挑出几张她个人最钟意的,让他都尝试看看。

连磊然也有问姜南风要不要试着投稿,可姜南风哪敢呢?她觉得自己目前的水平还不够,寄出去了也不可能被选上,倒不如继续好好练习,未来有拿得出手的作品再投。

姜南风掰着手指算:"今天周六……挂号信最快也要下周三或周四才能寄到广州吧?"

连磊然点头:"嗯,不过只要能顺利地寄到就行了,就怕寄着寄着就消失了。"

寄丢信这事给姜南风的心里还留着一些阴影,她说:"对啊,就像那次暑假,我突然就收不到你的信了,还以为你不再跟我做笔友了。"

握住车把手的十指倏地紧了紧,连磊然低声道:"怎么可能?那段时间不知道怎么回事,我寄出去的信好几封都丢了。"

他至今仍没有告诉姜南风那次失联的真实原因,其实是信件被父母拦截了下来。他只同姜南风说,应该是信件遗失了。

连磊然笑了一声:"还好现在有电话和寻呼机,还有电子邮箱和QQ,没那么容易失联了。"

姜南风也笑:"对,越来越方便了!"

落日西斜,将两个少年的影子拉得又黑又长,在说说笑笑中,他们很快到了公交车站。连磊然正想问姜南风,下次来书吧的时候要不要把各自的画本带上,这时一个声音从他们身后传来:"喂,姜南风。"

连磊然回头,很快认出,身后手插在外套口袋里的男孩儿,是姜南风常挂在嘴边的那位邻居。

突然见到陆鲸,姜南风有些慌张,好像干了什么坏事被家长逮住,结结巴巴地问:"你……你怎么这么晚还没回家?"

陆鲸的脸上没什么表情,他半眯着眼,睨向推着车的那个少年。

他想:呵呵,唔怪得肥妹仔要着裙①。

陆鲸不紧不慢地反问道:"你不也是这么晚都还没回家?"

姜南风噎住,一时之间不知该如何应答。

---

① 粤语:难怪肥妹仔要穿裙子。

连磊然从容地开口:"你好,我们上次见过面的,我是小南的朋友,叫连磊然。"

像忽然之间有人朝陆鲸丢了块石头——他顿时觉得胸口有些刺痛的感觉。

见陆鲸没应连磊然,姜南风急忙替陆鲸对连磊然说:"对对,上次我跟你介绍过,他是陆鲸。"

她在心里骂着:没礼貌的臭弟!等我晚点儿再收拾你!

连磊然的嘴角依然带笑,他礼貌地说:"嗯,我记得的。"

陆鲸一整个下午都不怎么对劲,游戏玩得稀巴烂。郑康民都不好意思了,不停跟他名叫江武的"哥哥"解释说"陆鲸肯定是身体不舒服,不然不会玩得这么烂"。

陆鲸总搞不清楚,为什么自己的情绪会像摇晃过的可口可乐,"咕噜咕噜",随时都想要往外冒泡,这感觉太难受了。

他径直从连磊然身边走过,对姜南风说:"车来了,赶紧回家。"

姜南风皱眉,对陆鲸的态度十分不解且不满,语气有些严肃地说:"喂,臭弟……"

像是知道姜南风想说什么,连磊然打断她的话:"没事,你快过去吧,我们之后再聊。"

姜南风抿了抿唇,有些歉疚地说:"他总跟个小孩子一样……你别放在心上,等回头我再教训他。"

连磊然笑出了声,露出整齐的白牙:"你才别放在心上,真的没事,主要是这两次的时间点都不对,以后肯定有机会好好认识的。"

姜南风连连点头:"一定的。"

双层红巴士越来越近,姜南风朝连磊然挥挥手,声音甜美地说:"那我先走啦,今天我很开心!"

夕阳给女孩儿的发顶裹上一层薄薄的金光,连磊然笑得眉眼温柔:"我也是。"

姜南风是最后一个上车的。在一层没见到陆鲸,她走上二层,在最后一排看到了他。

她有些不高兴,气势汹汹地走过去,坐到他身前一排,开始算账:"你怎么回事?上次在好运楼楼下没跟连磊然打招呼,这一次又是这样,你这样子很没礼貌耶。"

陆鲸鼻哼一声,说:"我跟他又不认识,为什么要打招呼?"

"就是不认识才要打招呼啊!打完招呼不就认识了吗?"姜南风觉得陆鲸就是在无理取闹,耐着性子说,"他是我的朋友,你是我的朋友,我希望你们也能做朋友。"

车窗大开,傍晚降了温的凉风灌进来,冷飕飕的,吹得陆鲸的脸快冻僵,声音也没什么温度,他冷冷地说:"你跟他做朋友就好了,我不需要跟他做朋友。"

"你!"

姜南风被他无由来的怪脾气惹得怒火开始冒尖,正想拉响战争的号角,一阵凉风挠得她的鼻子发痒。

没忍住,她连打了几个喷嚏:"阿嚏!阿嚏!"

女孩儿没捂嘴巴,有沫儿直接飞了出来。陆鲸察觉到嘴角有丁点儿湿润,简直难以置信,急忙用手背擦拭嘴角,边擦边骂:"姜南风,你邋遢死了!呸呸呸!哇,你怎么能乱喷口水?!"

姜南风也直接用手背擦了下鼻子,满不在乎地说:"抱歉咯。"

陆鲸来回擦着嘴角,像帮阿公洗碗时用钢丝球擦着碗盘那样,嘴里还在念念叨叨。但同时,他伸手把车窗关上了。

公交车摇摇晃晃,天越来越暗,两个人闹了点儿不愉快,谁都不想跟对方先说话,姜南风还塞了耳机听起歌。

她想着今晚有机会上网的话,要跟连磊然吐槽一下陆小少爷的臭脾气。

还有三四个站就到中山路了,广播开始播报前方到站,有乘客开始起身准备走下去,姜南风前面一个女生也站了起来。

女生穿了条浅卡其色的裤子,姜南风一下就瞧见她臀部位置有明显的鲜红血迹,大约鸡蛋大小。

姜南风瞬间反应过来是怎么一回事,身体动得比脑子快,倏地就站了起来。

陆鲸被吓一跳:"你干吗?"

他看着姜南风往前走到一个女乘客身边,拍了拍对方的肩膀,再凑到对方的耳边不知道说了什么。女乘客明显慌乱起来,低着头也不知道在看什么——姜南风挡在她身后,陆鲸看不清了。

接着,姜南风把披在肩膀上的那条深棕色披肩取了下来,递给女乘客。女乘客接过后把披肩系在腰间,连连跟姜南风道谢。

车到站,女乘客离开了。

待姜南风回到自己的座位上,陆鲸问:"刚才怎么了?"

姜南风当然不告诉他具体的细节,敷衍地说道:"哎呀,女孩子的事,你别管。"

陆鲸冷笑一声:得,他也没有很想知道。

再过一会儿,公交车到了站,两个人下车,一前一后地往家里走。

夜风沁凉,姜南风本来今天穿得就单薄,刚才还把披肩借了人,被凉风捏了两下脖子,鼻子又痒了,忍不住打了个喷嚏。

陆鲸无声叹了口气,把身上的外套脱下来,回过头递给姜南风:"喂,这个给你。"

姜南风吸了吸鼻子,问:"干吗给我?"

"你穿得那么少,等一下肯定要感冒。"

"你关心我呀?"姜南风眨了眨眼,有些受宠若惊地问。

"别想得太多。"陆鲸冷眼睨她,"你每一次感冒都会传染给我,我这叫未雨绸缪。"

姜南风佯装惊讶,说:"哇,臭弟居然会讲成语了,不得了啊!"

陆鲸不想理她的阴阳怪气,又递了递外套:"你到底要不要啊?"

"要要要,我今天穿得太少了……"姜南风抢过来,把外套抖了抖准备穿上。

陆鲸的视线再一次不受控地往下移,那印了猫咪图案的裙摆就这么随风一上一下地轻轻飘,他看着,眉头不禁又皱起来。

下午在公交车的楼梯上时看到的那一幕又浮现在脑海里,他赶紧转身,大步往家的方向走。

小姨五一要回来,他得先跟小姨说一声,不要再给姜南风带裙子了!这肥妹仔根本不习惯穿裙子,蹦蹦跳跳的,好容易走光!

关于推铅球这件"苦差事",姜南风后来竟觉得有点儿乐在其中。

一周她会抽出三或四个下午,放学后在操场旁侧的空地上一个人练习。体育老师没见过这么积极的"铅球选手",直接把器材室的备用钥匙借给她,好方便她进去取铅球。

她沉下呼吸,做好准备姿势,重心后移,左手高举,深呼吸两个来回,同时在心里默念着当天惹恼她的那个人的名字。

后脚猛地蹬地发力,转髋挺胸,推臂拨球,她把那沉甸甸的小球当作一团写满烦恼的纸团,用尽力气丢出去!

球脱手的瞬间,姜南风也低骂一声:"黎彦,你这个臭浑蛋!"

下午第二节下课时,姜南风接到消息,一班班长被班里的男生欺负,刚刚哭着跑进厕所里了。

像被鞭炮炸了屁股,姜南风整个人都跳起来,直接冲到女厕前,竟在门口遇到纪霭班里的那棵"草"——黎彦。

高瘦男生神情慌张,来来回回地踱着步。姜南风疑惑地看了他一眼,进了厕所里,其中一个隔间里站着刚把校服脱下来的纪霭。

见到姜南风,纪霭匆忙地想把上衣套回去。姜南风一下发现了问题,纪霭背后的内衣带子断了一条!

姜南风见过那些臭男生是怎么欺负女孩子的,他们无非就是用那老三招:扯头花、伸脚绊倒对方,以及弹内衣带。

她问纪霭:"是谁干的?"

纪霭没说,还笑着说没事,看看怎么把断了的带子处理一下就好。

可纪霭的眼睛是红的,姜南风和她认识这么多年,哪曾见过她这委屈的模样?

想到在女厕前踱步的男生,姜南风立马在心里有了怀疑目标。她抓了冲厕所用的水瓢,跑出去想砸那棵"草"。

她万万没想到的是,黎彦直接在走廊里把自己的校服脱了下来!

这些天天气热了许多,大家都只穿短袖校服,黎彦这么一来,上半身便是赤裸的,惹得经过的女生们或尖叫或碎语。

黎彦直接把校服递给了姜南风,让她帮忙拿给纪霭,说或许能遮挡一下。

姜南风认定了姓黎的就是惹哭纪霭的罪魁祸首,叫纪霭一定要跟老师反映这件事。但纪霭不知在顾虑什么,说算了,他应该不是故意的。

后来有女同学去跟老师借来个针线包，姜南风笨手笨脚地帮纪霭把断掉的内衣带子重新接上了。

虽然纪霭不追究，可姜南风气啊！她把铅球假想成黎彦的那颗脑袋，一次又一次地用力推了出去！于是，随着一个个铅球划破温烫的傍晚，姜南风心里的坏情绪也基本上排空了。

下个星期就是校运会了，之后可能没太多的练习机会，她反而还感到可惜。

练习后，姜南风把铅球放回器材室里，洗干净手，背着书包离开学校。

她出了一头汗，只天人交战了几秒钟，很快走向附近一家饮品店点了杯柠果冰。喝了几口冰，喉咙沁凉，整个人都舒服多了，这时，她看到陆鲸从旁边的小巷里走了出来。

姜南风见怪不怪了。

陆鲸最近放学后常跟同学们去玩CS……哦，用他们的话来说，是练CS。

这游戏越来越火爆，班级之间放学后的小比赛很快从足球场转移到了游戏上。

姜南风咬着吸管问："玩……呃……练完了？"

陆鲸点头。

两个人并排走，姜南风问："赢了吗？"

陆鲸挑眉，反问道："我有输过吗？"

"哟，自大是不好的，弟弟。"

"我这叫自信，不是自大。"

时间还早，两个人一起走回家。

他们之间的距离不远不近，时不时聊两句，不过就算没话说的时候，双方也不会觉得尴尬或不对劲——这样才是他们正常的相处模式。

快到老戏台时，姜南风已经提前捏紧了鼻子，不满地说道："真是越来越臭了，离这么远都能闻到味道。"

老戏台前空地的乱停乱放问题仍然没有得到任何改善，甚至越来越严重了。而且除了货车司机，还有不少载客摩托车和三轮车都在那里休息停靠，常有陌生的面孔在附近游荡。

陆鲸沉默。

不过短短两年时间而已，这片老城区已经变了这么多，而他也有两年没回广州了，不知道他家附近的变化如何……

姜南风继续说："我那天听老人们抱怨，说政府要大力发展东区，老城区肯定要被放弃了。"

陆鲸说："那很正常。你以前不是还跟我说过，'你的城市会越来越好'？发展东区就代表城市在慢慢'长大'，这样不好吗？或许之后这里会有地铁，会有和天河城一样的大商场，还有很多家肯德基、麦当劳。"

姜南风安静了一会儿，快走到街口时，才开口："城市发展不代表就要把老城区丢下啊，哪有这样的发展方法？你想想，城市就好像一个人，老城区是脚，东区是脑袋，你不能只顾着脑袋，不管脚呀。脑袋发展得再好，没了脚，这个人不还是走不动？"

女孩儿的话越说越多，陆鲸的双眸越睁越大，哟，他觉得听起来还挺有道理。

陆鲸想了想，问："难道你从来没有想过要搬家吗？你想要永远住在这里？你看，202房都已经搬了。"

202房之前住着一对老夫妇，他们的儿女都在深圳发展，说是儿女在那边买了房，接二老过去，以后会把202房卖掉。

而好运楼里不止这一户有这种想法，听巫时迁说，六楼的另外两户都在考虑搬家的事了。

似乎没有什么东西能是永恒的，即便张学友唱得那么好听。

姜南风顿了顿，发现自己还真没想过这个问题。

陆鲸继续说："你家的经济条件其实不差啊，我总觉得你的父母也许在考虑买东区那边的新房子。"

姜南风大惊，说："不要吧？！东区那边那么远，坐车都要半个小时，我学校在这边的，如果搬了，岂不是天天早晨六点钟就要起床去搭车？我不要搬，坚决不要！"

她甚至直接大叫一句："我生是好运楼的人，死是好运楼的鬼！"

陆鲸忍不住了，"哈哈"大笑出声："姜南风，你病得不轻……你不用搬家了,直接入青山①算数。"

姜南风白他一眼,直接送他的肩膀一拳:"放心吧,好兄弟有福同享,有难同当,我如果入青山,也一定会拉你一起去!"

虽然信誓旦旦地说自己不会搬,但到了晚上姜南风还是忍不住问了姜杰,他们家会不会搬离好运楼。

老爸正手握茶碗"韩信点兵"。也不知怎么回事,茶碗突然从他的手中脱落,烂是没烂,但在茶盘上滚了两圈,碗盖跌落,茶叶渣滚出,还把三个茶杯都撞翻了,茶水溅得到处都是。

"哎呀,老爸,你这是怎么回事?"姜南风赶紧拿起旁边的抹布,把茶几上的茶水擦干。

姜杰拈起打翻的那些茶叶渣,将它们丢进垃圾桶里,再扶好三个茶杯。

他看一眼浴室的方向——有水声,朱莎莉还在洗澡。

他打开茶罐,往茶碗里装新的茶米,若无其事地问:"南风啊,老爸问你啊。如果……如果老爸以后要去深圳做生意,你要不要……一起来?"

姜南风怔住,好一会儿才想起要眨眼。她反问一句:"你去深圳,我为什么要去?"

姜杰手一抖,茶米都洒出了茶碗外。

他浅浅笑了一声,说:"老爸可能要去很长一段时间,想先问问你的想法。深圳现在发展得很好的,有很多商场,离香港又近,想买什么东西都有。"

姜南风的眉心慢慢蹙起,她追问道:"那老妈呢?我和她都要一起去吗?"

姜杰这次没说话了。

姜南风没把问题想得太复杂,以为父亲只是去深圳做生意,又不想和她父女分离太长时间,才会这么问。

她没有考虑太久,直接摇头拒绝:"我不去,我的朋友都在这边,

---

① 青山医院是香港一家精神病院,说"送你入青山"意思等于"送你进精神病院"。

有再多的商场也没用。"

她紧了紧手里被茶水浸湿的抹布,斟酌一会儿,问:"老爸,你一定得去深圳做生意吗?在这边做不行吗?"

姜杰笑得有些勉强:"没有没有,老爸刚才不是说了'如果'吗?这件事还没定下来。"

姜南风这才稍微松了口气:"那就好。"

热水重新入茶碗,姜杰先洗了一遍茶,再往瓷杯里斟茶。

听见浴室里的水声停了,他把茶杯放到女儿面前,哑声道:"南风,刚才我说的那些话,你别跟你老妈提起,可以吗?"

姜南风拿瓷杯的手指被烫了一下。她点头,说:"好。"

喝完这杯茶,姜南风回到自己的房间里。

她忽然想起,以前苏阿姨也说过类似的话。

姜南风不喜欢这样的感觉。她觉得,好像大家把妈妈排除在外了,妈妈一个人,孤零零的。

姜南风把积攒下来的坏情绪,在校运会上全部释放了出来。

她投出了迄今为止最好的成绩,四公斤的球,八点八米。这个成绩在女子组里遥遥领先,她勇夺第一。

七班在其他项目上都没有获得名次,突然有这么一块"金牌"从天而降,无论是什么项目,都足以让全班同学为之雀跃。

周一早会上,老师们还像煞有介事地给校运会举行了简单的颁奖仪式。姜南风走上领奖台时,整个初一七班都沸腾了。

有人大喊"肥姐,你好犀利"。郑康民撞了对方一肘子,说:"叫什么肥姐,人家有名有姓的。"然后他冲着领奖台吹了个口哨,大喊一声:"姜南风,你好犀利!"

姜南风不习惯如此受人瞩目,直接在台上冲班里同学竖起食指:"嘘——"

陆鲸站在自己班级的队伍里,像小学朗诵比赛时那样认真地鼓掌。

他也有点儿想吹口哨,忍住了,但嘴角不知不觉地已经扬起。他觉得台上的女孩儿脸红得好似一个新鲜的番茄,只要轻轻一掐,都可能会出水。

他前几天翻了阿公挂在门口的日历，找到了今年七夕的那一页。他算了算时间，还有两个半月。

他知道姜南风想买一套漫画工具包，说是好高级，什么笔杆笔尖、原稿纸网纸都是进口的，一套下来价格不菲，她正努力地存钱。

之前去203吃饭时，陆鲸从姜南风的书柜里拿了本漫画杂志，翻到最后的邮购目录看了一下，心中便大概有了底。

六月底有一场比较大型的CS比赛，陆鲸想：要是到时候赢了这场比赛，分到丁点儿奖金，就给肥妹仔买一套工具包吧，毕竟之前两年他都没送她生日礼物。

后来有奖金或礼品的比赛，陆鲸常跟江武一行人组队。

江武比他大四岁，在一所中专就读，是郑康民的"契大佬①"，队伍里另外几个人都是江武的同学。

江武明显是这群人里头的老大，也明显不是好好学习天天向上的那种乖学生。

他身材魁梧高大，长相比同龄人老成许多，样貌不像南方人，一双眼笑时如锋利的匕首，不笑时更显凶相，嘴角常叼着烟，抽烟频率比陆鲸小姨还高。

一开始陆鲸以貌取人，觉得江武会以玩游戏为借口，实则要对自己进行钱财勒索，所以多少有些防备心，也拒绝过郑康民几次。

后来陆鲸再在"星空"遇到江武时，江武主动找过来跟陆鲸说，自己只是想找个会玩游戏的游戏搭子，让陆鲸放心。

太闷热时，江武会掀起T恤袖子，露出陆鲸觉得自己应该一辈子都不会拥有的"大力水手"肌肉。有一次江武穿了件黑背心，陆鲸还隐约窥见他背上有一小片文身，图案看不清。

陆鲸曾听郑康民讲八卦，说江武的父母早逝，他从小跟外公外婆长大，去年外公过身，就剩下外婆和他，所以他的家庭条件一般。江武白天上学，晚上做兼职。外婆的身体不好，他有时还会逃课去照顾她。

---

① 粤语：干哥哥。

这让陆鲸多少有些触动，感觉江武的身世和他的有些相似。

不得不说，江武这几个人是陆鲸至今合作过的最有默契的一组队友。就算陆鲸玩得再好、枪法再准，CS也还是一个团队游戏，队友配合默契更重要。

他们一路过关斩将。决赛当天，"星空"里热闹无比，没有耳机，小音箱的声音极大，陆鲸与队友之间的交流全得靠大吼大叫，枪声、爆炸声，还有那句"fire in the hole（小心手雷）"此起彼伏。

站在他们身后观战的人也很兴奋，"星空"的老板怕观众太激动，还拿凳子为参赛者们隔出了一小段"安全距离"。

最终，在众人的欢呼声中，陆鲸他们拿下冠军，奖金是五百元现金，五个人平分。

得到一百元后，陆鲸再添了两百多元零花钱，第二天就去邮局汇了款。

等到七月底，他差点儿以为来不及的时候，邮局寄来单子了，让他去取包裹。

一大纸箱沉甸甸的，他骑着自行车去，没车篮没后座，就把纸箱搁在座椅上，扶稳了，慢慢从邮局推回家。

怕被那家伙提前看到，陆鲸把里头零零散散的一堆玩意儿全部藏起来，打算等到姜南风过生日当天再拿出来。

不过姜南风今年的生日有些不同——她没在七夕正日庆祝，而是提前了一天。

陆鲸听阿公和莎莉姨在聊，是因为七夕那天姜南风要"出花园"，一整天都得待在家里，所以大家准备提前替她庆祝。

陆鲸不明白什么是"出花园"，便问了巫时迁和陈熙。

他们简单地解释了一下，在潮汕地区，有的家庭会给年满十五周岁的小孩儿举办一个小小的"成人礼"，表示孩子长大啦，可以走出"花园"，不用总在"花园"里玩耍啦。

但不是每个家长都会花时间费精力地给小孩儿操办这个"成人礼"，像陈熙家就没办。而巫家家里有拜神的习俗，巫母就简单地给巫时迁办了一下，主要还是让他七月初七那天别到处跑。

七夕的前一天正好是周六，提前庆祝的姜南风没有在晚上切蛋糕，而是改在了中午——晚上她要和父母去国际大酒店最顶层的旋转自助餐厅吃大餐。

那一天，还有一位陆鲸意想不到的客人也出现了。

姓连的那家伙，来了。

连磊然来好运楼，也是姜南风意想不到的事，尽管她的心里也有所期待。

今年的生日蛋糕是姜杰买的，雪白忌廉上有用各色果酱绘制出来的月野兔，是她梦寐以求的那个蛋糕。

而且姜杰买的是最大尺寸的蛋糕，完全足够十来个小孩儿一人一块，连陈熙走路走得摇摇晃晃的妹妹都有份。

虽然姜南风让大家不用花钱准备礼物，但还是收到了大家的心意。

纪霭送她的是一条粉色手绳——绳子上缀着两颗很小却晶莹的星星，是纪霭亲手编的；黄欢欢等几个女生一起凑钱送了她一本谢霆锋的"写真集"；巫时迁和陈熙一人送她一只毛绒公仔……

姜南风一样样收下，笑得见牙不见眼，说"好朋友，一生一起走"。

杨樱因为要去舞蹈教室排练今年中秋晚会的节目，没办法来吃蛋糕，但姜南风提前收到了她的礼物——一支草莓味道的润唇膏。

去年换季时姜南风的嘴唇干裂，她疼得直"哼哧"。杨樱借给姜南风一支润唇膏，姜南风用了之后情况有所好转。当时她只是随口说了一句今年秋冬也要买一支，没想到被杨樱记住了。

最后姜南风瞥了眼陆鲸，少年手插裤袋没什么表情。

她撇撇嘴，跟妈妈说赶紧切蛋糕吧。

中午孩子们在姜家吃饭，朱莎莉在厨房里忙个不停，好在有友军援助，好几个妈妈都拿了做好的熟菜过来。陆程卤了鸡腿、炸了鸡翅，还把荷兰薯切成长块形状，炸得金黄，连番茄酱都是自家熬的，味道可一点儿都不输给洋快餐。

可乐和七喜开了五六瓶，大家吃着喝着，饱到打嗝儿的时候，忽然楼下传来了陈伯的声音："南风啊！有同学找你！"

姜南风正疑惑，跑到窗边一看，心脏直接跳到了喉咙口。

陈熙八卦地凑过来问:"怎么这时候还有同学来啊?饭都吃完了。"

"你管那么多!"姜南风转身,一把把陈熙推离窗边,慌慌张张地往门口跑,"我下去一趟,你们继续吃!"

她庆幸今天不像之前那样穿得邋遢,头发也没有像发霉的蘑菇。刚拉开门,她突然想到什么,赶紧又退回到鞋架旁,把拖鞋换成了凉鞋,才重新出门。

跑了半层楼梯,姜南风又心想:惨了,刚吃了蛋糕还没来得及擦嘴!手心手背胡乱地擦拭嘴角,确认衣服上没有滴到番茄酱,她再跑下楼。

"今天很多同学来找你呢。"陈伯站在门房前,手里的扇子指向后面的单车棚,说,"你的同学去看猫啦。"

姜南风跟他道了谢,缓了缓呼吸,朝"细细粒"的窝的方向走去。连磊然蹲在纸箱前,而那只本来生人勿近的猫咪,正摇着尾巴,在连磊然的腿边蹭来蹭去。

听到脚步声,他回过头,笑着打招呼:"嘿,是不是打断你的生日派对了?"

"不会,正好吃完饭了。"姜南风走向他,勾唇笑笑,"你又偷偷跑来,也不跟我讲一声。"

"不算偷偷吧,我从澳门回来时就说过了,准备了一份礼物要给你。"

之前有个两岸三地的绘画比赛,连磊然送去的一幅作品得了银奖。上个月他便和家人去澳门领奖,顺道玩了几天才回来。

他挠了下小猫的脖子,站起身,把一个小纸袋递给姜南风,低声道:"祝小南生日快乐。"

白色的礼品袋上绑着黑色的缎带,上面印着有些眼熟的英文,姜南风逐渐睁圆了眼:"这……这个是……"

老妈的那瓶香水也是这个牌子,叫什么"香奶尔"。

"生日礼物。"

"哎呀,我知道。我是说,里面装的是什么?"

"你今晚再拆?嗯……不知道你会不会喜欢这个味道。"

"味道?"姜南风终是接过了袋子。缎带没有绑得很严实,袋口凑近鼻尖,她能闻到甜甜的花香。

她惊诧地问道:"是香水吗?"

连磊然抿着唇,点了点头。

姜南风的心情有点儿复杂,兴奋、悸动,她甚至还有些……还有些胆怯。

她紧张得手指尖都有点儿发麻,微微皱眉,问道:"这不便宜吧?我不好意思收下的。"

说着她就想把纸袋推回去给连磊然。

连磊然急忙摇头:"不贵,不贵。"

见面前少女的脸上露出了少见的难色,连磊然的胸口忽地涌起丝丝酸涩,他挤出笑容,找了个理由:"真的,而且那天我妈在专柜买了很多东西,所以能用很便宜的价格换购。"

姜南风有些不大相信地问:"真的?"

"嗯,没有花很多钱的,你不要太有压力。"连磊然挠了挠耳朵,说,"我不是很懂女孩子喜欢什么,你是不是觉得……我送的这个礼物……太奇怪了?"

"不不不,不是的!我就是……没收过这么贵重的东西。"姜南风把纸袋抱在胸前,认真地说,"我知道了。我会好好珍惜这份礼物的。"

她郑重其事地承诺道:"这辈子我都会好好珍惜的!谢谢你!"

少女的声音不小,语气坚定无比,她眸里闪烁的碎光瞬间驱散了连磊然心头那阵淡淡的阴霾。

他忍俊不禁,笑声清朗,说:"这样的话,我才要谢谢你。"

他想:毕竟,一辈子可是很长很长的啊,小南。

楼上看热闹的人可不少,陈熙站在最前方,既兴奋又不忘压低声音,问道:"这男生是谁啊?陆鲸,是你们学校的吗?"

他没得到答复,就被黄欢欢用力地挤开了。她说:"陈熙,你一个人把整扇窗都挡住了啦!让我看看……"

姜家窗外的防盗网上摆了不少盆栽,长势极好,黄欢欢得拨开垂坠的绿叶,才能看到站在单车棚旁边的少男少女。

姜南风和她的"同学"在聊些什么,黄欢欢听不清,只能偶尔听到姜南风发出极具辨识度的标志性大笑。

黄欢欢按捺不住好奇心，回头问纪霭："阿霭，这男生是南风班里的吗？"

"这……"纪霭有些为难。

她知道连磊然的存在。可这算是姜南风的"小秘密"，没有姜南风的允许，她不会说出去。

"不是，不是我们学校的。"

大家几乎同一时间回头，飞快地看向了突然开口的陆鲸。

陆鲸其实没走去窗边瞧过一眼，但心里知道是谁来了。

他坐在沙发上，低头睨着手里的塑料杯，杯中的可乐有气泡从底部往上升起，一个、两个……越来越多，挡都挡不住。

他把杯子放到桌上，继续说："那是姜南风的笔友，就是她很重视的那个。"

众人瞬间沸腾了。好运楼里许多人都知道姜南风有个书信往来多年的笔友，但不知道那人是男生，也不知道姜南风和对方已经发展到了"不只是笔友"的关系。大家立刻"叽叽喳喳"地讨论起来。

听见男生们开始胡乱猜测，纪霭赶紧替姜南风说话："你们别乱猜，他们只是普通朋友而已。"

巫时迁从一开始就没去窗边凑热闹。他瞥了一眼陆鲸，"呵"了一声，然后拍了几下手："开玩笑开得差不多就行了，别越说越过分，赶紧帮忙把桌上东西收一收，莎莉姨说等下要给我们拍合照的。"

他话音刚落，朱莎莉就从房间里走了出来，手里拿着一台崭新的相机。

她没在客厅里看到女儿，反而看到小鬼头们都站在窗边，便问："你们聚在那里干什么？南风呢？"

陈熙吞吞吐吐地告知朱莎莉，有个男同学来找姜南风，两个人现在正在楼下聊天。他还特意强调："就是聊天而已！"

姜杰也走了过来，有些讶异地问："男同学？南风居然有关系好的男同学？"

面对大人，大家选择闭上嘴，少说两句，总没那么容易出错。

朱莎莉到窗边往下看，感到有些意外："哟嗬……"

姜南风果然是大姑娘了。

朱莎莉朝大伙扬扬手里的相机,说:"那正好,我们去楼下拍合照吧。"

听到下楼拍合照,陆鲸心里有千万个不愿意——他能预感到会发生什么事。

他并不想要和那家伙同在一张照片内,可莎莉姨都开口了,大伙也都陆续走出门,姜叔叔还催他快点儿跟上去。他找不出借口,只能跟在队伍最后往下走。

一群人浩浩荡荡地下了楼。姜南风被吓傻了,说话直接成了大舌头。一句"你们怎么全下来了",她磕磕巴巴地好几遍才说完。

"刚才不是说要给你们拍张合照吗?屋里光线不够亮,就下来拍了。"朱莎莉指挥着大家站位,并叫姜南风快过来。她看向那位面生的帅气少年,说:"南风,让你这位男同学也一起来拍个合照吧?"

姜南风双颊升温,不知道要怎么跟母亲介绍连磊然。

倒是连磊然主动地开口做了自我介绍,态度从容不迫、谦卑有礼地说:"阿姨,你好,我叫连磊然,是南风画漫画认识的朋友。"

闻言,朱莎莉想起什么:"哦,哦,连……欸,是莲花的'莲'吗?南风总在我面前夸你,前几天才给我看过你在杂志上刊登的漫画!"

连磊然看向了姜南风。

姜南风朝他点了点头,一双黑眸古灵精怪。

他跟朱莎莉说:"是的,是我,'莲'是我的笔名。"

"哎哟,你好厉害啊!南风还说你画国画也很强,上个月还得了奖!"

连磊然被夸得耳朵有点儿烫,谦虚地说道:"阿姨过奖了,我还有很多需要学习的地方。"

他也跟好运楼里其他少年打了招呼,女生们都比较自然地跟他说"哈喽";男生呢,许是出于领地意识,都故意臭着脸,只对他点了点头。

连磊然没太在意男生们的态度,视线直接落在人群后方的陆鲸身上。

连磊然冲陆鲸笑了笑，但没等对方给回应，就移开了视线，问姜南风："你们要拍合照的话，那我先走了？"

姜南风惊呼："怎么这么快就要走？"

"嗯，我得去画室，从这边骑车过去，时间差不多了。"

朱莎莉听到他们的对话，大声招呼道："来来来，小连，既然都来了，拍张合影再走。"

连磊然低声问姜南风："这样会不会不合适？"

"有什么不合适的？"姜南风的手指不知什么时候从连磊然的背后扯住了连磊然的T恤，姜南风咕哝，"一起拍张照，好吗？"

连磊然顿了顿，很快咧开嘴笑："好啊，听你的。"

朱莎莉喊大家排好队，女孩儿们站在前面，男孩儿们站在后排。

姜南风作为寿星女，自然是站在正中间的位置。她将最近长长一些的黑发披至耳后，稍微往后仰，看向了斜后方的连磊然。

对方察觉到视线，也看过来，姜南风赶紧缩回脑袋，俏皮的发尾在空中摇晃。

连磊然轻咬下唇，笑着站直了身子。

巫时迁搭住陆鲸的肩膀，弯下背低声道："你去站到南风的后面。"

本就情绪不佳的陆鲸控制不住脾气，一把甩开同伴的手，语气不耐烦地说："我干吗要站她后面？谁钟意站就谁去站，我不站。"

"哎呀，你个白仁仔……"巫时迁倒也不恼，反手狠狠地撞了一下陆鲸的手臂，"人家过生日，你总拉着张臭脸干吗？一点儿都不喜庆，看看别人笑得多好看啊。"

陆鲸回撞他，咕哝着骂了两句，大步走到一旁，站在队伍边上，手插裤袋，表情跩得不像样。

他脸上一点儿笑容都没有，同被乌云遮蔽住的天空似的。

天乌乌，要落雨。

一群少年站在老楼前，笑容多少都还带着孩子气，也有的孩子似乎正期盼着长大，故意装出大人般的成熟模样。

朱莎莉拿着新相机，叫孩子们站好保持微笑："好啦，通通都看镜头，笑——三、二、一！"

快门连续"咔嚓"了几声，相机将一张张稍带稚嫩却独一无二的面容定格在画面里。

姜南风湿漉漉的头发还没全干,盘腿坐在床上,整理着今天收到的礼物。

还有半个小时《涛声依旧》就要开始,姜南风打开了收音机。这个时候还是前一档节目,女主持人的声音恬静优雅,她用方言讲着七夕牛郎织女的故事。

姜南风腕戴纪霭做的手绳,涂了杨樱送的润唇膏,床上摆着脸有点儿歪的公仔。她一页一页地翻完谢霆锋的"写真集",最后才拿起连磊然送的礼物袋子。

袋子里是一个白色纸盒,握在手心里有些重量,她还没拆开,都能闻到甜甜的香味。

连塑膜姜南风都撕得小心翼翼,仿佛那是一张玻璃糖纸,打开后,她的嘴就能尝到里头甜得入心入肺的糖果。

香水瓶子和母亲的那瓶有些类似,瓶身较瘦,而且里面的液体颜色淡了许多,味道也截然不同。姜南风纠结了好一会儿,才摁下喷头,在空气里喷了一下,又赶紧松手,生怕浪费太多。

这瓶香水的味道清爽许多,她皱着鼻子闻了闻,有点儿像春节家里摆的那盆水仙花的味道,清雅、柔和,却蕴含着一股力量。

个性,对,姜南风觉得这股香味很个性。

她忍不住又喷了一点儿在枕头上,接着将整张脸埋进枕头里,用力地嗅了一口。

哇,她好喜欢!

忽然房门被敲响,她倒抽了一口气,胡乱地把香水瓶子塞到被子下,才冲门口喊:"可以进来!"

朱莎莉推门走进来,手里捧着些东西,边走边说:"明早起床后你要先洗澡,洗完后就换上新衣服,还有这双木屐。"

她忽然闻到空气里的异样,嗅了嗅,睨向女儿,揶揄道:"半夜三更的,喷什么香水?臭美。"

"无……无啦!"姜南风的脖子都烫了,她把母亲手里的衣服和鞋子接过来,赶紧转移话题,"哇,这么老式的木屐你去哪里买到的啊?"

木屐的鞋底很厚,沉甸甸的,上面有一圈大红布料,看着就不怎么舒适,她试着套上,果然很硬,便问道:"穿上这个要怎么走?好重!"

"又不用你穿着出门,就是明天'出花园'用一天而已。"朱莎莉一屁股坐到床上,拿起那本年轻男明星的"写真集",随意地翻开,"这仪式我已经简化很多喽。以前我们'出花园'的时候,洗澡水里头要放很多花花草草,早早就洗完澡,穿上阿母手缝的红肚兜和新衣服,然后拜'花公花婆'①……"

看到几张照片里男明星裸露出些许胸膛,朱莎莉撇撇嘴,又往后翻了几页,继续说:"明天我也没有准备太多东西,拿三牲拜拜、吃碗猪肝汤,就完事了。最主要的是你明天不能出门啊,知道吧?"

姜南风把木屐在床边摆放整齐,难得乖巧地说:"知啦。"

其实她对"出花园"这件事仍是一知半解。

同班同学里有些女孩儿和她一样需要"走出花园",但也有不少人不用,像纪霭是父母去跋杯②和问过先生③,先生说纪霭不需要"出",杨樱则是张老师平日无拜神,也不用"出"。

"你今晚不要太晚睡啦。"朱莎莉站起身,抬手在空气里挥了挥,"哎哟,这个味道甜死啦……是那个男生送你的吗?"

"嗯,对,好甜……嗯?什么?谁?谁送的?"姜南风直接装傻充愣,推着母亲往前走,"我准备睡觉啦,你也早点儿睡!今日你也辛苦啦!"

朱莎莉笑了一声:"怎么?我问一句都不行?"

姜南风嘀咕着:"有什么好问的……"

朱莎莉走到门口,揉了把姜南风的发顶,语气认真地说:"有些事情,老妈念叨多了显得好啰嗦。明天之后你就正式是个大姑娘了,要学会独立思考问题,要学会保护好自己。"

---

① 指公婆神、床神。
② 掷筊。
③ 指算命先生。

姜南风心不在焉,没怎么认真听,连声应道:"知啦!知啦!你快去睡!"

朱莎莉无奈地摇头,笑着走回了主卧。见到坐在床边的姜杰,她慢慢收敛了笑。

姜杰指间夹着一根烟,没抽,烟灰已经老长一截了。他低声问:"阿妹睡了?"

两个人之间的气氛,和在女儿面前时的气氛截然不同。

"没有,哪有那么早?她还要听一会儿收音机。"朱莎莉反手关上门,声音平静得如不起一丝波澜的湖泊,说,"现在,我们好好聊一聊?"

第九章
别哭了

自己有没有正式成为"大姑娘",姜南风不知道,但知道纪霭和杨樱明显都蜕变了。

不知道纪霭的妈妈是不是天天在家里煲鱼汤和猪骨汤,暑假过后开学时,纪霭整个人拔高了不少,皮肤变白,长出肉的脸颊白里透着红。她悄悄跟姜南风说自己换新内衣了。

姜南风陪朱莎莉去买菜时,时不时还听见有客人喊纪霭是"鱼档小西施"。

而杨樱的变化更明显了,姜南风能将言情小说里所有形容女主角外貌的词句套在杨樱身上。她自己也总忍不住喊杨樱"靓女"。

少女亭亭玉立,巴掌大的漂亮脸蛋儿已经退去了稚气。上学年的校服裤子对她而言有些短了。裤子往上吊起了一截,露出她匀称骨感的嫩白脚踝。新学期开始,她就得买两条新校裤。

新校裤长度足够,但裤管和裤腰太松,杨樱穿着松松垮垮的。朱莎莉看到后,提议说帮杨樱把裤子改瘦一点儿。

姜南风再看看自己,新学期也买了新校服裤子,大一号的,不过和杨樱的情况相反——她是因为之前的裤腿太窄了,裤腰的橡皮筋也总把小肚子勒得发红发痒。

新裤子宽松不少,但裤子长得都拖地了,她只好找朱莎莉把裤子裁短一点儿。

天气渐凉，国庆后的一天，姜南风跟俩小姐妹一起走路回家，嘟着嘴说："我们仨就像三个虫茧。你们破茧而出，是两只漂亮的小蝴蝶。我呢，本来以为我也是蝴蝶，结果是只灰头土脸的大飞蛾！"

纪霭乐不可支，笑得肩膀猛颤："你是不是傻！哪有人说自己像飞蛾啊？"

地上正好有一块小石头，姜南风后勾起腿，一脚把它踢飞，咕哝道："那我确实是呀……"

杨樱捏她肉肉的脸蛋儿，笑道："乱说话，蝴蝶也好，飞蛾也好，不都能飞？你以后要飞得很高很高，比我们都高。"

姜南风被逗乐了："才不能，我太胖，飞不起来！"

回到家附近，姜南风和她们道别分开，要直走去邮局寄挂号信。

这半年来，连磊然给杂志的投稿有好几张都被挑上并刊登，杂志社不仅送他样刊，还付他稿费。姜南风也投过两次，但都没有下文。

这一次的作品，在连磊然的指导下，她完成了构图和起草，再认真地勾线贴网涂黑提白。姜南风本来没什么自信，但连磊然信心满满地说这一次肯定能行。

纪霭和杨樱继续往家的方向走。快到好运楼时，杨樱和以往一样，把手腕上的手绳取了下来，放进书包的旁袋里。

手绳是纪霭送给大家的，她们三个人一人一条，颜色不同，挂坠不同，南风的是星星，纪霭的是月亮，杨樱的是朵小花。

长发瀑布般地披散在肩头，杨樱一边梳起马尾，一边轻声说："其实我真的好羡慕南风。她就算有坏情绪，也很快就能排解掉，愤怒和悲伤都不会在她的身上停留太久。她整个人都是暖洋洋的，我好喜欢她这样的性格。"

杨樱三两下就把长发梳得干净利落，又甩了甩辫子，继续说："我总是很想成为这样的人，却又做不到。"

纪霭静静地看着她，半响，说："你做你自己就已经很棒了，不需要成为'南风'这样的人啊。"

"可是……"

杨樱欲言又止，再想开口的时候，身后有人喊她："杨樱——"

是张雪玲。

杨樱感到幸运,在纪霭耳边轻声说:"还好先把头发扎起来了。"

纪霭有些心酸,却也不好在张老师面前说些什么,跟她打过招呼就离开了。

杨樱跟着张雪玲走进铁门里,面上笑容乖巧。母亲问一句,她答一句。

张雪玲中午没时间做饭,一般都是直接从学校食堂里打包盒饭带回来。杨樱咀嚼着有些老的芥蓝,听母亲讲这两天学校又逮到了一组高三生"交往过密"。

也不是第一次了,杨樱经常听张雪玲提起学生早恋的事。

杨樱分不清,张雪玲到底是因为恨铁不成钢,还是单纯地无法接受有亲密情侣的存在,才会把那些小情侣骂得那么难听。

她嚼着嘴里的菜渣,有些走神,突然手背被抽打了一下。

张雪玲不满地说道:"你有没有在听妈妈讲话?"

杨樱懒得揉散疼痛,点了点头,说:"有的,你说的我都知道,'严禁早恋''早恋没有好结果'。"

张雪玲这才松了眉头,说:"对,没错。你长得漂亮,肯定很多男同学整天在你身边转来转去。你意志可要坚定,千万别因为一时贪新鲜,就跟男生有来往,知道没有?"

杨樱目中无神,点点头,说:"知道了。"

母亲回房午休,杨樱也回了自己房间,她的门没办法上锁,只能正常关上。

她脱下校服,脱下内衣,把长发放下,赤裸着身子,站在镜子前。

杨樱偶尔会想:她和那个把自己抛弃在公厕里的女人,容貌上能有多少分相似?会不会未来某一天她在街上走着走着,偶然遇到一张和自己相似的面孔?

镜子里的少女身材高挑,虽不丰满但曲线足够玲珑,舞蹈老师常常夸赞她脖子到肩膀的线条很漂亮。

杨樱喜欢舞室那面大镜子,里面的她是神采飞扬的,是自由的,而不像现在被困在这块小镜子里的她,黯淡无光。宛如商场货架上那一个个装在玩具盒里的换装公仔,她连穿着打扮、举手投足都要被

"主人"掌控。

杨樱觉得没多久之前,姜南风有一句话说得不对。

她哪里是蝴蝶啊?她根本就是那只还没有能力破开茧的毛毛虫。

所以,当舞蹈教室里的女孩儿们讨论着要不要去旱冰场玩一玩时,杨樱主动地问:"能不能也一起去?"

大家都感到有些意外。她们和杨樱也相处了好些年,都知道杨樱从小就是乖乖女,没想到她对这种地方会感兴趣。

那是千禧年的最后一天,正好张雪玲学校里有事,杨樱需要自己去舞蹈教室,也要自己回家。

她提前跟张雪玲谎报要为蛇年春晚排练到傍晚。一个小时后,一群女孩儿脱去舞鞋,解下盘发,穿上自认为最时髦的衣裳,兴奋地冲向了舞室附近新开的那家旱冰场。

女孩儿们还没进去就已经听到了震耳欲聋的音乐声。啤酒的味道和烟味混杂在一起,惹得杨樱打起了退堂鼓。

这家名叫"乐飞"的旱冰场原来不单纯只能溜冰,偌大的场地被分出一大片迪斯科区,旁边的高台上还有一张张酒桌。音响轰炸得杨樱脑袋"嗡嗡"作响,顶上的银色灯球和霓虹灯频闪,不停变换着颜色,将少女们有些惊慌却依然亢奋的眼眸染成流光溢彩的玻璃珠子。

等耳朵渐渐习惯了场内的音乐,心脏便开始随着节奏一下一下地蹦跳起来,奇异的感觉流淌至四肢百骸,杨樱退缩的想法坚持了不到十秒,就让高涨的叛逆击退。她随着舞室的同伴们一块儿跑去借旱冰鞋。

同伴里有人已经能滑得很熟练了。杨樱没滑过,但扶着栏杆慢慢走了两圈,就已经开始能松开手滑了。平衡感极佳的女孩儿们成了旱冰场里的美人鱼,发尾高高飘起,溢出畅快淋漓的笑声。

清秀漂亮的女孩儿总是引人注目,没一会儿就有男子滑过来搭讪。几个人没搭理对方,飞快地滑走,再交头接耳道"长这么丑都还敢来泡妞"。

到底是新手,杨樱不小心轻撞到了一个染着金发、脸化浓妆的女生。她及时扶住对方,连连说"对不起"。

金发女生瞪了杨樱一眼，嘴里念了句什么才离开。但现场音乐声太大，杨樱听不清。

杨樱有些紧张，觉得会有麻烦，就赶紧跟同伴们说她得先走了，免得晚了被母亲发现。

预感成真，走出大门口时，杨樱又遇到了刚才自己撞到的那个金发女生。女生身后站着两男一女，每人嘴里都衔着香烟，表情一个比一个桀骜不驯。

其中一个男生身材高大，外貌格外显眼，微眯的狭长双眸似刀似箭，貌似漫不经心，却将杨樱盯得心跳骤快。

来到明处，杨樱才看清了金发女生的面孔。虽然女生的五官被浓妆掩盖，但她看起来年龄很小。杨樱估计这女生最多大自己两三岁。

金发女生仰着下巴睨着杨樱，对那高个子男生说："武哥，刚刚就是这女的故意撞我。"

杨樱瞪大了眼，急声辩解："没有，我不是故意撞你的！是真的不小心，而且我刚才有跟你道……"

她还没说完，就被对方狠狠地推了一下！她没站稳，直接往后踉跄了两步，脚也崴了一下，疼得直皱眉头。

金发女生气势汹汹地说："你刚刚就是这样用力地撞过来的！说不是故意的，骗三岁小孩儿吗？"

她又嗔怪江武："哥！你怎么不帮我出头？"

江武吐了口烟，无奈地说道："好好好……"

男生慢慢走到杨樱的面前，杨樱也慢慢抬起了头。

她的身高已经一米六五了，可在这男生面前，她还需要高高仰起头，才能与他对视。

对方还没开口，杨樱先抢了话，声音有些发颤但音量不小："我说了，我不是故意的！而且我跟你的妹妹道过歉了！"

她并不是不害怕，只是感到愤怒和委屈。强烈且汹涌的情绪让她没空去害怕接下来会发生什么事。

她也不是第一次被女生故意针对，比如：她在班里被其他女生有意无意地孤立，在厕所里被高年级的女生堵着警告她不许靠近某某

288

男生,最离谱的是小时候在少年宫上课前,竟从舞鞋里倒出了两枚图钉……

她搞不明白,为什么大家都是女生,却要这样针对同样身为女生的自己!

江武挑起眉毛,饶有兴致地打量起面前脸色苍白、唇色却极红的女孩儿。

他低声问:"哦?你跟她道过歉了?"

杨樱能从男生眼里看出危险性,却还是冲着他喊:"对,我还问她有没有受伤!"

"哦——"江武回头,问金发女生:"她都跟你说对不起了?那你还气什么?"

金发女生支支吾吾地说:"我……我不信她是真心实意的!"

江武低声骂了句"神经妹",叫另外一男一女把无理取闹的金发女生先带走。女生不情愿,大喊大叫。江武一个眼刀甩过去,金发女生就安静了。

江武吸了口烟,再吐出,说:"她这人就是爱'小事化大''大事化更大'。不好意思啦,刚才吓着你了。"

杨樱故作冷静地说:"我没有被吓到。"

说完,她想从男生身边离开。脚踝有些刺疼,但她还是要挺直腰背,不想露怯。

男生不但没拦住她,反而还往旁边侧了侧身,给她让出一条道。

杨樱没忍住,又抬眸看了他一眼。

烟雾将男生硬朗的面孔模糊化,但掩不住其锋利尖锐的眼神。

杨樱突然觉得自己变得好奇怪,心脏蹦得极快,连膝盖都有点儿无力,再走出几步,突然听到男生喊住她:"喂。"

她回过头,只见对方冲她笑了笑,说:"乖乖女,这种地方不适合你。"

常年压抑的反叛情绪在这时候完全冒出了头,杨樱瞪他一眼,说:"合不合适,用不着你管!"

姜南风有些懊恼,觉得自己真的是迟钝了许多。

或者说，是她的注意力被分散到了其他地方，总之，等到初二结束后的这个夏天，她才再次惊觉，大家或多或少又有了些变化。

首先是纪霭，这个学期似乎跟那个"黎黎班上草"走得挺近。

不过，姜南风后来对姓黎的印象有了些许改观。因为有一次纪霭在班里又让男生欺负了，黎彦直接和对方打了起来。事情闹得不小，校方还说要记黎彦大过，后来据说黎彦爸爸来了一趟学校后，这事就了了。

只要是一致对外抗敌的就是友军，所以后来姜南风遇上黎彦，也没再给他眼刀吃。

接着是杨樱。

之前断断续续有几个周末，杨樱都拜托姜南风，说如果张雪玲问起她们俩是不是一起去了书店或图书馆，麻烦姜南风说"是"。

姜南风问杨樱是要去哪里，需要这样瞒着张老师。杨樱说是和舞蹈教室的女孩儿们有约，但怕母亲生气发火，才想要瞒着她。

姜南风答应了，不过后来也只是被张老师问过一次而已。

这个暑假开始后，杨樱常去上舞蹈课——本来挺正常一件事，但上周有次杨樱上课后自个儿回来，姜南风在楼下遇到她，嗅到了她身上有些烟味。

姜南风问杨樱是怎么回事。她解释说是回来时坐的那辆三轮车，车夫一直抽烟，自己才沾染上了味道。

最后是黄欢欢。

欢欢比姜南风小一岁，初中进了爱民中学，平时会跟着巫时迁、陈熙他们一起上下学。

小时候的欢欢总跟在巫时迁身后，"巫哥哥"前、"巫哥哥"后地喊他。无论大人小孩儿都爱开她玩笑，说她以后要嫁给巫哥哥做老婆，又说老巫家早早就有个漂亮的小媳妇。

长大后的欢欢还是总跟在巫时迁身后，小尾巴似的。巫时迁他们在楼下踢球，她铁定会在旁边看着。

可姜南风最近偶然发现，欢欢的视线其实并没有经常停留在巫时迁身上，而是……一开始姜南风以为是自己眼花看错，但后来仔细地留意了一段时间，竟发现欢欢看的其实是陈熙！

姜南风有些慌乱无措，不知道好不好跟人聊起这个"发现"。她搞不明白，明明欢欢平时对陈熙总是凶巴巴的，还总骂他是"衰老肥"……

姜南风抬眸，悄咪咪地看向坐在她对面、正安静看书的连磊然。

暑假开始后，只要她能从家里溜出来，就会和连磊然来书吧里看书或画画。

书吧老板的名字很特别，他姓高名兴，所以也给书吧取名为"HAPPY 书吧（快乐书吧）"。高兴也喜欢画漫画，画风偏港派。他笔下的男性角色各个肌肉发达，女性角色则是前凸后翘，性感又迷人。

高兴致力于推动本土动漫的发展，开书吧的目的也是为了让同好们有个地方能相聚。如今越来越多的人到书吧来，他还在二楼装了一块白幕布，不定时投影播放动画，吸引了更多的动漫爱好者。

这一年多的时间里，姜南风他们在书吧里认识了不少同好。大家会一起讨论剧情，推荐各自喜欢的作品，姜南风看的漫画风格也越来越多。虽然对有些题材和风格并不感冒，但她也不对作品和推荐者恶言相向。

盛夏将至，书吧旁边的树荫下不知藏了多少只蝉。它们此起彼伏且有规律地鸣唱着，人们只能听见其声，瞧不见其踪影。

就像那些藏在心头的细小又酸涩的少女心思，姜南风知道它们的存在，却不敢让它们显形。

连磊然没抬头，轻咳了一声后说："干吗一直看着我？你的书看完了？"

姜南风垂眸，咕哝："还没。"

连磊然撩起眼帘，问："是不是太热了？"

"没……没啊，我不热。"

"脸都红了。"

连磊然笑了一声，站起身把墙角的风扇调高一档后，又拿起桌上已经空了的粉色水杯去接水。

趁这时候，姜南风抓起桌上的扇子猛扇了好几下，想把脸上的热气扇飞。

站在水机旁的少年连接水都要弯腰，姜南风扇着风，眼睛一直盯

291

着他——嗯，有点儿像黄欢欢盯着陈熙看那样。

等连磊然往回走，她才急忙低下了头，把小心思再一次藏进夏日茂盛的树荫里。

连磊然把装满水的水杯放到姜南风面前："我没有全装凉水，加了点儿热的。"

"好！"姜南风抓起杯子猛灌了几口，转移话题，问，"中考成绩什么时候出啊？"

"嗯，估计得七月中下旬吧。"

姜南风眼珠子转了一圈，再问："你确定要进华山高中吗？"

华山高中是一所离连磊然家很近的高中。与老市区的高中相比，华山高中成立得比较晚，但去年也挤进了重点高中的行列里。

华高的老师们年轻且有实力，校风自由却不散漫，给予了学生很大的发展空间。而且华高这几年设有高三艺考班，连磊然早早就决定要走美术生的路——华高对他来说是很不错的选择。

中考考完后连磊然估过分，按去年的分数线，自己进华高没多大问题。

"嗯，我会进华高。"连磊然手里拿着漫画书，但视线落在了姜南风红红的脸上，态度认真地问，"小南，你也来华高吧？"

姜南风双手一直抓着杯子，沉默了几秒，才说："华高离我家有点儿远……"

而且以她现在各科的成绩，上普高还行，但上重点就有些勉强了——她文科还不错，理科则马马虎虎。她看过去年华高的分数线，觉得吃力。

杨樱不用说，肯定会进张老师所在的一中，纪霭应该也是。陆鲸……陆鲸那臭弟弟现在只跟男生玩，对她的态度忽冷忽热的，她也懒得去哄他开心。

姜南风从幼儿园开始就一直在好运楼附近的学校读书，世界总是维持着那么大的空间。她好像也没怎么想过要跨出边界，去远一点儿的地方看一看，总觉得顺其自然就好。

"嗯，确实有点儿远，坐公交车得四五个字[①]？"连磊然语气有些可惜地说，"我还挺想跟你在一个学校的。"

耳朵像被火苗燎过，姜南风忍不住提了提嘴角，说："我好羡慕你啊，你好早就有了目标，清楚地知道要上哪所学校、未来要走哪条路。"

连磊然顿了顿，放下了书，声音沉下来，说道："不，我其实也没有很清楚。"

"嗯？"

"我还没想好将来要报哪个专业。"

姜南风眨眨眼，感到有些意外："我记得你说过，你要报国画专业的呀？"

连磊然无奈地笑笑："那是我爸妈要我报的专业，毕竟我从小学的就是这个。"

"那你……？"

"我比较想去广美的动画专业。"连磊然左手撑着脸，伸出右手，用食指在姜南风手指前的桌面上轻轻敲了两下，"你呢？有想过考美院吗？"

那两声"叩叩"，好像石块重重地落到她胸腔内的小湖里，激起了圈圈涟漪。

她睁大眼，连连摇头："我？我怎么能行？我完全没有基础，要考美院的都要像你这样，从小就在画室里长大的才行！"

"什么啊，我才没有在画室里长大，一个星期去一次就够了。"连磊然笑出了声，跟她解释，"我们画室每年都会有高二才来恶补术科的学生，我还听说过，别的画室有学生只参加培训一年，最后考上了央美。"

"真的假的？我不信。"

"我什么时候骗过你？"连磊然挑眉，作势屈起指节去敲她肉肉的手背，"如果你对画画真的感兴趣，以后也想尝试走这条路，那现在来

[①] 一个"字"等于五分钟。

293

画室一点儿都不迟的。只不过我也要先跟你说明白,学素描、学色彩,其实是一件挺枯燥的事。"

姜南风不知怎么就没躲开,手背让少年敲了一下,不痛不痒,但感觉整只手都麻了,像有蚂蚁一寸寸地爬上来小口地咬着她的臂肉。

小时候跟别的男生打来闹去的那种举动,姜南风可是从来没对连磊然做过。她怕对方觉得自己好粗鲁、好暴力。

姜南风猛地缩手,还差点儿打翻了水杯:"再……再说吧!你又不是不知道,最近我老妈管我管得好严,我都得趁她不在家才能看书画画……"

说起这个话题姜南风就有些烦躁,直接抱怨道:"你知道吗?我昨天偷听到她跟一个阿姨打电话,问数学、物理补习班的事!"

"什么?她要让你去补习吗?"连磊然讶异。在他这么多年来的印象里,小南的妈妈并不是那种特别在乎孩子成绩的家长。

"我不知道啊。虽然我这次期末考确实考得不怎么样,但也尽力了啊。"姜南风敲了两下脑袋,声音愤愤地说,"到底谁发明了数学、物理和化学啊?真的是要我老命。"

连磊然笑得眼睛微眯,从包里掏出一小盒葡萄干,递到姜南风面前,说:"别急,你慢慢考虑,无论做怎么样的决定,我都支持你。"

这是姜南风最近很喜欢的小零食,他们每次来书吧,连磊然都会带上一盒。

她接过来,倒了几颗在手里,再递回去给连磊然。

连磊然懒懒地趴到桌上,嘴角的微笑松软得好似刚烤好的面包。他低声道:"你喂我?"

"扑通扑通",心中的小湖里不停地掉入石块,水花四溅,涟漪不停。姜南风看了那么多少女漫画和小说,当然知道这是怎么回事。

尽管她拼命叫自己冷静,牙齿还是上下打架。她支支吾吾地说:"这……这……这……这……"

而连磊然面上显得轻松,其实心脏也跳得失序。他知道自己过分了,赶紧说:"我说笑的,看把你吓的。"

他想拿回葡萄干,没料到姜南风把葡萄干收了回去。

双颊红如苹果的少女鼓足了勇气，从盒子里取了两颗葡萄干，指尖颤抖，话音也颤抖，只有眼神很认真："真的要我喂你吗？"

书吧的卡座旁边有垂下的珠帘半掩，为青涩的少年少女隔出了一个小小的无人打扰的空间。

两个人对视许久，时间长到空气都似乎变了味道。

连磊然正想张开嘴时，珠帘被谁忽然拨开，一道冷冰冰的声音从上至下传来："姜南风，你妈叫你回家吃饭了。"

十五分钟前。

陆鲸即将结束一局对战，桌上的寻呼机振动起来，虽然那"嘀嘀"声被喧哗声掩盖住了。

寻呼机是小姨给他的。这次不是专门买的，而是小姨换手机之前用过的机子，今年"淘汰"给他用了。小姨还说，等她明年换新手机，再把旧手机给他。

陆鲸一心两用，手还在键盘上狂敲，眼睛则瞄向寻呼机。

看清是谁呼他，他抓起寻呼机，跟身后观战的郑康民说："你来玩，我出去回个电话。"

待走去旁边的食杂店打公共电话，熟练地按下姜南风家的电话号码后，那边很快接起，陆鲸先开口："喂？你找我吗？"

他以为是姜南风呼叫他。

没想到那边是朱莎莉："鲸仔，我是莎莉姨。"

陆鲸一怔，立刻站直了身："姨，不好意思，我以为是姜南风。"

"没事，姨问问你，你还在外边吗？"

"是的，"陆鲸看了下手表，已经下午五点了，赶紧说，"不过我准备回家了。"

"哦哦，那你能不能去书吧那儿找找姜南风？阿臭妹跟我保证，说四点就回来，结果到现在还没见人影！气死人！"

陆鲸的心微微一沉，他哑声道："好的，姨，我现在就去喊她回家。"

"你知道她常去的那家书吧在哪里吧？"

"知道的，我找到她就回来。"

"好，好，你们路上都要小心。"

"好的。"

挂了电话，陆鲸在树荫下站了一会儿。直到蝉鸣吵得耳朵快要爆炸，他才迈腿。

姜南风既然去了书吧，那肯定连磊然也在。"星空"和"HAPPY"离得近，这一年陆鲸偶尔会见到他们两个人并肩往车站走。

可陆鲸每次都装作没看到。

如果姜南风没发现他，他就远远地跟在他们后面；如果姜南风发现他了，他也会找借口不跟她一起坐车回家。

陆鲸搞不清楚为什么自己要避开姜南风，脑子还没想明白，身体已经动了。

去年七夕之后，巫时迁问过他，怎么没给姜南风准备生日礼物。

陆鲸搪塞过去，说姜南风那么贪吃，送她礼物不如直接请她吃顿麦当劳更实际。

买的那套漫画工具包还塞在床底下，他最终没送出去，可能是觉得没必要送吧。反正他送什么，都比不过那人送的什么鬼香水。

既然答应了朱莎莉，陆鲸只好硬着头皮去书吧找姜南风。

五分钟后陆鲸到了书吧，跟老板丢下一句"我找人"后径直上了二楼。

很快他就看见了靠窗坐着的姜南风——角度关系，他只能看到姜南风，看不清她对面坐着谁，也听不见他们在聊什么。

只不过，那几根稀疏的珠帘并不能完全挡住姜南风的脸，所以陆鲸看着她脸上露出了他未曾见过的表情，羞涩的、期盼的，还有些……娇滴滴的。

姜南风手里拿着一盒东西，像是糖果。坐在她对面的那家伙伸了手想去拿，但姜南风没给他，把东西又收了回去。

这两个人是在干什么？！陆鲸拉着张臭脸大步走过去，拨开珠帘，冲着姜南风说："姜南风，你妈叫你回家吃饭了。"

姜南风被吓得倒抽了一口冷气，心脏像坐跳楼机一下子蹿到喉咙口。她问："陆鲸？你怎么会在这里？！"

"你跟莎莉姨说你四点要回家，现在都五点了。"陆鲸敲敲手表，说,"莎莉姨直接打到我这里来,叫我来找你。"

小空间被外人打扰,连磊然多少有些不悦。他坐直了看向陆鲸,但没主动地开口打招呼。

和以往一样,陆鲸仿佛当他是透明人。

连磊然起了身,开始收拾桌上的东西,对姜南风说:"是我的错,我没留意已经过了钟点。"

"不不不,不关你的事,是我刚才看书看入迷了。"姜南风也赶紧站起来收拾漫画,再把封好口的葡萄干还给连磊然。

连磊然笑着摇摇头:"你带回去吃吧。"

姜南风脸上的温度还没有降下来,连连说:"好……好。"

陆鲸双手抱在胸前,冷眼睨着两个人在他面前眉来眼去,传递着他不知道的"内情"。他胸腔里有些什么东西在翻涌,就像那只闻声不见影的蝉。

他直接扯起姜南风还没拉好拉链的书包背到了身上,不耐烦地说道:"赶紧走啦,晚回去你妈又要揍你。"

说完,他就往楼下走。

我才想揍你呢!臭弟!

姜南风在心里已经把陆鲸踢飞到西伯利亚,碍于连磊然在场,暂时压下冒尖的火气,帮连磊然把借来的漫画书拿下了楼。

下楼梯时连磊然忽然问姜南风:"原来你们的书包是同款啊?"

姜南风点头:"对,我没跟你说过这事吗?"

"没呢。"

"是陆鲸的小姨带回来的,一般每年都会给我和陆鲸一人一个。"

背着两个书包的少年站在门口树下,连磊然瞥了一眼那一粉一蓝的书包,心里不怎么痛快。

还完书,连磊然提出要送姜南风去坐公交车,被陆鲸冷声拒绝道:"不用麻烦你了,时间太晚,我们到街口打的回去。"

连磊然顿住,仔细地想想,这竟是陆鲸第一次跟他对话,尽管对方的态度算不上友善。

姜南风皱眉。她再傻也听得出陆鲸对连磊然带有一些若有若无的敌意,刚想开口,连磊然先笑着说:"行,那我送你们到街口。"

这下轮到陆鲸怔住。他没回应，大步往街口方向走，把那两个人抛在后头。

姜南风这次没再给陆鲸找借口，压着怒气，对连磊然说："还是别送了吧，我跟他先回去，晚点儿上 QQ 聊？"

看出她的为难，连磊然没再坚持，说："好，那你们回去的路上小心。"

姜南风感谢对方的体谅，淡笑道："谢谢你。"

她快跑追上陆鲸，蓦地扯住自己的书包带子："我自己背！"

陆鲸差点儿被她扯得摔倒。面前的女孩儿气鼓鼓、凶巴巴，和刚刚珠帘后羞涩温柔的女孩儿简直判若两人。

他看看姜南风，再看一眼远处站在书吧门口尚未离开的连磊然。

被耳朵里和脑子里的蝉鸣声同时吵得烦躁不安，本来打算好好藏着的话，陆鲸也憋不住了。

他冷笑一声，边走边说："姜南风，莎莉姨要是知道你来这里是为了搞这些不三不四的事，肯定不会同意让你再来了。"

姜南风无比震惊，眼睛睁得又圆又大，惊呼道："陆鲸，你疯了吧！什么叫'不三不四'的事？！"

"我刚都看见了。"

陆鲸心里知道自己越说越离谱，但就是收不住那些酸酸的话语，一个劲儿地往外吐。

"你别瞎说！我们一直都在看书，书吧里又不是只有我们两个人，还有其他客人，都能做证！"姜南风终于忍不住骂了句粗口，"你怎么现在说话总那么讨厌啊？故意把我惹恼你才会开心吗？我们就不能像以前那样心平气和地聊天吗？你干吗总那么愤怒？我哪里得罪你了？连磊然哪里得罪你了？"

姜南风还像以前那样，小嘴像机关枪一样，不停地提出疑问。陆鲸也像以前那样，一个问题也回答不上来，但"讨厌"一词宛如锋利的尖刃，在他的心脏上划出血淋淋的伤口。

他也讨厌这样的自己啊，莫名其妙地忌妒着连磊然的自己，真的好肉酸[①]!

他走到街口,正好来了辆的士。他伸手拦下,想喊姜南风过来,不料姜南风径直往公交车站的方向走。

"喂!太晚了,我们打的!"陆鲸大步追上她,一着急,竟伸手拉住了她的小臂。

姜南风赌气地甩开他的手,说:"我不要坐的士,自己搭公交车回去。"

"姜南风,你别闹!"

"谁跟你闹?我很认真,是你总跟我闹!"

"姜南风!"

两个人正吵着架,刚才被陆鲸拦下的那辆出租车开过来,司机降下车窗骂了句:"小屁孩儿没钱就别学大人打的。"

正在气头上的姜南风瞬间把怒气转移了:"谁说我们没钱?"

她扯住陆鲸的袖子,一下就把少年扯到了她的身边,继续冲着司机喊:"他最大的优点就是有钱!他这个人什么都没有,钱最多了!"

司机似乎被怒吼的少女吓到,又骂了句"肖姿娘[②]"就赶紧驶离。

陆鲸瞪大了双眼,难得被姜南风大力"夸赞",却谈不上有多开心。

只不过被她这么一打岔,陆鲸心里那个鼓鼓的气球,被轻轻扎了个小口,那些烦躁的情绪就渐渐消退了。

姜南风松开陆鲸往车站走去,虽然嘴里还念念有词,但情绪也没那么强烈了。

陆鲸叹了口气,跟上去,嘟囔道:"我什么都没有?我有的可多了……"

姜南风听见了,回头白他一眼:"对对对,你阴阳怪气最多了。"

陆鲸问:"真的不打的?"

"你真的嫌钱多?打的回去多贵啊,净浪费钱……知道你厉害,现

---

① 粤语:难看。

② 疯女人。

在都能靠打游戏挣钱了，但别总乱花啊。"姜南风鼻哼一声，拨开脸侧的发丝，"反正我回去了肯定会被我妈骂，早一点儿晚一点儿都一样，干脆搭车慢慢坐回去就好了。"

陆鲸没再吭声了，踩着姜南风的影子也走向车站。

倒是很快来了辆二路车，他们一前一后上车，直接走到上层。

巴士是个铁皮罐头，蓄满了夏天的温度。姜南风坐下后把车窗开至最大，灌进来的风有一股说不出的味道，像一团在塑料袋里闷了很久的潮湿泥土的味道。

早上她才听陈伯说，这两天估计会打台风。

她知道陆鲸在身后坐下，没管他，拿出CD机想听歌，发现没电了——这CD机的电池上了年纪，最近她听不了几个小时就没电。

她自言自语了一句，后面的陆鲸开了口："是不是没电了？我有带，你要听吗？"

姜南风回头，声音还有些闷闷不乐："你带了哪张碟？"

"周杰伦那张。"

姜南风微微挑眉："我也是。"

去年冬天，这个不看歌词本就不知道他在唱什么的歌手横空出世。姜南风和其他同学一样，从一开始的听不习惯，到后来机子里总循环放着这张CD。学校播音站每天下午只要一播《斗牛》[①]，那些男生一定会兴奋地跟着唱。

陆鲸从包里拿出机子，问："那听不听？"

"听啊。"

姜南风朝陆鲸摊开手，他把其中一个耳机放到那白白肉肉的手心里。

她顺势把耳机塞进右耳里，问："另一个呢？"

陆鲸翻了个白眼："我也要听啊。"

"好吧。"姜南风大发慈悲，拍拍右边空着的位子，说，"那你坐到前面来，不然线不够长，老是扯掉。"

---

① 周杰伦于2000年11月7日发行的首张专辑《Jay》。

陆鲸也没多想，在摇摇晃晃的车身中走到她旁边坐下。他问："听哪首？"

风越来越大，姜南风的嘴里又吃到了头发，她拨开后提议："《龙卷风》①？"

陆鲸顿了几秒，之后应了声"行"，按下播放键。

沿海小城没有龙卷风，不过有台风。

这一年第四号强台风在七月五日夜间于广东沿海地区登陆。市内遭遇特大暴雨并伴有十级阵风，并出现海水倒灌，城市严重水浸，尤其是老城区内涝严重。路上到处有大树被吹倒，更有老旧危房倒塌的情况发生。

直至九日，瓢泼大雨才完全停止。

以前每次等楼下水位稍退，巫时迁就会带头叫男孩儿们下楼去捞鱼玩，尤其像海水倒灌这种水浸街的情况，楼下常有海鱼出现。

但今年巫时迁没吆喝，其他人也没吆喝，整栋好运楼的活力像是被台风一并卷走了，死气沉沉的，就连平日总放着潮剧的收音机都没被陈伯开启过。

七号晚上，陈熙父亲在老城区的窄巷里进行排涝工作时，旁边一处待拆的危房轰然倒塌。

陈父在危急关头推开了同事，自己被砖墙压倒在下方，头部遭受重创。120救护车到场时，陈父已经不治身亡了。

那晚半夜被谁的号啕大哭声吵醒后，姜南风揉着眼走出房间，发现父母都站在门口，跟着门外的谁说着话，朱莎莉更是捂住了嘴，满脸震惊。

姜南风问发生什么事了，父母只让她赶紧回房睡觉，说小孩儿别管那么多。

眼见父母很快走出了屋子，姜南风渐渐清醒，开始有不祥的预感涌上心头。

---

① 周杰伦于2000年11月7日发行的首张专辑《Jay》。

她跟着走了出去，看到陆鲸也站在门外，睡得头发乱糟糟的。

陆鲸说，阿公也上去了。

哭声是从楼上传下来的，弯弯绕绕的，像看不见的手抓着他们的心脏。

走到三楼，姜南风先看到了满脸都是泪水的黄欢欢。一见姜南风，黄欢欢就哭着说："南风，陈叔叔走了。"

姜南风愣在原地，整个人像被谁兜头兜脸地砸了一拳，打得她晕头转向。

陆鲸挤进人群里往上冲，姜南风见状也赶紧跟上去——401陈家家门大开，门里门外都站着好运楼的大人，连张老师都下来了，大家脸上是少有的凝重。

许是被大人们赶到了一边，巫时迁和其他男生站在楼梯上，有人倚墙，有人瘫坐，有人流泪，有人将拳头砸向无辜的墙壁。楼梯间的灯泡把一个个少年的脸映得蜡黄，一丝血色都没有。

确认了黄欢欢说的不是玩笑话，姜南风倒抽一口气。她眼前一白，腿一软直接往下坐。陆鲸急忙搀扶住姜南风，说："姜南风，你不要急。"

泪珠子已经滚下来了，姜南风颤着声说："陆鲸，你打我一巴掌，我看看痛不痛，如果不痛，肯定是在做梦。"

那晚，姜南风没能见到陈熙。

家长们出来让小孩儿都各回各家睡觉。一开始大家都不愿意，说要在这儿陪着。后来陈母出来劝大家回家，说有什么事明天再谈，她现在要赶去处理陈父的后事，陈熙得在家陪着小芊睡觉。

姜南风被父母带回家后，陆鲸也跟着阿公回家了。好运楼慢慢恢复安静，只剩雨水落在雨篷上的声音。

姜南风翻来覆去地睡不着，忽然听到窗外有推拉窗户的声音，是从隔壁传来的。她掀被子起床，爬上书桌也开了窗。

风是凉的，挟着水汽，附着在她的睫毛和眼皮上，让她眼眶里的水分加快聚集。

陆鲸果不其然听到了啜泣声，转过脸，视线穿过两层防盗网看过去。他安静地看着姜南风一下一下地吸着鼻子。

她的颗颗泪水滴落在窗台上，陆鲸觉得，这声音比顶上的雨声还大。过了一会儿，他哑着声说："别哭了。"

姜南风用力地吸住快流出来的鼻涕，装着坚强，说："嗯，知道了……哭也改变不了什么，我不哭。"

陆鲸叹了口气，回屋里扯了一张纸巾，将半个身子探出窗外，伸长了手把纸巾递向姜南风。

纸巾在防盗网中间被几滴雨水打湿，姜南风也伸长手一把扯来，顾不上样子难看，先擤出一大泡鼻涕，然后把纸团往后丢向垃圾篓。她问陆鲸："你怎么也睡不着？你有哭吗？"

"没哭。"

"骗人，你肯定哭了。"

"没有。"

"嘴硬。"

"嗯……"陆鲸揉了下眼睛，还是承认了，接着说，"我那天也是这样，还在学校上着课，就被老师喊出去……"

少年把那天得知母亲去世的事一五一十地全说了出来。雨声"哗啦啦"，把他的嗓子淋湿了，他口中的字句也逐渐模糊不清。

等他说完，姜南风才一边擦着泪水一边问："是因为想起这件事，你才睡不着吗？"

陆鲸吸了吸鼻子，苦笑道："是啊，因为我知道陈熙现在有多难受，所以睡不着。"

陈父出殡那天，天很蓝，只有大人们去了告别式，小孩儿被留在好运楼。

一行人不约而同地穿上了黑或白的衣衫。

姜南风把母亲拜地主老爷时烧纸钱用的铁桶搬到了楼下。巫时迁拿来打火机，黄欢欢、杨樱和其他女生一起折了好多只纸船。

铁桶内燃起火苗，将一只只小白船化成烟，缕缕送到天上。

黄欢欢又开始哭，女孩儿们被传染，哭哭啼啼起来。杨樱的皮肤白，她哭得脖子都泛红了，那模样有些触目惊心。

姜南风一边安慰杨樱，一边红着眼睛骂："欢欢，你破坏规矩，说好不哭的。"

黄欢欢抽泣着道:"是烟太大啦!"

陈熙一家和大人们下午都回来了。

短短不到一个星期,原本胖胖的少年整个人都瘦了不少,临时去买的白色衬衫并不合身,手臂上的黑布圈格外显眼。他双手捧的相框里,陈父笑得自信。

陈芊年纪太小,还不清楚发生了什么事,但也能感受到周围低落的情绪和气氛,好几天都不怎么开口说话。她总跟在妈妈身边,眨着眼看大家。

姜南风没忍住,找了个机会跟陈熙说,有需要帮忙的地方,一定要开口说。

陈熙浅浅笑了一下,让姜南风她们几个女生偶尔抽空陪陈芊玩过家家就好。

他们里面有好些人并不是第一次接触生死这个话题,姜南风送走过奶奶和外公,陆鲸送走过母亲,欢欢也在几个月前刚送走了姑妈。

他们知道自己稚嫩年轻,以为只要成长,就能在下一次分别前学会好好道别。

可是分别没有预报,也没有警告,像一场随时就会落下的倾盆大雨,把来不及撑起伞的他们砸得抬不起头。

时间没有停下来等他们收拾好情绪,日历被一页一页地撕落,像鸣唱至生命尽头、一只接一只从树上跌落的蝉。

八月初的时候,陈熙和陈母大吵了一场。

陈熙的意思是自己不想读书了,他还说陈芊那么小,未来要用钱的地方多了去了,反正自己不是什么读书的料,不如早点儿出去打工赚钱。

陈母当然不同意,被气得不行,拿鸡毛掸子追着陈熙打,说,陈父要是还在世,肯定也要这么打他,叫他胡思乱想。

八月上旬,台风又一次正面袭来,这次大家都没敢主动地约去陈熙家玩,家长们更是让大家别去给陈母添乱。

反而是陈熙来揪人了。他问大家是不是嫌弃他的游戏机太旧,现在都不去他家玩了。

陆鲸从阿公的冰箱里抱了半个西瓜上楼给了陈母，别的小孩儿也从家里搜刮来各种现成的食物带去陈家当手信。

一时之间，他们仿佛回到从前，男生们排着队玩游戏机，女生们给陈芊梳辫子、玩起过家家的游戏。但大家心里多少都有感觉，其实他们已经回不去以前那个无忧无虑的时候了。

姜南风有些羡慕陈芊，小娃娃年纪小，很快就会记不住这么悲伤的日子。

而他们就不同了，年纪越大，记住的事情就会越来越多，无论好的坏的，通通会在他们的心里留下痕迹。

八月底，快开学之前的一个周日下午，郑康民呼了陆鲸，说江武过生日，在"乐飞"包了几张桌子，叫陆鲸也去凑凑热闹。

陆鲸之前和巫时迁、陈熙去过两三次中山公园里的露天旱冰场。他一向对那种地方没什么兴趣，但那天下午姜南风又出门了——隔着两道门他都能听到朱莎莉发火的声音，于是便答应了郑康民。

陆鲸没去过"乐飞"，没想到这里和公园里的旱冰场截然不同，除了滑冰，还能跳舞喝酒。

舞池里一群跟他差不多岁数的少年穿着奇装异服，梳着古怪的发型，在霓虹灯灯光中蹦跳狂欢，边跳还边唱着"爱的是非对错已太多[1]"和"乖乖隆地冬[2]"。

音乐声吵得陆鲸的脑袋疼，他皱着眉跟在郑康民身后，想着去跟江武讲一声"生日快乐"就离开。他们再走了几步，郑康民突然停下，跟被谁施了定身术似的。

陆鲸差点儿撞上郑康民，大喊着问："你干吗？"

郑康民像见鬼一样，骂了好多句脏话，扯着陆鲸要他看向旱冰场的方向："陆鲸！你看！那是谁？我没眼花吧？！"

陆鲸沿着郑康民指的方向望过去。

---

[1] 郑秀文《眉飞色舞》。

[2] 郭富城《para para sakura》。

旱冰场内来来回回的年轻人宛如鱼群穿梭，有一群人搭成"火车"前进的，有单独一人在场中炫技的，也有两个人一起滑冰的。

陆鲸很快找到了江武，那家伙身材高大，一眼就能认出。他很快也愣住了，瞬间明白是谁能让郑康民那么激动。

因为和江武一起滑冰的，是杨樱。

陆鲸是上了初中后才跟杨樱比较熟的。毕竟两个人是同班兼邻居，再加上姜南风跟杨樱走得近，所以他也跟杨樱多少有些往来。

杨樱在家是乖乖女，在学校是好学生，在姜南风她们面前也是走文艺路线的小女生。所以对于眼前在旱冰场里笑得自在恣意的杨樱，陆鲸感到很陌生。

郑康民还在大喊大叫："江武是什么时候和杨樱走到一起的？！"

陆鲸看他一眼。

一首电子音乐结束，滑冰的、跳舞的人陆续回自己的位子上休息。江武眼尖，看见了郑康民和陆鲸，便牵着杨樱滑到场边，并冲他们喊："喂！我在这里！"

杨樱刚才玩得太兴奋，正喘着气，一抬头瞧见陆鲸，猛地睁大眼，同时下意识要甩开江武的手。但她扯不动。

郑康民走上前，笑容有些僵硬，问："武哥，这位是……？"

杨樱认出这男生是南风班里的同学，但不知道对方叫什么名字。她眼神乱飘，低头想用另一只手挡住自己的脸。

江武笑得痞气："都这样了还用问吗？她叫……"

江武没料到，郑康民直接喊出她的名字："她叫杨樱，对吧？"

江武微愣几秒，敛了些笑，眯着眼问："你们认识？"

"嗯，她跟我同校同级。"郑康民指了下陆鲸，淡声道，"她跟陆鲸还同班。"

江武看了眼郑康民，再看向眼神逃避的杨樱，缓声问道："原来你是二中的啊？你怎么之前跟我说……你在爱民中学念书？"

杨樱有些慌张："我……我……"

陆鲸走上前，眉心微拧，开门见山地问杨樱："她知道你来这种地方吗？"

杨樱一时没反应过来："谁？"

陆鲸低声道:"南风。"

两个人之间的对话让江武多少有些不爽。

他紧了紧手指,问杨樱:"南风又是谁?"

杨樱回过神,急忙回答:"是我很好的一个朋友。"

"男的?"

"不,女的。"

"哦。"

杨樱抬眸看向陆鲸和郑康民,摇了摇头:"南风不知道,你们不要告诉她好吗?"

升上初三后,姜南风的理科成绩就像装满沉甸甸的石头的水桶,不停地往井里头掉,她感觉再沉一点儿就要触底了。

朱莎莉很着急,跟周围的家长问了一圈,给姜南风找了三个补习老师,分别针对数理化这三科。

姜南风当然不想补课——除了周末各占去一天,还有一个周三晚上她得去补物理。但没办法啊,已经初三了,她再不恶补赶上,能不能上普通高中都难说。

她有点儿想去连磊然就读的华高。

学习压力大,她每晚都复习到夜深,别说画画、上网、玩游戏,现在连看漫画书的时间都没有了。

上个月月底的生日,姜南风收到了一套《魔卡少女樱》的漫画。和她平时看的四合一盗版漫画不一样,这套可是正版的。

漫画是连磊然送的,每一本都用塑料薄膜包着,非常正规。一开始姜南风连撕开薄膜都小心翼翼得很,翻页也十分小心,生怕留下明显的折痕。

大半个月过去,她才看至第六册。在家看太容易惹来暴躁老妈的一顿臭骂,所以她把漫画书带去了学校,想着在哪节课上能偷偷地看一小会儿。

结果她就被化学老师逮住了。

不知道是不是老师们说好了要"联合行动",下课后姜南风在办公室里还见到了几个其他班的同学,全都是在上课搞小动作的,男男女女，站满了半间办公室。

哟，陆鲸也在。他和班里的几个男生站在他们班主任的桌前，桌上摆了几部游戏机，看来是上课玩游戏被逮到了。

姜南风本以为就是像以前一样听老师训斥几句就行了，没想到"肖蜡头"竟然说要叫家长！其他老师也纷纷响应。

"你们都已经初三了，还这么懒懒散散、不守规矩，当然要叫家长来聊聊。你们到底还想不想念高中啊？"肖老师有些恨铁不成钢地说。

姜南风志忑了两节课，下午放学时朱莎莉来了——她不只"代表"姜南风，还"代表"陆鲸，因为老陆腿脚这两天不舒服。

老师跟家长讲话时，学生被要求在办公室外面等。姜南风急得像热锅上的蚂蚁。陆鲸淡定多了，说："你急什么？老肖这人说不出什么难听话的，顶多就是让莎莉姨多留意你的学习情况。"

"唉，你都不知道我妈最近情绪有多暴躁，我做什么都要被她念叨。"姜南风睨他一眼，"我就不明白了，你天天玩游戏，都不见你学习，怎么成绩还能那么好呢？"

姜南风最不解的就是这一点：陆鲸不是整天学习的书呆子，虽然成绩谈不上顶尖，但非常稳定，不会猛地往上升，也不会忽地往下掉。

陆鲸笑了一声："全班十五都还算好啊？你要求可真低。"

"哇，你不要的话给我啊！要是我能进全班十五，我妈肯定抱着我狂亲。"

两个人正聊着，朱莎莉从办公室里走了出来，姜南风立刻噤声。

"劳烦老师们操心了，回去后我一定好好教育她。"朱莎莉跟肖老师道别，一转身，立刻给了姜南风一眼刀。

朱莎莉把游戏机还给陆鲸，声音淡淡地说："阿公下午听到要请家长，血压好像又上来了，你回去后要好好反省，知道吗？"

陆鲸耷拉着脑袋，低声道："知了。"

朱莎莉的手里还有一本漫画书，但她没有还给姜南风，而是把书塞进了斜挎包里。

姜南风贴过去，像以往那样撒娇卖萌，想要母亲把书还她。朱莎莉一脸不悦，没理她，一直往楼下走去。

朱莎莉是骑摩托车来的，三个人一辆车有些挤，想着还得跟陆鲸挤一块儿，姜南风咕哝着提议："要不，陆鲸你坐我妈的车，我去店里找我爸……"

朱莎莉突然怒喝一声："找他干吗？"

姜南风被吼得心一跳，说话都结巴了："我……我……我去坐老爸的车……"

朱莎莉的音量不小，她说："不许去！现在我是没了他什么都做不了吗？！"

校园门口还有其他学生和家长，大家迅速地聚集过来的视线像在姜南风脸上刮了两个耳光。陆鲸也无比吃惊，这两三年来还没见过莎莉姨真正发过火。

姜南风有些委屈："不行就不行，你这么凶干吗？"

陆鲸想做和事佬，跟朱莎莉说他走回家就行。朱莎莉骑上摩托车，坐到椅垫的最前端，让他们别磨蹭，都一起上车。

车上，被夹在两个人中间的姜南风委屈渐浓，把嘴唇咬得又红又疼，她强忍着眼泪不要掉出来。

陆鲸尽量让自己往后坐，背脊贴紧了摩托车的后箱，好让他和姜南风之间能空出多一点儿的距离。很快他发现了异常，姜南风的肩膀在颤。

风把女孩儿的短发吹得凌乱，陆鲸不可避免地被她的情绪笼罩住，手指在膝盖上"画"了好多次圈，到底还是没有拍拍她的肩膀。

回到好运楼楼下时，姜南风已经泪流满面了。看见女儿这样，朱莎莉有些错愕，但仍念叨道："明明是你做错了事！我都还没有骂你，你就哭成这样？好像你有多委屈似的！"

"我现在是不是连哭的资格都没有了啊？做什么都要被骂……"姜南风顾不上擦泪，伸手跟朱莎莉讨要她的漫画书，"把书还我。"

朱莎莉把摩托车停好，厉声道："不行，成绩没提上来之前你都别想看漫画了。回去我就把你其他的公仔书都收起来，等你考上高中了才能看。"

"什么？"像一挂鞭炮被瞬间点燃，姜南风大叫一声，"你怎么可

309

以这样做？！"

"我为什么不能？我是你妈！"

"我都已经听你的话乖乖地去补习了耶！"

朱莎莉也怒了："这都是什么话？读书可是和你切身相关的事，怎么说得好像是为了我去读的？我的要求已经很低了，就想你的数学能及格就好了，很困难吗？"

"就是很困难啊！我已经尽力了，每天晚上都做题做到好晚！"

姜南风觉得朱莎莉"变"了好多，她变得霸道又强势，变得成绩至上。

姜南风好怀念以前两个人虽会吵嘴，但又很快就和好的时光啊。但她也觉得自己变了好多，变得动不动就哭鼻子，变得敏感又脆弱，也变得好笨。那些复杂的数学题在她眼里成了无解天书。

泪珠子往下滚，姜南风口不择言："你以前都不是这样的，说只要我健康快乐地长大就行……你骗人……老爸都不怎么管我学习，为什么你会突然变得那么严格？"

母女两个人吵架，这让陆鲸不知如何是好，他的手指紧攥着书包带子想劝两个人都冷静一些。

可他还没来得及开口，朱莎莉已经从包里取出那本漫画书，当着姜南风的面，把书的封面直接撕了下来！

朱莎莉压抑了许久的情绪终于失控。她面色涨红地用力撕扯着剩下的书页，那些该说的和不该说的都脱口而出："是是是！你那老爸最好了！那你以后就去跟他，不要再跟我了！"

姜南风呆了，看着簌簌飘落的纸张，头脑一片空白，连鼻涕流出来都忘了吸。

陆鲸很快反应过来，急忙阻止朱莎莉："姨！别这样！"

刚才母亲说的话姜南风没细想，因为她的全部注意力都在那本已经被撕烂的漫画书上了。她扑过去想夺回书，边哭边喊："妈！不要再撕了！我错了！我知错了，你不要再撕了！"

女儿的哭声宛如当头棒喝，朱莎莉清醒过来，但已经太迟了。那些她说出去的话，就像此刻手里攥着的、跌落在地上的纸张，破破烂烂。

那晚姜南风来 201 吃饭时拎了一大袋子漫画书,跟陆鲸说先放在他这边,等她中考完再拿回去。

她对傍晚的事心有余悸,说怕放在家里会被母亲全撕烂。

陆鲸清空了一层书柜让她放书,还帮朱莎莉说话:"阿姨可能只是一时激动,应该不是故意的。她后面都把书页捡起来了,说要帮你修上。"

姜南风说话时鼻音很重:"怎么可能修好?烂了就是烂了啊。"

她胃口不佳,饭菜没吃几口就回了家。

陆程问陆鲸:"南风跟她妈妈的矛盾闹得这么大啊?卤鸡腿她只吃了一只就说饱了,看起来她的心情是真的很差。"

"嗯……下午是吵得挺凶。"陆鲸心情也没多好。

陆程起了块鱼肉放进陆鲸的碗里,提起叫家长的事:"你也是不让人省心的,初三了啊,该收收心了。"

"知啦,我心中有数。"陆鲸多扒拉了几口饭,咬字不清地说道,"莎莉姨说你下午血压高了,现在还有哪里不舒服吗?"

陆程勾勾嘴角:"无事啦。"

"烟别抽了。"

"知啦,我心中有数!"

写完作业再写检讨书,陆鲸写着写着,忍不住看向了书柜。

第二层放满了姜南风的漫画书,其中一套的外封颜色和被朱莎莉撕烂的那本一样,是那家伙很喜欢的《魔卡少女樱》,共几册,但现在独独缺了一本。

女孩儿号啕大哭的脸总在眼前浮现,陆鲸很快做了个决定。

之后那几天姜南风明显沉默了许多。大家都听闻了姜家母女俩吵架的事,变着法子想哄她开心。但姜南风像转了性——吃的玩的都没法吸引她了。放学回家后她就躲进房间里,除了吃饭、洗澡,其他时间都在屋内。

天气渐凉时,陆鲸终于等到租书铺的老板娘通知他,他订的那本漫画到了,可以去店里取了。

书外面还包着一层透明薄膜,搞得挺正经,陆鲸计划把书直接塞进书柜里，等姜南风自己发现时，可能又会说"有小天使听到了她睡前的祈祷"吧？

想象着姜南风眼里可能会重新闪现的那些细碎的光芒，陆鲸忍不住笑出了声。

但是晚上来201吃饭的姜南风双目已是炯炯有神了，整个人已经和前几天的沮丧状态截然不同。

她直接跑进陆鲸的房间里，把一本漫画书放进了书柜里。

这本和陆鲸刚收到的那本漫画一模一样，也就是姜南风缺失的那本。

心脏有点儿生疼，面上还要装作漫不经心，陆鲸问："哪来的漫画书？"

姜南风笑得像偷尝到蜂蜜的老鼠，故作神秘地说道："朋友送我的呀。"

送不出去的礼物又多了一件，整整一个晚上陆鲸都在心里骂自己"瞎操心"。他把那本多余的漫画书丢进床底下的纸箱里，和那高级漫画工具包躺在一起。

姜南风这人就没法与别人冷战超过三天。她宁愿吵吵闹闹、打打骂骂，都不要两个人面对面无话可说。

这次她和朱莎莉差不多半个月没有好好讲话，这已经到达她的极限了。

周日早上，上完数学补习课后她没有直接回家，而是去了目前城中最繁华的商场。

她想给朱莎莉挑份礼物，作为母女两个人和好的桥梁。

一下公交车她就见到了站在站牌旁的连磊然。穿着一身运动套装的少年英姿勃勃，朝她笑着挥了挥手。

姜南风边走边梳着被风吹乱的发尾，笑问："你等很久了吗？"

"没有，我刚到的。"今天连磊然没有骑单车，可以跟在姜南风身边慢慢走，"我们先去给阿姨挑礼物，再去吃饭？"

姜南风连连点头："行啊！"

"你想吃什么?这附近有德保、豪客来,还有味千①。"

其实商场门口就有肯德基和麦当劳,但毕竟是两个人第一次一起吃饭,连磊然觉得快餐太随意了。

姜南风眼睛一亮,说:"要吃拉面!"

连磊然笑笑:"行,那就去吃拉面。"

商场所在的地方是以前的龙湖乐园。在乐园拆了之后的第三年,这间大型商城就盖了起来。

现代化的商场每到周末都是人挤人的状态,这里能逛街、吃饭,还开了家好大的沃尔玛超市。之前夏天时母亲俩来逛超市,姜南风最喜欢在冷藏冷冻区走来走去,因为那儿最凉快。她还能撒娇地叫老妈买个家庭装的阿波罗雪糕回家吃。

今天姜南风的钱包里真的装了"巨款",足足两张红票子②,都是她过年时偷摸"攒"下来的压腰钱。她陆陆续续买书、买碟,到这个月还剩两百元。

两个人先去了服装店和鞋店。

姜南风逛了几家店都没有特别钟意的款式,觉得要么价格贵得离谱,要么这些衣服裙子的风格和朱莎莉平时穿着的那些外贸货截然不同。

好看是好看,但就是不搭,姜南风感觉穿上那些衣裙,朱莎莉就不是她的妈妈了。

鞋子倒是有看中的,不过还是超预算了,而且她不知道朱莎莉穿多大码的鞋子……

她居然不知道老妈穿多大码的鞋子?!

后来经过一个专柜,姜南风立即停下脚步,接着走进去问店员阿姨商品的具体价格。

十分钟后,她提着一个鹅黄色的小纸袋,开心地走出了专柜。

连磊然着实没想到姜南风会买这样一份"礼物",有些惊喜地问:

---

① 简餐、铁板牛扒、拉面。
② 1999年发行的第五套人民币。

"你怎么会想要买这个的？"

仿佛已经解决了烦恼的姜南风笑嘻嘻地说："以前在电视上看过好多次广告了，我现在觉得我妈非常需要这个！"

连磊然一直觉得这女孩儿不按常理出牌，古灵精怪得很，但仍时不时会被她的一些举动触动到，仿佛总有一根看不见的羽毛在挠他的心脏。

已经临近中午，两个人准备离开商场去吃饭。

坐着扶手电梯往下走的时候，连磊然聊起高兴和他的妻子想组建一个本地漫画社团的事："高老板说像北京、上海、广州那些大城市都已经有专业的机构团体在策划和举办漫展了，但我们这边连个社团都没有。所以，他和雅姐想……小南？你怎么了？"

他发现姜南风正仰头看向他们刚过的商场三楼，女孩儿明显已经有些失神，对他的呼唤没有反应。

眼见手扶电梯就要到达二楼，女孩儿却完全没有准备下梯的意思，连磊然一着急，直接牵住她的手腕，提醒一声"注意看脚下"，并带着她往前跨了一步，下了电梯。

姜南风稍微回神，猛跑到商场护栏边继续抬头盯着那处。她无比慌张，根本没注意到刚才连磊然的举动，注意力全落在三楼那对熟悉的人身上。

连磊然跟过来，问："是遇见认识的人了吗？"

"认识……认识……不……不是，那个……"姜南风有些语无伦次，把手里的纸袋塞到连磊然怀里，"我想去一下洗手间！你在这里等我就好！"

说完，她就拔腿往上行的扶手电梯上跑。

"等等，洗手间的话……"

连磊然都来不及告诉她这一层也有洗手间，女孩儿就已经快冲到三楼了。

他挠挠头，只好站在原地等姜南风。

十来分钟后，姜南风回来了。

她像是洗了把脸，刘海儿和耳边的头发都湿了，卫衣领子上也沾了水，连眼睫毛上都有些水汽。连磊然皱了眉头，掏出纸巾递给她：

"擦擦？你的衣服都弄湿了。"

姜南风接过来，冲他笑着道谢："洗手间里那水龙头出水太猛了，溅了我一身。"

连磊然关心地问道："你没事吧？"

姜南风摇头："没事没事，饿了，我们赶紧去吃拉面！"

本来姜南风从昨天开始就很期待这顿午餐——既是她和连磊然第一次一起吃饭，也是她第一次吃拉面。

可接下来的一个小时里，她如坐针毡、味同嚼蜡。

面条是什么味道，土豆饼是什么味道，波子汽水是什么味道，姜南风通通都尝不出来。她还得一直强装镇定，尽量像平时那样去跟连磊然聊天，不想让对方看出她的异常。

不久前，她在商场里所看到的景象在脑海里挥之不去。她像一部死了机又无法关机的电脑，屏幕上静止的画面里，是她的爸爸和苏阿姨在一起逛街的惬意模样。

他们两个人靠得很近很近，比她和连磊然并肩走着的距离还要近，而且……苏阿姨还挽着姜杰的手臂！

一开始姜南风在电梯下行时用余光窥到了苏丽莹，正想着"好巧"，就看见了姜杰。她发现两个人举止亲昵，明显已经超过了"老朋友"的关系。

姜南风已经不是那个什么都不懂的年纪了。她明白，这样的距离代表着什么。

可是，她不懂，为什么啊？这不是爸爸和妈妈才应该有的距离吗？为什么会是爸爸和苏阿姨？！

那些被她忽略掉的细小碎片，如今在她的脑子里一点儿一点儿地拼凑起来。

比如，苏丽莹送给她口红和指甲油后，会说"不要告诉你妈"；姜杰带回来给她秋游时吃的零食包，里头有苏丽莹的字条；演唱会那晚同时消失的二人；常不回家吃饭，却问她要不要一起去深圳的姜杰……

还有妈妈这段时间喜怒无常，妈妈的眼角时不时泛红，在两个人冲突时，脱口而出的那句咆哮……

恶心感在胸腔里不停地翻涌,最后一口面条已经在嘴里嚼成烂糊了,姜南风都咽不下。

她捂住嘴,跟连磊然道歉,匆匆地起身冲去厕所,把刚才吞下肚的东西全部吐了出来。那些酸臭的秽物,混着姜南风分不清情绪的眼泪,一起流进了厕所里。

"对不起,我……"大吐一场的姜南风觉得头顶上的阳光变好猛烈,亮得她都睁不开眼。她低下头说:"我也不知道怎么了,突然胃有点儿不舒服……对不起,好好一顿饭让我搞砸了……"

"别说这些,是我的问题,不该点那么多油腻的小吃。"连磊然把刚买来的矿泉水递给她,回头看了一眼,说,"一路车来了,真的不用我送你回家吗?"

姜南风急忙拒绝:"不用……不用,我回家休息一下就好了。"

"好……"

连磊然沉默了一会儿,等公交车快驶到面前时,对姜南风说:"那你回去后好好休息,等晚上方便打电话的时候记得呼我。"

他又强调一句:"南风,你有什么话都可以跟我讲的。"

眼睛很酸很涩,姜南风眨了眨眼:"嗯,谢谢你。"

可连姜南风自己都没办法弄清楚这事情,又怎么有办法对连磊然说出口呢?

她在车上晃了三四站,倏地又有一阵酸水涌上了喉咙。她一直忍着等公交车到站才逃下车,冲到路边扶着一棵树猛呕酸水。直到吐不出来东西了,她才掏出纸巾擦了擦嘴和眼睛。

她很想找朋友倾诉这件事。

今天周日,纪霭会在鱼档帮忙,中午也会在菜市场午休,那边没有电话;杨樱在家不方便接电话,而且下午得去练舞;巫时迁和陈熙,他们俩的嘴巴不严实……

她缓了缓情绪,走进一旁的小卖部里,拨出一个寻呼机号码。

几分钟后对方回拨,姜南风接起来,就听那边问了一句:"谁找机主?"

她回:"是我。"

陆鲸一瞬间握紧话筒:"姜南风?你在哪里打的电话?"

"我在……我在……"姜南风的视线又模糊了,揉掉眼泪她才能看清站牌上的字,再把车站告诉陆鲸。

女孩儿的声音听起来像被雨水淋湿的报纸,烂烂皱皱的,陆鲸直觉不妥,直接问她:"你发生什么事了?"

姜南风低着头啜泣,吞吐了许久都说不出个所以然。

陆鲸听出她在哭,连忙说道:"你就在车站那里等着,别去其他地方了,我现在立刻过来。"

"你从哪里过来啊?"

"我从'星空'过来。"陆鲸又提醒一句,"我很快就到,你哪里都别去,知道吗?"

姜南风应了声"嗯",心里想:她好像也没有别的地方能去了。

又吐又哭的,着实是累了,姜南风的肚子还很饿,但一点儿胃口都没有,她便坐在车站的长椅上,小口小口地嘬着连磊然给她的矿泉水。

买给朱莎莉的那份礼物被装进书包里了,现在她不敢多想起母亲,一旦想起,心脏就像有小刀划过,难受得紧。

姜南风觉得老妈肯定已经知道了父亲在外头胡乱瞎搞的事,但老妈什么都不说……

好吧,姜南风刚擦干的眼眶又湿了。

赶到那公交车站的时候,陆鲸一眼就瞧见了在长椅上无声哭泣的女孩儿。

她被团团乌云遮住,没有办法散出一丝阳光,太阳不见了。

他走到姜南风身旁,半蹲下,低声问:"到底发生什么事了?能让你哭成这样,可真不简单。"

姜南风知道是谁来了,没抬头,但肚子在这时候"咕噜"了一声,很响亮。

陆鲸打量着她有没有被人欺负的痕迹,又问:"中午没吃饭?"

"吃了。"

"没吃饱?"

"嗯。"

少女"嗯嗯啊啊"的回答听起来一点儿朝气都没有。陆鲸一时竟觉得看到了刚来好运楼那时候的自己,消沉、阴郁、敷衍地应对身边的一切事物。

他见问不出什么,起身说一句"在这里等着",走到小卖部买了一包麦丽素,再走回姜南风身边。他撕开包装袋,直接塞进她手里:"快吃,饿晕了我可没办法抬你回去。"

闻言,姜南风猛抬头,泪眼婆婆地瞪他一眼:"我都哭成这样了,怎么你嘴巴还这么贱啊?"

听到姜南风能骂人了,比刚才好一点儿,陆鲸才稍微松了一口气:"一听到你哼哼唧唧,我就立刻赶过来了耶!做朋友做到像我这样的程度,算没话讲了吧?"

姜南风嘟囔:"我又没有叫你来……"

"哦?那我走了。"说完,陆鲸作势要伸手拦的士。

"喂!你贱不贱?!"姜南风讲话的声音终于有了些力量。

陆鲸垂眸睨她:"赶紧吃啦,包装都开了,不吃就要变软了。"

肚子又叫了一声,姜南风赶紧往手心里倒了几颗巧克力球,一口吞下。

陆鲸等了一会儿,试探地问:"你哭是不是跟那个丑八怪有关?"

"谁?"姜南风很快明白陆鲸指的是谁,回答得干脆,"连磊然?当然跟他没关系。"

陆鲸眉毛微挑,问:"那跟谁有关系?"

姜南风当然没那么容易被陆鲸套出话,默不作声地吃着巧克力。陆鲸手插口袋倚靠在公交车站广告牌旁,突然想起了"那个秘密"。

他微微蹙眉,心想:该不会姜南风知道那件事了吧?

片刻之后,觉得巧克力稍微安抚住了自己混乱的情绪,她试图倾诉,但又不想把事情说得太清楚:"我刚才在南国商城,见到了一对男女一起逛街……但我怎么都想不明白,他们怎么能……怎么能那么光明正大地走在一起!二人还手挽着手!"

陆鲸顿了顿,反问她:"那对男女……我认识吗?"

演唱会那晚陆鲸见过苏丽莹,所以姜南风点点头:"嗯,你都认识的。"

陆鲸几乎确定了姜南风沮丧的原因,斟酌了一小会儿,问:"所以你是跟杨樱吵了架,才会哭成刚刚那样?"

姜南风愣住,缓缓抬起头,问:"你刚说谁?"

"杨樱啊,你不是看见杨樱和江武……"这时,陆鲸才察觉是自己理解错误,且说漏了嘴,急忙刹住。

对呢,姜南风不认识江武。

但姜南风已经听见了,并且敏锐地捕捉到了信息要素。她站起身,激动地追问:"江武是谁?和杨樱什么关系?陆鲸,你有什么事情瞒着我?"